»Wir glauben, unsere Zeit hat weder Märchen noch Mythos mehr«, erklärte Bernhard Diebold 1931, »und Zuckmayer schrieb das Märchen – den Mythos.« Er schuf ein Stück mit bühnenwirksamsten Rollen, »seit Gogols Revisor die beste Komödie der Weltliteratur« (Thomas Mann): ›Der Hauptmann von Köpenick‹. Es sind satirische Situationen, die er vorführt, ohne auch nur im geringsten menschliche Würde zu verletzen.

Während der dreißiger Jahre bleiben Märchen, Legende und Sage Quellen seiner Inspiration. Im ›Schelm von Bergen‹ wird die Vergebung ehelicher Untreue – die Kaiserin erwartet ein Kind vom Sohn des Scharfrichters – nicht nur menschlich großherzig, sondern auch politisch klug gedeutet. Zu dieser Zeit nahm Carl Zuckmayer auch den Stoff der Sage um die Menschengestalt annehmende Nymphe Melusine wieder auf, den er bereits 1920 für sich entdeckt hatte, und notierte jetzt mit Sensibilität szenengenau den Fortgang, ohne ihn jedoch dramatisch zu gestalten.

Carl Zuckmayer wurde am 27. Dezember 1896 in Nackenheim am Rhein geboren. Nach dem Abitur in Mainz meldete er sich als Kriegsfreiwilliger und wurde an der Westfront eingesetzt. 1918 begann er ein kurzes Studium der Geistes- und Naturwissenschaften in Frankfurt a. M. und Heidelberg; wichtiger als alle Theorie waren ihm jedoch die in diesem Umfeld geschlossenen Freundschaften. 1920 ging er nach Berlin. Erste Stücke blieben ohne Erfolg, obwohl sie ihn »dichterisch legitimierten« – ›Der fröhliche Weinberg‹ brachte ihm 1925 den Durchbruch und den Kleist-Preis. 1933 verhängten die Nationalsozialisten ein Aufführungsverbot über ihn. Er zog sich daraufhin mit seiner Familie nach Henndorf bei Salzburg zurück; dort besaß er seit 1926 ein Haus. 1938 floh er in die Schweiz, ein Jahr später emigrierte er in die USA, wo er bis 1946 als Farmer in den ›Grünen Bergen‹ (Vermont) lebte. Von 1947 bis 1957 hielt er sich abwechselnd in der Schweiz und in den USA auf; 1958 kehrte er endgültig in die Schweiz zurück und wurde in Saas-Fee (Wallis) ansässig, seit 1966 als Schweizer Bürger. Am 18. Januar 1977 ist er als einer der über Jahrzehnte erfolgreichsten deutschsprachigen Autoren in Visp (Wallis) gestorben.

Carl Zuckmayer
Gesammelte Werke in Einzelbänden

Herausgegeben von Knut Beck
und Maria Guttenbrunner-Zuckmayer

Carl Zuckmayer
Der Hauptmann von Köpenick

Theaterstücke 1929–1937

Fischer
Taschenbuch
Verlag

Veröffentlicht im Fischer Taschenbuch Verlag GmbH,
Frankfurt am Main, Juli 1995

Lizenzausgabe mit freundlicher Genehmigung
des S. Fischer Verlags GmbH, Frankfurt am Main
Für diese Ausgabe:

Gesamtherstellung: Clausen & Bosse, Leck
Printed in Germany
ISBN 3-596-12704-1

Gedruckt auf chlor- und säurefreiem Papier

Der Hauptmann von Köpenick

Ein deutsches Märchen
in drei Akten

Hauptgestalten

WILHELM VOIGT
FRIEDRICH HOPRECHT
FRAU MARIE HOPRECHT
BÜRGERMEISTER OBERMÜLLER
FRAU MATHILDE OBERMÜLLER
ADOLF WORMSER, Uniformschneider
ZUSCHNEIDER WABSCHKE
HAUPTMANN VON SCHLETTOW
Zeitgenossen aller Art

Ort: Berlin und Umgebung
Zeit: Vor dem [Ersten] Weltkrieg
Der erste Akt spielt etwa um die Jahrhundertwende, der zweite und dritte zehn Jahre später.
Die tatsächlichen Begebenheiten bilden nur den Anlaß zu diesem Stück. Stoff und Gestalten sind völlig frei behandelt.

Szenenfolge

Erster Akt

1. Szene: Uniformladen in Potsdam
2. Szene: Polizeibüro in Potsdam
3. Szene: Café National in der Friedrichstraße
4. Szene: Personalbüro der Engrosschuhfabrik ›Axolotl‹
5. Szene: Möbliertes Zimmer in Potsdam
6. Szene: Herberge zur Heimat im Berliner Norden
7. Szene: Uniformladen in Potsdam

Zweiter Akt

8. Szene: Zuchthauskapelle in Sonnenburg
9. Szene: Bürgerliche Wohnstube in Rixdorf
10. Szene: Schlafzimmer des Bürgermeisters Obermüller in Köpenick
11. Szene: Gang vor dem Polizeibüro in Rixdorf
12. Szene: Stube mit Bett
13. Szene: Festsouper bei Dressel
14. Szene: Bürgerliche Wohnstube in Rixdorf

Dritter Akt

15. Szene: Kleiderladen in der Kanonierstraße
16. Szene: Allee im Park von Sanssouci
17. Szene: Halle und Gang mit Abort im Schlesischen Bahnhof
18. Szene: Vorhalle mit Treppen im Rathaus zu Köpenick
19. Szene: Amtszimmer des Bürgermeisters Obermüller in Köpenick
20. Szene: Aschingers Bierquelle in der Neuen Friedrichstraße
21. Szene: Im Polizeipräsidium Alexanderplatz

»Nein«, sagte der Zwerg, »laßt uns vom Menschen reden! Etwas Lebendiges ist mir lieber als alle Schätze der Welt!«

BRÜDER GRIMM, RUMPELSTILZCHEN

Erster Akt

Erste Szene

Personen: Adolf Wormser, sein Sohn Willy, Zuschneider Wabschke, Hauptmann von Schlettow, Wilhelm Voigt

Bei geschlossenem Vorhang erschallt, von einer marschierenden Militärkapelle gespielt, der Armeemarsch Nr. 9 – mächtig anschwellend, dann allmählich mit dem Taktschritt der abziehenden Truppe verklingend. Ferne Militärmusik begleitet die ganze Szene. Inzwischen hat sich der Vorhang gehoben: die Bühne zeigt das Innere von A. Wormsers Uniformladen in Potsdam. Im Vordergrund der Ladentisch und der Raum für die Bedienung der Kunden. Im Hintergrund die großen gläsernen Schaufenster, durch die man die Straße und gerade noch die Queue der unter Musik vorbeiziehenden Gardekompanie erblickt. Die Schaufenster sind mit einzelnen Uniformstücken, auch Helmen, Mützen, Säbeln, Lackreitstiefeln dekoriert. Komplette Offiziersuniformen stehen auf Holzpuppen ohne Kopf. In der Mitte hinten eine Doppelglastür mit Klingel. Die Glasscheiben tragen in verkehrt zu sehenden Goldbuchstaben die Aufschrift der Firma: »A. Wormser, Kgl. Preuss. Hoflieferant«. Auf dem Ladentisch Stoffballen, Uniformknöpfe, Epauletten, Handschuhe, Feldbinden und dergleichen. An der Wand ein Bildnis der kaiserlichen Familie und die Photos höherer Offiziere mit Unterschrift. Auch ein gerahmtes Ehrendiplom und eine Aufnahme des Herrn Wormser in studentischer Couleur. Eine Seitentür führt zu Wormsers Privatkontor.

Zuschneider Wabschke – klein, bucklig – steht auf einem Schemel und hilft dem Hauptmannn von Schlettow in seinen neuen Uniformrock.

V. SCHLETTOW Nee, nee, Wabschke, mit der Uniform da stimmt was nicht. Da is was nich in Ordnung. Das hab ich im Gefühl.

WABSCHKE Herr Hauptmann – mit det Jefühl, det is so ne Sache. Wenn ick mal in en Paar neie Buxen steige – selbst zujeschnitten, akkurat jenau uff jeden Hosenknopp – da hab ick ooch immer son komisches Jefiehl. Un denn komm ick hinter: det is gar keen Jefühl – det is nur de Neuheit.

V. SCHLETTOW Nee, nee, Wabschke, machense mir nichts vor. Sehnsemal, ich kann mir als Hauptmann nich jeden Tach ne neue Uniform leisten. Gardeleben kost ja sowieso 'n tollen Stiefel. Aber – wenn ich mir eine leiste, denn muß nu alles tadellos in Ordnung sein, darin bin ich komisch, was? *Er lacht.*

WABSCHKE *zieht ihm die Rockschöße herunter* Det sitzt nu alles wie de eigne Haut.

V. SCHLETTOW Sagen Sie! – *Besieht sich von allen Seiten im Spiegel* – Na ja, von vorne is ja nischt zu wollen. Aber hinten! Hinten! Sehnse sich mal die Gesäßknöppe an! Die sitzen bestimmt nich vorschriftsmäßig!

WABSCHKE Aber, Herr Hauptmann: ick sage Ihnen, wie anjewachsen! Man kennte meinen, Sie wären mit Jesäßkneppen uff de Welt jekommen!

V. SCHLETTOW Sechsenhalb Zentimeter Abstand! Sechsenhalb Zentimeter is Vorschrift! Das da sin mindestens achte, widersprechense nicht, das hab ich im Gefühl!

WABSCHKE Na, Herr Hauptmann, so jenau wird's Ihnen keener nachmessen.

V. SCHLETTOW Das hab ich im Gefühl, da is nischt dran zu klimpern. Die Gesäßknöppe werden geändert, Wabschke.

WABSCHKE Da mißten wa nu de janze Schoßfalte ufftrennen, un denn stimmt det wieder in de Tallje nich.

V. SCHLETTOW Sehnse, Wabschke, bei Ihnen merkt man auf Schritt und Tritt, daß Se nich gedient haben. Wennse beim Kommiß so viel widersprechen, denn kommense ausm Kasten gar nich raus.

WABSCHKE Deshalb hab ick mir ooch lieber 'n Puckel jezüchtet. Finger lang und Luftklappe jeschlossen – det wär keen Sport vor meines Vaters Kleensten.

V. SCHLETTOW Das fehlt Ihnen, Wabschke, das fehlt Ihnen! Als

Schneider sinse vielleicht tipptopp, aber als Mensch, da fehlt Ihnen der Schliff, der Schnick, der Benimm, die ganze bessere Haltung!

WABSCHKE Na, Herr Hauptmann, ick kann ja ooch de Knochen zusammenreißen un det Kinn uff de Krawatte dricken! *Er markiert stramme Haltung.*

V. SCHLETTOW *halb lachend, halb empört* Hörnse auf, Wabschke, hörnse auf, das kann ich gar nich sehn!!

WORMSER *kommt rasch herein. – Er ist rundlich, rosig, graublond, mit nur geringen jüdischen Rassemerkmalen* Was is denn nu wieder los. – Wabschke, lassense die Possen! Guten Tach, Herr von Schlettow, ärgernse sich nicht über den Pojazz, er is nich normal, aber 'n besseren Zuschneider findense in ganz Deutschland nich. Wabschke, haltense 'n Rand, ich sage Ihnen immer wieder, bei der nächsten Schnoddrigkeit fliegense raus. Famos sehnse aus, Herr Hauptmann! *Schüttelt ihm die Hände* Das macht der Dienst, das macht die frische Luft, das macht des Kaisers Garde, was? Na, nu zeigense mal her, lassense sich mal bewundern, wo sitzt der Schaden, wo liegt der Hund begraben, das wolln wa gleich haben – was?

V. SCHLETTOW Ich weiß nich, Herr Wormser, mit der Uniform is was nich richtig. Ich hab son komisches Gefühl im Genick, un die Gesäßknöppe sitzen auch nich vorschriftsmäßig.

WORMSER *ruft* Willy, brings Maßbuch. Ich werde die Sache untersuchen, Herr Hauptmann, Sie sollen sich persönlich überzeugen. Glänzend steht Ihnen der Rock! Willy, mach rasch! 'n wunderschöner Stoff, was? 'n Stöffchen!! Also das Stöffchen, das kriegen von mir nur die Herren von der Garde un die kaiserlichen Prinzen. Sehnsemal – *Er fährt mit den Fingerknöcheln übers Tuch* – 'n Glanz wie son frisch gewichster Pferdepopo – was?

V. SCHLETTOW *lachend* Gottvoll, Wormser! Is ja enorm! Pferdepopo –! Einfälle haben Sie!

WILLY *erscheint mit dem Maßbuch. Er ist sechzehn Jahre alt, schmal, blaß, verpickelt und ungelenk. Die jüdischen Rassemerkmale sind bei ihm stärker ausgeprägt als beim Vater.*

WORMSER Zeig her, Willy, leg's hin, schlag's auf, träum nicht, mach e bißje. Sehnse hier, Herr von Schlettow – sehnse selbst: wie steht's da schwarz auf weiß? Schoßknöpfe Abstand sechseinhalb Zentimeter. Stimmt's oder hab ich recht? Was wollense mehr.

V. SCHLETTOW Steht schon da – sitzt aber nich. Messense nur mal nach!

Während der letzten Sätze, etwa gleichzeitig mit dem Auftreten Willys, ist im Hintergrund auf der Straße ein Mann erschienen – kurz stehengeblieben, weitergegangen. Nun kommt er langsam zurück, geht bis zur Ladentür, starrt in die Scheiben.

WORMSER Wabschke, gebense 's Zentimetermaß. Willy, halt dich grad! Ich kann nicht sehen, wie de rumstehst. Wenn du so weitermachst, kommste nie zum Militär. Was will denn der Mann an der Glastür? Willy, schau mal nach. Na, nu läuft er wieder wech. *Er mißt nach* Sehnse, Herr Hauptmann, wenn man's genau nimmt, habense recht. Also von Ihnen möcht ich erschossen werden, Sie treffen 'n Flohstich mittenmang in de Mitte. Die Knöppe sitzen um 'n halben Zentimeter zu weit.

V. SCHLETTOW Das hab ich im Gefühl. Das hab ich ja gleich gesagt. Lachense nich, Wabschke, Sie denken, das is ne Kleinigkeit. Is auch ne Kleinigkeit. Aber an den Kleinigkeiten, daran erkennt man den Soldaten. Darauf is alles aufgebaut, da steckt 'n tieferer Sinn drin, verstehnse? Genau dieselbe Sache wie mit 'n Stechschritt. Leute glauben immer, is Schikane. Is keene Schikane, steckt auch tieferer Sinn drin, das muß man nur kapieren, verstehnse?

WORMSER Meine Rede, Herr Hauptmann, meine Rede! Was sag ich immer? Der alte Fritz, der kategorische Imperativ und unser Exerzierreglement, das macht uns keiner nach! Das und die Klassiker, damit hammer's geschafft in der Welt! Willy, nemm die Händ aus der Tasch un halt dich grad. Schau dir 'n Herrn Hauptmann an, das is e Figur. Woher hat er die Figur? Er hat sich gradgehalten. *Die Ladenglocke ertönt* Na, das is er ja wieder!

WILHELM VOIGT *schmächtige Gestalt, mager und etwas gebückt, leicht angedeutete O-Beine, hohles Gesicht mit starken Backenknochen, grauer Schnurrbart, fahle Hautfarbe. Er trägt einen alten, aber nicht zerlumpten dunklen Anzug, Hemd ohne Kragen, steifen Hut, grobe Stiefel, in der Hand ein verschnürtes Paket. Er hält den Türgriff fest und schaut wie erstaunt in den Laden.*

WORMSER Was wollense denn? Habense was abzugeben?

VOIGT – Nee. *Er schließt die Tür, geht weiter.*

V. SCHLETTOW Was will denn der, sieht ja aus wie ne Leiche auf Urlaub.

WORMSER Ich weiß nich – vielleicht will er sich ne Gardeuniform bestellen!

V. SCHLETTOW Tadellos, Wormser! Einfach zum Piepen!

WABSCHKE *zu Wormser* Det is neemlich so, det wa mißten de janze Schoßfalte ufftrennen, an der de Gesäßkneppe anjesetzt sind, und denn stimmt det wieder in de Tallje nich.

WORMSER Also, Herr Hauptmann, wegen der paar Millimeter werdense sich den schönen Stoff nich verschnipseln lassen. Vorschrift is Vorschrift – aber damit kann Ihnen ja nu wirklich nichts passieren.

V. SCHLETTOW So, kann mir nischt? *Jovial* Na, und wenn ich nu Untern Linden Majestät begegne, und Majestät zieht Zollstöckchen aus der Tasche und mißt mir Gesäßknöppe nach – na und was dann? *Lacht.*

WORMSER Was dann? Ich wer Ihnen mal was sagen: dann fragt er natürlich, von wem hamse den Rock, sagen sie: von Adolf Wormser aus Potsdam. Was, wird er rufen, von meinem lieben Wormser!! Bei dem laß ich ja selbst arbeiten! Also dann sind de Knöppe richtig, und mein Zollstock is falsch!! Hier habense 'n Orden, da die geflochtenen Achselstücke, machense so weiter, Herr Major – *Sprudelnd* – Sehnse, wennse beim Wormser arbeiten lassen, da sinse schon befördert!!

V. SCHLETTOW *wiehernd* Tadellos, Wormser! Is ja enorm! Also einfach gottvoll! Von meinem lieben Wormser! Gottvoll!! *Gelächter. Die Ladenklingel ertönt.*

WORMSER Da is ja der Mensch schon wieder –

VOIGT *steht in der Ladentür, betrachtet interessiert die im Schaufenster ausgestellten Lackstiefel.*

WORMSER *geht auf ihn zu* Was wollense denn?!

VOIGT *sieht ihn an.*

WORMSER Wollense was? Was habense denn hier zu suchen?!

VOIGT Ick wollte mir nur mal erkundigen –

WORMSER Raus!! Hier wird nich gebettelt!!

VOIGT *schließt rasch die Tür, trollt sich.*

WORMSER Das wäre gelacht. Am hellen Tag in mein Geschäft! Die Kerle sin heutzutage so frech, so frech wie die Schmeißfliegen.

V. SCHLETTOW Regense sich nich auf, Wormser, lassense lieber die Gesäßknöppe versetzen.

WORMSER Erledigt, Herr von Schlettow. Erledigt. Wenn Sie wünschen – wird gemacht. Willy, helf 'n Herrn Hauptmann in sein Rock. Am Montag habense die neue Uniform – mit vorschriftsmäßigen Gesäßknöppen. Sinse nu zufrieden?

V. SCHLETTOW Danke, Herr Wormser, vielen Dank, Herr Wormser! Wenn ich mir ne neue Montur bauen lasse, denn muß nu alles tadellos in Form sein, da hab ich meine Freude dran, verstehense?

Dunkel.

Zweite Szene

Personen: Oberwachtmeister, Wachtmeister, Wilhelm Voigt

Polizeibüro in Potsdam. Geschlossene Fenster, muffige Luft, viel Papier, Akten- und Kassenschrank. An der Wand Kaiserbild, Verordnungstafeln, Gendarmeriesäbel und Pickelhauben an Kleiderhaken.

Oberwachtmeister und Wachtmeister sitzen einander gegenüber an Schreibtischen. Wilhelm Voigt, Hut und Paket in der Hand, steht dicht beim Oberwachtmeister hinter einer niedrigen hölzernen Schranke. Der Oberwachtmeister schreibt mit kratzender Feder, der Wachtmeister klebt Marken auf Stempelpapier.

Aus der Ferne erklingt das Potsdamer Glockenspiel.

OBERWACHTMEISTER *zieht seine Taschenuhr, kontrolliert* Zwölfe. *Er löscht ab, klappt Aktendeckel zusammen.*

VOIGT Pardong, Herr Wachtmeester, ick wollte mir nur mal erkundigen –

OBERWACHTMEISTER Erstens ist von zwölf bis zwei geschlossen, das könnense draußen an der Türe lesen. Zweitens bin ich kein »Wachmeester«, sondern Oberwachtmeister und Reviervorsteher, das erkennt man an den Knöpfen und am Portepee.

VOIGT Na, denn vazeihnse mal, Herr Kommissär, ick warte nu schon seit halber zwelfe –

OBERWACHTMEISTER Drittens tretense mal 'n halben Schritt zurück. In einem Amtsraum hat ein Unbefugter so viel Abstand zur diensttuenden Behörde zu wahren, daß er die Aufschrift auf den Aktendeckeln mit bloßem Auge nicht erkennen kann. Da kann ja jeder kommen und uns einfach über die Schulter kucken. Habense noch nie was vom Amtsgeheimnis gehört?

VOIGT Pardong, Herr Oberwachtmeester, ick hab ja 'n kurzes Ooge, zum Lesen da brauch ick ne Brille. Und mitn Amtsjeheimniss, da mecht ick mir jahnich inkrimmenieren, bei sowat seh'ck ieberhaupt lieber wech. Ick wollte mir nur mal heflichst erkundigt haben, wie det mit meine nachjesuchte Aufenthaltserlaubnis bestellt is, ick warte ja nu schon –

OBERWACHTMEISTER Sie heißen?

VOIGT Voigt, Wilhelm.

OBERWACHTMEISTER Schlickmann, mal rasch die Personalakten U–Z. Alter?

VOIGT Sechsundvierzig Jahre.

OBERWACHTMEISTER Beruf?

VOIGT Schuster.

OBERWACHTMEISTER Geboren in?

VOIGT Klein-Pinchow.

OBERWACHTMEISTER Wo is denn das?

VOIGT Da hintenrum, bei de Wuhlheide.

OBERWACHTMEISTER Wo wohnen Sie jetzt?

VOIGT Jarnirgends.

OBERWACHTMEISTER Wieso? Sie müssen doch einen Wohnort angeben können.

VOIGT Nee, kann ick nich.

OBERWACHTMEISTER Na, wo sindse denn gemeldet?

VOIGT Ooch jarnirgends. Ick stehe nämlich unter Polizeiaufsicht. Deshalb bin ick ja hier, weil ick mir hier anmelden mechte, und dafor brauch ick zunechst mal de Aufenthaltserlaubnis.

OBERWACHTMEISTER Wo warense denn zuletzt gemeldet?

VOIGT Wieder jarnirgends. Ick komme gradewegs aus de Strafanstalt Plötzensee.

OBERWACHTMEISTER *hat sich in den Akten zurechtgefunden* Aha! Vorbestraft. Sogar im Wiederholungsfall. Sie sind ja 'n ganz schwerer Junge.

VOIGT Ick weeß nich, Herr Kommissär, ick werde in letzter Zeit immer leichter. Besonders seit ick aus de Plötze raus bin, da ha'ck fast nur noch Luft in de Knochen.

OBERWACHTMEISTER Quasselnse nich. Sie haben wohl auch Luft im Kopp, was? Was wollense denn hier in Potsdam?

VOIGT Arbeeten will ick.

OBERWACHTMEISTER Das kann jeder sagen. Warum habense denn früher nicht gearbeitet? Fuffzehn Jahre Zuchthaus, wegen Posturkundenfälschung!

VOIGT Det is lange her, Herr Kommissär.

OBERWACHTMEISTER Desto schlimmer, desto schlimmer! Mit achtzehn Jahren!! Wie habense das denn angestellt?

VOIGT Na da war'ck n junger Dachs, Herr Kommissär. Und es hat sich ja alles in allem nur um dreihundert Märker jehandelt.

OBERWACHTMEISTER Das ist gar keine Entschuldigung.

VOIGT Ick will mir auch garnich entschuldigen, Herr Kommissär, det war nu mal so. Ick bin da mit'n jungen Meedchen gegangen, aus de Hotelkichenbrangsche. Da war'ck janz wech von. Ick konnte ihr nie wat spendieren, vastehnse, un de Spendierer, die hamse mir einfach abjespannt.

OBERWACHTMEISTER Und da sind Sie einfach hingegangen und haben einfach die Reichspost betrügerisch ausgeplündert.

VOIGT Ick dachte, det spürense da jarnich, bei son großen Betrieb. Aber denn habense mir jeschnappt und haben mir gleich fuffzehn Jahre injespunnen. Det is doch'n bisken ville forn junges Blut.

OBERWACHTMEISTER Darüber steht Ihnen kein Urteil zu. Das Strafmaß entspricht immer ganz genau der Schwere des Delikts.

VOIGT Meintswegen. Et is ja nu lange vorbei.

OBERWACHTMEISTER So was ist nie vorbei, merkense sich das. Was in Ihren Personalakten steht, das ist Ihnen so festgewachsen wie die Nase im Gesicht. Wer einmal auf die schiefe Bahn gerät –

VOIGT Stimmt.

OBERWACHTMEISTER Wieso »stimmt«. Was stimmt?

VOIGT Das mit de schiefe Bahn. Da hamse janz recht. Det is, wie wennse ne Laus uff ne Glasscheibe setzen. Da kannse nu krabbeln und krabbeln un rutscht ejal immer wieder runter.

OBERWACHTMEISTER Das sind so Redensarten, die kennt man. *Liest in den Akten* Nach Verbüßung Ihrer Strafe sind Sie ins Ausland gegangen.

VOIGT Jawoll, nach Böhmen und denn nach Bukarest.

OBERWACHTMEISTER Was habense denn dort getrieben?

VOIGT Da ha'ck jearbeetet.

OBERWACHTMEISTER So. Bei wem denn?

VOIGT Bein Schuhfabrikanten namens Wonkrowitz. Det war 'n Jude.

OBERWACHTMEISTER Aha! *Macht sich eine Notiz* Und warum sindse dann zurückgekommen?

VOIGT Det kann man schwer sagen, Herr Kommissär. Ick hatte mir da neemlich recht scheen rinjesetzt.

OBERWACHTMEISTER Warum sindse dann nicht bei Ihrem Juden geblieben?

VOIGT Weil ick – ick habe mir eben so sehr zu Hause jesehnt. Det war dumm von mir. Bei dem Juden, da war'ck neemlich jut unter.

OBERWACHTMEISTER Habense denn in Deutschland noch Familie?

VOIGT Nee, det heißt, haben tu'ck schon noch, ne Schwester zum Beispiel, die is verheiratet. Da trau ick mir aber mit all meine Vorstrafen aufn Puckel jarnich rauf.

OBERWACHTMEISTER Dann möcht ich nun wirklich wissen, warum Sie wieder nach Deutschland zurückgekommen sind.

VOIGT Ick sage ja, det war dumm von mir. Aber ick habe mir heimjesehnt. Da unten, da sinse alle janz anders, und da redense ooch janz anders. Und da hat nu schließlich der Mensch seine Muttersprache, und wenn er nischt hat, denn hat er die immer noch. Det glaubense jarnich, wie scheen Deutschland is, wenn man weit wech is und immer nur dran denkt. Aber ick sage ja, det war dumm von mir.

OBERWACHTMEISTER *liest in den Akten, ohne zuzuhören* Zuletzt hattense nun wieder eine Freiheitsstrafe zu verbüßen – fünfzehn Monate Gefängnis, wegen Melde- und Paßvergehen, Irreführung der Behörden und versuchter Urkundenfälschung.

VOIGT Da wollt ick mir nu de Neese aus det Jesichte reißen. Aber det hat nich jegangen.

OBERWACHTMEISTER Was redense da?

VOIGT Ick meine, wat Sie vorhin jemeint haben, sone Vorstrafe, die schleppt eener mit rum wie de Neese ins Jesicht. Als Willem Voigt, da hab ick nischt zu jewinnen in de Lotterie. Nu hab ick mir jesacht: Schluß mitn Willem Voigt, fängste als Friedrich Müller von vorne an. Det war doch jar nich so iebel.

OBERWACHTMEISTER Blödsinn. Sie sehen ja, was dabei rausgekommen ist.

VOIGT Ick hab mir halt nich ausjekannt.

OBERWACHTMEISTER Also hoffentlich kennense sich jetzt aus: was 'n Gesetz is, und was 'n Vergehen is, und was 'n Gefängnis is. Lang genug habense ja studiert.

VOIGT Jawoll, det kann ick wohl flüstern. Aber deshalb brauch ick nu jetzt meine Aufenthaltserlaubnis. Ohne der bin ick ja uffjeschmissen. Ick mechte mir hier in de Schuhfabriken vor Militärstiefel betätigen, det is neemlich meine Spezialität, de

Zuchstiebeln un de langen Schefte, und ins Jefängnis da habense mir ooch in de Maschinenarbeet ausjebildet.

OBERWACHTMEISTER Habense sich denn schon nach Arbeit umgesehen?

VOIGT Det mach ick 'n janzen Tach, seit ick raus bin. Ick hab mir schon 'n Paar Sohlen kaputtjeloofen. Die Jefängnisleitung hat mir ja ne Empfehlung mitjegeben – *Er kramt sie aus der Tasche* – aber ick komme jarnich dazu, det ick se vorzeichen kann. Iberall wollense Meldepapiere sehn, und wenn ick in son besseres Jeschäfte fragen will, da glaubense, ick will betteln, da haunse mir gleich raus.

OBERWACHTMEISTER *hat kaum zugehört, ordnet die Akten ein* Also kommense mal wieder, wennse Arbeit haben. Dann können wir weiter sehn.

VOIGT Ick bekomm ja keene Arbeet ohne de Anmeldung. Ick muß ja nu erst mal de Aufenthaltserlaubnis –

OBERWACHTMEISTER Das schlagense sich mal ausm Kopp. Einem stellungslosen Zuchthäusler können wir hier keine Aufenthaltserlaubnis geben. Nachher denken Sie ja gar nicht mehr dran zu arbeiten und treiben sich hier rum.

VOIGT Ick muß doch arbeeten. Von wat sollt ick denn leben?

OBERWACHTMEISTER Das ist Ihre Sache. Sehnse zu, daß Sie 'n ordentlicher Mensch werden. Wenn einer arbeiten will, denn kriegt er auch Arbeit.

VOIGT *schüttelt den Kopf* Nee, nee, det is nu 'n Karussell, det is nu ne Kaffeemihle. Wenn ick nich jemeldet bin, krieg ick keene Arbeet, und wenn ick keene Arbeet habe, da darf ick mir nich melden. Denn will ick wieder raus. Denn jebense mir 'n Paß mit 'n Grenzvisum, det ick rieber kann.

OBERWACHTMEISTER Dafür sind wir hier nicht zuständig.

VOIGT Se haben doch jetzt mein ganzes Vorleben da in de Hand, un wennse mir hier nich haben wollen, denn jebense doch bein Alex ein, det ick 'n Paß kriege!

OBERWACHTMEISTER Ich sage Ihnen doch, dafür sind wir nicht zuständig. Wenn Sie 'n Paß wollen, müssense sich an Ihre Heimatbehörde wenden.

VOIGT Da war'ck jrade jewesen! Aber da habense mir jar nich anjehört. Du bist bei uns abjehängt, habense jesacht. Hier kenn wa dich nich mehr, seit zwanzich Jahren biste jestrichen. Jeh mal ne Ortschaft weiter, die Heimat schämt sich deiner, habense jesacht. Na ja, sach ick, ick will ja nu hier ooch keen Denkmal jesetzt kriegen, ich will ja nur meine Zuständigkeit. Da habense mir rausjeflammt. Nee, nee, da jeh'ck nich mehr hin.

OBERWACHTMEISTER Na, regense sich mal nicht auf hier.

VOIGT Ick reg mir jarnich uff, ick will nur 'n Papier haben. 'n Papier, det is doch mehr wert als de janze menschliche Konstitution, det brauch ick doch neetijer als det tägliche Brot!

OBERWACHTMEISTER *schnallt um, setzt seinen Helm auf* Jetzt machense mal 'n Punkt.

VOIGT Nee, nee, ick reg mir jarnich uff, aber't muß ja nu 'n Platz geben, wo der Mensch hingehört! Wenn ick keene Meldung kriege und nich hier bleiben darf, denn will'ck wenigstens 'n Paß haben, det ick raus kann! Ick kann ja nu mit de Füße nich in de Luft baumeln, det kann ja nur'n Erhenkter!

OBERWACHTMEISTER Ich werde Ihr Gesuch um Aufenthaltserlaubnis weitergeben.

VOIGT Jebense mir lieber 'n Paß! Ick will ja wieder raus. Ick will ja nu gerne wieder raus, und ick komme ooch so bald nich wieder, da kennse janz ruhig sind, da kennse Jift druff nehmen! Ick weiß ja nu Bescheid, mir hamse jebrannt, det langt forn Rest!

OBERWACHTMEISTER Sie haben immer noch unklare Vorstellungen über die Zuständigkeitsgrenzen. Für ihre Paßangelegenheit kommen wir hier nicht in Frage, merken Sie sich das, is gänzlich ausgeschlossen. Ihr Gesuch um Aufenthaltserlaubnis geb ich weiter, aber befürworten kann ich's nicht, dafür ist Ihr Vorleben zu fragwürdig. Wir haben genug unsichere Elemente in der Stadt. Schluß jetzt.

VOIGT Da mecht ick Ihnen 'n Vorschlag machen – da mecht'ck Ihnen vorschlagen, det se mir gleich expreß wieder in de Plötze zuricktransportieren lassen!

OBERWACHTMEISTER Raus!!! Jetzt wird er auch noch frech! Scherense sich raus!!

VOIGT Na, nu nich. Ick geh ja schon. Jesegnete Mahlzeit. *Ab.*

OBERWACHTMEISTER Dummer Kerl! Stiehlt mir ne Viertelstunde von mein Mittach. Zum Schluß schimpft er noch. Naja. Dem trau ich nicht übern Weg.

WACHTMEISTER Ich auch nicht, Herr Kommissär.

OBERWACHTMEISTER Ich geh jetzt essen. Um halb zwei lös ich Sie ab. Tach, Schlickmann.

Dunkel.

Dritte Szene

Personen: Gäste und Kellner im Café National, darunter Hauptmann v. Schlettow, Dr. Jellinek, ein betrunkener Gardegrenadier, Paul Kallenberg, genannt Kalle, Wilhelm Voigt

Café National in der Friedrichstraße. Sonntag vormittag, wenig Gäste, keine Musik. Im Hintergrund, über einer breiten Portierentür, ein Schild:

ZUM BILLARD-KLUB »BONNE QUEUE«
GESCHLOSSENE VEREINIGUNG

Von dort hört man das klickernde Geräusch der Billardkugeln, dann und wann gedämpfte Rufe der Spieler.

Einige umfängliche Damen sitzen stur und gelangweilt an Marmortischen, der frühen Stunde zum Trotz, wie Soldaten, die auch bei ungünstigster Gefechtslage ihren Posten nicht verlassen.

Die Kellner lackeln müde am Büfett.

Im Vordergrund rechts sitzen Wilhelm Voigt und Paul Kallenberg, genannt Kalle. Kallenberg ist bedeutend jünger als Voigt, mit kleinem, verkniffenem Gesicht, entzündeten Augenlidern, Gefängnisblässe. Er trägt Kragen und grelle Krawatte.

KALLE Wo hastn heite Nacht jepennt?

VOIGT Bein Bahnhof Wannsee, und denn uff ne Bank im Jrienen. Wie's kalt jeworden is, bin ick bis Zoo jefahren und hab mir in Wartesaal jesotzen.

KALLE Ick hab in 'n Bett jelegen. Piekfein.

VOIGT Wieso denn? Wie hastn det jeschafft?

KALLE Ick hab ne Visite jemacht, bein Schmittchen, weeßte, den Anstaltsgeistlichen von Moabit, den mit de Plüschaugen, den wa imma det Riehr-Ei jenannt hahm. Der hat uns ma seine Adresse jejeben, det wa ihm sollten vont neie Leben und von unsre Besserung 'ne Ansichtskarte schreiben. Ick schelle so jejn achte, det Meechen macht mir uff, ick rasch 'n Stiebel in de Türspalte: und rin!! Da sitzense umn Tisch rum und labbern rote Gritze. Nu ha'ck mir an de Wand jelehnt un de Hende vort Jesichte jeschlagen und habe jeweint, det ma de Tränen nur so in de Stoppeln jekullert sind. Det kann ick neemlich jetzt prima mit meine vakiehlten Knalloogen. »Son trauliches Familienleben«, ha'ck jewimmert – »Jottachjott, wer det ooch mal hette!« Da hat er mir jleich ne Suppe jejeben, und denn noch 'n Ende Wurst mit sone mehligen Kartoffeln zu, un in sein Sohn sein Bette hat er mir jelegt, un der mußte auft Kanapee pennen. »Joachim«, hat er zu sein Sohn jesacht – »übe dir mal wieder in de christliche Nächstenliebe.« Son Schmußlappen.

VOIGT Na un denn?

KALLE Heite morjen hat's 'n Kaffe jejeben, der schmeckte bloß nach Zischorje, ne trockne Schrippe bei von letzten Mittwoch, und denn hat er mir mit seine janze Familie in Dom jechickt, weil Sonntach is. Na, ick hab mir jeschämt – Untern Linden mit sone olle Pastorenzippe und an jeder Hand ne Rotzjöhre! An de Passasche ha'ck kurz kehrt jemacht und hab mir seitwärts in die Bische jeschlagen.

VOIGT Du bist ne Nummer, Kalle.

KALLE Jewiß doch, sogar ne hohe Nummer, aber ne janz unjrade! Mensch, det mußte ooch sind heitzutage, sonst verreckste im Stehen und vahungerst vorm Telikadessenjeschäft.

EIN KELLNER *kommt, mustert die beiden mißtrauisch* Wennse hier rumsitzen, missense auch was verzehren.

VOIGT Sie Schlauer. Jrade janz jenau deswejen sitzen wa neemlich hier rum.

KALLE Der meent wol, wir ham uns hier als Preisrichter vor de Scheenheitskonkurrenz anjebaut! Nee, Scheibe! Von Kunstjenuß alleene kann der Mensch nich leben. Zwee Konjack.

VOIGT For mich nich. Ick mecht 'n heißen Kaffe.

KALLE Zwee Konjack. Willem, du bist injeladen. For 'n heißen Kaffe kannste selbst blechen.

KELLNER *geht.*

VOIGT Haste Kies?

KALLE *holt ein paar kleinere Geldstücke aus der Tasche* Det sin de letzten Morikaner.

VOIGT Un wennse abjestorben sind?

KALLE Denn kann ick immer noch mein Anzuch verkoofen. Der is noch janz schnieke.

VOIGT Mensch, mach det nicht! Bleib in Schale, Mensch!! Ick kann dir sagen, Schale is allens. Wenn de mal so rumloofst als wie icke – denn is nischt mehr zu wollen.

KALLE Wat denn, du bist ja nu ooch noch 'n janz scheener Jingling.

VOIGT In Potsdam – da ha'ck son Klamottentempel jesehn – Junge Junge! da kannste des Kaisers Rock forn blauen Lappen kaufen – mitn janzen Klimbim.

KALLE Wat meenste?

VOIGT Son Uniformjeschäft. Ick bin ma rin und wollte uff Arbeet fragen, wejen de hohen Lackstiebeln in der Auslage. Mensch – da hängt de janze Herrlichkeit uff de Stange, wie de Häute bein Lohjerber. Siehste – da ha'ck jestaunt.

KALLE Haste denn noch nie 'n Uniformladen jesehn?

VOIGT Nee; det heißt, bei de Pollacken schon – aber hierzeland is mir det nie uffjefallen. Da ha'ck mir immer jedacht: des Kaisers Rock, na, den kriste doch von der Kammer, wenn de Rekrut wirst. Un wat son Offizier is – der kriegt 'n von Kaisern selba.

KALLE Ick hab jegloobt, du wärst 'n Berlina.

VOIGT Bin'ck ooch. Heitzetage sin doch de meisten Berlina aus Posen. Ick bin schon aus de Wuhlheide.

KALLE Aba du kennst dir jar nich aus in Berlin, wat?

VOIGT Wenn ick hier rin war, denn hamse mir immer gleich hopp jenommen. Det is keen Pflaster for mir.

KALLE Heit ahmd – da jehn wa int Café Dalles. Da wern wa schon 'n Boß finden, der kesse Jungens braucht, und wenn's forne Schmiere is.

VOIGT Nee, mach ick nich. Ha'ck jenuch von. Da jehste vaschütt wie'n oller Mülleimer. Ick jeh bei de Industrie.

KALLE Wat willstn da?

VOIGT Arbeeten.

KALLE Brrrrrrr!

VOIGT Da wird klotzig Jeld vadient. – Ick bin doch'n Jelernter.

KALLE Uff dir hamse dort grade jewartet.

VOIGT Wat de selbständlichen Handwerksmeester sind, die nemm unsereens nich an, hamse ooch janz recht. Solang se junge Jeselln kriegn mitn orntlichen Jewerbeschein, wat sollnse da mitn ollen Knastschieber. Aber de Industrie – die braucht Maschinenfutter.

KALLE Da ha'ck jarkeen Vaständnis for. Ick wer 'n Ding drehn – soon Ding – und denn ha'ck forn paar Jähreken ausjesorcht.

VOIGT Det wird nischt, Kalle. Wennste 'n Ding drehn willst, 'n richtiges großes Ding – davor mußte 'n Kopp haben, den haste nich. Det mußte janz jenau wissen, vastehste? Ick wißte schon – *Verstummt, lächelt.*

KALLE Wat weeßte?

VOIGT *gibt keine Antwort, wiegt lächelnd den Kopf.*

KALLE Du weeßt ja ooch nischt.

KELLNER *kommt, stellt das Tablett mit einer Tasse Kaffee und zwei Kognaks auf den Tisch, geht.*

VOIGT *schüttelt den Kopf* Nee nee – ick probier's nochmal in sone neie Schuhfabrik.

KALLE Na, prost! *Schiebt ihm einen Kognak hin.*

VOIGT *nimmt den Kaffee* Uffn nichternen Magen kann'ck det nich vertragen. Ick bin ieberhaupt keen Alkohol jewöhnt.

KALLE Ick ooch nich, aber ick jewöhn mir dran. *Er schüttet sich mit kippender Bewegung einen Kognak hinunter, dann kramt er eine halbgerauchte Zigarette aus der Tasche, glättet sie und zündet sie an.*

VOIGT *schlürft langsam seinen Kaffee.*

BEIDE *schweigen.*

Im Hintergrund, durch die Portiere, die den Eingang zum Billardzimmer abschließt, erscheint Hauptmann von Schlettow in Zivil. Er hält noch das Billardqueue in der Hand und übergibt es dann einem nacheilenden Pikkolo. Man sieht ihm an, daß er die zivile Kleidung nicht gewohnt ist. Der Kragen ist zu hoch und scheint ihn zu drücken. Gleichzeitig mit ihm erscheint Dr. Jellinek, ein junger Assistenzarzt und Billardspieler.

V. SCHLETTOW Kommense, Jellinek, auf die Partie können wir uns getrost 'n Schnaps verpassen! 'n Gegner wie Sie findt man nich alle Tage!

JELLINEK Von Ihnen besiegt zu werden, ist keine Schande. Nee, lieber Hauptmann, da komm ich nich mit, Donnerwetternochmal!

V. SCHLETTOW *strahlend* Fein, was, die doppelte Karambolage, und denn der Rückwärtser mitm linken Effet, daß ich den noch gemacht habe, das hätt ich selbst nich geglaubt.

JELLINEK Das macht Ihnen so leicht keiner nach. Tach, Puppe, Tach, Olympia. *Er grüßt kopfnickend einige Damen* Da drüben, Schlettow, da sind wir 'n bißchen unter uns.

V. SCHLETTOW Ich muß was essen. Ich hab schon wieder Hunger. Ich sage Ihnen, ich kann 'n janzen Tach essen.

JELLINEK Freuense sich, Sie sind die Gesundheit selbst! Wenn's mehr so gäbe, dann könnten wir Ärzte einpacken. Strotzend wie 'n Baum voll Äppel, leuchtend wie ne Sonnenblume, knusprig wie ne frischgebackene Semmel! Wenn ich 'n Weib wäre, von Ihnen möcht ich 'n Kind haben.

V. SCHLETTOW Gottvoll, Doktorchen! Gottvoll sinse! *Sie setzen sich links vorne. Ein Kellner ist ihnen gefolgt* Was nehm wa denn?

JELLINEK Ich nehm 'n doppelten Allasch.

V. SCHLETTOW Mir gebense 'n Kognak mit Soda und zwei Eier im Glas!

KELLNER *geht.*

V. SCHLETTOW *ruft ihm nach* Und 'n paar Salzstangen mit Butter und ne kleene Platte Schinken!

KELLNER *über die Schulter* Roh oder gekocht?

V. SCHLETTOW Gekocht, aber nich so fett!

JELLINEK Nich so fett wie sonst bei Juden, was?

V. SCHLETTOW Gottvoll! Zum Piepen! *Sieht sich um* Eigentlich trostlos, der Ausschank. Wie 'n Bahnhof oder so was. Sagense mal, kennen Sie all diese Damens persönlich?

JELLINEK Die meisten beruflich. Ich bin doch Assistent im Frauenkloster in der Charité. Da lernt man so manches kennen, wissense.

V. SCHLETTOW *nachdenklich* Sie als Mediziner haben's doch bedeutend leichter – mit dem Anschluß ans andere Geschlecht.

JELLINEK Na, hörense mal, 'n Offizier wie Sie, der sticht doch alles aus. Jung, adlig, Garde, was wollense mehr!

V. SCHLETTOW Na ja, in Uniform, da geht's ja, da macht man Figur, das gibt 'n kolossalen Halt, da is man 'n ganz anderer Kerl. Wissense – in Staatsbürjerkluft – da komm ick mir immer vor wie ne halbe Portion ohne Mostrich.

JELLINEK *lacht.*

V. SCHLETTOW In son Lokal wie hier, da is nu mal nich anders möglich. Aber wenn in Bongkö nich de quicksten Billardfritzen von Berlin und Umgebung zu treffen wären – dann käm ich hier gar nich her.

JELLINEK Is doch ganz harmlos. Is doch keine Räuberhöhle.

V. SCHLETTOW Ja, aber – für Militär verboten – eigentlich. Sehnse – das müssense sich mal vorstellen – unsereins – Offiziersfamilie seitm Siebenjährigen Krieg, Großvater noch gewöhnlicher Linieninfantrist, janz ohne »von« vorne – da is man nu in punkto Firmenschild verdammt aufm Kasten. Offiziersberuf is dauernde öffentliche Verantwortung, hat mein oller Herr immer gepredigt – und damit hat er's bis zum Kommandierenden General gebracht. Aufn bunten Rock kein Stäubchen – das is mir Lebensaufgabe.

JELLINEK Jaja, das kann ich verstehn. Möchte auch lieber aktiv sein, statt fremden Leuten die Bauchdecke aufzuklappen.

KELLNER *kommt mit den Schnäpsen.*

V. SCHLETTOW *versunken* Also ich hab mir beim Wormser ne neue Uniform geleistet – ich sage Ihnen – 'n Glanz wie son frischgestriegelter Rappenhals.

JELLINEK *hebt sein Likörglas* Sehr zum Wohle!

V. SCHLETTOW Wöhlchen, Prösterchen, hipp hipp hurra, möge Ihnen zum Heile gereichen!

KELLNER *hat ihm inzwischen Sodawasser eingegossen, geht.*

V. SCHLETTOW Wo bleiben denn die Eier?

KELLNER Sofort. Missen erst jekocht werden.

V. SCHLETTOW Jelegt sinse hoffentlich schon.

EINE NEUE DAME *kommt herein, geht langsam durchs Lokal. Sie ist blond, voluminös, noch recht jung, aber etwas quallig und mit einem leisen Stich. Kleidung Halbseide, nicht mehr neu. Sie geht, mit der Tasche schlenkernd, an einen leeren Tisch, setzt sich. Lächelnder Augengruß zwischen ihr und Jellinek.*

V. SCHLETTOW *leicht degoutiert* Die kennense auch schon wieder?

JELLINEK Die? Das ist doch die Plörösenmieze, ne ganz originelle Person. Hab ich Ihnen nie die Geschichte erzählt, wie die zum erstenmal – kommen se mal her, das kann ich nich so laut –

V. SCHLETTOW *beugt sich vor, Jellinek erzählt leise, flüsternd.*

KALLE Na, Willem, woran denkste.

VOIGT Icke? Ick denke jarnischt. Ick döse nur. Wenn 'ck mitm Löffel in Kaffesatz riehre, denn fällt mir immer de Kartenjule in, det war ne Tante von mir. Mensch Willem, hatse jesacht, sooft ick ihr mein Kaffesatz jebracht habe – aus dir wird mal was, da wirste dir selbst nich mehr kennen.

KALLE So weit hastet ja nu balde jebrungen.

VOIGT *rätselhaft* So was is nich von de Hand zu weisen. Neenee. Und mit de Sterne – det is nu ooch son Ding. Jloobste vielleicht, die jehn uns nischt an, weil se so weit wech sind? Denn hast du keene Ahnung von.

KALLE Nee, Willem, da ha'ck nu jrade wat janz andres jedacht.

VOIGT Wat denn?

KALLE Det will'ck dir sagen. Unsereens, wat so lange in Sanatorium jesessen ist, der muß sich nu erst mal aufbauen. Sonst kann er jarnischt wieder werden.

VOIGT Wie meinstn det?

KALLE Det mein ick, wie'cks meine. Wer jesessen hat, muß wieder uffstehn. De Hauptsache is, daß der Mensch noch hinten hoch kann. Schau dir doch mal um! *Weist auf die umhersitzenden Damen* Kiek ma den Saftladen! Haste denn gar keen Blutdruck mehr?

VOIGT Na ja, det is schon wahr. Man mechte ja ooch mal wieder Mensch sind. – Aber – det kost ne Kleinigkeit.

KALLE Ich jloobe, zu zweit is billiger. Wieviel hastn noch?

VOIGT Zwee fuffzig, und 'n paar Fennije.

KALLE Zeig mal her. Wolln ma zählen.

Sie beugen sich über den Tisch, zählen ihre Geldstücke. Inzwischen ist die Plörösenmieze aufgestanden und an den Tisch von Schlettow und Jellinek herangeschlendert. Gleichzeitig bringt der Kellner Schlettows Essen: Eier im Glas, Schinken, Butter und Gebäck.

PLÖRÖSENMIEZE *wiegt sich ein wenig* Tachchen.

JELLINEK Na, Mieze, wie is denn?

PLÖRÖSENMIEZE Wie soll denn sind. Am Ahmd is duster, und in Zylinder brennt keen Licht.

V. SCHLETTOW *mit dem Salzfaß hantierend, sichtlich unangenehm berührt* Ganz so schlimm wird's ja nu ooch nich sein.

PLÖRÖSENMIEZE Ick bin so frei und setze mir.

V. SCHLETTOW Nee, danke. Wir sind hier geschlossene Gesellschaft. Wennse nen Schnaps wollen, schick ich Ihnen rüber.

PLÖRÖSENMIEZE *ruhig und trocken* Uff Ihrn Schnaps frei ick mir schon seit letzte Weihnachten. Essense man Ihre Eier, sonst wernse kalt. Sie ham wol 'n Sonnabendabend bei Ihre selije Großmutter verbracht. *Geht weiter.*

V. SCHLETTOW *zu Jellinek* Ekliges Weib. Is mir absolut peinlich, so was. Wissense, Doktor – das Vulgäre liecht mir nich. Da kann ich gar nichts mit anfangen. *Essend* Aber Heiraten is auch nischt. Nette Mädchens haben alle kein Geld.

JELLINEK *lachend* Na, zwischen so einer und ner Erbkomtesse gibt's ja noch allerhand Zwischenstufen, nich?

V. SCHLETTOW Gewiß – wenn man bedenkt – Berlin is ja schließlich groß; aber grade in soner großen Stadt, da is man oft ganz verdammt solo.

JELLINEK Ihnen steht doch jeder Salon offen. Gehnse nich viel in Gesellschaften?

V. SCHLETTOW Eigentlich nur zu den offiziellen. Regimentsball oder so. Wissen Sie – ich bin kein leichtlebiger Mensch. Ich nehme das alles blödsinnig ernst.

JELLINEK *rauchend, uninteressiert* Das is nu mal so. Wir Deutschen machen's uns immer so schwer, nich?

V. SCHLETTOW Richtig. Das macht die Erziehung, glaub ich. Also ich hab schon im Kadettenkorps sehr viel nachgedacht. Aber was heißt das, man hat ja 'n Dienst, nich? Das geht doch über alles, da wird man wieder 'n Mensch, nich wahr? *Wieder ganz frisch* Kann Ihnen sagen, wenn man so morgens auf'n Gaul steigt und denn raus auf'n Schießplatz und quer übers Gelände geprescht, und dann 'n paar Kommandos, und sone Truppe entwickelt sich haargenau, sag ich Ihnen, wie son Uhrwerk! Und überhaupt der ganze Kompaniedienst, wo man jeden einzelnen wie seine Tasche kennt –

JELLINEK Ja, der Beruf ist natürlich die Hauptsache. Wenn bei uns mal ne ordentliche Bauchhöhlenschwangerschaft vorkommt, oder 'n Zwanzigpfundmyom, oder 'n glatter sauberer Kaiserschnitt – ja, da is man 'n ganz anderer Mensch, da strahlt man wie 'n Weihnachtsbaum!

V. SCHLETTOW Nee, nich mein Fall. Denn lieber zehn Stunden Griffekloppen.

JELLINEK *lacht.*

V. SCHLETTOW Kann Ihnen sagen – der Dienst – wenn ich das nicht hätte –

JELLINEK *gelangweilt* Rauchen Sie?

V. SCHLETTOW Danke, gern! *Bedient sich. Beide paffen stumm, haben sich nichts mehr zu sagen.*

PLÖRÖSENMIEZE *ist inzwischen weitergegangen und dabei in der Nähe von Voigt und Kallenberg vorbeigekommen. Die folgen ihr mit den Augen, schauen einander an, zögern eine Weile, dann ruft ...*

KALLE Sie, Frollein, kommense mal 'n bisken näher. Wissense was? Ick sage immer: Morjenstund is aller Laster Anfang.

PLÖRÖSENMIEZE *sieht ihn über die Schultern an, zeigt ihre Zähne* Du meinst wol: Müßigjang hat Jold in Munde, wat?

KALLE *scheppernd vor Vergnügen* Die is richtig! Det ha'ck ja gleich jewußt, die is goldrichtig! Na, bleib doch man, wo willste denn schon wieder hin, Mäusken?

PLÖRÖSENMIEZE Wohin? Auf Toilette.

KALLE Mußn det jleich sind?

PLÖRÖSENMIEZE Nee, eilt jarnich. Bei mir heißt's immer wie in det scheene Lied: »Is ja nich forn eignen Leib, sondern nur forn Zeitvertreib!« *Kommt an den Tisch.*

KALLE Siehste siehste, det is ne erste Nummer – un de zweite folcht sogleich, wat?

VOIGT *setzt seine Stahlbrille auf.*

PLÖRÖSENMIEZE Na, Alterchen, wat kiekstn. Jefall ick dir?

VOIGT *schmunzelt – schiebt ihr mit höflich einladender Handbewegung seinen nur angetrunkenen Kognak hin.*

PLÖRÖSENMIEZE Danke, Sießa! *Sie setzt sich, trinkt* Uff dein jeehrtes Wohlerjehn!

KALLE Mensch, da haste ne Eroberung jemacht, haltse fest, solangse noch warm is. Ick hab mir jleich jedacht, Molle, wie'ck dir jesehn habe: »Dieset kleene Aas, macht forn Taler Spaß!«

PLÖRÖSENMIEZE Kusch, Kleener, vaschluck dir man nich! Bist wol 'n bisken doof, was? Unter fimf Mark pro Neese is bei mir nischt zu machen, det sag ick immer gleich, damit keene Jereiztheiten uffkommen.

KALLE Na, hör mal, Molle, det is doch 'n bisken happig, nich?

PLÖRÖSENMIEZE Wat, handeln willste? Noch dazu an Sonntachvormittag, wo'n anständijer Mensch in de Kirche jeht, oder bei die militärische Platzmusik? Scheemste dir 'n jar nich? Nee, so kannste bei mir nich in Omnibus insteijen, so nich.

VOIGT Siehste, Kalle.

KALLE Schnauze, Mensch! Misch du dir mal nich rin, det vastehste nich. Sehnse, Frollein, wir sind zwee janz armselige jeknickte Unschuldslilien, wir komm neemlich direkt aus de

Plötze, da ham wa jahrelang jesessen mutterseelenalleine bei Wasser und Brot, und nu ham wa keene Menschenbrust und keen Koppkissen uff die weite Welt – Frollein, Sie ham doch 'n jutes Herze, det seh'ck Ihnen doch an. Hamse doch Mitleid mit zwee unjlickliche ausjestoßene Jlieder der menschlichen Jesellschaft.

PLÖRÖSENMIEZE Na nu flenn mal hier nich. Det hat jar keen Zweck. Da biste janz an de falsche Adresse jekommen. Du meinst wol, du bist hier bei 'n Handarbeitskränzchen wohltätijer Damen for de frierenden Negerkinder in Afrika.

KALLE An Sonntachmorjen findste ja doch keen Zavalier mit 'n dicken Portmonneh.

PLÖRÖSENMIEZE Du mit deine ejiptischen Oogen und deine Karbolschnauze kommst for mir ieberhaupt nich in Frage. Wenn ick jeh, jeh'ck mit Jroßvatern, det is mal wat andres, und det is ooch 'n feiner Mensch, mit den seine Brille kann man sich doch jebildet unterhalten, nich wahr, Ollerchen?

VOIGT *lächelt freundlich, wiegt aber bedenklich den Kopf.*

KALLE *macht ihm Zeichen, daß er jetzt reden solle.*

PLÖRÖSENMIEZE Na, wie is, Vating, bist woll in Vaein fier staubdumme Kanarienzichter?

VOIGT Vazeihnse, mein Frollein – ick hab neemlich nur noch zwee Mark fuffzich Jesamtkapital – un davon mißt ick'n paar Groschen ieberbehalten for de Penne un for de Stadtbahn.

KALLE Wat heißt hier Stadtbahn, Mensch! Wennste von det Frollein kommst, denn hippste wie 'n junger Hase. Nee, Kinder, ick wer eich sagen, wat gesund is: wa nehm den seine zwee fuffzich, ick lege noch fimf Jroschen druff, denn lumpen laß ick mir nich! – un denn jehn wa zu dritt vorn scheenen breißischen Daler.

PLÖRÖSENMIEZE Ausjeschlossen. Dir nehm ick nich mit. Wenn'ck jeh, jeh ick mit Jroßvatern.

Sie tätschelt Voigts Hand. Er schmunzelt. Gleichzeitig erhebt sich draußen vorm Lokal ein ziemlicher Lärm, man hört eine betrunkene Soldatenstimme das Lied vom Reservemann grölen.

KALLE Also, Willem, det kannste nich machen, det is jejen de

Vereinbarung! Det kannste nich machen, Willem, du hast doch schließlich noch 'n Funken Ehrjefiehl im Leibe.

VOIGT *bedächtig* Nee, Kalle, det mach'ck ooch nich. *Zur Plörösenmieze* Det kann'ck nich machen.

PLÖRÖSENMIEZE Jottedoch, bist du 'n Ehrenpussel!

KALLE Da wär'ck neemlich sehr beese, wär'ck da!

PLÖRÖSENMIEZE Und det wär nu ooch 'n Malheur.

EIN STARK ANGETRUNKENER GARDEGRENADIER *erscheint durch die Drehtür. Hinter ihm ein ebenfalls ziemlich beduselter Zivilist.*

DER GRENADIER *grölend*

»– und es wird nicht lang mehr dauern,
dann hat Reserve Ruh!«

DER ZIVILIST Nee, Aujust! Aujust! Komm doch bei dich! Mensch, noch biste Soldat!!

DER GRENADIER Det is mir piepewurschtejal. Morjen is um mit de zwee Jahre!! Heite is heite. Det is mir piepewurschtejal!! Oba! Zwee jroße Helle und zwee doppelte Korn!

V. SCHLETTOW Unerhört! Was fällt denn dem Kerl ein! Hier is überhaupt für Militär verboten!! 'n Mann vom dritten Garderegiment zu Fuß, 'n alter Soldat mit der Schützenschnur!

JELLINEK Seinse vernünftig, Schlettow, mischense sich nich rein, Sie sind ja hier Zivil und Privat.

V. SCHLETTOW Das kann ich nich mit ansehn, so was, das kann ich nich mit ansehn.

JELLINEK Ober, zahlen! *Aber der Ober kommt nicht.*

PLÖRÖSENMIEZE Nee, Jungens, ihr seid mir zu ausjemickert. Wenn ieberhaupt nich mehr wie 'n Taler rauskommt, denn jeh'ck lieber zum Jardedükör. *Steht auf, schlenkert an den Tisch des Grenadiers hinüber.*

DER GRENADIER Komm ma ran, sieße Schnecke – *Schlägt sich auf die Brust* – hier is Kasse, hier is Löhnung, hier sitzt de Marie! Nee, nich uffn Stuhl, setz dir man uff mein Schoß, ick hab so scheene spitze Kniee! *Zieht sie auf seinen Schoß.*

DER ZIVILIST Aujust! Noch biste Soldat!

DER GRENADIER Det is mir piepewurschtejal, verstehste!

PLÖRÖSENMIEZE Mensch, du hast dir aber mächtig beschmettert!

DER GRENADIER Det jloob ick, Puppe. Is ja allens ejal. Heite lustig, morjn kaputt. *Er faßt sie an, sie quietscht.*

V. SCHLETTOW *rückt nervös auf seinem Stuhl hin und her.*

JELLINEK *legt die Hand auf seinen Arm* Ober, zahlen!

KELLNER *ohne zu kommen* Sofort.

VOIGT Siehste, Kalle, det is nu mal nich anders. Wenn eener mit 'n bunten Fell un blanke Kneppe kommt – un denn kennten wa ooch zehn Märker uffn Tisch legen – da is nischt mehr ze wollen.

KALLE Det wär ja nu jelacht. Det wär ja nu noch scheener. Det wolln wa nu mal sehn.

VOIGT Da jibt et nischt zu sehn, Kalle. Wie de aussiehst, so wirste anjesehn.

KALLE Du valleicht, ick nich! Det laß ick mir nich jefallen! Ick nich! *In hysterischer Aufregung* Det wolln wa sehn! Det wolln wa sehn!

DER GRENADIER *schaukelt die Plörösenmieze auf seinen Knien, grölt*

»Jloobste denn, jloobste denn,
Du Balina Pflanze,
Jloobste denn, ick liebe dir,
Weil ick mal mit dir tanze!«

KALLE *geht zu ihm an den Tisch* Sie, Herr, nemmse mal die Finger von die Dame, die Dame is meine Braut!

PLÖRÖSENMIEZE Du hast wol 'n kleenen Webefehler, wat? Manoli linksrum, wat?

KALLE *den Grenadier anschreiend* Hörnse nich, Sie oller Bierplantscher!! Hamse nich jesehn, daß die Dame an mein Tisch jesessen is?

GRENADIER Wat will denn det kleene Kamuffel. Dem soll'ck wol mal de Eisbeene knicken.

PLÖRÖSENMIEZE Laßn doch, der hat ja Bohnen jefrühstückt.

KALLE *ballt die Faust* Mensch, ick leg dir 'n Finfmarkstick in dein demliches Jesichte, detste vier Wochen dran zu wechseln hast!

DER GRENADIER Det kannste jleich haben. *Er langt an der Plörösenmieze vorbei und haut Kalle eine Ohrfeige.*

KALLE Det sollste bießen, Mensch, det sollste bießen! *Er packt ein volles Bierglas, schüttet aus einiger Entfernung den ganzen Inhalt auf den Grenadier.*

DER GRENADIER *begossen, springt wutbrüllend auf, zieht sein Seitengewehr* Dir mach'ck kalt! Kalt machn wer'ck dir!!

KALLE *retirierend* Jetzt kommt er mit'n Keesemesser! Det laß man stecken, du Hammel, det is ja nich geschliffen!

V. SCHLETTOW *springt auf* Jetzt geht's zu weit! Das kann ich nich mit ansehn! *Auf den Grenadier los* Was fällt Ihnen denn ein! Ich lasse Sie abführen! Kommense doch zu sich, Mensch! Sie sin Soldat!! Waffe weg!!

GRENADIER *steckt das Seitengewehr ein* Jawoll, bin'ck! Soldat bin'ck, un deshalb hast du mir ieberhaupt nischt zu sagen!

V. SCHLETTOW *scharf, ohne zu schreien* Folgen Sie mir!! Ich bin Hauptmann im ersten Garderegiment!

GRENADIER Det kann jeder sagen! For mir biste 'n deemlicher Zivilist!

V. SCHLETTOW Sie verlassen sofort das Lokal! Folgen Sie mir zur nächsten Wache! Nehmense die Knochen zusammen!

GRENADIER 'n janz deemlicher Zivilist! Jeh doch nach Hause und zieh dir um, denn kannste mir wat erzählen, so nich, Männeken, so nich!!

ZIVILIST Mach dir nich unglicklich, Mensch! Mach dir nich unglicklich!

V. SCHLETTOW Sie folgen mir! Oder ich hole die Polizei! Los! Vorwärts! *Faßt ihn an.*

GRENADIER Pfoten wech! Ick laß mir nich anriehren! Ick laß mir nich anriehren!! *Er schlägt Schlettow mitten ins Gesicht.*

V. SCHLETTOW *brüllt auf* Was?! Verfluchter – *Packt ihn, sie kämpfen, der Tisch fliegt um, die Weiber kreischen, Tumult.*

PLÖRÖSENMIEZE *am Eingang* Polizei! Polizei!

PASSANTEN *von der Straße herein* Was isn da los? Da is ne Hauerei! Jib ihm, jib ihm Saures!!

SCHUTZMANN *mit Pickelhaube, schiebt die Leute auseinander* Wollt ihr wohl! Det is doch – Laß den Soldaten los! *Stürzt sich auf Schlettow und den Grenadier, trennt sie.*

V. SCHLETTOW *blutend, mit heruntergerissenem Kragen* Nehmen Sie den Mann fest! Bringen Sie ihn auf die Wache!

SCHUTZMANN *packt ihn mit Polizeigriff* Los! Beide mitkommen!

V. SCHLETTOW Was fällt Ihnen ein! Der Mann hat mich angegriffen! Ich hab ihn nur zur Rede gestellt! Ich bin Hauptmann im ersten Garderegiment!

GRENADIER Det kann jeder sagen! Ohne Charge biste for mir 'n janz deemlicher Zivilist!!

SCHUTZMANN Vorwärts! Beide mit!

GRENADIER Da kann ja jeder kommen! Det is 'n janz jemeiner Zivilist, is det!

PASSANTEN Recht so! Laß dir man nichts jefallen. Wozu biste Soldat!

PLÖRÖSENMIEZE Der Kerl sagt, er wär Hauptmann, det is aber gar keen Hauptmann!

STIMMEN Frechheit so was! 'n Grenadier zu belästigen! Hautn aufn Deez!

SCHUTZMANN Vorwärts. Platz da, es kommen beide mit.

JELLINEK, *der sich die ganze Zeit ängstlich an seinem Tisch gehalten hat, zu dem Schutzmann* Lassense den Herrn los, das ist 'n wirklicher Hauptmann, ich kann ihn legitimieren!

SCHUTZMANN *stur* Det hilft nichts, det war ne Hauerei, es müssen beide mit.

V. SCHLETTOW *völlig gebrochen, wird mit dem Grenadier abgeführt.*

JELLINEK Na, der kann sich gratulieren. *Ab ins Billardzimmer.*

KALLE *wieder bei Voigt am Tisch, hält sich die Backe* Au weh, Mensch, aua, aua, Mensch.

VOIGT Siehste, Kalle – wat hab ick immer jesagt? Wie der Mensch aussieht, so wird er anjesehn.

KALLE Aua, aua. *Er weint.*

Dunkel.

Vierte Szene

Personen: Prokurist Knell, Büroangestellter Hirschberg, Tippmädchen, Bürodiener, Arbeitsuchende, Wilhelm Voigt

Personalbüro der Engros-Schuhfabrik ›Axolotl‹. Reklamebilder mit dem Firmentier in verschiedensten Variationen an den Wänden: »Tragt Axolotl« – »Axolotl-Halbschuhe sind die besten! Jedes Paar 12 Mark 50!« – »Axolotl, der schicke Großstädterstiefel! – »Fest im Lebenskampfe steht, wer auf Axolotl geht!« – »Gutachten bedeutender Wissenschaftler über die durch Axolotl wiedergewonnene Normalfußform!« – »Bequem, billig, haltbar« – und so weiter. Im Hintergrund Glastüren, durch die man reihenweise Tippmädchen an langen Bürotischen sitzen sieht und Maschinengeklapper hört. Im Vordergrund Prokurist Knell und Herr Hirschberg einander gegenüber an Schreibtischen hinter einer Holzschranke, ähnlich wie in einem Polizeibüro. Knell unterschreibt Anstellungsverträge, hinter ihm steht ein junges Mädchen, das ihm die Papiere aus Mappen zureicht und die unterschriebenen an sich nimmt. Hirschberg sitzt rechnend über Lohnlisten.

KNELL *singt, schreibend und löschend, mit monotoner Stimme und unbewegtem Gesichtsausdruck vor sich hin, nach der Melodie der ›Matchiche‹*

»Wenn meine Frau sich auszieht,
Wie die denn aussieht,
Die Beene wie zwee Kiepen,
Et is zum Piepen.«

BÜRODIENER *tritt ein, bleibt stehen, legt die Hand an die Mütze.*

KNELL

»Wenn meine Frau sich auszieht,
Wie die denn aussieht,
Die Beene wie zwee Kiepen,
Et is zum Piepen.«

Er unterschreibt weiter, ohne aufzusehen.

BÜRODIENER *verharrt in strammer Haltung.*

KNELL »Wenn meine Frau sich auszieht –« *Er macht die letzte Unterschrift, klappt die Mappe zu* So, die wären besorgt. – Hirschberg, notierense gleich für die Lohnlisten: 25 Gelernte, 12 Mädchen für die Knopfabteilung, 10 Jungens als Maschinenlehrlinge, 15 Packer neu eingestellt. Morgen früh tretense an.

DAS MÄDCHEN *mit den Mappen ab.*

KNELL Was gibt's, Krause?

BÜRODIENER Da warten noch Sticker zwanzig Arbeitsuchende, uff de Annongse fier de neie Fabrik in Tempelhof.

KNELL Gelernte?

BÜRODIENER Mehrstenteels.

KNELL 'n Dutzend kann ich noch brauchen. Lassense se reinkommen, einer nach dem andern, aber Trabtrab!

BÜRODIENER *ab.*

KNELL »Wenn meine Frau sich auszieht –«

Er bricht ab. Erster Arbeitsuchender tritt ein.

KNELL Wo hamse gedient?

ARBEITSUCHENDER Beim Loiberregiment, Herr Prokurist.

KNELL Aha, Bayer. Recht so. Wann hamse gedient?

ARBEITSUCHENDER 1899 auf 1901, Herr Prokurist.

KNELL Mit welcher Charge sinse abgegangen?

ARBEITSUCHENDER Als G'freiter der Reserve, Herr Prokurist.

KNELL Gut der Mann, wie heißt der Mann, der Mann kann beschäftigt werden. Zeigense mal Ihre Papiere.

ARBEITSUCHENDER *tut's.*

KNELL *blättert sie rasch durch* In Ordnung. Morgen früh tretense an, Schuhfabrik Axolotl Tempelhof.

ARBEITSUCHENDER Zu Befehl, Herr Prokurist! *Ab.*

KNELL Sehnse, Hirschberg, Sie müssen mit den Leuten nur militärisch reden, denn bekommense die knappsten und klarsten Auskünfte.

VOIGT *ist inzwischen eingetreten.*

KNELL Wo hamse gedient?

VOIGT Bei verschiedene Handwerksmeister, und denn hab ick mir in de staatliche Schuhfabrikation ausjebildet.

KNELL Ich meine, wo hamse gestanden?

VOIGT Gestanden? – Ick hab nur gesessen.

KNELL Ja, warense denn nie Soldat?

VOIGT Nee, dazu bin ich garnich gekommen. Ick bin nämlich vorbestraft. – Det sag ich lieber gleich, als daß es nachher rauskommt. Ick denke mir, bei de Industrie, da sinse großzügig. Ick bin Spezialist in Maschinenarbeit.

KNELL Na zeigense mal ihre Papiere her.

VOIGT *nimmt ein Blatt aus einem Briefumschlag, reicht es ihm.*

KNELL *sieht sich's an* Was ist denn das? Sin doch keine Papiere.

VOIGT Der Jefängnisdirektor hat mir jesagt: wennse arbeitswillig sind, denn kriegense auf die Empfehlung mehr Arbeet, als se leisten kennen.

KNELL Sie müssen Ihre polizeiliche Anmeldung vorweisen, oder einen Paß.

VOIGT Det jebense mir nich auf de Polizei, solang ich keene Arbeit habe.

KNELL Ohne ordentliche Papiere kann ich Sie nich einstellen. Wo käm man denn da hin. Hier herrscht Ordnung! Jeder Mann muß seinen Stammrollenauszug in Ordnung haben; wennse gedient hätten, wär Ihnen das in Fleisch und Blut übergegangen.

VOIGT *ganz ruhig und trocken* Ick hab jedacht, hier wär ne Fabrik. Ick hab nich jewußt, daß det hier ne Kaserne is. *Geht.*

KNELL Raus! Frecher Mensch!! Unerhört so was. Sehnse, Hirschberg, da habense's. Ich weiß genau, warum ich gediente Leute bevorzuge! Heutzutage, bei der Wühlarbeit der Sozialdemokraten – da muß man doch wissen, wen man im Haus hat! Wie soll man sich denn sonst auf seine Leute verlassen können! *Zum dritten Arbeitsuchenden, der inzwischen eingetreten ist* Wo hamse gedient??

Dunkel.

Fünfte Szene

Personen: v. Schlettow, sein Bursche Deltzeit, Zuschneider Wabschke

Elegant möbliertes Zimmer in Potsdam. Plüschsessel, Nippes, Photos von militärischen Feiern und Schlachtenbilder an der Wand.

V. SCHLETTOW *in Hosen, Gürtel und Hemd.*

DELTZEIT *sein Bursche, steht vor ihm, starrt ihn hilflos an.*

V. SCHLETTOW Und nun, mein lieber Deltzeit, danke ich Ihnen nochmals für alles. Sie waren tadellos. Es hat immer auf die Sekunde geklappt. Sie kommen jetzt in die Kompanie zurück, und Sie werden auch dort wieder Ihre Pflicht tun und die Zufriedenheit Ihres neuen Vorgesetzten erringen, das erwarte ich von Ihnen.

DELTZEIT *mit leicht ostpreußischem Tonfall* Härr Hauptmann – ich kann gar nicht begreifen –

V. SCHLETTOW *freundlich barsch* Das geht Sie auch gar nichts an. Lange Leitung, was? Sie als Bursche müßten das doch kapieren. Wenn einem Offizier so was passiert, in einem öffentlichen Lokal, da gibt's nur eine Konsequenz: Abschied einreichen. Verstanden? Daß ich keine Wechsel gefälscht habe – das werden ja auch die Kerls in der Kompanie – nich von mir glauben – *Erstarrt.*

DELTZEIT Härr Hauptmann haben doch gar nichts für können. Härr Hauptmann haben doch nur –

V. SCHLETTOW Quasselnse nich, Deltzeit. Soviel Pech darf 'n Soldat nich haben, das is es. Unglück is auch 'n Versagen. Schluß jetzt.

DELTZEIT *schluckend* Härr Hauptmann warren immer so gut –

V. SCHLETTOW Stillgestanden! Nehmense sich zusammen, Deltzeit. Sie sind doch 'n Mann. *Gibt ihm die Hand* Adieu! Raus!

DELTZEIT Adieu, Härr Hauptmann. *Macht militärisch kehrt, geht.*

V. SCHLETTOW *bleibt auf der Stelle stehn, starrt vor sich hin. Es schellt. Gleich darauf erscheint Deltzeit wieder in der Tür.*

DELTZEIT Verzeihn Härr Hauptmann, wenn ich nochmal – da is der Schneider mit der neuen Uniform – soll ich ihm –

V. SCHLETTOW *beißt sich auf die Lippen* Lassense'n reinkommen. Los! Der Mann soll reinkommen!

DELTZEIT Zu Befehl, Härr Hauptmann! *Ab.*

V. SCHLETTOW *gibt sich einen Ruck, fährt sich übers Haar.*

WABSCHKE *mit der neuen Uniform, in Seidenpapier geschlagen* Herr Hauptmann, da isse! Ick kann Ihnen sagen, wennse die nu anziehn, da wernse keen Jefiehl mehr haben.

V. SCHLETTOW Zeigense mal her.

WABSCHKE *schält sie rasch aus dem Papier, hält sie hoch, die Gesäßknöpfe nach vorne.*

V. SCHLETTOW *mustert sie, nimmt scharf das Augenmaß, nickt beifällig* Jetzt stimmt's, jetz is in Ordnung. Das seh ich aufn ersten Blick.

WABSCHKE Da ham wa 'n mächtijes Stick Arbeit mit jehabt, Herr Hauptmann. Wa mußten de Schoßfalte ufftrennen, sehnse, und denn stimmte det wieder in de Tallje nich.

V. SCHLETTOW Gebense mal. *Nimmt den Rock, schlüpft hinein.*

WABSCHKE *zupft ihm die Rockzipfel zurecht* 'n Kunstwerk, Herr Hauptmann. Det is keen Rock mehr, det is 'n Stick vom Menschen. Det is de bessere Haut, sozusagen.

V. SCHLETTOW *vorm Spiegel* Da fehlt nichts. Wirklich tadellos.

WABSCHKE Da reißt der Spiegel de Knochen zusammen. Man hört's orntlich knacken.

V. SCHLETTOW *dreht sich herum, knöpft den Rock auf* So. Nu tragense das mal ins Geschäft zurück, und fragen Sie Herrn Wormser, ob er die Uniform in Kommission übernehmen will. Ich kann sie nich brauchen. Wenn er se nich loskriegt, komm ich natürlich dafür auf. Für die Differenz auch – selbstverständlich.

WABSCHKE Ja, wieso denn, Herr Hauptmann, Se wollen de scheene neie Uniform –

V. SCHLETTOW *mit erzwungener Heiterkeit* Plan jeändert, Wabschke. Werde mal 'n bißchen Landwirtschaft betreiben. Hatte schon immer so was vor. Kleine Erbschaft, Kornklitsche, Pferdezucht, is ja viel besser, aus mitn bunten Rock. *Hat den Rock ausgezogen, gibt ihm ein Fünfmarkstück* So, nu pakkense ein.

WABSCHKE *schlägt die Uniform ein* Danke, Herr Hauptmann. *Nach einer kleinen Pause, während der Schlettow pfeift* Herr Hauptmann sollten sich det nich so zu Herzen nehmen.

V. SCHLETTOW Wieso denn? Was wollense denn, ich will ja.

WABSCHKE Ick weiß ja nu nich – det jeht mir ooch nischt an. Ick meine nur – *Fast zart, behutsam* – det Militär is ja sehr scheen, aber es is nu wirklich nich det einzige uff de Welt. De Welt is jroß, und jeden Morjn jeht de Sonne uff. Wenn eener jung is – und jesund – und grade Knochen hat – ick meine – wenn eener 'n richtiger Mensch is, det is doch de Hauptsache, nich?

V. SCHLETTOW Na, gehnse mal. 'n schönen Gruß an Herrn Wormser.

WABSCHKE Dankscheen. *In der Tür* Ick meine, det is doch de Hauptsache, Herr Hauptmann. *Ab, mit der Uniform.*

V. SCHLETTOW *allein* Vielleicht – vielleicht hat er recht – Nee, pfui!

Dunkel.

Sechste Szene

Personen: Der Herbergsvater, einige Pennbrüder, darunter Buttje, Zeck, Jupp, Höllhuber, Gebweiler, Kallenberg, Wilhelm Voigt. Die Wachtpatrouille: ein Vizefeldwebel, ein Gefreiter, zwei Mann

›Herberge zur Heimat‹ im Berliner Norden, saubere Bretterwände, mit Dachpappe und Zeitungspapier abgedichtet, zweistöckige Bettstellen aus Holz und Maschendraht, Strohsäcke, Karbidlampen. Mehrere Bettstellen sind schon besetzt. Im Hintergrund sieht man Wartende vor der offenen Tür stehen.

DER HERBERGSVATER *in der Tür hinten* Sieben Stick kennen noch rin! Nur nich drängeln, das hat gar keen Zweck, laßt man, laßt man, ick darf nich mehr nehmen, wie'ck Betten habe. Wer am längsten wartet, kommt rin, die andern kann ick nich helfen, probiert man bei de Heilsarmee, da is immer noch Platz.

STIMME *draußen* Nee, da missen wa singen, denn jeh'ck lieber in Tiergarten!

VATER Nich drängeln, immer mit de Ruhe, wer an de Reihe is, kommt rin! 'n Sechser for de Bettmarke, und 'n Jroschen for de Eßmarke, wer morjen frih Suppe und Brot haben mechte.

ZECK *kommt als erster.*

VATER Tach, Zeck. Da biste ja wieder.

ZECK Tach, Oller, ick sage dir gleich, weine nich, mir siehste heite zum letztenmal.

VATER Det hab ick doch schon mal jehört, det kommt mir so bekannt vor –

ZECK Nee, Tatsache, ick hab ne Anstellung als Weltmeister im Ringkampf bei ne Jahrmarktstruppe. Morjn jeht's los. Ick hab schon fuffzig Fennije Vorschuß injenommen.

VATER Na, paß nur uff, detste keenem de Rippen quetschst, sonst fliegste wieder raus. *Zum nächsten* Nanu, wat bistn du for eener?

HÖLLHUBER *in bayrischer Gebirgstracht, mit Kniehosen und Gamsbart* Solojodler.

VATER Wat isn det?

HÖLLHUBER Solojodler, von der Stimmungskapelle Almenrausch und Edelwoaß. Aber der Schöf hot mi außaghaut, weil i grauft hab.

VATER Und wat machstn jetzt?

HÖLLHUBER Jetza? Hoamagenga.

VATER Wat meent er?

ZECK Zu Hause will er jehn.

VATER Wo bistn du zu Hause?

HÖLLHUBER In Hiaglgwimpffn bei Sanktmariägschwändt.

VATER Mensch, da hastn mächtjes Ende zu tippeln, denn ruh dir man gut aus.

ZECK Und sieh man zu, detste dir nich vakiehlst, mit deine nacklichten Beene! *Haut ihm aufs Knie.*

HÖLLHUBER Willst mi net anriehrn, Bluetsau blutige!

ZECK Mensch, du kannst wol keen Spaß vastehn, bist von 'n janz unziselierten Völkerstamm, wat?

VATER Zeck, inkommodier ihm nich, der Mann is jereizt, weil er so weit von Hause is. *Hat inzwischen Gebweiler und Jupp hereingelassen.*

HÖLLHUBER Saudumms Gfrett saudumms. *Setzt sich brummend abseits.*

VATER *läßt Voigt ein* Na, haste nu Arbeet jefunden?

VOIGT Nee, nischt zu wollen.

VATER Wat denn, willste keene Eßmarke?

VOIGT Danke. Hab keen Groschen mehr.

VATER Da haste eene uff Pump, du mußt doch morjn frih 'n warmen Leffel in Leib kriegen.

VOIGT Ick wer nachzahlen, sobald ick wat habe. Scheenen Dank einsweilen.

KALLENBERG *hinter Voigt* Mir ooch ne Pumpmarke, bittscheen, bittscheen.

VATER Du hast doch jrade noch 'n Jroschen in die Finger jehabt.

KALLENBERG Ja, aber der is mir wieder in Ärmel jerutscht, den brauch ick for iebermorjn.

VATER Meintswejn. Aber kommt mir nur nich zu oft. Ick muß ja ooch 'n Happen Fleesch vor de Suppe koofen, sonst schittet ihr se wieder in Milleimer.

BUTTJE *kommt herein* Toag, Voating.

VATER Sieh man, kuck, 'n Hamburjer Zimmermann, da jibt's wenigstens 'n bisken Leben in de Bude.

BUTTJE Allemoal! *Singt* »In Hamburg da bin ich gewesen –«

ZECK Mensch, sei du nur still, dir kenn ick! Det is 'n Weddingmatrose, der is von Hamburg an der Panke, der hat noch keen Troppen Salzwasser jerochen.

BUTTJE Na, und duu? Wat bistn duu?

VATER Zeck, ick warne dir. Wenn's Krakeel gibt, hol ick de Polente.

ZECK Damit kannste mir nich bange machen. Ob ick hier penne oder uff Wache, det is for mir Jacke wie Hose.

VATER Jute Nacht mitsammen, haut eich hin, um sechse heißt's raus zum Suppefassen.

ZECK Jute Nacht, Oller! Wenn ick in mein Strohsack 'n paar Bienen fange, denn heb ick se dir uff, denn kannste ne Imkerei mit ereffnen.

VATER Bei mir jibt et keene Bienen nich, die schleppst du hechstens rin in dein dreckijes Hemde. *Er geht, schließt die Tür von außen.*

ZECK So, nu wolln wa mal. *Zieht eine Schnapsflasche aus der Tasche, tut einen mächtigen Zug. Die andern verteilen sich inzwischen auf die freien Betten.*

ZECK *setzt die Flasche ab, fährt auf Buttje los* Mensch, du hast dir ja zwee Decken jenommen! Wat bildstn du dir eijentlich in!

BUTTJE Ich brauch doch eine für untern Kopp, dat s-teht mir zu!

ZECK So, unter dein Butterkopp willste ne Decke haben, und der Junge da hat gar keene? *Auf Gebweiler deutend, der auf einem Unterbett sitzt* Siehste nich, wie der bibbert?

BUTTJE Wem jeht denn dat nichts an, he? Wem jeht denn dat nichts an?

ZECK *reißt Buttjens zweite Decke weg* Hier, Junge, haste ne Decke. Siehst ja aus wie Keese mit Kalk. Los, stoß dir mal 'n wahren Jakob runter! *Gibt ihm die Flasche.*

GEBWEILER *ein schmächtiger junger Bursche, trinkt einen Schluck, ohne Zeck anzusehen.*

ZECK Der hat ja noch nich mal ne Jacke an. Und janz dinne Drilchhosen, det sind ja Kommißbüchsen, wo hastn die her?

GEBWEILER *wendet sich zur Wand.*

ZECK Na nich, ick muß et ja nich wissen, det jeht mir nischt an.

BUTTJE Dir geht dat überhaupt nichts an, du ausges-puckte S-tintgräte!

ZECK Schnauze!! *Trinkt wieder.*

KALLENBERG Zeck! Kannst mir nich forn Sechser Schnaps ablassen?

ZECK Nee, ick vakoofe keen Schnaps, da mußte bei Jeroldn jehn.

KALLENBERG Denn laß mir man umsonst, mir's flau.

ZECK Ausjeschlossen. Du bist mir nich sympathisch.

KALLE Der is wohl hier der liebe Jott, is der wohl hier.

ZECK *trinkend zu den andern* Ick hab 'n preißischen Wahlspruch: suhm kwickwe, det heißt uff deitsch: jedem det Seine, mir det mehrste. Wer is hier Skatspieler?

JUPP *im Aachener Tonfall* Aech. Aech speel awwer nor um Goldstöckelcher.

ZECK Det is mein Mann, wo is der dritte?

ZWEI ANDRE *kommen dazu.*

ZECK So is recht. 't Spiel verdirbt 'n Charakter. Man ran an Speck.

Sie setzen sich im Hintergrund. Zeck mischt die Karten. Während des Folgenden in Abständen die halblauten Redensarten und Sprüche der Skatspieler »Raus mit de Mutter in die Frühlingsluft!« – »Passe!« – »Oller Mauerkopp!« – »Pikus der Waldspecht!« – »Der hat ausjelitten!« – »Bitte, wat liecht, liecht!« – »Den haste jesehn!« – »Jespielt wie ne jesengte Sau!« – »Jejn Misthaufen kannste nich anstinken!« *– und so weiter, dazu Kartenklopfen, Mischen, leises Pfeifen.*

VOIGT UND KALLE *sitzen im Vordergrund auf einer Bettstelle.*

KALLE *wickelt einen Harzerkäse und ein kleines Stück Brot aus einem Sacktuch* Wolln ma Fettlebe machen. Hier, hastn halben Harzer, knie dir rin.

VOIGT Nee, Kalle, iß man alleene. Ick hab keen Hunger.

KALLE *essend* Dir steckt wat in de Neese, Mensch, det seh'ck dir doch an. Willem, det lange Popeln hat keen Zweck. Wennste 'n Ding im Hals hast, denn hustet ma raus. Ick wer dichthalten, det weeßte.

VOIGT Wennste mitmachst, Kalle, denn wär det 'n Masseltopp. Alleene komm ick nich rin.

KALLE *rückt dicht zu ihm* Wat denn? Wo denn? Steckt Pinkepinke drin?

VOIGT In Potsdam, int Polizeirevier, da hat det Fenster keen Gitter und jeht nachn Hof, da is keene Wache nachts. Man mißte erst ieber de Mauer, det jeht zu zweit, und denn brauchste nur de Scheibe einzudricken. De Aktenschränke ham jewöhnliche Schlösser, die knackste mitn jebogenen Zimmernagel.

KALLE *enttäuscht* Wat willstn in Potsdam auft Polizeirevier? Da is doch nischt zu holen.

VOIGT Kalle, da hamse mein janzes Vorleben in de Personalakten, da brauch ick nur uffzuschlagen unter Vau. Ick wollte mir da anmelden, da hamse alles einjefordert: de Jerichtsurteile und de Zuchthausentlassung und de janzen Polizeiberichte, det brauch ick nur in Ofen zu stecken, denn is et wech.

KALLE Plemplem, Willem, wat?

VOIGT Nee, Mensch, det hab ick scharf ausbaldowert, da hamse ooch 'n janzen Schrank voll Paßjeschichten, da hamse richtige scheene Pässe hamse da ze liegen, zum Überschreiben oder Verlängern, und 'n Dienststempel und Stempelmarken und Stempelpapier, da findste alles, watste zum Leben brauchst.

KALLE Is da ooch ne Kasse in?

VOIGT Jewiß doch, Mensch, da wird ooch ne Kasse sind, freilich is da ne Kasse, da is doch ooch 'n Jerichtsvollzieher und ne Jemeindesteuer bei.

KALLE Wenn keene Kasse is, denn mach ick nich mit.

VOIGT De Kasse, die kannste janz alleene behalten, da will ick nischt von haben als 'n Billett an de behmische Grenze, det kost nich ville.

KALLE Ick muß mir dat ieberlejen. Wenn keene Kasse is –

VOIGT Natierlich is da ne Kasse. Und 'n janzer Schrank voll Formulare. Und de janzen Personalpapiere. Da mach ick Schluß mit. Denn bin ick jestorben. Und denn mach ick rieber, da jibt et ne Menge Schuhfabriken, in Prag und in Budweis, weeßte –

KALLE Wenn da ne Kasse is, denn kennt man drieber reden.

VOIGT Da wird keene Kasse sind! In Potsdam! Det is 'n reiches Nest. Is doch uff jede Polizei, ne Kasse.

KALLE Man kennt ja mal rinkieken. Da kann ja nich viel passieren bei.

VOIGT Denn hätt ick 'n Paß – und denn fang ick janz von vorne an –

Von ferne hört man das Kasernensignal: »Zu Bett!«

BUTTJE Jetzt müssen de Hämmel in S-tall. *Singt auf die Melodie des Signals*

»Beim Mädchen steht der Musketier,
Und mechte noch eenmal mit ihr,
Zu spät, zu spät, zu spät.«

ZECK Laß det Jegröle sind, det stört mir bei de Kopparbeet. Nulluwehr!

Erregung bei den Spielern.

BUTTJE Ich kann hier singen, wenn ich singen will! Dat hat mir kein Mensch nich zu verbieten. Wer keine Musik nich liebt, dat is 'n schlechter Mensch und soll sich de Ohren abschneiden. *Singt* »So foahren wir, so foahren wir, wohl auf der blauen Säi –«

ZECK Mensch, wennste de Musik nich halten kannst, denn heirat ne Engroswarenhausbesitzerstochter und laß dir in Jrunewald 'n Musiksalong inrichten. Hier hältste de Schnauze, sonst wer'ck dir mal de Vorderfront verschalen, oller Zimmermann.

BUTTJE Nur man tau, du hast wol lang keine Backzähne mehr geschluckt.

Er hört aber vorsichtshalber zu singen auf, nimmt die Mundharmonika aus der Tasche, klopft sie aus, spielt.

JUPP Där is bein lieben Jott, dein Nulluwähr.

ZECK Scheibe links. Schon wieder valoren. Jupp, du nimmst mich meine letzten Hosenkneppe ab. Dazu kommste nach Berlin, wat?

JUPP Du spielst wie 'n Jäck, Junge. *Mischt.*

ZECK Sag ma, Mensch, wat suchste eijentlich wirklich hier in 'n Rabattentreterbatalljon? Du bist doch 'n Bergmann, warum jehste nich int Schwarze Revier?

JUPP In Bärchbau, da hänn ich kein jute Ruf. Ich hanne mal 'n Obersteijer afjebaut.

ZECK Wie hastn det jemacht, erzähl ma!

JUPP Da is jarnix zu verzälle bei. Dat war so ne fiese Möpp, immer 'n Herrn Inschenier und 'n Herrn Direktor int Blasrohr jekrochen und 'n Kumpel aufn Kopp jespuckt, so einer war dat.

ZECK Die Sorte kenn wa. Na weiter.

JUPP Auf mech hat er's besonders scharf jehätt, ech ben em emmer offjefalle. Jupp, din Latern is nich jeputzt, Jupp, din Leder is nich jewasche, Jupp, din Hammer hat Rost anjesetzt. Dat hänn ich mir nu 'n paar Jahre anjehört, dann is mir dat Fädche jerisse. An 'n Montagmorjen fahr ich ein, da kömmt er mir entgegen und hätt 'n Sonntag noch nich ausjeschlafe. Jupp, du hast mich nich jegrüßt, schnauzt er mich an. Nä, sag ich, dat mach ick auch näch, da biste mir viel zu fies for. Leder vom Kopp, schreit er, oder ich wer Sie zur Mäldung brenge! Da han ich min Braunkohlenspitzhack hochjenomme und hännem 'n Scheitel jezoge.

ZECK Jeschieht en janz recht, son Dreckhammel.

JUPP Och, dat war 'n janz feiner Minsch, der hat jeden Sonntag 'n steifen Kragen umjebunde.

ZECK Wat hasten jekriegt?

JUPP Dat war in Effekt, verstehste, da konnten se mir nich viel mache. Un de Jenossen han alle jut ausjesagt. Die paar Jahr han ich auf de linke Backe afjesesse. Aber in Bärchbau, da bin ich nich jut anjeschriebe seit der Zeit.

ZECK Prost, Jupp, bist 'n Aas uff de Geije, heb man een. *Gibt ihm die Flasche.*

JUPP Schippe is Trump, raus mit de wilde Katz! *Spielt aus.*

KALLE Wennste meinst, Willem, denn kenntn wa morjn uff de Nacht riebermachen. 'n Browwing hab ick ooch.

VOIGT Den laß mal zu Hause. Wo hast 'n ieberhaupt her?

KALLE Ick hab 'n besseren Herrn in de Tasche jegriffen, ick dachte, es wär 'n Portmanneh. Aber det war ooch 'n Griff. *Läßt den Revolver sehn* Siehste? Da richtige kleene Hosenknipser. Is noch jeladen.

VOIGT Da brauch wa keen Revolver zu, is ja keene Wache da. Laß den mal wech. Wenn's schief jeht, und du hast ne Waffe, denn biste verratzt.

KALLE Glaubste denn, daß de Kiste brenzelt?

VOIGT Nee, nee, da kann nischt passieren bei. Ick meine nur so. Man soll 'n lieben Gott nich in de Nase kitzeln, sonst niest er.

KALLE Wolln de Sache mal beschlafen.

VOIGT Ich kann jar nich mehr pennen, Kalle. Mir jeht det immer in Kopp rum. Un denn hör ick ooch immer –

KALLE Wat hörste?

VOIGT Trommeln. Un Glocken, weeßte. Manchmal janz hell, wie wenn 'n Glas springt. Un denn rauscht et wieder, als wennste an sone Muschel horchst.

KALLE Det kommt von Ohrenschmalz, Willem. Du mußt dir mal mitn Finger voll Spucke in de Leffel fahren.

VOIGT In Einzelzelle, da ha'ck nachts immer det Ohr an de Mauersteine jelegt. Erst war lange nichts – denn kam son janz leises rieselijes Knistern, janz von innen ausn Stein raus. Da hab ick mir jesagt: jetzt wächst er wieder.

KALLE Wer, der Bohrwurm oder dein Piepmatz in Kopp, wat?

VOIGT Der Stein, Kalle! Det verstehste nich, da biste noch zu kleen vor. Du denkst noch, wat jebaut is, dat hält, und wat fest is, det bleibt ooch fest. Nee, Mensch. Det wächst alles, 'n Stein so gut wie'n Appelkern. Nur geht det nich so rasch, und es merkt ooch keener.

KALLE Is ja Mumpitz. Det de Bartstoppeln wachsen, det merkste, sonst merkste jarnischt.

VOIGT Unter sone große Stadt, mit all ihr Jebumms und Jemäuer, da is ja ooch noch Erde drunter, Sand, Lehm und Wasser, nich? Und in 'n Menschen sein Kopp, da sind Jedanken inne, und Wörter, und denn det Jeträumte, det wird immer mehr, det wächst alles, et weiß nur noch keener, wo det mal hin soll.

KALLE Ick wer mal drieber schlafen, valleicht weeß ick's denn morjn frih.

Er legt sich zurück, zieht sich die Stiefel aus.

VOIGT *lacht leise* Wenn ick 'n Paß habe – und über de Grenze bin – denn mach ick einfach zu Fuß weiter. Da kommt det böhmische Riesenjebirge, det is groß.

KALLE *gähnend* Ick jeh nich mehr tippeln. Ick hab immer gleich beese Fieße. Et jeht auch uff Herbst, Willem.

VOIGT In September is immer scheen. Und in de Täler dreschen se det Sommerjetreide aus, da wird noch handjedroschen, da haste leicht wat zu tun, forne Suppe und 'n Happen Brot.

KALLE Son Hundeleben.

VOIGT Sag det nich. Da biste frei, dafür kannste auch mal frieren, und da haste immer 'n Weg vor, und wenn et regnet, denkste, morjn is besser... du – wenn ick erst raus bin –

DER HERBERGSVATER *öffnet plötzlich die Tür, stößt einen Pfiff aus* Kinders, macht mal det Licht aus, et hat schon längst Zapfenstreich jeblasen. Wenn Licht durch de Ritzen fällt, denn kiekt de Patrullje rin. Wenn dunkel is, jehtse vorieber, det is vor manch eenen jemietlicher. *Geht wieder.*

ZECK Mir kann de Patrullje am Abend besuchen. Piek is Trump, raus mitn Daus.

GEBWEILER, *der die ganze Zeit mit dem Gesicht zur Wand auf seiner Bettstelle gelegen hat, fährt plötzlich herum, ganz blaß. Fast schreiend, in elsässischer Mundart* Mach das Licht züe!

ZECK Wieso denn, ick hab et ja grade erst anjestochen. Ohne Latichte kann der Mensch nich Skat spielen. *Haut eine Karte aufs Brett.*

GEBWEILER *heiser verängstigt* Mach das Licht züe! Mach das Licht züe!

ZECK Zieh doch die Decke iebern Kopp, wennste nich pennen kannst.

GEBWEILER *verkriecht sich unter die Decke.*

BUTTJE Son Klöhnbruder! *Steht auf, geht zu Höllhuber, der allein und mißmutig auf einer Kiste sitzt* Sag mal, du bist doch 'n Tiroler, nich wahr, die singen doch so gerne, nich? »Tiroler sind lustig, Tiroler sind froh –«

HÖLLHUBER Loß mi aus. I bün koan Tiroler, i bün Altbayer.

BUTTJE 'n Bayer biste! Na, das is ja dasselbe. Du, hör man zu, ich kann auch wat Bayrisches, gib man acht, dat is bayrisch, hörste? *Singt auf die bekannte Schnadahüpfelmelodie*

»Mein Vata is Budiker,
Budiker bin ick,
Mein Vata proppt de Flaschen,
De Meedekens propp ick!«

Siehste, dat war bayrisch!

HÖLLHUBER *steht auf, haut ihm eine Watschen* Da host boarisch! Saukobfeter Saukobf saukobfeter! Boarisch!! *Setzt sich wutschnaubend.*

BUTTJE *weglaufend* Dat is doch 'n büsken s-tark, so watt!!

ZECK Bravo! Die hat jesessen, Junge, die heb dir man jut uff, die brauchste nich zu vakoofen! *Er lacht brüllend.*

GEBWEILER *unter der Decke wie erstickend* Mach das Licht züe! Se chumme! Se chumme!!

Es pocht an die Tür. Gleich darauf wird sie von außen geöffnet. Der Herbergsvater läßt die Patrouille ein. Totenstille im Raum.

FELDWEBEL Aufstehn! Mal alles von den Betten wegtreten. *Zum Herbergsvater* Papiere in Ordnung?

VATER Det wird schon allens stimmen. Sin lauter Tippelkunden.

FELDWEBEL Wer mal 'n paar Stichproben machen.

BUTTJE *zerrt Gebweiler aus der Decke, mit peinlicher Diensteifrigkeit* Aufs-tehn sollste, hörste nich? Aufs-tehn, aufs-tehn!!

FELDWEBEL *zu Zeck* Paß vorzeigen!

ZECK Jottedoch, den ha'ck vasehntlich aufn Abort liejn lassen.

FELDWEBEL Machense keine Witze. Habense keinen Paß?

ZECK Ick sage ja, aufn Abort muß er liegen, drieben in 'n Strammen Hund, da kennense kieken jehn, wenn er nich rinjefallen is.

FELDWEBEL Wat hamse denn da in der Hand?

ZECK 'n tiptopes Spielchen, wollense ma kiebitzen? *Hält ihm seine Karten hin* Aba nich ausplauschen!

FELDWEBEL Kerl, ich lasse Sie gleich abführen. Habense sonstige Ausweispapiere?

ZECK *greift in seine Tasche* Woll ma sehn. Ach, sieh ma – da is ja mein Paß! *Hält ihm grinsend den Paß hin* Vazeihnse mal, da hatt ick mir jetäuscht.

FELDWEBEL *verlegen* Sie haben's grad nötig. Wenn die Sache nich in Ordnung is, kommense mit auf Wache.

ZECK Da wollt ick schon immer ma hin. Da sollt son juten Schnaps jeben.

FELDWEBEL Seinse still! Ich geb Ihnen gleich 'n Schnaps! *Studiert den Paß.*

BUTTJE *hat inzwischen von Gebweiler abgelassen, der schlotternd im Schatten neben seiner Bettstelle stehenbleibt. Jetzt drängt er sich an den Feldwebel* Hier ist mein Wanderschein, im Polizeipräsidium ges-tempelt.

FELDWEBEL *schiebt ihn beiseite, übersieht rasch die vorgehaltenen Papiere der anderen, sieht Voigt an* Was haben Sie denn da?

VOIGT *gibt ihm ein Papier* Ick hab nur 'n Entlassungsschein aus de Plötze. 'n Paß hamse mir nich ausjestellt.

FELDWEBEL *sieht den Schein* Is gut. Sehnse zu, daß Sie 'n Paß kriegen.

VOIGT Dankscheen. Ick wer's versuchen.

FELDWEBEL Das genügt für heute. Ich bitte mir aus, daß hier jetzt Ruhe herrscht.

VATER Ick wer de Lampen rausnehmen, Herr Feldwebel.

ZECK *dem der Feldwebel seinen Paß zurückgibt* Is was nich in Ordnung, Herr Feldwebel? Det wär mir neemlich sehr unanjenehm.

FELDWEBEL Haltense 'n Rand, sonst nehme ich Sie doch noch mit. Vorwärts marsch.

DER GEFREITE *hat die ganze Zeit Gebweiler angestarrt, der unter dem Blick immer unruhiger wurde* Verzeihen Herr Feldwebel, ich habe eine Beobachtung gemacht.

FELDWEBEL Was denn? Raus damit!

GEFREITER Der Mann in der Ecke – der Mann in der Ecke, das scheint mir der Louis Gebweiler zu sein, der Deserteur, auf den ein Steckbrief ausgehängt is.

FELDWEBEL *geht auf Gebweiler zu.*

GEFREITER Er war ja bei der Sechsten, aber ich hab 'n oft im Kasernenhof gesehn.

FELDWEBEL *sieht Gebweiler scharf an* Sind Sie der Deserteur Gebweiler?

GEBWEILER *gibt keine Antwort.*

FELDWEBEL Papiere vorzeigen!

GEBWEILER *rührt sich nicht.*

FELDWEBEL Kommen Sie mit.

GEBWEILER *in Todesangst* Nein, nein, ich bin das nicht –

GEFREITER Das is er, das is er! Haben Herr Feldwebel gehört, wie er spricht? *Macht ihn nach* Ich bin das nicht! Das is er!

FELDWEBEL Da ham wa ja 'n schönen Fang gemacht. Nehmt den Mann in die Mitte! *Zum Gefreiten* Ich werde Sie morgen beim Appell dem Kompanieführer vorstellen.

GEFREITER *reißt begeistert die Knochen zusammen.*

GEBWEILER Nein, nein, ich bin's nicht, ich will nicht –

FELDWEBEL Faßt 'n an!

DIE SOLDATEN *packen ihn.*

GEBWEILER *kurz aufschreiend* Mamma! *Er verstummt.*

BUTTJE *lacht* Mamma hat er jerufen.

DIE ANDEREN *schweigen.*

FELDWEBEL So 'n blöder Hammel. Warum läuft er wech? Bei uns wird keiner gebissen. Die zwei Jahre sind nur gesund. Da lernt man was, und da kann man auch vorwärtskommen. Jetzt werdense dir die Hammelbeine lang ziehn, kriegst mindestes fünf Jahre Festung und wirst in die zweite Klasse des Soldatenstandes versetzt. Das hättste dir sparen können. Na, is'n Wackes, da is kein Wunder. Die Drilchhose hat er auch noch an. Diebstahl von Heeresgut, das verschärft die Sache. Im Krieg wird so einer glatt an die Wand gestellt.

ALLE *haben seine Rede schweigend angehört. Keiner regt sich.*

FELDWEBEL Na denn, vorwärts marsch! *Nicht ohne Gutmütigkeit* Faßt 'n unter, der kann ja nicht gehn alleine. Zu dumm, son Kerl. Gute Nacht *Ab. Gebweiler zwischen den beiden Soldaten unter Führung des Gefreiten voraus.*

VATER Kinder, det war 'n beeser Schreck, mir is janz kalt in de Knochen. *Er nimmt die Lampen ab* Los, in de Falle, ick muß jetzt duster machen. Der arme Teifel, den hättense können loofen lassen. Is ja noch 'n Kind.

ZECK Vafluchte Lausebande. Wenn's nach mir ginge, ick würde de janzen Kasernen in de Luft sprengen, und de Zuchtheiser, und 'n Reichstach und ieberhaupt allens.

VATER Fluch nich, Zeck, Ordnung muß sind. Jetzt pennt man. *Mit den Lampen ab.*

Es wird dunkel und still.

ZECK *vor sich hin* Vafluchte Lausebande.

VOIGT *im Vordergrund auf dem Bett. Leise* Kalle – Kalle –

KALLE Ja?

VOIGT Kalle, morjn uff Nacht. Du läßt mir nich im Stich, Kalle? Ick muß 'n Paß haben, Kalle, ick muß hier raus.

KALLE *schon im Halbschlaf* Wenn da ne Kasse is – *Er atmet tief.*

VOIGT Kalle – schläfste, Kalle? – Herrgott – wenn ick erst raus bin –

Dunkel.

Siebente Szene

Personen: A. Wormser, Willy Wormser, Wabschke, Obermüller

Wormsers Uniformladen in Potsdam. Willy lehnt am Ladentisch und liest Zeitung. Militärmusik fern, Trommeln und Pfeifen.

HERR WORMSER *kommt aus seinem Büro.*

WILLY *versucht rasch, die Zeitung wegzustecken.*

WORMSER Natürlich, da liest er wieder Zeitung. Mußte immer lesen? Zeig her, was steht drin? Ich sag ja, immer unterm Strich muß er lesen, immer unterm Strich! Les überm Strich, wenn de lesen willst! Les 'n Kurszettel, les de Handelsnachrichten, les de Politik, intressier dich fürs praktische Leben! Was hastn da angestrichen? Gerhart Hauptmann-Premiere im Deutschen Theater, von Alfred Kerr. Was brauchste so was zu lesen, verstehste ja doch nich. Da kuckt ma mal rein, ob's 'n Erfolg war, Hervorrufe und so weiter, dann weiß man, ob man hingeht oder nicht. Grins nich so impertinent, du verstehst von so Sachen auch nich mehr wie dein Vater, bild dir das nur nich ein! Was is denn da schon wieder? *Liest* Potsdam – aufregende Verhaftung im Polizei – ziß ziß ziß ziß ziß, doch e starkes Stick. Da sinse heut nacht in unser Polizeirevier eingebrochen, ausgerechnet bei der Polizei, wollten de Kasse ausheben – ich sag ja, die Kerle sind so frech wie de Schmeißfliegen. Geschossen hamse auch, na, sie hamse wenigstens erwischt. Zwei alte Zuchthäusler natürlich – warum laßt man so Kerle überhaupt wieder raus, wennse nachher einbrechen. Da is was Interessantes – Jagdgesellschaft Seiner Majestät des Kaisers in Rominten – fabelhaft! Sechs regierende Fürstlichkeiten unter den Tischgästen – also bei so was möcht ich mal dabei sein, und wenn's als Kellner wär. Ja, unser Kaiser, der imponiert mer, der Mann hat 'n großen Zug. Da, les die Tischred, die er wieder gehalten hat – da kannste was lernen, das is Stil, das is Geist, da is Schwung drin! Was is denn, Wabschke?

WABSCHKE *ist von der Seite hereingekommen, mit Schlettows Uniform überm Arm* Ick wolltse ins Schaufenster hängen, bis wa mal einen für finden. Wozu ham wa uns nu de janze Arbeit mit de Jesäßkneppe jemacht.

WORMSER Bezahlt war se auch noch nich. Na, jetzt brauch ich wenigstens nich zu mahnen. Schade, der Schlettow – das war 'n ordentlicher Mensch. Hängense mal hin, da die Litewka kann weg, die is nich mehr Mode, die trägt ma jetzt nur noch in Silbergrau.

OBERMÜLLER *tritt ein. Er ist etwa dreißig Jahre alt, gut gewachsen, mit sichtbarer Anlage zur Korpulenz. Zwicker und blondes Schnurrbärtchen geben seinem Gesicht einen etwas besorgten Ausdruck, der auch seine Sprache und seinen Tonfall färbt. Trotzdem hat alles, was er sagt, den ernsten Klang einer wohlfundierten idealistischen Überzeugung. Er trägt die Uniform eines Einjährigen Vizefeldwebels* Guten Morgen, Herr Wormser!

WORMSER Guten Morgen, guten Morgen, Herr Einjähriger – wie war doch rasch der Name –?

OBERMÜLLER Obermüller. Doktor Obermüller aus Köpenick.

WORMSER Richtig, verzeihense, lang nich mehr gesehn, und was wird gebraucht, Herr Doktor?

OBERMÜLLER Nun, es handelt sich diesmal um –

WORMSER *unterbricht* Darf ich raten? Kann ma gratulieren, sin mer so weit? Na, na, kann ich raten? Kann ich raten??

OBERMÜLLER Allerdings. Der Bataillonsadjutant hat mir heute mitgeteilt, daß meine Ernennung zum Leutnant der Reserve soeben erfolgt ist, es kam mir etwas überraschend, ich muß nun sehen, wie ich mit der Equipierung fertig werde. Sie müssen mir da helfen, Herr Wormser –

WORMSER Gemacht, gemacht, aber das sag ich Ihnen gleich, Herr Doktor, gute Arbeit braucht gute Zeit. Sie wollen doch auch was vorstellen in Ihrem neuen Glanz. Nein, das freut mich, das freut mich aber wirklich für Sie. War doch erst Ihre zweite Übung, nich?

OBERMÜLLER Die dritte, Herr Wormser, die dritte. Ich hatte nämlich einige Schwierigkeiten mit dem Schießen, wegen meiner Kurzsichtigkeit. Aber – das hab ich nun Gott sei Dank hinter mir.

WORMSER Recht so. Muß 'n schönes Gefühl sein, wenn man auf einmal mit Herr Leutnant angeredet wird, das schmeichelt den Gehörknöchelchen. Wissen Sie, ich sage immer: vom Gefreiten aufwärts beginnt der Darwinismus. Aber der Mensch, der Mensch fängt erst beim Leutnant an, is nich so, is nich so?

OBERMÜLLER Das möchte ich nicht gerade behaupten – aber – für meine Laufbahn ist es natürlich außerordentlich wertvoll. Ich brauche die Uniform wirklich besonders eilig, Herr Wormser, ich –

WORMSER Wabschke, holense 's Maßbuch. Sie sind doch Staatsbeamter, Herr Leutnant, nich?

OBERMÜLLER Meine Mutter kommt nämlich zu Besuch, sie legt besonderen Wert drauf, sie ist ja aus einer Offiziersfamilie. Ich? Kommunalbeamter, Herr Wormser. Nun ja, ich wollte eigentlich in die Politik gehn – ich hätte mir vorgestellt, als Nationalökonom, etwa im Rahmen der Fortschrittlichen

Volkspartei, für das Gemeinwohl zu wirken – vor allem schriftstellerisch – aber – dazu gehören Mittel.

WORMSER Beamter is auch immer sehr schön.

OBERMÜLLER Gewiß doch, man kann gut vorwärtskommen – ich bin jetzt schon im Köpenicker Stadtmagistrat; wenn ich Glück habe, kann ich mal Bürgermeister von Köpenick werden – *Mit leisem Lächeln* – so was ist natürlich auch eine Wirksamkeit zum Wohle des Volksganzen.

WORMSER Na, zum Reserveleutnant hamse's ja schon gebracht, das is die Hauptsache, das muß man sein heutzutage – gesellschaftlich – beruflich – in jeder Beziehung! Der Doktor ist die Visitenkarte, der Reserveoffizier ist die offene Tür, das sin die Grundlagen, das is mal so!

WABSCHKE Da beißt de Maus keen Faden ab.

WORMSER Seinse still, Wabschke, Sie sind nich gefragt. Wissense was, Herr Leutnant, da fällt mir was ein, ich hätt was für Sie – wennse's so eilig haben – schlupfense mal in den Rock rein! Der müßt Ihnen grad passen! *Nimmt Schlettows Uniform von der Stange.*

OBERMÜLLER Das ist ja ein Hauptmannsrock, so weit sind wir noch nicht, Herr Wormser! *Lacht.*

WORMSER Kommt noch, kommt noch! Wir müßten nur 'n paar kleine Änderungen machen, und andere Achselstücke, denn is de Sache bong. Knöpfense mal zu, Wabschke.

WABSCHKE Sitzt, als wär er for Ihnen zujeschnitten. Nur um de Hüften 'n bisken knapp.

OBERMÜLLER Ja, ich habe etwas starke Hüften, das ist eine Berufskrankheit sozusagen, das macht die sitzende Lebensweise.

WORMSER Ich wer Ihnen mal was sagen. Die Uniform nehmense. Ne neue dauert acht Tage, drunter is nich zu machen. Und überhaupt, es kost Sie billiger, und sie is noch gar nich getragen, funkelnagelneu, ich habe se in Kommission übernommen, der Herr hat quittieren müssen – *Senkt die Stimme* – habense nichts von dem skandalösen Vorfall gehört – »cherchez la femme«, natürlich.

OBERMÜLLER Nein, danke, ich interessiere mich gar nicht für Skandalaffären. Im Munde der Öffentlichkeit werden solche Dinge doch immer entstellt.

WORMSER Meine Rede, Herr Leutnant, meine Rede! Was sag ich immer! Nur kein Klatsch, nur kein Geschwätz, die Hälfte is gelogen, die andre Hälfte geht mich nichts an. Bei uns wird so viel ins Geschäft getragen – da hör ich einfach gar nich zu. Na, schaunse mal in Spiegel, wie gefallense sich als Offizier?

OBERMÜLLER Nicht übel! Nicht übel! *Tritt etwas zurück, nimmt den Zwicker ab, besieht sich von oben bis unten* Kleider machen Leute, da ist nun doch was Wahres dran. So ne Uniform hebt entschieden – es geht ein gewisser Zauber von ihr aus –

WORMSER *macht indessen hinten ein paar Kreidestriche* Sehnse, Wabschke, hier – und da – un da – das is ne Kleinigkeit. Ja ja, da sieht ma, was ma wert is, Herr Leutnant, nich? Das Schöne is, daß man was geworden is, was nich jeder werden kann, das macht Spaß! Gebense mal de Stecknadeln, Wabschke!

OBERMÜLLER Umgekehrt, lieber Herr Wormser, grad umgekehrt! Das Große ist bei uns die Idee des Volksheeres, in dem jeder Mann den Platz einnimmt, der ihm in der sozialen Struktur der Volksgemeinschaft zukommt. Freie Bahn dem Tüchtigen! Das ist die deutsche Devise! Die Idee der individuellen Freiheit verschmilzt bei uns mit der konstitutionellen Idee zu einem entwicklungsfähigen Ganzen. Das System ist monarchisch – aber wir l e b e n – angewandte Demokratie! Das ist meine Überzeugung!

WORMSER Sicher, sicher, das will ich meinen, bei uns is mehr Freiheit wie in soner Republik, da könnten se all was lernen von. So, jetzt is alles in Ordnung. Also mit der Uniform habense Glück gehabt, Herr Leutnant.

OBERMÜLLER Nun ja, wenn's rascher geht – ich hätte mir natürlich lieber eine neue – aber – der Eile halber –

WORMSER Sie könnense morgen fertig anziehn. Dann nehm wir gleich Offizierskoppel zum Unterschnallen, Bandelier,

Degen, Mütze, Helm, wie is Ihre Koppnummer, Herr Leutnant?

OBERMÜLLER Neunundfünfzig. Ich habe einen ziemlich ausgebildeten Schädel.

WORMSER Da is auch was drin! Willy, helf'm Herrn Leutnant in sein Rock, sei e bißje gefällig.

Militärmarsch, Blechmusik, näherkommend.

WORMSER Prachtvoll, son alter Preußenmarsch, was? Das reißt ein'n hoch, das geht ein'n in de Knochen!

WABSCHKE Da kann 'n Laubfrosch Polka tanzen lernen.

WORMSER Seinse ruhig, Wabschke, Sie sind unmusikalisch. Also nochmals meinen herzlichsten Glückwunsch, Herr Leutnant, es hat mich sehr gefreut.

OBERMÜLLER Danke, danke sehr, Herr Wormser.

WORMSER Sagen wir, morgen um dieselbe Zeit is alles fertig. Is recht?

OBERMÜLLER Das ist mir sehr lieb, Herr Wormser, meine Mutter kommt nämlich morgen zu Besuch, ich habe ihr depeschiert, da möchte ich natürlich gern –

WORMSER In Uniform – freilich, selbstverständlich! Die Frau Mutter wird e Freud haben an son strammen Leutnant!

OBERMÜLLER Ja ja – meine Mutter legt nämlich großen Wert – auf Wiedersehn, auf Wiedersehn, Herr Wormser!

WORMSER Auf Wiedersehn, Herr Leutnant, auf Wiedersehn!

Komplimentiert ihn bis zur Tür.

OBERMÜLLER *ab.*

WORMSER Der hat's geschafft. Was heutzutag nich alles Offizier wird! Nemm dir e Beispiel, Willy!

Dunkel, Militärmarsch, nah, mächtig.

Achte Szene

Personen: Zuchthausdirektor, Anstaltsgeistlicher, Aufseher, Sträflinge, darunter Wilhelm Voigt

Die Zuchthauskapelle in der preußischen Strafanstalt Sonnenburg. Sie gleicht einem nüchternen Vortragssaal mit erhöhtem Podium. Die einzelnen Sitze für die Sträflinge sind durch hohe Rücklehnen und gleichhohe Seitenwände voneinander getrennt, so daß jeder für sich allein in einem nach vorne offenen Holzkasten sitzt. Vergitterte Fenster. Wachen rechts und links am Ausgang. Die Aufseher sitzen abgesondert auf Stühlen.

DER ANSTALTSGEISTLICHE *steht auf dem Podium, dirigiert.*

DIE GEFANGENEN *stehend, mit Gesangbüchern in der Hand, singen den Choral*

»Bis hierher hat uns Gott geführt
In seiner großen Güte –«

DER GEISTLICHE *nach Schluß der Strophe* Genug für heute. Gesangbücher einsammeln.

DIE AUFSEHER *sammeln ein.*

GEISTLICHER An Stelle einer Predigt wird heute zur Feier des vierzigsten Jahrestages unseres großen Sieges bei Sedan der Herr Direktor persönlich eine Stunde vaterländischen Unterricht abhalten.

EIN STRÄFLING *unsichtbar* Ahh –!

GEISTLICHER Wer war das? Nun, ich will annehmen, daß dies ein Laut aufrichtiger Freude war. Ihr wißt alle, wie viele Bevorzugungen und Erleichterungen ihr der Güte eures Direktors zu verdanken habt. Benehmt euch darnach. Hinsetzen. *Er geht.*

DIE GEFANGENEN *setzen sich.*

DIREKTOR *tritt ein. Die Gefangenen springen auf. Der Direktor ist ein würdiger Herr mit langem, grauem, in der Mitte zwiegeteiltem Bart. Über dem Bart ein rundes, rosig freundliches Gesicht mit glänzender, glatter Stirn. Er trägt einen grauen Anzug mit langen Rockschößen* Guten Morgen, Leute!

DIE GEFANGENEN *brüllen* Guten Morgen, Herr Direktor!

DIREKTOR *auf dem Podium* Abzählen!

DIE GEFANGENEN *zählen auf militärische Weise ab, von 1 bis 30.*

DIREKTOR Recht so! Das klappt schon ganz vorzüglich. Eins bis sieben Kavallerie, acht bis zwölf Artillerie, dreizehn bis vierundzwanzig Infanterie, der Rest Genietruppen, Train und Sanität. Setzt euch!

DIE GEFANGENEN *setzen sich.*

DIREKTOR Wie ihr wißt, schreiben wir heute den zweiten September. Da fällt mir übrigens ein, morgen, am dritten September, findet doch eine Entlassung statt. Wer ist das gleich?

VOIGT *steht auf.*

DIREKTOR Ah, Sie sind das, Voigt, nicht wahr?

VOIGT Jawohl, Herr Direktor.

DIREKTOR Wie lange waren Sie jetzt bei uns?

VOIGT Zehn Jahre, Herr Direktor.

DIREKTOR Weswegen sind Sie eigentlich hergekommen?

VOIGT Wegen Einbruch ins Potsdamer Polizeirevier. Ick wollte mir da –

DIREKTOR Ja, richtig. Nun, lieber Freund, Sie haben sich durch eine untadelige Führung und durch Ihre Arbeitsamkeit die Schätzung Ihrer Vorgesetzten erworben. Hoffen wir, daß – aber darüber wollen wir uns morgen noch unterhalten, nicht wahr?

VOIGT Gern, Herr Direktor.

EIN AUFSEHER *springt in diesem Moment in eine der hinteren Reihen* Hände ruff! Hände ruff! So, dich hätten wa.

DIREKTOR Was ist denn los, was soll denn das heißen?

AUFSEHER Da hinten hamse wieder jeschmuggelt. Ick habse schon de janze Zeit heimlich im Auge jehabt.

DIREKTOR *tadelnd* Das hätte ich am heutigen Tage nicht erwartet. Was haben sie denn da?

AUFSEHER Hier, 'n Viertel Kantinenwurst hat er gegen zehn Zigaretten einjetauscht, und im Ärmel hat er 'n Kassiber stekken.

DIREKTOR Einen Kassiber? Was steht denn drin?

AUFSEHER Nichts. Is nur gezeichnet.

DIREKTOR Zeigen Sie mal her.

AUFSEHER Verzeihung, Herr Direktor. Schweinerei.

DIREKTOR Schämen Sie sich. Das will ich gar nicht sehen. *Er zerknüllt den Kassiber, steckt ihn in die Tasche* Die Zigaretten werden beschlagnahmt. Sie ahnen ja gar nicht, wie Sie mit solchem Gift Ihre Gesundheit schädigen. Ich rauche überhaupt nicht. Die Wurst mag er behalten, aber zum Essen, nicht zum Tauschhandel!

AUFSEHER *gibt dem Gefangenen die Wurst zurück* Hier, steck se in.

DIREKTOR Stecken Sie sie ein. Sie wissen, ich lege Wert darauf, daß die Anstaltsinsassen immer mit Sie angeredet werden.

AUFSEHER Pardong, Herr Direktor, det hatt ick nur verschluckt.

DIREKTOR Also wir haben uns hier zusammengefunden zur Feier des zweiten September, des Sedantags. Sechzig Millionen deutsche Herzen schlagen höher bei dem Gedanken, daß heute vor vierzig Jahren unser glorreiches Heer auf blutiger Walstatt den entscheidenden Sieg errang, der uns erst zu dem gemacht hat, was wir sind. Viele unserer Mitbürger gedenken heute in stolzer Freude eines ihrer Anverwandten, der diesen Sieg mit erringen half. Auch ich hatte, wie ihr wißt, das unvergeßliche Glück, als junger Kriegsfreiwilliger an diesem großen Tage vor dem Feind zu stehen. Dieses höchste Glück, einen Krieg fürs Vaterland mitzumachen, kann natürlich nicht jeder Generation beschieden sein. Auch diejenigen, welche in den Zwischenzeiten in friedlicher Arbeit ihrer Heimat dienen, erfüllen eine hohe Mission. Vor allem hat die segensreiche Einrichtung der allgemeinen Wehrpflicht unsrem Volke in seinem stehenden Heer eine lebendige Kraft geschaffen, die auch in Friedenszeiten unsre sittliche Festigkeit und unsre körperliche und geistige Gesundheit gewährleistet. Vielen von euch war es leider durch frühe Schicksalsschläge versagt, diesem Heer anzugehören und, Schulter an Schulter mit fröhlichen Kameraden, im Wehrverband zu stehen. Was euch dadurch an hohen Werten verlorengegangen ist, habe ich immer nach besten Kräften mich bemüht, euch hier an der Stätte neuer Erziehung und neuer Wegweisung, soweit es angängig ist, zu ersetzen. Manch einer, der vor Antritt des Strafvollzugs noch keinen Unteroffizier von einem General unterscheiden konnte, verläßt die Anstalt als ein zwar ungedienter, aber mit dem Wesen und der Disziplin unserer deutschen Armee hinlänglich vertrauter Mann. Und das wird ihn befähigen, auch im zivilen Leben, so schwer es anfangs sein mag, wieder seinen Mann zu stellen. Kommen wir wieder auf den historischen Anlaß unserer heutigen Feier zurück. Wie ihr wißt, war es mir persönlich vergönnt, an der Erstürmung der außerordentlich wichtigen Höhe 101 teilzunehmen, eine Aktion, welche zwar nicht die Entscheidung herbeiführte, aber immerhin dazu beitrug. General der Infanterie von der Tann stand mit nur drei kriegsstarken Divisionen einer Übermacht von vier feindlichen Armeekorps unter Führung des französischen Generals Boulanger gegenüber. Unterstützt wurde unsere Aktion durch die Artillerie des dritten Korps und die erste bayrische Kavalleriedivision unter Generalleutnant Fürst Donnersmarck. – Über die Stärke und Einteilung der verschiedenen Truppenverbände seid ihr euch hoffentlich noch im klaren. Wie ist die Gliederung eines Armeekorps beschaffen? – Bulcke!

BULCKE *ein langer Kerl mit riesigen Händen, leiert herunter* Ein Armeekorps besteht aus zwei Infanteriedivisionen, die Division zu je zwei Brigaden Infanterie, einer Kavallerie- und einer Artilleriebrigade. Die Brigade besteht aus –

DIREKTOR Danke, na, Sie waren Soldat, das merkt man. Aus wieviel Kompanien besteht ein kriegsstarkes Infanterieregiment? – Pudritzki!

PUDRITZKI *klein, mit sehr starkem Stoppelwuchs und polnischem Akzent* Is sich – ise sich verschiddn, Härr Drrektrr.

DIREKTOR Unsinn! Sie lernen's nie, setzen Sie sich. Wer weiß es?

VOIGT *meldet sich unter anderen.*

DIREKTOR Gut, Voigt, Sie brauchen es nicht zu sagen, ich will Ihnen eine schwerere Frage stellen. Was versteht man unter einer Kavalleriedivision?

VOIGT *klar, ohne zu stocken* Eine Kavalleriedivision ist eine selbständige Formation, welche direkt der Armee unterstellt ist und über deren Einsatz das Armeeoberkommando je nach der Lage verfügt. Sie besteht aus drei, manchmal vier Kavallerieregimentern, denen eine Abteilung berittener Feldartillerie zur Unterstützung beigegeben ist.

DIREKTOR Bravo, Voigt! Sehr gut der Voigt! Sie haben hier ordentlich aufgepaßt und auch was gelernt. Sie werden sehen, daß es Ihnen im späteren Leben einmal von Nutzen sein wird. Treten Sie mal heraus, Sie übernehmen die Führung der Sturmregimenter, es ist ja heute das letztemal, daß Sie an unserer Übung teilnehmen. Aufseher Lorenz, teilen Sie sechs Mann ein, zwei von jeder Haupttruppengattung, die Pioniere und die Etappe brauchen wir erst später, beim Vormarsch.

AUFSEHER *ziemlich barsch* Los, eins, zwei, eins, zwei, eins, zwei, raustreten!

DIREKTOR Hier herauf, aufs Podium, damit alle sehen können. Bulcke, Sie markieren die bayrische Kavalleriedivision. Voigt mehr nach vorne, diese beiden stehen hinter Ihnen, die stellen das zweite und das dritte westpreußische Grenadierregiment dar. Nein, mehr rüber, hier ist eine Bodenfalte, rechts davon ein Sumpf. Die Artillerie unterhalb des Podiums in Deckung gehen, so ist's recht, ducken, ducken. Ihr tretet erst in Erscheinung, nachdem der erste Kavallerieangriff zurückgeschlagen ist. Da, wo ich stehe, ist die Hauptmacht des Feindes zu denken, und dieser Stuhl markiert die Höhe 101. Es ist elf Uhr vormittags, gradeaus im Gelände erkennen wir eine Windmühle, dahinter steigt ein weißes Wölkchen auf. Was bedeutet das, Bulcke?

BULCKE Schlecht Wetter, Herr Direktor.

DIREKTOR Aber Bulcke, von Ihnen hätte ich eine andre Antwort erwartet! Es handelt sich natürlich um das Mündungsfeuer feindlicher Artillerie.

BULCKE Verzeihung, Herr Direktor, Se hatten das letztemal jesagt, daß es um elfe an zu trippeln fing, und da hatt ick nu jemeint –

DIREKTOR Richtig, Bulcke, das macht die Sache wieder gut, ich wußte doch, daß Sie aufpassen. Ein vorübergehender leichter Strichregen hat die Sicht etwas erschwert. Aber gegen Mittag hellt es sich wieder auf. Während nun die Kavallerie in leichtem Trab in Richtung auf die Windmühle zu vorrückt – los, los – nein, mehr hier rüber, Sie kommen ja mit Ihrem rechten Flügel in Sumpfgelände! – was tun Sie da, Voigt?

VOIGT Ick halte mir bereit und lasse auf alle Fälle mal ein Regiment ausschwärmen. Das Kommando gebe ich durch meinen Stabstrompeter. *Er ahmt das betreffende Signal nach.*

DIREKTOR Bravo, Voigt! Sie erfassen die militärische Situation, als wären Sie selbst dabeigewesen. Wo haben Sie das nur her?

VOIGT Det hat 'n Preuße im Blut, Herr Direktor. *Wendet sich zu seinem Hintermann* In Gruppen rechts schwenkt – marsch! Grade – aus!! Ohne Tritt – marsch!

DIREKTOR Nanu, was is denn, wo lassen Sie denn den Mann hinmarschieren?

VOIGT Das is det zweite Regiment, Herr Direktor, det is jetzt in Reserve, da laß ick's inzwischen an de Feldkiche marschieren. Wenn die ihre Suppe drin haben, denn sindse nachher frisch.

DIREKTOR Hervorragend, Voigt! Beispielgebend! *Zu den andern* Das ist diejenige denkende Selbständigkeit des Unterführers, die im Ernstfall benötigt wird. Ein Jammer, daß es zu spät ist, Voigt! Sie sind der geborene Soldat, trotz Ihrer

O-Beine. Aber jetzt setzt sich die Kavallerie in Galopp und geht zur Attacke über! Vorwärts marsch!

BULCKE UND DIE ANDERN *stürmen los* Hurra! Hurra!

Dunkel.

Neunte Szene

Personen: Frau Hoprecht, Friedrich Hoprecht, Wilhelm Voigt

Die Wohnstube bei Hoprechts in Rixdorf. Bürgerliche Einrichtung mit Sofa, Spiegel, Öldruckbildern, Kalender, Gasbeleuchtung. Zwei Türen, eine zum Gang, eine zum Schlafzimmer. Frau Hoprecht, stehend, hat einen Uniformrock mit Unteroffizierstressen überm Bügel an die Schranktür gehängt, zieht die Messingknöpfe in die Knopfgabel ein und bearbeitet sie mit einem putzmittelgetränkten Lappen. Wilhelm Voigt sitzt am Tisch, Hut und verschnürtes Paket auf den Knien, vor einer Tasse Kaffee. Er ist gekleidet wie früher.

FRAU HOPRECHT Na, Willem, nu leg man dein Hut un dein Paket wech, und fühl dir 'n bißken zu Hause. Viel könn wir dir nich bieten, du mußt halt vorliebnehmen mit dem, wie's is.

VOIGT Danke, Mariechen. Der Kaffee schmeckt scheen.

FRAU HOPRECHT Haste auch Zucker jenommen? Nimm nur orntlich Zucker, et sin ja nich viele Bohnen drin, es is ja nu alles recht schwer. Friedrichens Gehalt jeht grade in die Wirtschaft rein, und mein Seifenjeschäft wirft kaum de Kosten ab, in Rixdorf sin se mit Seife sparsam, und jede Drogerie und jeder Frisör is heut ne Konkurrenz, et is ja nu leider gar kein Schutz auf Seife.

VOIGT Mariechen, nich daß de meinst, ick mechte eich zur Last fallen, nich? Ick wollte dir ja nur mal guten Tach sagen. Ick wer nu mal wieder gehn.

FRAU HOPRECHT Ausjeschlossen. Willem, das darfste mir nich antun, da wird mir mein Mann schön ausschimpfen, wird er mir, wenn ich mein einzijen Bruder gleich wieder wechlaufen lasse, daß er ihn nich mal kennenlernt.

VOIGT Da wird er nu wenig Freude von haben, glaubste nich?

FRAU HOPRECHT Willem, sag so was nich, du kennst'n nich. Der Mann is die Güte selber, das is er, der kann keine Fliege ins Spinnweb zappeln sehn. Jewiß, auf sein Magistrat, wo er in Amt is, da kann er auch mal enerjisch werden, da is er sehr streng drin, er is nu überhaupt 'n Feind von jede Unregelmäßigkeit, das kann er nich vertragen. Aber nee, Willem, das darfste nich falsch auffassen, außern Amt is der Mann die Güte selber, der hat das Herz aufm rechten Fleck, sag ich dir!

VOIGT Ick hab mir's lange überlegt – ob ick rauf soll – ick war auch schon 'n paarmal drunten vors Haus.

FRAU HOPRECHT Siehste, Willem, et is überhaupt ne Schande, daß de früher nie den Weg zu deine Schwester jefunden hast, wer weiß, vielleicht wär denn alles anders jekommen.

VOIGT Früher – da hätt ick hier nich rinjepaßt, Marie. Ick hab mir auch nich jetraut. – Aber jetzt...

FRAU HOPRECHT Nee, das war nich recht, Willem, daß de dir nie hast sehn lassen. Und wenn de mal geschrieben hättest, wenn wir nur jewußt hätten, in welcher Strafanstalt daß de bist, denn hätt ick dir mal 'n Weihnachtspaket jeschickt.

VOIGT Das is scheen von dir..

FRAU HOPRECHT Na natierlich, man is doch Jeschwister. Also erkannt hätt ich dir ja nich. Det is nu auch her – wart mal, da war'ck ja noch 'n Kind! Nee, wenn ick denke, wie Mutter jestorben is...

VOIGT Nich von Muttern, bittscheen.

FRAU HOPRECHT Nee, nee, Willem, wenn de nich willst. Ick dachte nur, du mechtest nu gern mal wat hören von.

VOIGT *schüttelt den Kopf.*

FRAU HOPRECHT Nu muß er gleich kommen, se haben heute schon um halber sechse Schluß, das heißt nur die, wat Reservisten oder Landwehr sind und morjn zum Kaisermanöver auf Übung in de Kaserne müssen. Da heißt es nämlich schon um viere früh antreten.

VOIGT Is das ne freiwillige Übung?

FRAU HOPRECHT Natürlich! Er wär ja überhaupt lieber Militäranwärter jeblieben, aber damals haben wir von Tante den Laden geerbt und dachten, da sieht mehr raus bei. Nee, wenn er nich manchmal ne Übung hätte, ich glaube, denn wär der Mann verkümmert. Das is für ihn det einzige! Sonst hat er ja nichts, mal 'n Kegelabend, mal de Pfeife, hechstens mal 'n Glas Bier, solid wie er is.

VOIGT Da hastet ja gut getroffen, Marie.

FRAU HOPRECHT Da haste recht, Willem, für den Mann, da kann ick froh für sein. Et müßte nur alles 'n bißken besser gehen, weißte, es geht ja ganz gut, es is nur alles 'n bißken schwierig.

VOIGT *sieht sich um* Jemütlich is hier...

FRAU HOPRECHT Die Decke müßte jeweißt werden und der Boden jestrichen, und in Teppich waren de Motten drin, man hat nur kein Geld übrig.

VOIGT Mir kommt det alles vor – wie neu.

FRAU HOPRECHT Det biste nich mehr jewöhnt, Willem. So, jetzt sindse aber blank.

VOIGT Da kann er sich bei Mondschein rasieren drin, braucht er keen Spiegel mitnehmen.

FRAU HOPRECHT Et is nämlich diesmal wat Besonderes mit seine Landwehrübung, er soll Vize werden, er is nu wohl an der Reihe, aber du, sag nich, daß ick dir's jesagt habe, er macht 'n Jeheimnis mit, da is er wie 'n Kind, nur in Traum, da hat er schon von jesprochen – und hier, siehste – *Sie macht den Schrank auf, zeigt einen versteckten, in Papier gewickelten Gegenstand* –, da hat er sich schon 'n Portepeesäbel jekauft, den darf er sich nämlich selbst stellen, weißte, wenn er zum Feldwebel befördert wird – aber nich sagen, daß ick's weiß, da will er mir überraschen mit – da, jetzt ruftse wieder, hörste nich? Ja, ja, ick komm schon! *Man hört eine dünne Stimme, fast wie die eines Kindes, einige Male von fern nach Frau Hoprecht rufen* Da ham wa auch so Pech mit, det is nämlich unsre Untermiete, wir ham ja noch 'n Hofzimmer, det war nu eigentlich für de Kinder jedacht – Friedrich hat es sich so jewünscht, aber ick war doch krank damals, und nu is es ja zu spät, da haben wa denn vermietet, 'n sehr ordentliches Mädchen, noch keine sechzehn Jahre, sie hat in ne Weißzeugnäherei jearbeitet, aber jetzt hatse's auf der Brust, sie liecht schon 'n dritten Monat, zahlen kannse auch nich mehr, sie is nämlich Waise, Friedrich wollte se schon int Lazarette schicken, aber denn weintse, und denn läßt er se wieder, er is ja so gut – *Sie hat im Plappern das Putzzeug weggeräumt, jetzt hört man die Stimme wieder* – ja, ja, jetzt komm ick ja, se mechte nie allein bleiben, denn kriegtse's mit der Angst, 'n Augenblick, Willem ... *Ab.*

VOIGT *bleibt zuerst still sitzen, dann steht er auf, legt Hut und Paket auf den Stuhl, geht zum Schrank, besieht sich genau die dort hängende Uniform. Er studiert die Achselklappen, spricht halblaut vor sich hin* Einundzwanziger-Leibgrenadiere. Mhm. Allerhand. *Er betrachtet den Helm, der an einem Haken hängt* Infanteriehelm. Mhm. *Er tastet danach, als wolle er ihn herunternehmen. In diesem Augenblick beginnt eine Wanduhr sechs zu schlagen, mit einem dünnen hellen Ton, der durch ein sonderbar leises Rasseln unterbrochen wird. Voigt fährt herum, macht einige zögernde Schritte auf die Uhr zu* Det is doch – det is ja die olle Uhr –! Nee, so was. *Er bleibt stehen, starrt die Uhr an. Inzwischen hört man das Geräusch eines Korridorschlüssels, das Klappen einer Tür, dann tritt ...*

HOPRECHT *ins Zimmer. Er ist jünger als Voigt, von breiter kräftiger Gestalt, mit klarem, starkem Gesicht. Einfach gekleidet.*

VOIGT *sieht immer noch die Uhr an. Dann dreht er sich langsam um* Guten Tach, Herr Hoprecht ...

HOPRECHT Guten Tag. Wer sind Sie denn?

VOIGT Ick bin nämlich Ihr Schwager. Der Wilhelm Voigt.

HOPRECHT Ach so. *Er überlegt einen kurzen Augenblick, dann geht er auf Voigt zu, gibt ihm die Hand* Das freut mich. Das is recht von dir, daß du mal herkommst. Komm, setz dich. Wo ist denn Marie?

VOIGT Det kranke Mädchen hat grade jerufen, da is se mal hinter.

HOPRECHT Aha. Biste schon lang hier?

VOIGT Nee, seit ne halbe Stunde. Ick wollte ja nur mal ...

HOPRECHT Da sind ja noch deine Sachen. Die tu ich mal raus.

VOIGT Ick wollte nu wieder gehn.

HOPRECHT Das gibt's nich. Wir müssen uns doch mal kennenlernen. Oder haste keine Zeit?

VOIGT Zeit hab ick jenuch.

HOPRECHT Na also. Setz dich man ruhig. Du bleibst übern Abend, das is doch klar.

VOIGT Ick weiß aber nicht, ob det geht. Ich mechte nich stören.

HOPRECHT Unsinn! Erlaub mal, aber da hab ich doch recht, nich? *Er hängt Voigts Sachen vor die Tür, kommt zurück, sieht Voigt an* Ich will dir was sagen. Ich mach nämlich kein langen Summs, das kann ich nicht. Du bist der Bruder von meiner Frau, da gehörste auch zu mir. Hier biste willkommen.

VOIGT Das is 'n Wort. Ich dank dir.

HOPRECHT Nischt zu danken. *Sie setzen sich* Wie geht's dir denn jetzt, Wilhelm?

VOIGT Na, et jeht. Et muß erst wieder anfangen. Ick war jetzt zehn Jahre aus de Welt, weißte...

HOPRECHT Das weiß ich. Seit wann biste raus?

VOIGT Seit heute morjn erst. Ick wußte nu jarnich wohin. Man kennt sich jar nirjends mehr aus nach so lange.

HOPRECHT Haste denn gar keine Bekannten mehr?

VOIGT Nee. Ick war ja früher schon mal fuffzehn Jahre drinnen, dazwischen nochmal anderthalb in Moabit, und sonst war ick ins Ausland. Ick kenne nur Leite von drinnen, weeßte, und die, die mecht ick nu lieber nich mehr kennen, weeßte.

HOPRECHT Jawohl, das versteh ich. Is auch in Ordnung, Wilhelm. Du wirst nu, wenn ick mal prophezeien darf, ganz von vorne anfangen, nich? Der Mensch kann immer wieder ganz von vorne anfangen, da is man nie zu alt für.

VOIGT Ja, det wär schon gut.

HOPRECHT Det is gut, Wilhelm. Da wern wir dir mal 'n bißken unter de Achseln fassen. Det wird schon werden.

VOIGT Ick hoffe auch. Wennse mir man lassen.

HOPRECHT Arbeit wirste schon finden. Heut sinse nich mehr so.

VOIGT Det kann sein. Aber ick meine de Behörden. Wegen 'n Aufenthalt.

HOPRECHT Das is alles halb so wild. Sin doch keene Kannibalen! Ick bin ja selbst son Stückchen Behörde, na und? Wenn man jenau hinkuckt, is auch 'n Mensch, was? *Lacht.*

VOIGT *mitlachend* Vor dir ha'ck 'n mächtjen Bammel jehabt, kann'ck dir sagen.

HOPRECHT Sag mal, haste denn schon Quartier?

VOIGT Nee. Aber ick hab'n bißken Geld, ick hab ja Spezialarbeet jemacht. In de Penne brauch ick noch nich.

HOPRECHT Spar mal dein Geld, wirste froh für sein. Jetzt bleibste zuerst mal hier, bis daß de ne Anstellung hast.

VOIGT Nee, Friedrich, det mach ick nich. Det kann ick nich annehmen.

HOPRECHT So, kannste nich? Mußte aber. Das is Regimentsbefehl, verstehste? Da gibt's keine Widerrede. Wenn de denkst, du willst das nich umsonst annehmen, da kannste ja meiner Frau mal ins Jeschäft zur Hand gehn, bis de was andres hast.

VOIGT Dafier bin ick nich raufjekommen, wirklich nich. Ick wollte nur mal wieder 'n Wort mit 'n Menschen sprechen.

HOPRECHT Glaub's schon, Wilhelm. Mir is überhaupt sehr lieb, wenn jetzt 'n Mann im Haus is, solang ich auf Übung ins Manöver geh, Marie is so leichtsinnig mit der Kasse, allens läßt se offen rumstehn, da hab mal 'n bißken 'n Auge drauf, nich?

VOIGT *schweigt einen Augenblick, dann hält er ihm die Hand hin* Weißte, Mensch, wenn's mehr so gäbe wie du, denn brauchten wa keene Zuchthäuser mehr.

HOPRECHT Na, det is wohl 'n bißken übertrieben. *Haut ihm auf die Schulter* Ick meine nur: was jewesen is, is jewesen. Jetzt stell dir man auf de Hinterbeine und halt'n Kopp oben.

VOIGT Det mach ick, Friedrich. Verlaß dir drauf. Siehste, ick hätt's nu nich mehr jeschafft alleene. Vor zehn Jahren, ja, da wollt ick noch raus, und rüber über de Berge, und so – aber jetzt – da wirste todmüde von – weißte.

HOPRECHT Ich sag ja, das wird schon werden.

VOIGT Wenn's nochmal losginge – so runter – denn wär's nämlich aus. Denn gäb's 'n Malör.

HOPRECHT Schwamm drüber, und Augen gradeaus! Die Beene jehn schon von selbst!

VOIGT Ick wer's schon schaffen, Friedrich!

FRAU HOPRECHT *kommt herein* 'n Tach, Friedrich, da biste ja. Sie war nämlich janz naßjeschwitzt, da mußt ick se umbetten. Na, nu habt ihr euch schon 'n bißken kennenjelernt. Det war doch recht, nich wahr, daß ick ihm nich habe wechjehn lassen, er wollte nämlich wieder wech, da hab ick jesagt: erst mußt en kennenlernen, er beißt ja nich.

HOPRECHT Marie, weißte was? Ich hab da mit deinem Bruder abgesprochen, der soll nu zunächst mal hierbleiben. Bis er was hat. Er kann dir ja 'n bißken zur Hand gehn, ins Jeschäft.

FRAU HOPRECHT *nicht allzu eifrig* Ja, sicher, wenn de meinst, Friedrich – ja, soll er auch hier schlafen, meinste?

HOPRECHT Natürlich! Da ham wa ja das schöne Sofa, auf dem nie einer sitzt. Is dir doch recht, Willem, was?

VOIGT Und ob! Da hängt auch de Uhr drüber, die ham wa zu Hause in Flur hängen jehabt, nich wahr, Mariechen? – Dat heißt, wenn's Marie recht is...

FRAU HOPRECHT Da müßt ich nu Bettwäsche rausjeben.

HOPRECHT Na, gib se man raus! Du hast ja 'n ganzen Spind voll.

FRAU HOPRECHT Jewiß doch, ick meine ja nur, ick muß se rausjeben. *Geht. In der Tür* Ick jeh mal ums Abendbrot. *Ab.*

HOPRECHT *lacht* So is se nu. Ne Seele von Mensch, nur 'n bißken umständlich. Da schau mal her, Willem. Will dir mal was zeigen. *Führt ihn zum Schrank* Ich werde nämlich, wenn's klappt, diesmal zum Vizefeldwebel befördert. Is ja meine zweite freiwillige Landwehrübung. Das weiß sie aber nich, da will ich se überraschen mit, da isse nämlich wie 'n Kind, in so Sachen. Siehste, da hab ick mir schon mein Portepeesäbel jekauft, den darf man sich selbst stellen – da kuck *Er öffnet die Papierhülle ein wenig, daß man den Säbelgriff sieht, schaut dabei ängstlich zur Tür* –, damit komm ich denn heim, und mit die Knöppe und Kokarden. *Schmunzelnd* Du hältst aber dicht, Willem, nich? Das darf se nich ahnen.

VOIGT Selbstverständlich. – Wenn's denn mal losjeht, denn kannste als Offiziersstellvertreter einrücken und kannst auch Feldwebelleutnant werden.

HOPRECHT Nanu, du kennst dich ja mächtig aus in der Rangordnung.

VOIGT Ick hab mir immer interessiert für, ick bin ja selbst nie zu jekommen.

HOPRECHT Schade drum. Das is doch das Beste im Leben. *Tut den Säbel weg* So, jetzt wollen wir mal rasch 'n Begrüßungsschluck nehmen, was? Wir zwei Männer unter uns. Ich hab da sone Flasche, die haben se mir im Büro zu Neujahr spendiert. Is 'n echter alter Korn.

Er holt während des Folgenden aus dem Büfett eine Flasche, die noch drei Viertel voll ist, füllt zwei kleine Gläschen.

VOIGT Hör mal, Friedrich, da hätt ick ne Frage, mit det Büro, weißte, du bist doch da aufn Magistrat, wo allens durchjeht, es is nur wejen meine Aufenthaltserlaubnis, un damit se mir nich wieder ausweisen, oder 'n Paß verweigern, so war det nämlich immer – und denn gibt's ooch keene Arbeet, ohne de Anmeldung – ick meine, ob du da vielleicht wat machen kenntest, wenn de Papiere kommen.

HOPRECHT Das geht alles seinen Gang, Willem. Machen kannste da gar nichts. So wolln wir jetzt auch gar nicht anfangen, was? Da mußte den richtigen Weg einschlagen, denn klappt das auch. Hintenrum, das wär ein Delikt! Und was dir zusteht, das kriegste, dafür sind wir in Preußen. Also prost, Willem, aufs neue Leben! Da mach dir man keine Sorgen. Das geht alles seinen Gang!

VOIGT Na, prosit! *Sie stoßen an.*

Dunkel.

Zehnte Szene

Personen: Bürgermeister Obermüller, Frau Obermüller, Hellmut und Irene, ihre Kinder, Fanny, das Dienstmädchen, Zuschneider Wabschke

Das eheliche Schlafzimmer des Bürgermeisters Obermüller in Köpenick. Breites Ehebett aus prätentiösem Edelholz, Nachttische, Vorhänge, Lampen, Kleiderschränke. Über dem Bett des Mannes hängt die Madonna della Sedia, über dem der Frau der Adam von Michelangelo. Eine Uhr tickt an der Wand, ein Wecker auf dem Nachttisch, beide zeigen drei Uhr fünfzehn Minuten. Ein Telefonapparat auf dem Nachttisch der Dame. Frau Obermüller, junonische Erscheinung, sitzt auf dem Bett, in Nachthemd und gestickter Nachtjacke, unter der ein Mieder den Busen trägt. Ihr Haar, der Frisurunterlagen und sonstigen Beiwerks beraubt, ist mit Haarnadeln und Spangen hochgesteckt. Sie hat den Telephonhörer am Ohr und trommelt in höchster Erregung auf den Apparat. Dazu schreit sie.

FRAU OBERMÜLLER Potsdam! Pottsdamm! Potsdam 324, Wormser!!

OBERMÜLLER *halb eingeseift, halb rasiert, im offenen Bademantel, darunter komplette wollene Unterkleidung, Sockenhalter, militärische Zugstiefel mit Sporen, stürzt aus dem Badezimmer* Hast du's, Mathilde? Wo bleibt denn Fanny?!

FRAU OBERMÜLLER Herrgott, ich kann doch nicht zaubern – *Drückt auf eine Klingel, die schrill ertönt* Potsdam, Potsdam 324 – geh doch rasieren, du wirst ja noch nich mal mitm Rasieren fertig!

OBERMÜLLER Fertig fertig fertig, wie soll ich denn fertig werden, wenn überhaupt alles versagt, wo bleibt denn Fanny?

FRAU OBERMÜLLER *schellt wütend* Die Gans liegt wieder aufm Ohr. Da meldet sich niemand –

OBERMÜLLER Wenn mich der Wormser im Stich läßt, dann muß es eben mit der alten gehn, ich kann doch nicht in Unterhosen zum Kaisermanöver, ich muß doch um Punkt vier –

FANNY *das Dienstmädchen, verschlafen, im Nachtzeug* Wat soll's denn?

BEIDE Die Uniform!!

FANNY Die is noch nich jekommen!

OBERMÜLLER Die alte, zum Donnerwetter! Die alte!!!

FANNY *tranig* Die olle?

FRAU OBERMÜLLER Natürlich, machense doch, sie hängt unten im Vorplatz.

FANNY Die soll doch wech.

OBERMÜLLER *schreiend* Holen Sie sie her!!

FANNY Ick hol se doch. *Ab.*

FRAU OBERMÜLLER Potsdam!! Potsdam 324! Jetzt steh nich hier rum, wasch dir die Seife ab. Jawohl, Potsdam, endlich, hier ist Bürgermeister Obermüller, Köpenick – Bürgermeister Obermüller, Kö-pe-nick – nein, nein – nicht Spandau, wie kommense denn auf Spandau? – Köpenick!

OBERMÜLLER *entreißt ihr den Hörer* Ist dort Wormser, Uniformschneider Wormser in Potsdam – Sie haben mir für spätestens Mitternacht die neue Uniform versprochen, spätestens Mitternacht haben Sie gesagt, jetzt ist es halb vier, Sie wissen doch, daß ich um vier Uhr beim Regimentsstab sein muß, ich kann doch nicht nackt hinlaufen, wie können Sie mich nur so im Stich lassen, ich – Wie?! Is gar nich Wormser? Ja, wer is denn – wie, was, meldet sich nicht, wieso meldet sich nicht? Mitten in der Nacht? Es ist ja schon hell draußen!! Unerhört so was *Läßt den Hörer sinken* – meldet sich nicht. Wormser meldet sich nicht.

FRAU OBERMÜLLER Das hätt ich dir gleich sagen können. Mitten in der Nacht.

OBERMÜLLER Es is ja schon hell draußen. Ich muß doch um vier Uhr –

FANNY *mit der alten Uniform* Da is se. Ick dachte, die soll wech.

FRAU OBERMÜLLER Denken Sie nicht, helfen Sie mal meinem Mann, rasch, rasch!

OBERMÜLLER Die Hosen gehn auf alle Fälle noch, ich kann sie einfach mit Sicherheitsnadeln feststecken – *Ist in die Hose gefahren* – aber der Rock! Der Rock!! *Versucht, ihn anzuziehen.*

FRAU OBERMÜLLER *mit Fanny helfend, ziehend* Du bist viel zu dick geworden, du bist viel zu dick, ich sag's ja schon lange!

OBERMÜLLER Unsinn! Der Stoff ist eingegangen, ich war vor fünf Jahren genau wie heute, Herrgott, ich kann's mir doch jetzt nicht runterschneiden!! Es geht nicht – *Zieht stöhnend an der Uniform, sie geht nicht zu.*

FRAU OBERMÜLLER An so was denkt man eben früher! Da sind ja die Kinder draußen, was tut denn ihr hier, wie kommt ihr denn dazu, aufzustehn!!

HELLMUT UND IRENE *halbwüchsig, in langen Nachthemden, schauen herein.*

IRENE Wie soll denn 'n Mensch schlafen bei dem Radau.

HELLMUT Ich dachte, ich kann mal mitn Fahrrad rasch zum Uniformschneider sausen.

OBERMÜLLER *auf die Kinder los* Unfug! Wollt ihr sofort ins Bett!

HELLMUT *beleidigt* Na, ich kann's ja lassen. *Ab mit Irene.*

OBERMÜLLER *in dumpfer Verzweiflung* Ich muß sofort beim Regimentsadjutanten anrufen – plötzliche Herzattacke – nein, Fieber – Bronchialkatarrh – oder doch Herz – Herz is besser –

FRAU OBERMÜLLER Fanny, gehnse raus! *Fanny murrend ab* Du rufst nicht an! Du nimmst dich zusammen, das fehlt noch, daß du jetzt einfach schlappmachst – wenn's um die Wurst geht! – *Versucht, ihm mit Gewalt die Uniform zu schließen.*

OBERMÜLLER Au, au!!

FRAU OBERMÜLLER Was denn au, ich tu dir doch nicht weh, halt doch mal still – da – *Sie behält einen Fetzen Stoff mit dem Knopf in der Hand.*

OBERMÜLLER *aufs Bett sinkend* Jetzt is alles aus –

FRAU OBERMÜLLER *wie rasend ans Telephon* Potsdam!! Potsdam 324!!!!

OBERMÜLLER *tragisch* Das hat keinen Zweck mehr. Wenn sie jetzt noch nicht – Wozu hab ich mich überhaupt gemeldet.

FRAU OBERMÜLLER Potsdam 324!!

OBERMÜLLER Ich müßte ja gar nicht mehr. Nur du hast es gewollt.

FRAU OBERMÜLLER Ich muß aber Verbindung kriegen!! 324!!

OBERMÜLLER Aus Renommiersucht. Aus purer weiblicher Eitelkeit. Der Freundinnen wegen.

FRAU OBERMÜLLER So, jetzt bin i c h wieder dran schuld.

OBERMÜLLER Im Amt bleibt so viel Wichtiges liegen –
Die Hausglocke schrillt, Frau Obermüller fährt hoch.

FRAU OBERMÜLLER Es hat geschellt!!

OBERMÜLLER *völlig verstört* Geschellt – wieso geschellt – geschellt – es hat doch geschellt!!

FRAU OBERMÜLLER *springt auf, arrangiert sich* Wormser!

OBERMÜLLER Es hat doch geschellt –

DIE KINDER *stürmen herein, hinter ihnen Wabschke, einen neuen Uniformrock überm Arm.*

IRENE Vater! Da isse, wir habense!!

HELLMUT Nun aber rasch, Vater, mitn Auto schaffste's noch!!

WABSCHKE Ich hab die Taxe gleich halten lassen, der Zähler steht schon uff siebzehn fuffzich. Von Potsdam hierher is 'n orntliches Ende. Guten Morjn die Herrschaften, wünsche wohl jeruht zu haben.

OBERMÜLLER *ist aufgesprungen, völlig verwandelt* Na, Kinder, wozu die Aufregung, ich hab ja gewußt, daß es noch klappt, Wormser wird mich doch nich im Stich lassen, nich wahr? Gebense mal her.

FRAU OBERMÜLLER *auf Wabschke losfahrend* Na hör mal! Nicht im Stich? Is ja unerhört, die Uniform war für spätestens Mitternacht versprochen, jetzt kommtse in letzter Minute!

WABSCHKE Gnädige Frau, de letzte Minute is immer de beste Minute. Wat hätte Ihr Herr Jemahl uff Mitternacht in Uniform sollen machen, da hat er doch jescheiter ins Bett jelegen.

FRAU OBERMÜLLER Glauben Sie vielleicht, wir hätten heute nacht ein Auge zugetan?

WABSCHKE Det is schade. Int Manöver wird der Herr Bürgermeister womöglich auch nich zu die nötije Bettruhe kommen. Da heißt et *Singt*

»Steh ick in finstrer Mitternacht
Janz einsam auf der stillen Wacht –«

DIE KINDER *fallen ein.*

OBERMÜLLER Ruhe!! Meinen Säbel her! *Er hat die Uniform angezogen, Wabschke zieht sie noch ein wenig zurecht.*

WABSCHKE Na, wat sagense jetzt, Herr Bürgermeister. Sitzt se oder sitzt se nich?

OBERMÜLLER *schnallt unter, setzt die Mütze auf* Fanny, den Handkoffer und die Mäntel! Nein, gleich ins Auto!

FANNY *erscheint in der Tür* Nu sieht der Herr Bürjermeister aber janz echt aus. Wie 'n Offizier.

OBERMÜLLER *in bester Laune* Na, soll ich vielleicht wie 'n Briefträger aussehn? Na, Thildchen, wie is?

FRAU OBERMÜLLER In Ordnung! So kannste dich sehen lassen.

IRENE Einfach süß, Papa.

HELLMUT Is der Säbel auch scharf? Haste kein' Offiziersrevolver?

OBERMÜLLER Kommt, Kinder, ihr könnt mich zum Auto begleiten. Adieu, Thildchen, auf Wiedersehn.

FRAU OBERMÜLLER *küßt ihn* Und du rufst an, sobald du 'n freien Abend hast, dann gehn wir aus, ich bringe Junghansens mit, nich wahr?

OBERMÜLLER Selbstverständlich, Thildchen. Macht's gut, Kinder. Hab ich meine Uhr? Ja – Herrgott, Geld muß ich einstekken.

WABSCHKE Det wär keen Fehler.

OBERMÜLLER Also adieu, fahren Sie mit, Wabschke?

WABSCHKE Nee, ick nehme de Stadtbahn. Viel Vagniegn, Herr Bürjermeister, Heil und Sieg! Hipp hipp, hurra!

OBERMÜLLER *mit den Kindern ab.*

WABSCHKE Ick kann Ihnen sagen, gnädige Frau, det war 'n Stick Arbeet. Um sechse ham wa anjefangen, un denn de janze Nacht in eine Schicht, ohne Abendbrot. Aber was tut man nich alles fürs Vaterland, nich?

FRAU OBERMÜLLER Hier, nehmen Sie die alte Uniform gleich mit, sagen Sie Herrn Wormser 'n schönen Gruß, er soll sie als Anzahlung übernehmen und auf der Rechnung abziehen.

WABSCHKE *betrachtet die Uniform* Die macht ooch keen Belach mehr uffs Butterbrot. Der Herr Bürjermeister hat se damals schon jebraucht iebernommen.

FRAU OBERMÜLLER Ach wo! Mein Mann trägt nichts Gebrauchtes. Er is nur zu dick geworden, sonst wär sie noch tadellos.

WABSCHKE Na, fiern Maskenball wird se vielleicht noch jehn.

Dunkel.

Elfte Szene

Personen: Ein Polizist, ein Leutnant mit Adjutantenschärpe, Wartende, Wilhelm Voigt

Ein Gang im Rixdorfer Polizeirevier. Nackte Wand, Bank, Tür. An der Tür die Aufschrift: »Zimmer 9«. Einwohnermeldeamt Rixdorf. Etwa zehn Wartende beiderlei Geschlechts sitzen auf der Bank. Einige trommeln mit den Fingern oder räuspern sich nervös. Ein kleiner älterer Mann liest den ›Vorwärts‹. Die meisten schauen vor sich hin, schweigen. – Die Tür geht auf. Alle sehen hin, der Nächstsitzende steht auf.

DER POLIZIST *kommt von drinnen, läßt eine Frau heraus.*

DIE FRAU *weinerlich nach rückwärts sprechend* Nein, das hab ick nich jewußt, daß ick 'n Besuch anmelden muß, nein, das konnt ick nich wissen, da kann ick nichts für. *Sie geht, mit dem Taschentuch vor der Nase.*

DER NÄCHSTE *will eintreten.*

POLIZIST *vertritt ihm die Tür* Setzense sich hin.

DER MANN Wieso denn, ich bin doch dran.

DER POLIZIST, *ohne zu antworten, ruft in den Gang* Herr Schietrum! Zum Chef.

DER MANN Ich bin aber doch dran –

POLIZIST, *ohne zu antworten* Herr Schietrum!

EIN BEAMTER *kommt mit einem Aktenbündel.*

POLIZIST Zum Chef, Herr Schietrum. *Er gibt die Tür frei.*

DER BEAMTE *geht hinein.*

POLIZIST *schließt die Tür hinter ihm, stellt sich davor.*

DER MANN Ich war doch dran.

POLIZIST Sie sollen sich hinsetzen.

DER MANN *setzt sich* Wenn man nu endlich drankommt –

POLIZIST Sie kommen dran, wennse dran sind.

ANDRER MANN, *der den ›Vorwärts‹ liest, mit sehr dünner Stimme* Erlaubense mal, das is doch 'n bißken stark. Is son Amt für die Menschen da – oder die Menschen fürs Amt?!

DER ERSTE Na ja, Sie kennen doch den schönen Spruch:

»Die mehrste Zeit des Lebens
Wartet der Soldat vajebens.«

Einige lachen.

DER ›VORWÄRTS‹-LESER Wir sind aber hier keene Soldaten, wir sind hier Staatsbürjer, bitte recht sehr! Wir haben auch noch wat anderes zu tun, als hier de Wand zu vazieren, vastehnse?

POLIZIST Wenn Sie Zeit haben fürn ›Vorwärts‹ zu lesen, denn habense auch Zeit zum Warten.

DER LESER Hörn Sie, dat jeht Sie überhaupt nichts an, jeht Sie dat. Aufn ›Vorwärts‹, da bin ick auf abonniert, jawohl, bin ick, dem les ick alle Tage, wennse's wissen wolln, und deshalb verlange ick hier trotzdem meine staatsbürjerliche Pflicht, Recht wollt ick sagen.

POLIZIST Störense hier nich, Sie sind ja noch gar nich an der Reihe.

DER LESER Nee, det jeht neemlich wirklich 'n bißken zu weit. Jetzt is eener von 'n anderes Büro da rinjegangen, jetzt erzählense sich da drin Witze.

POLIZIST *geht auf ihn zu* Was tun die da drin?

DER LESER Dat weiß ick doch nich, wat die da drin machen. Ick will nu endlich rankommen, will ick. *Guckt in die Zeitung.*

POLIZIST Hier kommt jeder dran, wenn er dran is. *Geht wieder zur Tür.*

WILHELM VOIGT *kommt von der Seite. Sehr eilig und erregt* Verzeihense, is hier Zimmer neun?

POLIZIST Könnense nich lesen? Setzense sich hin.

VOIGT Nee, pardong, Herr Wachmeester, ick mechte nu erst wissen, ob ick hier auch richtig bin, er hat jesagt, probiernse's mal in Zimmer neun, aber wenn et nu wieder nich stimmt – wenn dat nu wieder nich zuständig is –

POLIZIST Setzense sich hin. Sie werden's ja sehn.

VOIGT Nee, bis ick da rankomme, denn kann's ja zu spät sein, denn is allens aus! Ick steh unter Polizeiaufsicht, aber ick wohne ja bei mein Schwager, und da war ick ins Hauptrevier, da sagt er, in Rixdorf gibt's keene Polizeiaufsicht, da wernse wol ausjewiesen, det is wohl schon im Gange, aber er wußte ja nich genau, probierense mal in Zimmer neun, hat er jesagt –

POLIZIST Na, setzense sich hin.

VOIGT Wenn ick nu nich mehr rankomme – oder wenn det Zimmer neun auch wieder falsch is – denn is ja zu spät!

POLIZIST Redense nich, setzense sich hin.

VOIGT Ick bin doch da in 'n anständijes Haus, da brauchense mir doch nich ausweisen, das mißt ick nur einem sagen – der zuständig is –

POLIZIST Setzense sich hin.

VOIGT *setzt sich.*

HERR SCHIETRUM *kommt heraus, geht nägelkauend weiter.*

POLIZIST So. Der nächste. *Macht auf, geht mit dem nächsten hinein. Bewegung unter den Wartenden.*

DER ›VORWÄRTS‹-LESER *mit asthmatischem Pfeifen* Det is'n Radfahrer, det is 'n richtiger Radfahrer, der! Nach unten tritt er – nach oben macht er 'n Puckel.

EINE FRAU Die haben ja Zeit.

DER LESER Ick sage, det is unsere Zeit, wat die vertrödeln, und unser Jeld is et, wat se vafressen! Mir machense arm mit ihre unjebührliche Schikanen. Ick heiße Klawonn und bin Budiker, und damit hab ick mir ehrlich hochjearbeitet, und nu machense mir die Jeschichten wegen de Konzession, warum? Det weiß man schon. Aber ick sage: denken kann ick, wat ick will, deshalb verlange ick trotzdem meine staatsbürgerliche Pflicht, Recht wollt ick sagen – *Verschluckt sich, hustet.*

POLIZIST *kommt heraus* Ruhe hier! Das stört ja drinnen!! *Er reißt plötzlich die Knochen zusammen und schaut mit starrem Blick den Gang aufwärts.*

EIN LEUTNANT MIT ADJUTANTENSCHÄRPE *kommt raschen Schrittes* Zimmer neun?

POLIZIST *stramm* Jawohl, Herr Leutnant!

LEUTNANT Machense mal den Laden zu, der Ort kriegt Einquartierung. *Geht ins Zimmer, der Polizist folgt dienstbeflissen, schließt die Tür.*

DER LESER Na, jetzt kenn wa einpacken. Nu is aus. Fürs Militär, da hamse nemlich Zeit, da hat 'n Staatsbürjer keine Existenz gegen. Wenn da son flotter Leutnant kommt – äh äh –

EIN DICKER MANN, *der bisher immer gradeaus gesehen hat, springt auf* Wat, Sie, derse nich mal de netije Brustweite haben, wollen hier wat gegens preißische Militär sagen? Sie pfeifen ja ausm letzten Loch, Sie oller Piepfritze Sie!

DER LESER Will ick ja gar nich! Ick will nur meine staatsbürgerliche –

DER POLIZIST *öffnet die Tür. Alle verstummen, schauen hin. Der Polizist hängt schweigend ein Schild an die Tür: »Heute geschlossen«. Mißt die Wartenden mit bedeutungsvollem Blick, Kopfbewegung nach dem Ausgang.*

VOIGT *im Aufschrei* Ick muß aber rin! Ick muß – Sonst is ja zu spät!!

POLIZIST *ins Zimmer zurück, schließt hart die Tür hinter sich.*

VOIGT *sinkt auf die Bank.*

DER LESER *während die andern gehen* Det jebense man auf. Heit kommense da nich mehr rin. Denn kennense gleich durchsitzen bis morjn frih. *Er geht.*

VOIGT *bleibt allein. Sitzt mit gebeugtem Rücken, wie erschlagen, unbeweglich. Nach kurzer Zeit hört man von drinnen, anschwellend...*

DIE STIMME DES OFFIZIERS ...kann ich keine Rücksicht nehmen! Befehl is Befehl, darnach habense sich zu richten!! *Die Stimme schwillt wieder ab.*

VOIGT *hebt den Kopf, lauscht – dann steht er auf, geht auf den Zehenspitzen an die Tür – schaut durchs Schlüsselloch.*
Dunkel.

Zwölfte Szene

Personen: Das kranke Mädchen, Wilhelm Voigt

Kammer mit Bett, Fenster zum Hof, Tür zum Gang. Auf einem Stuhl neben dem Bett sitzt Voigt. Das Bett ist so gestellt, daß man die darin liegende Gestalt kaum sehen kann – nur ihre Hand, die Voigt in der seinen hält. Überm Bett an der Wand aus Zeitschriften ausgeschnittene Farbdrucke, mit Reißnägeln befestigt. Vom Hof herauf hört man eine Männer- und eine Frauenstimme zweistimmig ein larmoyantes Lied vortragen. Mandolinenbegleitung.

DAS MÄDCHEN Onkel Willem, ich hör doch was, was isn das?

VOIGT Det sind de Hofsänger. Auch Hofraben jenannt. Die singen bei Hof, weißte, und denn wirft der Kaiser 'n Groschen runter, damit se wieder aufhören.

DAS MÄDCHEN Du, ick hab auch 'n Groschen, er liecht auf mein Waschtisch unter der Zahnpulverschachtel. Wirf 'n runter!

VOIGT Wenn's dir Spaß macht –

DAS MÄDCHEN Wirf 'n runter!

VOIGT *holt den Groschen, geht zum Fenster, öffnet. Man hört die Stimmen der Hofsänger deutlicher*

»Drum sag ich's noch einmal:
Schön ist die Jugendzeit,
Schön ist die Juu-uugend,
Sie kommt nicht mehr!«

VOIGT Da is ne olle Zeitung, da wer ick's reinwickeln. So – *Er wirft.*

DAS MÄDCHEN *sich aufrichtend* Hamse's? Hamse's jefangen?!

VOIGT Bumms! Grade aufn Hartmann! Na, det gibt ja keen Loch in Kopp.

DAS MÄDCHEN *lacht, hustet.*

VOIGT *fährt herum* Willste dir zudecken, willste dir niederlegen, du kleene Krotte, nachher wirste nich jesund. *Ist hingelaufen, deckt sie zu.*

Von unten hört man die Stimme des Hofsängers, der eine Ansprache hält.

VOIGT *rasch zum Fenster, schließt es.*

DAS MÄDCHEN Warum machste denn zu, da kann man ja nichts hören.

VOIGT Jetzt singt er ja gar nich, jetzt klönt er nur. Det kann ick hier oben auch sagen. *Stellt sich in Positur* »Hochvaehrte Damen und Herrn – wir, die wir auf Jesanges Flügeln durch die Lande ziehn – wir sind den Vögeln des Himmels zu vajleichen, von denen schon in de Bibel steht: sie säen nich, sie ernten nich, aber ne trockene Schrippe ernähret sie doch. Darum, verehrtes Publikum, werft uns ne milde Gabe runter, und wenn's 'n Sechser is, det vazinst sich in Himmel, da habense denn mal ne Million droben ze liegen, wennse recht lang leben und bei uns hier drunten immer tüchtig einzahlen!«

DAS MÄDCHEN Scheen machste das. Als ob de mal bei jewesen wärst.

VOIGT Na, vielleicht kennt ick's noch werden.

DAS MÄDCHEN Sag mal, Onkel Willem, biste viel rumjekommen in de Welt?

VOIGT Ja doch, mächtig! De seßhafte Lebensweise, die hat mir nie recht zujesagt. Ick war in alle finf Weltteile, weißte – und einmal, da bin ick übers böhmische Riesenjebirje jewandert. Det is groß.

DAS MÄDCHEN Herr Hoprecht war mal auf See, als Junge. Da hamse auch 'n Sturm jehabt, und 'n richtigen Neger. Aber da kann er gar nich erzählen von. Du erzählst viel besser.

VOIGT Ick hab mir's eben scheen ausjemalt im Kopp, weißte. Du, aber ins Riesenjebirje, da mußte auch mal rauf. Wenn de jetzt jesund wirst, da mußte dir doch erholen, da zahlt dir vielleicht de Kasse wat zu, un denn jehste rauf, in de Berje.

DAS MÄDCHEN Ick war mal in de Müggelberje. Da war ick aber noch klein. Det war son Ausflug mitn Waisenhaus. Ick kann mir gar nich besinnen.

VOIGT De Müggelberje, det sind ja Maulwurfshaufen, da hippt

ja n' Floh rieber, wenn er 'n bißken aufjeregt is. Nee, Kind, wat sone wirklichen hohen Berje sind, det kannste dir gar nich ausdenken. So mächtig hoch is det, da biste janz nah bei de Wolken, höher als de Wolken, und manchmal, da biste wahrhaftig über de Wolken, höher als de Wolken, denk mal! Da haste droben 'n scheensten Sonnenschein – und drunten regnet's!

DAS MÄDCHEN Is über de Wolken, is da immer Sonne?

VOIGT Freilich! Die Sonne, die is doch 'n janzen Tach da, nich!? Und de Wolken, die schwappen nur so um de Erdkugel rum. Wenn de mal drüber warst, denn weißte das. Die haben mitm Himmel jar nichts zu tun, die sind nur son Dunst von unten, ausn Wasser.

DAS MÄDCHEN Is da nich kalt droben?

VOIGT Kalt? So nah bei de Sonne? Nee, Kind, da kannste, wenn de Sonne richtich hoch is, mitten in Winter im Schnee in Hemdsärmeln rumlaufen, kannste da, da merkste jarnich, daß Frost is! Du, und was da allens wächst! Hier unten, wat is da schon – 'n paar krüppelije Kiefern, 'n bißken Heidekraut und mal 'n Wacholderbusch. Det einzige is noch unser Obst in Werder. Aber da droben, da schmeckt schon de Luft, ick sage dir, wie in son Obstjeschäft. Und Blumen jibt et da, nich bein Gärtner, nee, uff jede jewöhnliche Kuhweide, so was kennste nur ausn Bilderbuch, so was haste noch nie jesehn.

DAS MÄDCHEN Wieso kommt 'n det, Onkel Willem, daß es da droben so scheen is, und hier is es doch jarnich besonders?

VOIGT Det will ick dir sagen, det hab ick mir so ausjedacht. De Erde, die is lebendig, det merkste daran, daß se sich vaändert. Und wat lebendig is, dat will rauf, dat will in de Höhe, dat will nach oben, kick man son Grashalm oder ne Setzkartoffel, oder 'n Kind, nich wahr? – Un deshalb is det so mit de Erdkruste: det Wasser, det is schwer, det lauft ab, det fällt in die Meere. Aber de richtije bessere Erde, die wächst in de Höhe, die türmt sich rauf, weißte? Hier unten, da sind wa näher bei's Meer, deshalb is hier mehr Sand oder Dreck, nich? Da droben, da is zum Beispiel ›Rosenquarz‹ oder ›Bergkristall‹. Da is eben viel scheener.

DAS MÄDCHEN Onkel Willem – da jehn wa hin zusammen! –

VOIGT Ja, Kind, det machen wa.

DAS MÄDCHEN Da nimmste mir mit, nich? Wenn de wieder raufmachst!

VOIGT Jewiß doch, det mecht ick schon gerne.

DAS MÄDCHEN Hörste? Jetzt singense wieder – Det ›Puppchen‹ is et, det is scheen!

Man hört durch die geschlossenen Scheiben sehr fern die Hofsänger den Schlager »Puppchen, du bist mein Augenstern« in raschem Tempo singen.

VOIGT Ja, det is 't ›Puppchen‹.

DAS MÄDCHEN Du, ich glaube, da komm ma nich mehr hin.

VOIGT Wat meinste?

DAS MÄDCHEN Ins Riesenjebirje. Da komm wir nicht mehr hin, wir zweie.

VOIGT Na, wart man ab, Kind. Det könn wir nich wissen. *Er streichelt sie.*

DAS MÄDCHEN Du jehst nich fort, bitte –

VOIGT Nee, wo wer'ck denn. Ick muß doch auf de Wohnung passen. Vater Hoprecht is ja ins Manöver, und Marie is ins Jeschäft, da kennt ick ja jarnich wech, nich wahr?

DAS MÄDCHEN Willste mir nich wat vorlesen, bittschön?

VOIGT Gern. Hast 'n Buch, oder 'n Kalender?

DAS MÄDCHEN *kramt zwischen Bettgestell und Matratze ein Buch hervor* Da bin ich eigentlich schon zu alt für. Aber det les ich so gerne, det kann ick immer wieder hören. Frau Hoprecht lacht mir aus, wenn se's findet. Du bist doch keen Kind mehr, sagtse. Da hab ickn Kritzer mitn Fingernagel jemacht, wo ick zuletzt jestanden habe. In de ›Jeschichte von den Bremer Stadtmusikanten‹.

VOIGT Zeich mal – Grimms Märchen. *Setzt seine Brille auf.*

DAS MÄDCHEN Da bin ick eijentlich schon zu alt für.

VOIGT Det macht nichts. Ick les det auch sehr gerne, und ick bin ja nu ziemlich ausjewachsen, nich?

Es schellt.

DAS MÄDCHEN *fährt hoch* Nich wechjehn!! Bitte!!

VOIGT Na, Kind, ick muß doch, wenn et schellt. Et könnt ja wat sein.

DAS MÄDCHEN Vielleicht hat sich einer in de Etage jeirrt. Es kommt doch jetzt keiner.

VOIGT Ick bin ja gleich wieder da, Kind.

DAS MÄDCHEN *klammert sich an ihn* Et is ja gar nichts. Der is schon wieder wech! *Es schellt wieder.*

VOIGT Siehste? Ick muß mal sehn, ick mach janz rasch mach ick.

DAS MÄDCHEN Aber du läßt de Tür offen, nich? Und machst det Licht an – bitte! Es wird ja schon duster draußen – un denn wird det Fenster so blank, so weiß – wie 'n Auge –

VOIGT *zündet rasch die Gaslampe an und zieht den Vorhang vors Fenster. Es schellt heftig* So. Is jut so? Nu muß ick ma kucken.

DAS MÄDCHEN Aber de Tür offenlassen, bitte!!

VOIGT Jewiß doch. Da kannste mir hören, bis an de Flurtür. *Geht, läßt die Tür offen.*

VOIGTS STIMME Wer ist denn da?

FREMDE STIMME *draußen* Wohnt hier der polizeibeaufsichtigte Schuster Wilhelm Voigt?

VOIGT Ja. Wartense, ick mach uff. Ick bin et selber.

FREMDE STIMME Unterschreibense mal. Ich hab ne Zustellung vom Revier.

Es bleibt einen Augenblick still. Die Hofmusik hört auf.

VOIGT *kommt zurück. Er hält ein großes Kuvert mit Amtssiegel noch uneröffnet in der Hand.*

DAS MÄDCHEN *ganz ruhig* Hast 'n Brief jekriegt, Onkel Willem?

VOIGT Nee – det is nur ne Schreiberei. *Er steckt das Kuvert ein.*

DAS MÄDCHEN Willste nich lesen?

VOIGT Det eilt nich. Det is langweilig. Ick les dir lieber vor. *Setzt sich, nimmt das Buch* Also da weiter, wo de jestanden bist. »Wie kann man da lustig sein, wenn's einem an den Kragen geht, antwortete die Katze. Weil ich nun zu Jahren komme, meine Zähne stumpf werden und ich lieber hinter dem Ofen sitze und spinne, als den ganzen Tag nach Mäusen herumzujagen, wollen sie mich ersäufen! Ich hab mich zwar noch fortgemacht, aber nun ist guter Rat teuer. Wo soll ich denn hin? – Komm mit uns, sagte der Hahn – etwas Besseres als den Tod werden wir überall finden –« *Er stockt, schaut das Mädchen an* Na, Kind? Wat is denn? – Schläfste? *Er beugt sich über sie, sie atmet tief.*

VOIGT *legt das Buch auf seine Knie – holt mit rascher Bewegung das Kuvert aus seiner Tasche, zögert einen Moment, dann bricht er es auf, liest. Gleichmäßig mit halblauter Stimme* »Ausweisung aus den Bezirken Rixdorf, Reinickendorf, Neukölln, Groß-Lichterfelde – Sie haben sich – binnen achtundvierzig Stunden – *Liest stumm weiter, dann wieder halblaut* – im Nichteinhaltungsfalle erfolgt Abfuhr per Schub, im Wiederbetretungsfalle Freiheitsstrafe bis zu – *Verstummt.*

DAS MÄDCHEN *nach einer Pause, plötzlich* Onkel Willem – du liest ja gar nich.

VOIGT *nimmt das Buch auf* »Komm mit, sagte der Hahn – etwas Besseres als den Tod werden wir überall finden.«

Dunkel.

Dreizehnte Szene

Personen: Adolf Wormser, Willy Wormser, Auguste Victoria Wormser, Rittmeister v. Schleinitz, Major Keßler und Frau, Assessor Trumpp, Herren, Damen, Kellner

Eine erhöhte Ehrenloge im großen Festsaal bei Dressel. Strahlende Beleuchtung, elegante Dekoration, alles in Weiß und Silber, künstliche Blumen, Spiegel. Der Saal ist seitlich, tiefer gelegen zu denken.

In der Loge ein Tisch mit Sektgläsern, Flaschen in Kühlern, Desserttellern, Obst- und Kompottschalen, Aschenbechern und Likörgläsern, auch Knallbonbons, Kotillonscherzen und Blumen reichlich bedeckt. Am Tisch Herr Wormser, Willy Wormser, Herr und Frau Major Keßler, Assessor Trumpp. Wormser ist im Frack, dessen Hemdbrust bereits von Anstrengungen aller Art, Essen, Lachen, Reden, Schwitzen, stark angeknittert ist. Willy trägt Husarenuniform im ele-

gantesten Offiziersschnitt, er ist aber nur Gefreiter und macht eine recht klägliche Figur. Herr und Frau Major Keßler: älteres gut situiertes Ehepaar, er pensioniert, in Zivil, sehr bequem, sie etwas auffällig tief dekolletiert. Trumpp: verbummelt, humorig, angerauscht. – Bei Beginn der Szene steht auf den seitlichen Stufen der Ehrenloge, wie auf einem Podium dem Saal zugewandt, Fräulein Auguste Victoria Wormser in der Uniform eines Hauptmanns der Potsdamer Gardegrenadiere. Die Uniform spannt über ihrer wohlgerundeten Figur, etwas zu blonde Haare quellen kokett unter der Offiziersmütze hervor. Sie trägt die letzte Strophe eines Fest-Couplets vor. Alle lauschen verständnisinnig, Wormser scheint jedes Wort zu verschlingen.

AUGUSTE *singt zu dünner, unsichtbarer Klavierbegleitung*

»Darum, ihr Leib-husaren laßt
Euch feiern heut – als Ehrengast!
Wir ha-ben euch – bewundert viel,
In des Manövers hochgemutem Kampfesspiel.
Ihr seid – zwar nicht – die einz'gen hier –

Neckisch
Denn ich bin auch – ein großes Tier! –
Doch ich – bin von – der Infantrie –
Und reiten, reiten lernt ein Infanteriste nie!!«

Die Musikkapelle nimmt den Refrain auf. Allgemeines Klatschen und Bravo!

AUGUSTE *bedankt sich teils mit militärischem Grüßen, teils mit Kußhändchen nach allen Seiten, verschwindet dann, von drängenden Gratulanten herabgezogen, in den Saal.*

KESSLER *am Tisch, laut applaudierend* Bravo! Ganz famos! Wer hat denn den Text gemacht?

WORMSER *strahlend* Den Text? Den hatse selbst gedichtet, hab ich gar nichts von wissen dürfen! *Singt mit der Musik*

»Denn ich bin von der Infantrie,
und reiten, reiten lernt ein –«

Is das gut? Is das gut, was?

FRAU KESSLER Süß! Einfach puppig! Und wie reizend sie aussieht, in Uniform!

ASSESSOR Fabelhaft. Allen Respekt, Herr Wormser, Ihr Fräulein Tochter is ja perfekte Diva! Könnte glatt auftreten!

WORMSER Das hatse von Papa! Also ich hab in meiner Studikerzeit bei jeder Exkneipe was vorgetragen. Da hatten wir son Kunstmenschen bei, der sagte immer: Wormser, warum gehnse nich zum Theater, Sie hätten's dazu! Ich hab doch drei Semester Jura studiert, wir sind eigentlich Kollegen, Herr Assessor!

TRUMPP Löffele mich! *Trinkt.*

AUGUSTE *kommt atemlos, in großer Fahrt.*

WORMSER Na, da isse ja! Komm her, Goldchen, das haste fein gemacht!!
Küßt sie.

AUGUSTE Rasch mal'n Glas Sekt! Gott, is mir heiß!!

DIE ANDERN *klatschen.*

FRAU KESSLER Süß! Einfach puppig! In so'n Hauptmann könnt ich mich glatt verlieben!

KESSLER Aber, Milli! Sei doch nich so exzentrisch!

AUGUSTE *hat ein Glas Sekt heruntergestürzt, nimmt ein zweites* Nee, war ich aufgeregt! Wenn ich nich vorher schon ne halbe Flasche Schampus getrunken hätte, ich glaube, ich wär hängengeblieben wie 'n Schulkind!
Sie lacht schrill und unmotiviert.

WORMSER Gustchen, trink mal nich so schnell, du glühst ja! Das is 'n Temperament, nich?

AUGUSTE *setzt sich auf seinen Schoß* Papachen, du bist ja eigentlich 'n Goldkerl! Kinder, ihr seid ja alle so süß!

TRUMPP Sehr geehrt, beziehe das natürlich vor allem auf mich. Sehr zum Wohl, Fräulein Auguste!

AUGUSTE Prost, Trümppchen, sind 'n alter Filou! *Trinkt wieder.*

RITTMEISTER V. SCHLEINITZ *Herrenreitertyp, schneidig-nervös, betritt die Loge.*

WORMSER Sieh da, der Herr Rittmeister, das is recht, das freut mich, tretense näher, Willy, steh auf, wenn 'n Vorgesetzter kommt!!

V. SCHLEINITZ Um Gottes willen, bleiben Sie sitzen! Das hat er doch hier nicht nötig! *Zu Auguste* Mein gnädiges Fräulein – oder vielmehr – Herr Kamerad – darf ich Ihnen im Namen unserer sämtlichen Herren meinen Dank und meine Bewunderung aussprechen? Schneidig habense das gemacht!

AUGUSTE Na, und wie gefall ich Ihnen als Militär, bin ich besichtigungsreif, was? *Nimmt stramme Haltung ein.*

V. SCHLEINITZ Ich habe noch nie einem Kameraden von den Gardegrenadieren die Hand geküßt. *Tut's.*

DIE ANDERN *lachen.*

V. SCHLEINITZ Herr Wormser, ich möchte im Auftrag des Offizierskorps ein paar Worte sprechen, würden Sie mal ans Glas klopfen, bitte?

WORMSER Aber gern, aber reizend, Herr Rittmeister, aber wirklich reizend – *Er klopft ans Glas, ruft in den Saal* Silentium! Silentium strictissimus für Herrn Rittmeister von Schleinitz!

V. SCHLEINITZ *auf die Stufen tretend. Er spricht trotz der völligen Wirrnis seiner Sätze mit vollendeter Sicherheit und nobler Haltung* Meine Damen und Herren! Es ist mir ein Bedürfnis, nachdem soeben die Potsdamer Garde in so überaus reizender Weise, zum heutigen Kaisermanöverball der Sechsten Leibhusaren, ein Fest, das dies Jahr seitens der Potsdamer Bürgerschaft, durch unseren hochverdienten Herrn Kommerzienrat Wormser wirklich aufs entzückendste arrangiert hat. In diesem Sinne meine Damen und Herren, möchte ich im Namen des Offizierskorps der Sechsten Leibhusaren vor allem unsre reizende Vertreterin der Potsdamer Gardegrenadiere, aber auch sonst is es mir ein Bedürfnis, die Veranstalter des heutigen Abends, kurzum, ich bin ja kein Redner, sie leben hoch! hoch! hoch!

Tusch der Musik, Gläserklingen, Hochrufe.

WORMSER Herr Rittmeister, wundervoll! Einfach blendend! Und die Ruhe, mit der Sie so was machen! Darum beneid ich Sie! Also ich würd schwitzen!

V. SCHLEINITZ Ich will ja nich in Reichstag gewählt werden – ich bin ja schließlich 'n Reiter und kein Redner, nicht?

WORMSER Prosit, prosit!

Alle stoßen mit Schleinitz an. Im Saal beginnt Tanzmusik.

AUGUSTE *zu Schleinitz* Prost, Herr Kamerad, so könnt ich doch mal 'n Liebesmahl mitmachen, was, Herrgott, ich bin ja schon ganz beschwipst!!

V. SCHLEINITZ Steht Ihnen aber entzückend, son netter kleiner Spitz.

WORMSER Auguste, ich glaube es ist Zeit, daß de dich umziehst! Es war ja sehr nett, aber wir haben doch heute kein Maskenball.

FRAU KESSLER Ausgeschlossen! Erst muß se mit mir tanzen! Kommense, Gustchen, können Sie führen?

KESSLER Milli! Sei doch nich so exzentrisch!

AUGUSTE Natürlich wird getanzt, ich tanz doch soo gerne als Herr!

WORMSER Aber nur e i n e n Walzer, dann ziehste dich um!

AUGUSTE *mit der Musik trällernd* »Wo steht denn das geschrieben, man soll nur eine lie-ben...« *Zu Keßler* Gestatten, Herr Major! *Sie engagiert Frau Keßler, abgehend mit ihr zu Schleinitz* Darf ich Herrn Rittmeister für den nächsten Tanz vormerken? *Verschwindet im Saal.*

WORMSER *ihr nachrufend* Aber als Dame gefälligst! Erst ziehste dich um! Das Kind ist heute so ausgelassen!

V. SCHLEINITZ Is doch charmant. Und wie sie das Monokel hält, als wär's angewachsen.

WORMSER Ideen hatse, das muß ich selbst sagen.

V. SCHLEINITZ Wirklich ein besonders gelungener Abend, Herr Wormser. Der Kommandeur is in bester Stimmung, hat auch schon nach Ihnen gefragt.

WORMSER Hat er gefragt? Ich wer mal hingehn. Komm, Willy, ich stell dich dem Herrn Kommandeur vor, mach rasch, entschuldigen mich die Herrn 'n Moment!

v. SCHLEINITZ Aber bitte, gern!

WORMSER *mit Willy ab.*

v. SCHLEINITZ, TRUMPP UND KESSLER *bleiben allein, rücken zusammen.*

TRUMPP Na, Schleinitz, ma ran an Speck. Sie können's ja brauchen.

KESSLER Nich übel – die Kleine.

TRUMPP Rasse, Klasse – Kasse!

KESSLER Trotzdem, Schleinitz. Ich warne Neugierige. Reich heiraten macht faul, dann bleibt man an der Majorsecke kleben, wie Beispiel beweist.

v. SCHLEINITZ *mit feinem Lächeln* Schulden machen noch fauler, Herr Major.

WORMSER *kommt mit Willy zurück* Grad is er gegangen. Zu ärgerlich so was. Herr Rittmeister, ich darf damit rechnen, daß Sie mich Exzellenz empfehlen.

v. SCHLEINITZ Selbstverständlich, werde gebührend zu rühmen wissen.

WORMSER *zu Keßler* Übrigens die Damen tanzen wie toll. Auguste macht ja nur Witze, aber Ihre Frau fällt, glaub ich, 'n bißchen auf. Sie nehmens mir's nich übel, es is meine Pflicht, Herr Major.

KESSLER Ganz im Gegenteil, bin Ihnen sehr verbunden. Kommense, Schleinitz, tunse mir den Gefallen, wir wollen die Damen mal nett und leise clam heimlich um die Ecke bringen. Meine Frau ist immer gleich so exzentrisch.

v. SCHLEINITZ Ich werd sie einfach mitten im Tanz wegengagieren.

TRUMPP *zu Wormser* Und ich werde mich, wenn Sie gestatten, mal um Fräulein Tochter kümmern. *Alle drei ab in den Saal.*

WORMSER *zu Willy* Statt daß du dich mal 'n bißchen kümmerst. Überhaupt, wie sitzte wieder rum, schämen möcht man sich. Rauchen tuste nich, trinken tuste Selterswasser, tanzen tuste auch nich, was sollen die Leute von dir denken, 'n junger Mensch wie du, dem alles geboten wird. Vor sechs Jahren haste gedient, was biste heute noch? Gefreiter. Kein

Wunder, wenn de rumsitzt wie 'n Holzbock. Sei mal 'n bißchen aufmerksam gegen Herrn Rittmeister, das gehört sich doch! Schenk ihms Glas voll, wenn er nichts mehr hat, biet ihm Obst an, gib ihm Feuer, wenn er sich ne Zigarette nimmt.

AUGUSTE *stürzt ganz erhitzt in die Loge, fächelt sich mit der Mütze Luft zu, wirft sich auf einen Stuhl* Kompott! *Zu Willy, der aus Versehen wie vor einem echten Offizier aufgesprungen ist* Nee, nich die Pfirsiche, da die Ananas, ich kann doch Pfirsiche nich leiden, die sin immer so quabbelig. *Sie löffelt wild darauflos.*

WORMSER *hastig, während auf der Treppe schon Trumpp auftaucht* Wie benimmste dich!! Is ja ne Schande! Was soll der Herr von Schleinitz denken! Hätt ich nur den Blödsinn nich erlaubt! Gib doch acht, tropp's nicht auf die gute Uniform!

AUGUSTE Gute Uniform is gut! *Zu Trumpp* Die hat er alt zurückbekommen!

WORMSER Schwätz nich ausm Geschäft!!

AUGUSTE Vom Bürgermeister von Köpenick! *Lacht*

WORMSER Ne neue hätt ich ihr auch gar nich machen lassen, wennse sich so benimmt!

AUGUSTE Ach, Kinder, ich bin in einer Stimmung, ich möchte 'n Damenregiment gründen und 'n Krieg anfangen!!

TRUMPP *hinter ihr* Unsinn, Auguste, heiraten mußte.

AUGUSTE *essend* Wen denn? Sie vielleicht? Oder Schleinitzen?

WORMSER Spott nich über Herrn von Schleinitz! Das is 'n großartiger Mensch! Der zweitbeste Reiter in der Armee, hat Majestät seinen Trakehner vorgeritten und 'n Orden gekriegt!

AUGUSTE Ich find 'n ja süß.

V. SCHLEINITZ *kommt mit Frau Keßler, der Major hinter ihnen.*

FRAU KESSLER Herr Rittmeister, das muß ich sagen, Sie tanzen wie Sie reiten.

AUGUSTE Ich hab aber auch gut geführt, nich?

FRAU KESSLER Wir zwei haben Furore gemacht!

AUGUSTE 'n bißchen Ananas gefällig? *Häuft sich und Frau Keßler Kompott mit viel Saft auf die Glasteller.*

V. SCHLEINITZ *setzt sich neben Trumpp, leise* Das war 'n Stück Arbeit, kann ich Ihnen sagen. *Nimmt eine Zigarette aus dem Etui – klopft sie nervös auf dem Handrücken.*

WILLY *reißt hastig ein Streichholz an, hält es bereit.*

V. SCHLEINITZ *übersieht es, läßt die Zigarette sinken* Gestatten die Damen, daß ich rauche?

AUGUSTE Aber natürlich, wenn Sie gestatten, daß wir Kompott essen?

ALLE *lachen.*

V. SCHLEINITZ Also – auf Gegenseitigkeit! *Nimmt die Zigarette wieder auf.*

WILLY, *dessen Streichholz ausgegangen war, reißt ein zweites an, springt mit desperatem Eifer auf, um dem Rittmeister über den Tisch weg Feuer zu geben, dabei reißt er mit einem Sektkühler sämtliche Gläser, die Kompottschüsseln und Blumenvasen um. Alles ergießt sich auf die beiden Damen. Aufschreie, Kellner stürzen herbei, Verwirrung.*

WORMSER Willy, biste verrückt! Um Gottes willen, Kellner! Kellner!

FRAU KESSLER Mein Kleid! Meine Spitzen!

KESSLER Rasch heißes Wasser herbei!

ALLE *springen auf, die Herren tupfen mit Servietten sinnlos auf den begossenen Damen herum, Willy steht erstarrt.*

TRUMPP Das macht ja nischt, das macht ja nischt, das wird ja wieder abjewischt!

AUGUSTE *lacht hysterisch.*

WORMSER Lach nicht auch noch! Die schöne Uniform! Jetzt kannse zum Trödler.

AUGUSTE Da gehört se auch hin!

Dunkel.

Vierzehnte Szene

Personen: Friedrich Hoprecht, Marie Hoprecht, Wilhelm Voigt

Hoprechts Wohnstube in Rixdorf. Nachmittag. Die Uhr schlägt vier.

FRAU HOPRECHT *allein, am gedeckten Kaffeetisch. Sie stülpt einen Kaffeewärmer über die Kanne.*

Von draußen hört man das Geräusch des Korridorschlüssels, dann klappt die Tür.

FRAU HOPRECHT Da is er – *Nimmt den Kaffeewärmer wieder herunter, macht einen Schritt zur Tür.*

HOPRECHT *tritt ein, in Uniform, als Unteroffizier, ohne Feldwebelabzeichen. In der einen Hand trägt er einen kleinen Handkoffer, in der anderen den Säbel, wie vorher in Packpapier eingeschlagen* Tach, Marie.

FRAU HOPRECHT *verbirgt ihre Enttäuschung* Tach, Friedrich! *Küßt ihn rasch* Schön, daß de da bist. Ick hab schon jewartet.

HOPRECHT Ja, es hat 'n bißchen gedauert.

FRAU HOPRECHT Aber der Kaffe is noch janz heiß.

HOPRECHT *in Gedanken* Das is recht.

Er geht zu seinem Schrank, stellt das Köfferchen daneben auf den Boden, dann öffnet er, stellt den eingepackten Säbel in die Schrankecke, schließt den Schrank.

FRAU HOPRECHT *beobachtet ihn betreten. Dann gießt sie Kaffee ein* Komm, Friedrich, trink 'n Kaffe. Kuchen is auch.

HOPRECHT *setzt sich* Ja, dank schön. Es is schon gar nich mehr warm draußen. *Pause* Na, was is denn, Marie? Du bist ja so still.

FRAU HOPRECHT Du, ick muß dir wat sagen. – Det Liesken is dot. Aber erschrick nich.

HOPRECHT *starrt sie an* Was –?

FRAU HOPRECHT Reg dir nur nich auf, Friedrich. Et is ja nu nich mehr zu ändern.

HOPRECHT Was haste gesagt?

FRAU HOPRECHT Det Liesken is – aber janz leicht isse jestorben, Friedrich.

HOPRECHT So. Wann denn?

FRAU HOPRECHT Vorjestern, mitten in de Nacht. Wir dachten schon, sie hat sich jebessert, aber denn war's aus. Abends hat se 'n bißken schwer jeatmet, und denn isse einfach einjeschlafen. Der Willem hat bei ihr jesessen, die janze Zeit. Gar nich wech is er von ihr. Er sagt, in Schlaf hatse zuerst noch phantasiert; janz vergnügt warse.

HOPRECHT Son armes Ding.

FRAU HOPRECHT Jetzt is er mit zur Beerdigung. Ick konnte ja nich, wo du grade heimkommst. Das Jeschäft hab ick für ne Stunde jesperrt. – Iß doch was, Friedrich.

HOPRECHT Nee, danke – das Kommißbrot pumpt mich immer so voll. – Sonst alles in Ordnung?

FRAU HOPRECHT Ja, sonst allens. Im Jeschäft is flau.

HOPRECHT Na ja. – Du, Marie, ich muß dir übrigens auch was erzählen. Ich dachte nämlich – eigentlich – das heißt, ich war an der Reihe, von Rechts wegen. Ich hätte nun unbedingt rankommen müssen. Der Hauptmann hat selbst gesagt, er begreift es nicht.

FRAU HOPRECHT Was denn, Friedrich?

HOPRECHT Ach so. Ja, ich hätte gedacht, daß ich diesmal zum Vizefeldwebel befördert werde. Zum überzähligen natürlich, das hätte auch von Rechts wegen so sein müssen. Ich wollte dich da überraschen mit, deshalb hab ich nie was gesagt.

FRAU HOPRECHT Na und, Friedrich?

HOPRECHT *etwas gereizt* Na und? Na und! Es is eben nichts geworden. Da is sone neue Verfügung rausgekommen, irgend sone Etatsverkürzung von oben herunter, genau weiß ich's selbst nicht, es hat sich keiner recht ausgekannt. Die aktiven Militäranwärter kommen zuerst, und von den Reservisten dürfen's nur soundso viele sein, das ging dann nach dem Datum des Dienstantritts, kurzum, ich war nicht dabei.

FRAU HOPRECHT Da kannst du doch aber gar nichts für, Friedrich.

HOPRECHT Natürlich kann ich nichts für. Aber darauf kommt's ja nu gar nicht an! Ich meine nur, daß so was immer nach Bestimmungen geht, nachm Papier, und nicht nachm Verdienst, nachm Menschen! Das hat unser Hauptmann auch gesagt. Na, nu kann man nichts machen.

FRAU HOPRECHT Das ist aber schade. Das is nu wirklich 'n Malör.

HOPRECHT Ach was! Die Hauptsache is, daß man gesund bleibt. Ich kann auch so leben – das arme Wurm nicht. Son junges Ding – son junges –

FRAU HOPRECHT Vielleicht is so besser für se.

HOPRECHT *zuckt die Achseln* Das weiß man nicht. Das einzige, was man genau weiß, ist, daß jeder am Leben hängt.

FRAU HOPRECHT *nach einer Pause* Ich muß mal 'n Sprung ins Jeschäft runter. Jetzt kommen ja noch welche. *Sie geht zu ihm hin – nimmt plötzlich seinen Kopf* Schön is, Friedrich, daß de wieder da bist. Nich?

HOPRECHT *preßt einen Augenblick den Kopf an sie* Ja, Marie. – Es könnte ja auch mal Krieg kommen, da muß man vielleicht ganz wech.

FRAU HOPRECHT Friedrich, sag so was nich!

HOPRECHT *lacht ein wenig* Na, geh mal in dein Geschäft. Ich zieh mich um.

FRAU HOPRECHT Mach dir's bequem, Friedrich. *Ab.*

HOPRECHT *bleibt noch einen Augenblick stumm sitzen, dann steht er auf, geht ins Schlafzimmer. Die Tür läßt er angelehnt. – Von draußen hört man das Geräusch des Korridorschlosses und der Flurtür. Dann tritt...*

VOIGT *ins Zimmer. Er ist blaß, seine Augen haben ein überwaches, flackriges Licht. Er trägt einen schwarzen Anzug von Hoprecht, der ihm etwas um die Gestalt schlottert. An der Tür bleibt er kurz stehen, starrt in die Stube.*

HOPRECHT *kommt aus dem Schlafzimmer; die Uniform hat er aufgeknöpft, überm Arm hält er seinen Zivilanzug, in der Hand Hausschuhe. Auch er bleibt ähnlich wie Voigt kurz in der Tür stehen. Dann geht er zu Voigt hin* Komm rein, Willem, guten Tach. Is das Begräbnis schon rum?

VOIGT Ja, det is rum. Tach, Friedrich. *Gibt ihm die Hand.*

HOPRECHT Das hätte auch keiner gedacht – daß das so rasch geht. Wir haben doch immer 'n Arzt gehabt, und alles getan.

VOIGT *fast hart* Det is nu vorbei.

HOPRECHT Stimmt. Lamentieren hat kein Zweck. Das macht se nich wieder lebendig.

VOIGT Ich hab dein schwarzen Anzug jenommen. Meiner war zu schäbig. Du hast wohl nichts gegen. Ick zieh'n gleich aus.

HOPRECHT Das eilt ja nich. Trink mal'n Kaffee, da steht noch.

VOIGT Nee, danke. *Er geht in die Ecke hinterm Sofa, wo sein Paket liegt und sein Anzug über einem Stuhl hängt. Dann dreht er sich um – lächelt* Na und, Friedrich? Zeig mal, wo sind de großen Adlerknöppe und de Silberkokarden?

HOPRECHT *fast flüchtig im Ton* Das hat sich zerschlagen. Das, das war 'n Irrtum von mir. Es dürfen jetzt nich mehr so viele sein, nach der neuen Etatskürzung.

VOIGT Du warst aber doch an der Reihe. Det war doch dein Recht.

HOPRECHT Na ja, eigentlich schon. Es is aber nu ne neue Verfügung raus. Reden wir nich mehr von, is nich so wichtig.

VOIGT Wichtig. Wichtig is gar nichts, dazu is de Welt zu groß. Aber richtig, richtig soll's zugehn. Was richtig is, ick meine, wat Recht is, det sollt auch Recht sein! Nich!?

HOPRECHT Recht is, was Gesetz is, Willem. Es geht ja nicht nach dem, was einer möchte, es is ja für alle da. Das is es, Willem.

VOIGT Und wenn einer kaputtjeht bei, denn is er alle. Da hilft 'n kein Recht mehr, und kein Jesetz.

HOPRECHT Wenn 'n Soldat fällt, Willem, denn fällt er eben. Gegens Letzte is kein Kraut gewachsen. – Aber bei uns kommt immer noch jeder zu Seinem.

BEIDE *haben begonnen, sich umzukleiden.*

VOIGT Amen.

HOPRECHT Was is?

VOIGT *freundlich, ohne Spott* Det haste vergessen. Sone Sätze hörn immer mit Amen auf. Der Pastor aufn Friedhof hat janz was Ähnliches jewußt.

HOPRECHT Ich versteh dich nicht.

VOIGT Is auch nich nötig. Laß dir man nicht stören. Ick zieh mir nur um – und denn jeh ick.

HOPRECHT Wohin denn?

VOIGT *zuckt die Achseln.*

HOPRECHT Ja wieso – du willst doch nich fort, Willem?

VOIGT Darnach is nich gefragt. Ick muß fort.

HOPRECHT *macht einen Schritt auf ihn zu.*

VOIGT *holt mit einer gleichsam abwehrenden Bewegung das Papier aus seiner Tasche, wirft's auf den Tisch* Lies man.

HOPRECHT *liest* Ausweisung – ja Herrgott, Willem, haste denn keine Eingabe gemacht?

VOIGT Zweie. Abschlägig beschieden. Für die erste hattense kein Interesse, für die zweite keene Zeit.

HOPRECHT *ratlos* Ja – wo willste denn hin, Willem?

VOIGT *lacht sonderbar* Jarnirgends.

HOPRECHT Mensch – du wirst mir doch keine Dummheiten machen!!

VOIGT Ausjeschlossen. Dummheiten – ausjeschlossen. Ick wer nu langsam helle.

HOPRECHT Du mußt natürlich sehn, daß du in einem andren Bezirk 'n Aufenthalt kriegst – oder du mußt um 'n Paß einkommen, bei deiner Heimatbehörde.

VOIGT Danke. Det kenn ick schon.

HOPRECHT Ja, was willste denn sonst – was willste denn anfangen?!

VOIGT Mach dir man keine Sorjn. Is nich so wichtig. *Lacht wieder leise.*

HOPRECHT Lach doch nich immer! Die Sache is doch ernst!

VOIGT Ick finde dat lustig. Dir hamse nich befördert – mir befördernse. Jedem dat Seine. Nich?

HOPRECHT Sei doch still!! Willem, du fährst aufn ganz falschen Gleis! Wenn so was is, denn, denn müssen besondere Gründe sein, das is halt 'n Unglück, Willem, was dir passiert!

VOIGT 'n Unglück? Nee. Da is kein Glück bei, und is auch kein Unglück bei. Det is janz 'n sauberes glattes Unrecht is det. Aber reg dir man nich auf, Friedrich. Et jibt mehr Unrecht auf de Welt, scheenes ausjewachsenes Unrecht. Det muß man nur wissen. Ick weiß nu.

HOPRECHT Gar nichts weißte! Pech haste! Det is es! Wenn det so wär, wie du sagst – denn gäb's ja kein Treu und Glauben mehr auf de Welt! So darfste mir nich fort, Willem. So kommste nich weiter. Du mußt das tragen – wie 'n Mann.

VOIGT Tragen – det bin ick jewohnt, Friedrich. Det macht mir nichts. Ich hab 'n breiten Puckel, da jeht 'n Packen ruff. Aber – wohin soll ick's tragen, Friedrich! Det is die Frage! Wo soll ick denn hin mit!? Ick hab ja keen Aufenthalt, für mir gibt's ja keen Platz uff de Erde, da könnt ick höchstens in de Luft steigen, nich?

HOPRECHT Nich in de Luft, Willem! Zurück aufn Boden, Mensch! Wir leben in 'n Staat – und wir leben in ne Ordnung – da kannste dir nich außerhalb stellen, das darfste nich! So schwer's auch hält – da mußte dich wieder reinfügen!

VOIGT Wo rein? In Staat? In ne Ordnung? Ohne Aufenthalt? Und ohne Paß?

HOPRECHT Einmal kriegste's doch! Einmal kommste doch wieder rein!

VOIGT So – und wat soll ick drinnen? Wat hilft et mir denn? Da wer'ck noch lange kein Mensch von!

HOPRECHT 'n Mensch biste überhaupt nur, wenn du dich in ne menschliche Ordnung stellst! Leben tut auch ne Wanze!

VOIGT Richtig! Die lebt, Friedrich! Und weißte, warum se lebt? Erst kommt de Wanze, und dann de Wanzenordnung! Erst der Mensch, Friedrich! Und dann de Menschenordnung!

HOPRECHT Du willst dich nich unterordnen, das isse's! Wer 'n Mensch sein will – der muß sich unterordnen, verstanden?!

VOIGT Unterordnen. Jewiß! Aber unter wat drunter?! Det will ick janz jenau wissen! Denn muß de Ordnung richtig sein, Friedrich, det isse nich!

HOPRECHT Sie is richtig! Bei uns is richtig! Schau dir ne Truppe an, in Reih und Glied, denn merkste's! Wer da drin steht, der spürt's! Tuchfühlung mußte halten! Dann biste'n Mensch – und dann haste ne menschliche Ordnung!

VOIGT Wennse man nur keen Loch hat! Wennse man nur nich so stramm sitzt, daß de Nähte platzen! Wenn da man nur nichts passiert, Mensch!

HOPRECHT Bei uns nich! Bei uns in Deutschland, da is 'n fester Boden drunter, da is kein hohler Raum zwischen, da kann nichts passieren! Anderswo vielleicht, wo det Jebälke faul is –

da vielleicht! Sagen wa mal: in Rußland zum Beispiel, da habense die Bestechlichkeit der Behörden, habense da – und denn die Muschiks, det sind nämlich Analphabeten, die wissen noch nich mal wie se heißen – und denn die Lasterhaftigkeit der höheren Kreise, und denn die Studentinnen, un det ganze schlechte Beispiel! Da kann was passieren, Willem, da is Bruch! Verstehste?! Bei uns is alles jesund von unten auf – und was jesund is, det is auch richtig, Willem! Det is auf Fels jebaut!

VOIGT So? Und woher kommt denn det Unrecht? Kommt det janz von selbst?

HOPRECHT Bei uns gibt's kein Unrecht! Wenigstens nicht von oben runter! Bei uns geht Recht und Ordnung über alles, das weiß jeder Deutsche!

VOIGT So? Un deine Beförderung, is det Recht und Ordnung? Und mein Aufenthalt, is det Recht und Ordnung?

HOPRECHT Du drehst alles um, Willem! Du hast doch zuerst jeschlagen, widers Recht, und denn hat's dich jetroffen! Und das mit der Beförderung, das muß eben sein! Da gibt's keine Beschwerde drüber! Die kriegen im Reichstag de Hölle heiß jemacht, wegen de Wehrvorlage und 'n Heeresetat, denn müssense 'n Etat kürzen, und denn trifft et eben mich, det is nu mal so, könnt jedem andren auch passieren! Wat is denn schon einer, gegens Ganze jenommen?! Für det Geld, wat se an Löhnung sparen, da wird vielleicht ne Kanone jebaut!

VOIGT Und denn jeht se los – un denn trifft et wieder dich! Bumm-bumm, da liechste!

HOPRECHT Jawoll, da liech ick, wenn's man losjeht! Und denn weiß ick auch, wofür! Fürs Vaterland, und für de Heimat!!

VOIGT Mensch, ick häng an meine Heimat jenau wie du! Jenau wie jeder! Aber se sollen mir mal drin leben lassen, in de Heimat!! Denn könnt ick auch sterben für, wenn's sein muß! Wo is denn de Heimat, Mensch? In 'n Polizeibüro? Oder hier, ins Papier drinnen?! Ick seh ja gar keene Heimat mehr, vor lauter Bezirke!!

HOPRECHT Ich will's nich mehr hören, Willem! Ich darf's nich mehr hören – ich bin Soldat! Und ich bin Beamter!! Das bin ich mit Leib und Seele, da steh ick für! Ich weiß, daß bei uns das Recht über alles geht!

VOIGT Auch übern Menschen, Friedrich! Übern Menschen, mit Leib und mit Seele! Da jeht et rüber, und denn steht er nich mehr uff.

HOPRECHT Du hast nich jedient, Willem! Du kennst et nich! Wenn de wüßtest, wie unsre Offiziere sind, da mag mal so 'n junger Schnösel bei sein, jewiß – aber die andren! De richtigen, Mensch! Da jehn wir durchs Feuer für, und det machen die auch für uns, da is jeder für jeden!

VOIGT Und det Janze?! Det Janze, Friedrich, für wem is det?! Wat steht hinter, Friedrich, 'n Gott oder 'n Teufel?! Nee, mir hamse zu lang jepufft, mir hamse nu wachjekriegt, da jibt's keen Pennen mehr, ick will det nu janz jenau wissen!!

HOPRECHT Ick sag dir zum letztenmal: reinfügen mußte dich! Nich mängeln gegen! Und wenn's dich zerrädert – denn mußte det Maul halten, denn jehörste doch noch zu, denn biste 'n Opfer! Und det is 'n Opfer wert!! Mehr kann ick nich sagen, Mensch! Haste denn keine innere Stimme, Willem? Wo sitzt denn bei dir det Pflichtgefühl?!

VOIGT Vorhin – aufn Friedhof – wie de Brockn aufn Sarch runterjekullert sind – da hab ick's jehört – da war se janz laut, war se –

HOPRECHT Wer? Was haste jehört?

VOIGT De innere Stimme. Da hatse jesprochen, du, und da is alles totenstill jeworden in de Welt, und da hab ick's vernommen: Mensch, hatse jesagt – einmal kneift jeder 'n Arsch zu, du auch, hatse jesagt. Und denn, denn stehste vor Gott dem Vater, stehste, der allens jeweckt hat, vor dem stehste denn, und der fragt dir ins Jesichte: Willem Voigt, wat haste jemacht mit dein Leben? Und da muß ick sagen – Fußmatte, muß ick sagen. Die hab ick jeflochten im Jefängnis, und denn sind se alle druff rumjetrampelt, muß ick sagen. Und zum Schluß haste jeröchelt und jewürcht, um det bißchen Luft, und denn war's aus. Det sagste vor Gott, Mensch. Aber der sagt zu dir: Jeh wech! sagt er! Ausweisung! sagt er! Dafür hab ick dir det Leben nich jeschenkt, sagt er! Det biste mir schuldig! Wo is et? Wat haste mit jemacht?! *Ganz ruhig* Und denn, Friedrich – und denn is et wieder nischt mit de Aufenthaltserlaubnis.

HOPRECHT Willem – du pochst an de Weltordnung – dat is ne Versündigung, Willem! Det änderste nich, Willem! Det änderste doch nich!!

VOIGT Det will ick auch nich. Det will ick nich, Friedrich. Det könnt ick ja nich, da bin ick viel zu alleine für... Aber so knickerich, verstehste, möcht ick mal nich vor mein Schöpfer stehn. Ick will ihm nichts schuldig bleiben, verstehste? Ick wer noch was machen mit.

HOPRECHT Du pochst an de Weltordnung, Willem.

VOIGT Ausjeschlossen. Det wär ne Dummheit, det mach ick nich. Nee, Friedrich, da mach dir man keene Sorjn. Ick wer mir nur mal 'n bißken ranhalten, wer ick. Was de andern können, det kann ick noch lange. *Lacht.*

HOPRECHT Willem, wat haste denn vor? Wat willste denn anfangen, Mensch! Sprich dich doch aus, Willem – also ich hab dich gewarnt!!

VOIGT *hat inzwischen sein Paket verschnürt, setzt den Hut auf* Is gut, Friedrich. Du bist 'n echter Kerl. Da, dein Anzuch hab ick übern Stuhl jehängt. Marie wird 'n klopfen. *Geht auf ihn zu, gibt ihm die Hand, die Hoprecht zögernd nimmt* Adieu, Friedrich, Dank dir für alles. *Ab.*

HOPRECHT *klammert sich mit den Händen an eine Stuhllehne* Der Mensch – der Mensch is ja gefährlich!!

Dunkel.

Dritter Akt

Fünfzehnte Szene

Personen: Krakauer, Wilhelm Voigt

Krakauers Kleiderladen in der Grenadierstraße. Dumpfes fensterloses Lokal, mit Kleidungsstücken aller Art vollgestopft. Stufen zur Straße. Gemalte Schilder mit Inschriften: »Kleider machen Leute« – »Elegante Herrenkonfektion, billige Wintermäntel« – »Kostüme und Masken, Verkauf und Verleih« – »Hier werden getragene Kleider zu Höchstpreisen angekauft«. Hinterm Ladentisch Krakauer, sagenhafte Ghettogestalt, Wilhelm Voigt bedienend.

KRAKAUER Kennse haben! Kennse haben!! Ne neie, ne noble, ne extrafeine, se hängt vor de Tier im Straßenstand, da staun sich de Leite und sin geblendet vonneme solchene Glanz.

VOIGT Ick habse jesehn. Deshalb komm ick ja runter.

KRAKAUER Sally! Sal-ly! Bring de neie feine Uniform! Die is nobel, mein Herr, die is haltbar, die is auch echt!

VOIGT Ick brauchse fiern Maskenball.

KRAKAUER Ihre Sache, mein Herr, Ihre Sache! Bei uns in de Grenadierstraße kennse alles haben, da fragtse keiner wozu. *Sally mit der Uniform* Da, schaunse sich an, den Glanz, die Nobleß, das Material, das teire Tuch, de seidne Fitterung, den roten Kragen, de blanken Kneppe – isse's nich e Wunder? Ihnen gesagt: es isse Wunder. Wenn die Uniform kennt allein spazierengehn, ohne daß einer drinsteckt – ich sag Ihnen, jeder Soldat wirdse grießen, so echt isse!

VOIGT *ist einen Schritt zurückgetreten, starrt fasziniert auf die Uniform. Dann dreht er sich weg, schüttelt den Kopf* Ick weiß nich – ob ick soll.

KRAKAUER Se wissen nich? Wer ich Ihnen was sagen: I c h w e i ß ! Ich weiß was für Sie: nehmense was andres! Missense gehn als Hauptmann? Aufn Maskenball, da will man sich amüsieren. Als Hauptmann wernse sich nich amüsieren, da wird man se gleich erkennen, wird ma sagen: so sieht e Hauptmann nich aus. Hörense auf mich: – nehmense was Historisches. Da hätt ich de scheensten Sachen.

VOIGT Wat Historisches kann ick nu gar nich brauchen.

KRAKAUER Mein Herr: wenn man will 'n guten Eindruck machen, is immer besser: was Historisches. E römischer Feldherr, oder e Nürnberger Henker, oder e altertümlicher französischer Louis, hab ich alles auf Lager. Wollense nich? Muß es 'n Offizier sein? Se haben recht, e Offizier hat immer recht. Gehnse als Reitergeneral vom Alten Fritze, das wär was für Ihre Figur! Potsdam is Mode – Potsdam is immer sehr beliebt! War ich am Sonntag hingewesen, in Potsdam, mit mein Sally und mit seine Braut, de Lea. Wollten mer rein ins Schloß, sagt der Goy am Eingang: Se kennen nich rein, da sin Offisiere drin, da störnse, de Herren wollen so was nich sehn. Nebbich, hab ich gesagt, was soll e Jied im Schloß? Hab ich mer de historische Windmühle angesehn, is auch scheen.

VOIGT *interessiert* In Potsdam sin immer viel Offisiere, nich?

KRAKAUER Mehr wie se ungefrihstickt vertragen kennen. Na, un wie wär's mitn scheenen Pierrot, ich hätt ein in Weiß mit lila Bollen, oder 'n Maharadscha, oder 'n schicken Kaubeu oder 'n Bur mitn Schlapphut?

VOIGT Nee, nee. Ick nehmse doch. *Nimmt die Uniform vom Bügel.*

KRAKAUER Gemacht!! Das is e Wort! Recht hamse, Herr Hauptmann! 'n Offisier is doch immer das Scheenste, hab ich recht?

VOIGT Da sin aber ne Menge Flecken druff, uffn Rock.

KRAKAUER Flecken? Das sin Schampanjerflecken, riechense mal dran, das kennse noch riechen, so feine Flecken, das sin überhaupt keine Flecken, Sally, hol 'n Päckchen Fleckkugeln nebenan vom Kemnitzer, die kriegt der Herr Hauptmann umsonst zugeliefert.

VOIGT *mustert sachverständig die Uniform* Uff de eine Achselklappe fehlt ja 'n Stern! Als Hauptmann, da hab ick zwee Sterne, sonst wär's ja 'n Oberleutnant. Un de Gardelitzen sin janz verschabt an Rand.

KRAKAUER 'n Stern kennse extra haben, un de Litzen lassense sich e bißjen säumen, zu Haus von de Frau Hauptmann oder de junge Töchterlich.

VOIGT Was soll's denn kosten?

KRAKAUER Kosten? Das kann ma nich kosten nennen, Herr Hauptmann, das is e Gelegenheit, das is e freidige Iberraschung, das sin überhaupt keine Kosten, für mich sin's Unkosten, für Sie isse's e Kapitalsanlage: e Zwanzigmarkstickelchen!

VOIGT *legt die Uniform hin* Nee.

KRAKAUER Achtzehn! Siebzehn, Herr Hauptmann, siebzehn is e Wort!

VOIGT Fuffzehn. Da mißt ick aber noch ne Feldbinde zukriegen, und de Mütze und 'n paar Anschnallsporen. 'n Säbel auch, zum Unterschnallen.

KRAKAUER Herr Hauptmann! Herr Hauptmann, se bringen Jammer un Armut iber mein Haus! Redense nich, ich gebse Ihnen fir fuffzehn, weil Sie's sin, aber firn Säbel un fir de Sporen missense noch drei Mark zulegen, dafier kriegense de Fleckkugeln umsonst und de scheene Pappschachtel und ne Schnur drum, da werden noch Ihre Urenkel de Wäsche drauf trocknen. Wollense nich lieber 'n Helm? Fier zwei Mark kriegense noch 'n Helm, das is kleidsam, das sieht nach was aus.

VOIGT Nee. Danke. De Mütze tut's auch. 'n Helm rutscht immer. Habense auch 'n grauen Offiziersmantel?

KRAKAUER Nich vorrätig, kennt ich Ihnen besorgen in einem Tag.

VOIGT Ich brauch'n sofort. Ich kann nich länger warten.

KRAKAUER Dann fragense mal um de Ecke beim Kemnitzer, das is e Geschäftsfreund von mir. Was ich nich hab, hat er, und was er nich hat, hab ich, hammer uns geeinigt und machen zusammen auf zehn Prozent, kriegt keiner e Roches aufn andern. Soll ich 'n Säbel gleich zupacken?

VOIGT Zeigense mal her, hat er 'n Gardestern?

KRAKAUER Herr Hauptmann denken an alles. Bitt scheen, Herr Hauptmann: Marke Ia mitn Stern.

VOIGT Is gut. Mal rasch alles einpacken. Die Fleckkugeln gleich zu.

KRAKAUER *packt mit Sally in gewohnheitsmäßiger Eile ein* Zu Befehl, Herr Hauptmann: ich legse Ihnen zusammen, Sie brauchense nich aufzebiegeln. Darf ich um Kassa bitten, Herr Hauptmann?

VOIGT Hier, hamse achtzehn Mark. Verdammt teuer Ihr Geschäft.

KRAKAUER Danke, Herr Hauptmann, wennse wieder was brauchen. Ich sag Ihnen: Se haben nich gekauft, se haben geerbt.

VOIGT So, gebense her. *Will gehen.*

KRAKAUER *vertritt ihm den Weg* Herr Hauptmann! 'n Moment, Herr Hauptmann! Wollen se nich de Frau Hauptmann was mitbringen fiern Maskenball, e hibsche Larve, 'n seidnen Domino –

VOIGT Haltense mich nicht auf! – Ich muß in Dienst! *Geht.*

KRAKAUER Adjeh, Herr Hauptmann, viel Vergnügen, Herr Hauptmann!! – Auch e Hauptmann!!
Dunkel.

Sechzehnte Szene

Personen: Spaziergänger, Wilhelm Voigt

Allee mit Bank im herbstlichen Park von Sanssouci. Ausblick aufs Schloß. Oktobersonne. Manchmal ferne Drehorgeltöne, in der Luft verweht.

VOIGT *sitzt auf der Bank in der Sonne. Neben ihm liegen sein Hut und die verschnürte Pappschachtel. Er sitzt aufrecht mit verschränkten Armen und beobachtet die Vorübergehenden mit stiller Wachsamkeit.*

ZWEI JUNGE LEUTE *kommen von der Seite.*

DER ERSTE Du, diese langen graden Alleen machen mich immer ganz stolz.

DER ZWEITE Worauf denn?

DER ERSTE Ich weiß nicht, ich glaube, auf den menschlichen Geist, aber ich meine wohl etwas anderes. *Gehen weiter.*

EIN ALTER HERR *kommt mit steifem Stelzgang. Alle zwei Schritte bleibt er stehen, räuspert sich martialisch und spuckt aus.*

EIN ANDERER HERR *mit weißem Bart, begegnet ihm* Tag, Herr Oberst! Auch mal wieder draußen?

OBERST Tach, Herr Geheimrat. Was soll man machen. Muß doch 'n bißchen Bewegung haben.

GEHEIMRAT Jaja, ein schöner Herbst. So ein Spaziergang ist ein Stück Gesundheit.

OBERST *spuckt aus* Scheußlich. Die verdammten Bronchien.

GEHEIMRAT Sie rauchen zuviel, Herr Oberst. Nehmen Sie ein Lakritz?

OBERST Nee, danke. Süßes Zeug zum Kotzen. Ich nehme Emser Pastillen.

GEHEIMRAT Das ist auch sehr empfehlenswert. Gute Besserung, Herr Oberst.

OBERST Danke, danke. Hat keenen Zweck mehr, kratze nächstens ab.
Geht.

GEHEIMRAT Na, na, na. *Geht.*

ZWEI JUNGE KINDERMÄDCHEN, *die eine schiebt einen Kinderwagen, die andre geht schlenkernd nebenher. Voraus laufen zwei sehr kleine Knaben in bunten Offiziersuniformen, der eine als kompletter Husar, der andre als Kürassier maskiert. Das Husar haut mit einem Kindersäbel Zweige von den Büschen, der Kürassier galoppiert auf einem Steckenpferd. Ein kleines Mädchen mit Haarschleife trippelt trübsinnig hinterher.*

DIE ERSTE Ich sage einfach, meine Mutter ist krank, da kann ich am Nachmittag weggehn. Aber um neun muß ich wieder zu Hause sein.

DIE ZWEITE Das is dumm. Da geht's ja erst richtig los.

DIE ERSTE Vielleicht kann ich sagen, ich habe den Zug versäumt. Walthari, willst du den Schmutz nich aufheben, das is ja Hundedreck! – Son Stuß, den Jungen Walthari zu nennen. Aber wenn ich Walter sage, macht se Krach.

DIE ZWEITE So sinse.

DIE ERSTE *deutet in den Kinderwagen* Die da heißt Fredegundis.

BEIDE *lachen.*

WALTHARI *bombardiert Voigt mit Kastanien.*

DIE ERSTE Läßt du den Mann gehn! Ungezogener Junge! Gleich setzt's ne Backpfeife.

WALTHARI *streckt ihr die Zunge heraus. Der Kürassier galoppiert johlend im Kreis.*

DIE ERSTE Warte nur, ich sag's Vatern, denn gibt's mit de Reitpeitsche.

DIE ZWEITE Ich geh nächst Jahr in ein Modehaus. Ich lerne schon drauf.

DREI JUNGE OFFIZIERE *kommen in lebhaftem Gespräch von der andern Seite.*

DER ERSTE Kriegsschule? Kriegsschule is Mumpitz, so was könnense nur in der aktiven Felddienstübung rauskriegen.

DER ZWEITE Hörnse mal, Herr, die kartographische Spezialabteilung –

DER ERSTE Mumpitz! Alles Papier! Sieht ja im Ernstfall alles ganz anders aus.

DER DRITTE Ich sage auch immer: die Herrn vom grünen Tisch – *Unterbricht sich* Donnerwetter! *Sieht die Mädchen an.*

ALLE DREI *lachen leise, räuspern sich, drehen sich im Weitergehen mehrmals um, verschwinden.*

DIE MÄDCHEN *sind auch verstummt, errötet, die eine dreht sich verstohlen um, dann schaun sie sich an, brechen in erregt gackerndes Gelächter aus.*

DIE ERSTE Der Blonde! Der Blonde war schneidig!

DIE ZWEITE Nee, nee, der Blasse mit der Narbe, das war ein interessanter Mensch.

DIE ERSTE Was du immer mit den Interessanten hast.

WALTHARI *hat dem galoppierenden Kürassier ein Bein gestellt. Der fällt in den Dreck, brüllt.*

DIE MÄDCHEN *weitergehend, schimpfen und dreschen jede auf ihren Bengel ein* Wollt ihr sofort, Lausebengels, unverschämter Knabe, geschieht ihm ganz recht. Heulsuse, Waschlappen, Rotznase, jetzt kommst du hierher, ich sag's zu Hause, gib das Ding her!

DIE ERSTE *reißt das Steckenpferd an sich, legt's auf den Kinderwagen* Man sollte gar nicht mit euch spazierengehn, ihr seid es nicht wert.

Sie gehen, die heulenden Kavalleristen hinterher, auch das kleine Mädchen flennt, Geplärr aus dem Kinderwagen. Ab.

ZWEI ÄLTERE OFFIZIERE *in Uniform, kommen aus der gleichen Richtung wie vorher die jungen.*

DER ERSTE Nein, Herr Kamerad, die Marokkokrise, und der Balkan, das ewige Pulverfaß. – Wenn's mal hochgeht, dann stehn wir da mit unsrer ungedienten Ersatzreserve.

DER ZWEITE Verzeihung, Herr Kamerad, Sie unken, seit ich Sie kenne. Is ja ganz ausgeschlossen, denkt doch in Europa heutzutage kein Mensch ernsthaft an Krieg.

DER ERSTE Das ist ja das Unglück, Herr Kamerad, daß keiner ernsthaft dran denkt! Man sollte daran denken – um es zu verhüten!

DER ZWEITE Ausgeschlossen, Krieg is Wahnsinn. Denkense mal an die neuen weittragenden Dinger. Da wäre ja in vierzehn Tagen alles futsch. Nee, nee, Wilhelm bleibt Friedenskaiser.

DER ERSTE Ich traue dem Frieden nicht, Herr Kamerad. Ich höre öfters donnern. Hören Sie nichts? Es liegt was in der Luft.

DER ZWEITE Das sind ja – wie nennt man das – Halluminationen.

DER ERSTE *lächelnd* So ähnlich, Herr Kamerad. So ähnlich. *Gehen weiter.*

EIN INVALIDE *humpelnd, mit Ordensband, stockert herbei, sieht Voigt an, kommt auf ihn zu.*

DER INVALIDE Aha, auch 'n Veteran, was?

VOIGT So ähnlich, Herr Kamerad. So ähnlich.

INVALIDE *kichert, tippt auf die Pappschachtel* Sind wohl 'n Neuer, stimmt's? Einzug ins Invalidenhaus, was? Miserables Essen, sag ich ihnen. Faule Versorgungskiste. Oder sinse vom Beamtenruhestandsverein? Da is besser.

VOIGT *ernsthaft* Nee nee. Ich bin im Dienst.

INVALIDE Im Dienst? *Lacht* Im Dienst is gut. Son Dienst laß ich mir gefallen. *Weitergehend* Schlechtes Essen bei uns! Miserables Essen. – Gebense acht, daß Se sich nich verkiehlen. *Ab.*

DIE JUNGEN LEUTE *kommen zurück.*

DER ERSTE Die Blätter!! Der rote Ahorn! Das Moos in den Rinden! –

DER ZWEITE *deklamiert* »der reinen wolken unverhofftes blau!«

DER ERSTE Komm! Wir rennen zum See! *Faßt ihn um die Schulter, beide ab.*

ZWEI ALTE DAMEN *erscheinen, in Potsdamer Nationaltracht, mit schwarzen Schals und Kapotthüten.*

DIE ERSTE Man könnte sich grade noch ein bißchen setzen, eh's Abend wird.

DIE ZWEITE Es ist ja besetzt.

VOIGT *steht auf, legt militärisch grüßend die Hand an die Schläfe – nimmt seine Sachen auf.*

DIE ERSTE DAME Oh, Sie sind sehr liebenswürdig.

VOIGT *verbeugt sich, geht.*

DIE DAMEN *setzen sich.*

DIE ZWEITE Bei jungen Leuten findet man heutzutage leider solche Höflichkeit nicht mehr.

DIE ERSTE Ja, ja, die alte Schule.

Dunkel.

Siebzehnte Szene

Personen: Zwei Bahnbeamte, ein Dienstmann, Wilhelm Voigt

Berlin, Schlesischer Bahnhof. Man sieht ein Stück der Halle mit Abfahrts- und Ankunftstafeln. Rechts ein Gang mit Abort. Aufschrift: »Männer«. Zwei Türen, auf der einen steht »PP«, auf der andern

»WC«. Diese Tür ist mit einer automatischen Schließvorrichtung versehen. Frühe Morgenstunde. Der Bahnhof ist menschenleer.

WILHELM VOIGT *mit der Pappschachtel in der Hand, kommt durch die Halle. Geht stracks zum Abort, wirft einen Groschen in den WC-Automaten, verschwindet.*

EIN DIENSTMANN *schlendert gähnend vorbei.*

ZWEI BAHNBEAMTE *kommen von der Seite.*

DER ERSTE *zum Dienstmann* Kein Betrieb, Henke, was?

DER DIENSTMANN So früh reist keener. *Verschwindet.*

DER ZWEITE *in einem Gespräch fortfahrend* Sehnsemal, ihr glaubt immer, das is ein Steckenpferd von mir, das is aber kein Steckenpferd, das hab ich mir alles genau ausgerechnet. Unser Berliner Eisenbahnkopfnetz läuft in acht Hauptrichtungen auseinander. Außerdem aber haben wir achtzehn Nebenrichtungen für die Kleinbahnen und die Vororte. Nun denkense nur mal nach: fünfzehn Hauptblockstellen für sechsundzwanzig Gleisstellungen, das ist doch viel zu wenig! Die Verwaltung überlegt sich so was immer erst hinterher, wenn mal 'n Unglück passiert is. Aber ich sage Ihnen, man müßte nur –

DER ERSTE Entschuldigen Sie mal 'n Moment; wenn ich so früh aufstehe, dann geht's immer nicht, und nachher muß ich ganz plötzlich. *Geht zum WC.*

DER ZWEITE Gewiß, gewiß. Also ich sage Ihnen, da müssense nur mal drüber nachdenken, dann kommense selbst drauf. Das elektrische System in allen Ehren, aber schließlich kann mal 'n Kurzschluß sein, und was dann? Im Grund sind wir doch immer auf menschliche Leistungen angewiesen.

DER ERSTE Besetzt. *Macht kehrt, geht rascher. Beide quer über die Bühne zurück.*

DER ZWEITE Und deshalb bin ich der Ansicht, es müssen fünf neue Blockstellen her, die Anzahl der Weichensteller muß erhöht werden und die Dienststunden verkürzt. Sonst gibt's mal 'n Malör. Das hab ich dem Inspektor auch gesagt, hat er gelacht, na meinense, da wär ich still gewesen? Da kennense mich schlecht! Herr Inspektor, hab ich gesagt – Herr Inspektor, da könnte statt Ihrer der Herr Eisenbahnpräsident persönlich dastehn, dann würde ich trotzdem –

Sie verschwinden einen Augenblick nach der andern Seite, man hört die Stimme weiter, dann kommen sie zurück.

DER ERSTE Na ja, das mag ja alles stimmen, aber da dringense doch nich durch mit. *Geht rascher.*

DER ZWEITE *fast laufend mit ihm* Da dring ich nich durch mit? Da dring ich nich durch? Ich hab doch den Plan ganz genau ausgearbeitet. Fünf Blockstellen, das is doch ganz einfach, nehmen wir die Strecke Berlin–Spandau, Berlin–Stahnsdorf, Berlin–Köpenick –

DER ERSTE Donnerschlag. Immer noch besetzt. *Macht kehrt.*

DER ZWEITE Berlin–Köpenick, dann die Südstrecke und die Oststrecke, da is ja sowieso vorgesehen. Und nu möcht ich wirklich wissen, was kann das schon kosten, das fällt doch bei der Berechnung des Gesamtbauetats gar nicht ins Gewicht, das müßte nur –

DER ERSTE Ja ja, da habense recht, das is ja gar kein Zweifel. *Macht kehrt.*

DER ZWEITE Sehn Sie, sehn Sie! Aber nun hörense zu, die Hauptsache, die Personalfrage *Hält ihn am Arm* 'n Augenblick noch, passense mal auf...

DER ERSTE Nu wird's aber zu bunt. *Zum WC, rasselt an der Tür* Herrgott, wer scheißt denn hier so lange!!

Die Tür geht auf.

VOIGT *in voller Hauptmannsuniform, tritt heraus.*

DER ERSTE *fährt furchtbar zusammen, steht unwillkürlich stramm.*

VOIGT *sieht ihn an, ruhig und sicher* Haben Sie gedient?

DER ERSTE Jawohl, Herr Hauptmann.

VOIGT Dann werdense auch gelernt haben, sich zu beherrschen. Wo habense gedient?

DER ERSTE Beim Sechsten Schlesischen Infanterieregiment Prinz Joachim Albrecht, Erstes Bataillon, Dritte Kompanie.

VOIGT Na wartense mal 'n Moment. *Geht ein paar Schritte in die Halle, ruft* He! Dienstmann! Kommense mal her!

DIENSTMANN *kommt gelaufen.*

VOIGT Nehmense mein Paket da raus, tragenses zur Handgepäckaufbewahrung. Marsch! Ich komme nach. *Er zieht sich Handschuhe an.*

DER DIENSTMANN *springt mit dem Paket.*

VOIGT *zum Bahnbeamten* So. Jetzt könnense austreten. 's nächste Mal nehmense sich 'n bißchen zusammen.

DER ERSTE Zu Befehl, Herr Hauptmann.

VOIGT *legt den Finger an die Mütze, geht.*

Dunkel.

Achtzehnte Szene

Personen: Bürgermeister Obermüller, Stadtsekretär Kutzmann, Stadtrat Rau, Stadtrat Comenius, Stadtschutzmann Kilian, Wäscherin Kähndorf, Landwirt Wendrowitz, Wilhelm Voigt, ein Gefreiter, zehn Mann

Vorhalle mit Treppenhaus im Köpenicker Rathaus. Im Hintergrund weit offenes Flügeltor zur Straße. Es regnet draußen. Drinnen herrscht tiefster Friede.

STADTSCHUTZMANN KILIAN *ein unförmig dicker Mensch, hockt in seinem kleinen offenen Wachraum rechts vom Haupteingang und liest Zeitung.*

STADTRAT RAU UND STADTRAT COMENIUS *kommen von der Seite. Beide sind damit beschäftigt, ihre Frühstücksbrote aus dem Papier zu schälen.*

COMENIUS Machen wa rasch ne kleine Frühstückspause. Das dauert noch stundenlang. Bis die Neustraßenbenennungsvorlage drankommt, sind wir längst wieder droben.

RAU Sehr richtig, wir gehn in Ratskeller und trinken ne halbe Rotspon.

COMENIUS Ne ganze kann auch nichts schaden. Das eilt ja nicht. Der Bürgermeister is ja noch nich da.

RAU Das is auch nich sein Ressort. Das macht ja Rosencrantz. Wenn die Steuersache zur Abstimmung gelangt –

COMENIUS *essend* Kommt ja nichts raus bei. Kommt nichts raus bei der Sache. Kilian!

KILIAN Jawohl, Herr Stadtrat?

COMENIUS Wenn gefragt wird wegen Abstimmung, wir sitzen im Ratskeller, holense uns.

KILIAN Sehr wohl, Herr Stadtrat.

COMENIUS UND RAU *ab durch eine Tür, über der ein Schild steht: »Zum Ratskeller«.*

WÄSCHERIN KÄHNDORF, *ein Mädchen in dünnem Mantel, mit nassen Haaren, kommt von außen.*

KILIAN *ziemlich grob* Was wollen Sie denn schon wieder hier?

WÄSCHERIN Ich muß ja nu nochmal, wegen mein Paß, es geht ja nicht ohne.

KILIAN Hab ich Ihnen nich schon dreimal jesagt, daß hier kein Paßamt is?

WÄSCHERIN Ick brauch'n aber doch.

KILIAN Soviel Dummheit is ja militärwidrig! Pässe gibt's auf'm Landratsamt, verstehense denn das nicht? Hier is ne städtische Behörde, hier is kein Paßamt bei!!

WÄSCHERIN Da mißt ick aber mit de Bahn fahren, und soviel Freizeit hab ick ja nich, un da hab ick jedacht –

KILIAN Jedacht!! Sie haben nich zu denken, merkense sich das! Wie oft soll ich mich denn noch mit Ihnen rumärgern!!

WÄSCHERIN Ick hab ja kein Heimatschein. Ick bin doch ausn Spreewald...

KILIAN Dann scherense sich in Spreewald! Raus hier!

WÄSCHERIN *geht* Nu weiß ick wirklich nich mehr, wat ick soll machen –

Ab.

KILIAN Dumme Gans. *Setzt sich wieder über seine Zeitung. Gleich darauf erscheinen...*

BÜRGERMEISTER OBERMÜLLER UND STADTSEKRETÄR KUTZMANN *im Portal. Sie klappen ihre Regenschirme zu und schütteln sie ab.*

OBERMÜLLER *mitten im Gespräch* Lieber Kutzmann, ich stehe auf dem Standpunkt: keinem eine Extrawurst. Wieso soll grade für die Dampfwäschereibesitzer eine Bestimmung geschaffen werden, die für kleine Betriebe nicht gelten kann? Die Leute verdienen sowieso ne Menge Geld.

KUTZMANN Sehr richtig, Herr Bürgermeister, man muß nur bedenken, daß sie die Hauptsteuerzahler unsrer Stadtgemeinde repräsentieren. Diese Leute zahlen unsre Gehälter sozusagen. *Lacht.*

KILIAN *ist beim Erscheinen der beiden aufgesprungen, nimmt ihnen nun diensteifrig die Regenschirme ab* Die Schirme behalt ick hier unten, Herr Bürgermeister – sonst trippelt's ins Vorzimmer, und denn gibt's 'n kleenen Bach.

OBERMÜLLER Danke, Kilian. Aber erinnern Sie mich daran, wenn ich heimgehe.

KILIAN Herr Bürgermeister werden ihn nich vergessen, da sorgt Kilian für. Die Gummischuhe auch, wenn ick bitten darf. Det macht so Tappen auf de Treppe.

OBERMÜLLER Ja, ja, dank schön. *Kilian zieht ihm die Schuhe aus* Die Herren in der Sitzung?

KILIAN Jawohl, Herr Bürgermeister.

OBERMÜLLER Herr Kutzmann, Sie schaun mal rein, bitt schön. Das macht ja Rosencrantz. Vielleicht bringen Sie mir dann mal das Protokoll rüber.

KUTZMANN Selbstverständlich, gern.

OBERMÜLLER *weitergehend mit ihm* Nein, nein, in der Wäschereisache kann ich mich Ihrer Meinung nicht anschließen. *Auf der Treppe* Extravergünstigungen für höhere Steuerzahler, das wäre eine Durchbrechung des Systems. Das ist eine Prinzipiensache, mein Lieber. Kommt gar nicht in Frage! *Beide ab.*

LANDWIRT WENDROWITZ *ein kräftiger Mann im nassen Lodenmantel tritt ein* Brrrr! *Schüttelt sich* Son Sauwetter. *Tritt den Schmutz von den Stiefeln.*

KILIAN Sie, was machen Sie denn da, sehnse nich, daß da draußen 'n Fußeisen liegt?

WENDROWITZ Fußeisen? Det is was für Füchse oder Flurdiebe, wat? *Lacht.*

KILIAN Wenn da jeder seine dreckigen Stiefel reintragen wollte, da hätten wir hier 'n schönen Schweinestall.

WENDROWITZ Mein lieber Freund, wat 'n richtiger Landwirt is, bei dem is der Schweinestall sauberer als bei Ihnen de Hausdiele. Det bilden se sich man nur nich ein, daß da Schmutz is, in Schweinestall.

KILIAN Das geht mir gar nichts an. Was wollense denn hier?

WENDROWITZ Na, ick will Ihnen mal besuchen, damitse 'n bißken Kurzweil haben in Ihrn Kabuff. Deshalb bin ick extra mit 'n kleenen Krümper sechzehn Kilometer über Land jefahren.

KILIAN Sind Sie Landwirt?

WENDROWITZ Det habense ooch schon jemerkt?

KILIAN Denn gehörense doch zum Kreisamt Teltow.

WENDROWITZ Ick schon, aber meine Kartoffeln, die liefere ick nach Köpenick, und da muß ick mal vorsprechen wegen de Jemeindeumsatzsteuer. Hier is de Zustellung.

KILIAN Gut. Gehnse rauf.

WENDROWITZ Wohin denn? Ick kenne mir hier nicht aus.

KILIAN Gegenüber an der Wand hängt der Lageplan. Zimmer 3 b.

WENDROWITZ *betrachtet den Lageplan, ein vergilbtes Gemälde an der Wand mit umständlichen Erklärungszeichen* Nee. Det versteh ick nich. Det kommt mir vor wie Nachbar Schmudickes Krautgarten.

KILIAN Denn strengense sich 'n bißchen an. Is ja ganz einfach. Zweiter Stock links, gradeaus der Gang rechts mittendurch.

WENDROWITZ Sie, det find ick in drei Wochen nich. Können se mir nich führen?

KILIAN Dazu bin ich nicht hier. Ich hab mehr zu tun.

WENDROWITZ Det scheint mir auch so. Sie sind wohl 'n janz großer Herr hier, wat?

KILIAN *lauscht auf die Straße, von der man, kurz aufklingend, Kinder-*

johlen und gleich darauf taktmäßige Schritte hört Was isn da los? Da is doch was los!

WENDROWITZ Wat soll denn sein, de Wache zieht auf.

KILIAN Hier is doch keine Wache – das is ja –

VOIGTS STIMME *von draußen* Das Ganze – halt! Front! Rrrricht euch! Augen gradee-aus! Achtung! Bajonett – pflanzt – auf! *Jedes Kommando wird vom Geräusch der scharf klappernden Ausführung begleitet.*

KILIAN Was is denn das – das is ja – das is ja Ernst!

VOIGT *als Hauptmann, tritt ein, geht in militärisch rascher Gangart auf Kilian zu. Der springt aus seinem Wachraum, reißt die Knochen zusammen* Sind Sie die einzige Wache hier?

KILIAN Jawohl, Herr Hauptmann.

VOIGT Der Polizei-Inspektor?

KILIAN Im Amtszimmer, Stube zwölf.

VOIGT Sie hören auf mein Kommando.

KILIAN Zu Befehl, Herr Hauptmann. Soll ich Herrn Inspektor rufen?

VOIGT Zunächst nicht. Hat das Rathaus außer dem vorderen und dem rückwärtigen noch einen dritten Ausgang?

KILIAN Durchn Ratskeller, Herr Hauptmann, sonst keinen.

VOIGT Gut. *Zum Portal zurück, kommandiert nach außen* Der erste Mann bleibt am Haupteingang, der zweite besetzt das Rückportal, der dritte den Eingang zum Ratskeller. Es verläßt oder betritt kein Mensch das Rathaus ohne meine persönliche Erlaubnis, Belagerungszustand, verstanden?! Die Eingänge werden geschlossen. Die andern folgen mir, Gefreiter, lassen Sie antreten! *Zu Kilian* Sie führen mich zum Amtszimmer des Bürgermeisters.

KILIAN Zu Befehl, Herr Hauptmann!

Draußen die Stimme des Gefreiten »In Reihen gesetzt – rechts schwenkt – marsch!« *Die Soldaten erscheinen im Eingang.*

KILIAN *hat sich, so rasch die Beine seinen Leibesumfang tragen, treppauf in Marsch gesetzt.*

VOIGT Vorwärts – marsch! *Im Taktschritt treppauf voraus, der Gefreite und sechs Grenadiere folgen.*

WENDROWITZ *starrt ihnen dumm nach.*
Im Hintergrund kracht das Tor zu.
Dunkel.

Neunzehnte Szene

Personen: Bürgermeister Obermüller, Frau Obermüller, Stadtkämmerer Rosencrantz, Polizei-Inspektor Steckler, Wachtmeister Kilian, Stadtrat Comenius, ein Schreiber, Wilhelm Voigt, Grenadiere

Amtszimmer des Bürgermeisters. An der Wand ein Porträt Bismarcks und eine Photographie Schopenhauers. Obermüller in einem bequemen Sessel hinterm Diplomatenschreibtisch. Ein Stadtschreiber mit Stenogrammblock, stehend daneben.

OBERMÜLLER *diktiert* – können wir Ihnen daher in dieser Sache keineswegs entgegenkommen. Habense's? Entgegenkommen. Die Verwaltung einer Stadtgemeinde, deren Hauptkontingent sich aus Industriebevölkerung rekrutiert – oder nein, lassense mal, zuviel Fremdworte – deren Bevölkerungsgroßteil sich aus Industrieangestellten zusammensetzt – zusammensetzt – kann nur nach den Grundsätzen der modernen freisinnigen Sozialpolitik geleitet werden. Wir haben hier in Köpenick keine Garnison und brauchen deshalb nicht, wie andre Gemeinden, die hauptsächlich auf die Militärbehörde Rücksicht nehmen müssen – na, was is denn los?

KILIAN *steckt den Kopf herein, mit vorquellenden Augen* Herr Bürjermeister! Herr Bürjer –

OBERMÜLLER Was soll denn das heißen? Wieso können Sie hier einfach, ohne anzuklopfen –

VOIGTS STIMME *draußen* Zwei Mann vor Gewehr, der Gefreite als Ordonnanz, die andern bleiben vorläufig auf dem Gang zur Verfügung. Mal Platz hier!
Er schiebt von hinten Kilian beiseite, tritt ein. Man sieht in der Tür die beiden Soldaten und ihre aufgepflanzten Bajonette.

OBERMÜLLER *sprachlos, erhebt sich langsam von seinem Sessel.*

VOIGT Sind Sie der Bürgermeister von Köpenick?

OBERMÜLLER Allerdings.

VOIGT *zu dem Schreiber* Gehnse mal raus.

OBERMÜLLER Ja, was soll denn das –

VOIGT *hebt die linke Hand, ihn zur Ruhe weisend, dann klappt er die Hacken zusammen, legt die rechte an den Mützenschirm* Auf Allerhöchsten Befehl Seiner Majestät des Kaisers und Königs erkläre ich Sie für verhaftet. Ich habe Auftrag, Sie sofort auf die Neue Wache nach Berlin zu bringen. Machen Sie sich fertig.

OBERMÜLLER *bleich, aber einigermaßen gefaßt* Das verstehe ich nicht! Das muß doch ein Irrtum sein, wieso denn überhaupt?

VOIGT Wieso?! *Weist auf die Truppe hinter sich* Genügt Ihnen das nicht?

OBERMÜLLER Ja, aber, es muß doch ein Grund vorliegen! Können Sie mir denn nicht –

VOIGT Sie werden schon wissen. Ich habe nur Befehl.

OBERMÜLLER *haut auf den Tisch* Das is aber doch stark! Ich lasse mich hier nicht einfach –

VOIGT Haben Sie gedient?

OBERMÜLLER Jawohl, ich bin Oberleutnant der Reserve.

VOIGT Dann wissen Sie doch, daß jeder Widerstand nutzlos ist. Befehl ist Befehl. Hinterher könnense sich beschweren.

OBERMÜLLER Ja, ich habe aber doch gar keine Ahnung –

VOIGT Tut mir leid. Ich auch nicht. Ich habe nur Befehl. *Winkt den beiden Grenadieren, die kommen mit festem Tritt ins Zimmer, nehmen mit aufgepflanztem Bajonett Posten rechts und links vom Schreibtisch.*

OBERMÜLLER *starrt, nimmt seinen Zwicker ab, Schweiß auf der Stirn.*

VOIGT *zum Gefreiten, der hinter ihm steht* Schaunse mal nach, was der Polizei-Inspektor macht. Nebenan, Zimmer zwölf. *Zu Obermüller* Wer hat die Stadtkasse unter sich?

OBERMÜLLER Der Stadtkämmerer Rosencrantz. Ich möchte aber sehr bitten –

VOIGT Danke. *Zu Kilian* Holense den Herrn mal her.

KILIAN *diensteifrig* Der steht schon im Vorzimmer, Herr Hauptmann! *Ruft nach rückwärts* Herr Stadtkämmerer!! Reinkommen!!

ROSENCRANTZ *mit sehr hohem Stehkragen, Glatze und Schmissen* Zur Stelle, Herr Hauptmann!

VOIGT Haben Sie gedient?

ROSENCRANTZ Jawohl, Herr Hauptmann! Leutnant der Reserve im Ersten Nassauischen Feldartillerieregiment Nummer siebenundzwanzig Oranien.

VOIGT Danke. Leider muß ich auch Sie vorläufig in Haft nehmen und auf die Neue Wache in Berlin bringen. Sie machen sofort einen vollständigen Kassenabschluß, den ich kontrollieren werde.

ROSENCRANTZ Zu Befehl, Herr Hauptmann. Ich muß mich zu diesem Zweck in die Stadtrendantur und in den Kassenraum begeben. Bitte gehorsamst um Passiererlaubnis.

VOIGT Sie bekommen natürlich eine Wache mit.

OBERMÜLLER *hat sich wieder gesammelt* Erlauben Sie mal, Herr Stadtkämmerer, wie kommen Sie eigentlich dazu, hier ohne weiteres zu kapitulieren? Sie haben in diesem Hause ohne meinen Befehl keinen Abschluß zu machen! Noch bin ich nicht abgesetzt!

ROSENCRANTZ Aber verhaftet, verzeihen Herr Hauptmann, ich dachte wenigstens...

OBERMÜLLER Das geht nicht so einfach! Ich verlange die Bestellung eines Vertreters! Die Stadtkasse kann nicht ohne Beschluß der Verwaltung...

VOIGT *sehr scharf* Die Verwaltung der Stadt Köpenick bin ich! Der Herr Bürgermeister ist ganz einfach mein Gefangener. *Zu Rosencrantz* Führen Sie meine Anweisung aus!

ROSENCRANTZ *mit vorwurfsvollem Blick zum Bürgermeister* Selbstverständlich, Herr Hauptmann.

VOIGT *ruft nach rückwärts* Ein Mann vor Gewehr begleitet Herrn Stadtkämmerer in die Rendantur. Ich gebe Ihnen zehn Minuten. Reicht das?

ROSENCRANTZ Ich werde mich beeilen, Herr Hauptmann.

VOIGT Danke.

ROSENCRANTZ *ab.*

DER GEFREITE *ist inzwischen wieder erschienen.*

VOIGT Na, was ist mit dem Polizei-Inspektor?

DER GEFREITE Schläft, Herr Hauptmann.

VOIGT Wieso schläft er? Liegt er?

DER GEFREITE Sitzt, Herr Hauptmann, hinterm Amtstisch. Schnarcht mächtig.

VOIGT Dann wird er geweckt. Holense ihn sofort herbei.

GEFREITER *ab.*

OBERMÜLLER *nun völlig konsterniert, mit zitternder Stimme* Herr Hauptmann, Ihr Vorgehen wird nicht ohne parlamentarische Folgen bleiben. Ich bin Mitglied der Fortschrittlichen Volkspartei...

VOIGT Das interessiert mich nicht. Ich befolge nur meinen Befehl.

OBERMÜLLER Ich füge mich der Gewalt, Herr Hauptmann. Aber die Sache wird sich aufklären. Was hier vorgeht, geschieht auf Ihre Verantwortung!

VOIGT Sehr richtig. Auf meine Verantwortung. Na, endlich!!

DER POLIZEI-INSPEKTOR *wird vom Gefreiten hereingebracht. Sein Uniformkragen steht noch offen* Das geht doch nicht! Man kann mich doch nicht einfach mit dem Bajonett... *Sieht Voigt an, verstummt.*

VOIGT Sagen Sie mal, wie kommen Sie eigentlich dazu, im Dienst zu schlafen? Werden Sie dafür von der Stadt Köpenick bezahlt?

INSPEKTOR Nein, Herr Hauptmann.

VOIGT Das will ich auch meinen. Bringen Sie mal gefälligst Ihre Kleider in Ordnung.

INSPEKTOR *faßt nach der falschen Stelle, dann hastig zum Halskragen* Verzeihen, Herr Hauptmann.

VOIGT *milder* Na ja, Ordnung muß sein. – Was bringen denn Sie?

EIN GRENADIER *in der Tür* Meldung von der Portalwache, Herr Hauptmann: es sind nun schon mindestens tausend Leute draußen. Wache bittet um Verstärkung.

VOIGT Aha. *Zum Inspektor* Mal rasch runter auf die Straße. Sie vertreten ja hier die oberste Polizeigewalt. Sorgense mal für Ruhe und Ordnung gefälligst!

INSPEKTOR Jawohl, Herr Hauptmann! *Schleunigst ab.*

VOIGT *zu Obermüller* Haben Sie einen Wunsch? Soll ich Ihnen eine kleine Stärkung bringen lassen?

VOIGT Nein, danke, ich möchte nur – wenn ich bitten darf – meine Frau benachrichtigen.

VOIGT Haben Sie Dienstwohnung?

OBERMÜLLER Ja, gleich nebenan.

VOIGT *zu Kilian* Holense mal die Frau Bürgermeister rüber. Aber trabtrab, wir bleiben nicht mehr lange. *Zu Obermüller* Bis zu Ihrem Abtransport können Sie ungehindert mit Ihrer Gemahlin verkehren. Natürlich nicht ohne Bewachung.

OBERMÜLLER Besten Dank, Herr Hauptmann.

EIN GRENADIER *im Eingang.*

VOIGT Na, was denn schon wieder?

GRENADIER Meldung vom Hauptposten, Herr Hauptmann: die Stadträte haben sich im Vorraum versammelt, ihre Sitzung is rum, sie wollen raus.

VOIGT Wieviel Stadträte sind's denn?

GRENADIER Achtzehn Stück, Herr Hauptmann!

VOIGT Durchlaß kann nicht gewährt werden. Wiederholen Sie meinen Befehl gefälligst!

GRENADIER Durchlaß kann nicht gewährt werden, Herr Hauptmann.

Kehrt, ab.

DER POLIZEI-INSPEKTOR *steht gleich hinter dem Grenadier, drängt sich in die Tür* Verzeihen, Herr Hauptmann – ich kann ja auch nich durch – die lassen mich ja nich auf die Straße – wie soll ich denn da –

VOIGT *ruft dem Grenadier nach* Zurück! Nehmen Sie den Herrn Polizei-Inspektor mit, lassen Sie ihn auf die Straße.

GRENADIER MIT INSPEKTOR *ab.*

KILIAN *in der Tür* Die Frau Bürgermeister kommt sofort, war nur nich ganz angezogen.

VOIGT Gut – Sagense mal – wer hat denn die Paßabteilung unter sich?

KILIAN Verzeihen, Herr Hauptmann – wir haben hier leider keine Paßabteilung. Das ist nur in Kreisstädten, auf dem Landratsamt.

VOIGT *starrt ihn einen Moment an* Ach so. Ja natürlich. – Das hatte ich ganz vergessen. Na – darauf kommt's nu auch nich mehr an. *Stößt den Säbel auf die Erde.*

FRAU OBERMÜLLER *kommt hereingebraust* Um Gottes willen, was ist denn passiert – mein armer Mann – ach, Herr Hauptmann – *Sieht Voigt hilflos an.*

VOIGT *Hand an die Mütze, sehr höflich* Gnädige Frau, ich bitte vielmals um Verzeihung, ich habe den höchst unangenehmen Auftrag, Ihren Herrn Gemahl nach Berlin auf die Neue Wache zu bringen. Alles Nähere wird Ihnen Ihr Herr Gemahl wohl selbst anvertrauen.

OBERMÜLLER Es ist mir vollkommen unverständlich –

FRAU OBERMÜLLER *ohne auf ihn zu hören* Ja, ich verstehe gar nicht – was soll er denn auf der Neuen Wache?!

VOIGT Das entzieht sich meiner Kenntnis, gnädige Frau. Es handelt sich um Unregelmäßigkeiten in der Verwaltung, soviel ich weiß.

OBERMÜLLER Ich lehne jede Verantwortung ab –

FRAU OBERMÜLLER Was?! Das ist ja entsetzlich! Da kann er ja bis heute abend gar nicht wieder zu Hause sein?

VOIGT *mit leisem Lächeln* Das glaube ich kaum, gnädige Frau.

FRAU OBERMÜLLER Aber wir haben doch heute abend Gesellschaft, wir haben doch schon alles vorbereitet –

VOIGT Wenn ich mir erlauben darf, gnädige Frau, würde ich Ihnen raten, die Gesellschaft abzusagen. Jetzt können sich die Herrschaften noch was andres vornehmen.

FRAU OBERMÜLLER Da müßte ich aber gleich telephonieren!

VOIGT Bitte sehr. Ihnen steht das Telephon zur Verfügung. Natürlich nur zum Privatgespräch.

FRAU OBERMÜLLER Ich danke Ihnen. Sie sind sehr liebenswürdig. Das ist ja zu schrecklich. Ist denn da gar nichts zu ändern?

VOIGT Leider nein, gnädige Frau. Sie wissen, wenn man als Offizier einen Befehl kriegt – es mag einem persönlich sehr wider den Strich gehen – aber dafür ist man Soldat. *Verbeugt sich.*

FRAU OBERMÜLLER Oh, vielen Dank. *Zu ihrem Mann* Du hast gehört, was der Herr Hauptmann gesagt hat. Da muß ich Junghansens anrufen!

OBERMÜLLER Mir ist es vollkommen unverständlich – ja, ruf nur an.

FRAU OBERMÜLLER *am Telephon* Was sag ich denn – ja, 518 – ich sage einfach – ja, ist dort Frau Junghans? Liebe Charlotte, ja, hier ist Mathilde, danke, gut, hören Sie, Charlotte, Sie müssen mir einen Gefallen tun, nein, nicht das Serviermädchen, wir können nämlich heute abend nicht, ja, ganz plötzlich, kann Ihnen in der Eile nicht erklären, wir müssen plötzlich nach Berlin, mein Mann und ich, weiß ich nicht, kann ein paar Tage dauern – ja, dienstlich, plötzlich, überraschend, bitte, rufen Sie doch für mich Frau Lütgebrüne an und Frau Koch und Frau Kutzmann, daß es nichts ist heute und daß ich bitte, zu – ja ja, dienstlich, vielleicht eine längere Reise, nein, danke, danke, nichts zu gratulieren, auf Wiedersehen, vielen vielen Dank – *Legt den Hörer hin* Sie meint, du sollst Landrat werden –!

VOIGT *ist inzwischen mit großen Schritten auf und ab gegangen, nimmt noch während des Telephongesprächs Kilian beiseite* Kommense mal mit. *Geht mit ihm hinaus.*

Es bleiben außer Herrn und Frau Obermüller nur die beiden Soldaten mit aufgepflanzten Bajonetten.

FRAU OBERMÜLLER Ja, was ist denn, um Gottes willen. Du kannst doch nicht einfach so dasitzen!

OBERMÜLLER Was soll ich denn machen? Du siehst ja. Ich habe alles versucht. Ich lehne jede Verantwortung ab.

FRAU OBERMÜLLER Ja, weißt du denn gar nicht – das kann doch nicht stimmen, Oskar!

OBERMÜLLER Stimmen?! Das kann sich nur um eine infame Verleumdung handeln – vielleicht von seiten der Großdampfwäschereibesitzer – aber das kann ich mir auch gar nicht denken – !

FRAU OBERMÜLLER Hat dir denn der Hauptmann gar nichts gesagt?

OBERMÜLLER Wie kann er denn das! Der Mann tut nur seine Pflicht, hat einfach Befehl.

FRAU OBERMÜLLER *zu dem Wachsoldaten* Was is denn das für ein Herr Hauptmann? Is er von einem Stab? Oder Gerichtsoffizier?

DER SOLDAT *mit stark westpreußisch-polnischem Akzent* Wejß ich nich.

FRAU OBERMÜLLER Aber wenn Sie unter seinem Kommando stehen, dann müssen Sie doch wissen, wo er her ist!

DER SOLDAT Nejn, wejß nicht. Sind wirr gekommen von Schwimmschullenwache Pletzensee, hat uns Herr Hauptmann angehalten auf Straße, abkommandiert zu besondere Aktion in Köpenick. Sonst wejß nicht.

FRAU OBERMÜLLER *zu Obermüller* Ja, was hat er dir denn für Legitimation vorgezeigt?

OBERMÜLLER Legitimation? Ja, gar keine. Er ist doch Hauptmann –

FRAU OBERMÜLLER So, und du läßt dich hier einfach ohne Legitimation verhaften? Ohne Ausweis, ohne Haftbefehl? Und wenn's nun 'n Irrtum is? Wenn er vielleicht ganz jemand anderen verhaften soll?

OBERMÜLLER Das ist ja ausgeschlossen. Der Mann weiß genau, was er will.

FRAU OBERMÜLLER Aber du nicht! Leider nicht!! Telephonier doch rasch mal zum Kreisamt Teltow, oder zum Landrat –

OBERMÜLLER Ja, das könnte ich wirklich, das heißt, falls man dort überhaupt im Bilde ist –

FRAU OBERMÜLLER Überleg nicht lang, telephonier! *Nimmt den Hörer.*

SOLDAT *senkt das Bajonett aufs Telephon* Nejn, das kann ich nicht lejden.

FRAU OBERMÜLLER Was können Sie nicht? Haben Sie nicht gehört, daß der Herr Hauptmann gesagt hat, ich kann telephonieren?

SOLDAT Is gewesen vorbej. Das kann ich nicht lejden.

OBERMÜLLER Da hast du's.

FRAU OBERMÜLLER *legt den Hörer hin* Tun Sie doch das Bajonett weg, das ist ja schrecklich, ich tu's doch gar nicht!

DER SOLDAT *grinst, nimmt das Bajonett wieder hoch.*

KILIAN *kommt herein, sehr wichtig.*

FRAU OBERMÜLLER Was ist, Kilian, wo ist er denn, wissen Sie was?

KILIAN Ich kann keine Auskunft geben.

OBERMÜLLER Was soll das heißen, Kilian, was ist denn das fürn Ton?! Was erlauben Sie sich?

KILIAN Ich habe Befehl, Herrn Bürgermeister und Herrn Stadtkämmerer als Gefangene nach Berlin zu bringen. Ich habe mit Gefangenen nicht zu sprechen.

OBERMÜLLER Was, Sie sollen mich – *Sinkt wieder auf den Stuhl.*

VOIGT *tritt ein* So. Ich habe zwei geschlossene Wagen requirieren lassen, Sie können im Hof einsteigen, damit kein Aufsehen entsteht. Der Wachtmeister wird den Transport führen.

OBERMÜLLER Herr Hauptmann! Haben Sie eine Legitimation?! Ich verlange, auf der Stelle Ihre Legitimation zu sehen!

VOIGT *klopft mit der Hand auf eins der Bajonette* Genügt Ihnen das nicht?! – Bitte, keine Widerrede! *Freundlicher* Sie sind doch Soldat. Sie wissen doch, daß ein Kommando vor Gewehr absolute Vollmacht bedeutet.

OBERMÜLLER *zur Frau* Siehst du. *Sinkt wieder zusammen.*

FRAU OBERMÜLLER Herr Hauptmann, erlauben Sie, daß ich meinen Mann auf dieser schweren Fahrt begleite? Ich kann ihn jetzt nicht allein lassen – Sie sehen ja.

VOIGT Bitte sehr, gnädige Frau. Nur muß ich Sie bitten, kurz vor der Neuen Wache den Wagen zu verlassen. Ich habe Befehl, nur den Herrn Bürgermeister abzuliefern. Ich könnte sonst Unannehmlichkeiten haben.

FRAU OBERMÜLLER Ich danke Ihnen. Ich werde mich fertig machen.

VOIGT *zu Kilian* Begleiten Sie die Frau Bürgermeister. *Verbeugt sich.*

FRAU OBERMÜLLER *nickt ihm gnädig zu, rauscht von Kilian begleitet hinaus.*

VOIGT Herr Bürgermeister, ich möchte Ihnen ersparen, bewaffnete Grenadiere mitfahren zu lassen. Wollen Sie mir als Offizier Ihr Ehrenwort geben, keinen Fluchtversuch zu machen?

OBERMÜLLER Ich gebe Ihnen mein Ehrenwort. Ich werde –

VOIGT Danke. Das genügt.

OBERMÜLLER Ich werde Ihr korrektes Verhalten bei geeigneter Gelegenheit erwähnen.

VOIGT *Hand an die Mütze.*

INSPEKTOR *mit einem Grenadier herein* Herr Hauptmann, die Ordnung ist völlig hergestellt. Meine Beamten sind Herren der Lage.

VOIGT Danke. Noch was?

INSPEKTOR Ja, verzeihen Herr Hauptmann, meine Dienststunde ist nämlich jetzt um, und wir haben nur einmal die Woche heißes Wasser, meine Frau hat zu Hause ein Bad gerichtet. Bitte, baden zu dürfen.

VOIGT Was wollense? Baden wollense?

INSPEKTOR Jawohl, Herr Hauptmann. Bitte um Badeurlaub.

VOIGT Na, wenn Sie's nötig haben – *Klopft ihm auf die Schulter* Badeurlaub gewährt. *Lacht.*

INSPEKTOR *ernsthaft* Danke gehorsamst, Herr Hauptmann. *Ab.*

VOIGT *sieht die Soldaten an, die auch gegrinst haben, ihre Mienen erstarren sofort.*

ROSENCRANTZ *kommt herein, diensteifrig* Herr Hauptmann, melde gehorsamst, Kassenabschluß beendet. Hier sind die Kassenbücher, und hier die gesamten flüssigen Gelder. *Legt sie auf den Schreibtisch, in Kuverts und Säckchen mit Aufschriften* Viertausend und zweiundvierzig Mark fünfzig Pfennige.

VOIGT Danke. Ich nehme das Geld vorläufig in Verwahrung. Wird ja in Ordnung sein. Werde mal stichproben.

EIN GRENADIER *in der Tür* Herr Hauptmann, da is einer, der will was.

VOIGT *Geld zählend* Rein mit ihm!

COMENIUS *kommt herein* Verzeihung, Herr Hauptmann, Comenius, Stadtrat Comenius, wir hatten nämlich Sitzung und warten nun schon die ganze Zeit, ich komme als Abgesandter von achtzehn Stadträten, wir haben nämlich alle dringende Verpflichtungen außerhalb – es handelt sich ja wohl nicht – um – die Bürgerschaft – ich meine – die Sache ist doch wohl persönliche Verfehlung – oder irre ich?

VOIGT *zu Rosencrantz* Sagen Sie mal, da steht ja 4042 Mark 90 Pfennige, und was Sie da abliefern, sind nur 4042 Mark 50! Wie kommt denn das?

ROSENCRANTZ Ja, Verzeihung, Herr Hauptmann, in der Eile, wir haben alles umgedreht, es blieb trotzdem leider eine Differenz von vierzig Pfennigen, ich bitte zu –

VOIGT Na gut. Ich bin ja kein Pedant. Aber ich muß das natürlich vermerken. Sonst glaubt man womöglich, ich hätte mir vierzig Pfennige eingesteckt. *Lacht leutselig.*

ROSENCRANTZ *mitlachend* Aber, Herr Hauptmann!

VOIGT *zu Comenius* Also die Herren Stadträte haben kalte Füße, was? Na, gehn Sie mal runter und sagen Sie, sie können jetzt gehn. Die Aktion ist nun sowieso beendet. *Zum Gefreiten* Für die Stadträte Durchlaß gewährt!

COMENIUS Vielen Dank, Herr Hauptmann! *Ab.*

KILIAN *in Mantel und Helm* Herr Hauptmann, die Wagen sind vorgefahren, die Frau Bürgermeister sitzt schon drin.

VOIGT Dann führen Sie die beiden Herrn runter, und fahren Sie los. Sie wissen ja, Neue Wache, Berlin.

KILIAN Zu Befehl, Herr Hauptmann! Herr Hauptmann können sich auf mich verlassen. *Zu Obermüller und Rosencrantz* Vorwärts, marsch.

OBERMÜLLER UND ROSENCRANTZ *werden abgeführt. Man hört von draußen noch Kilians Stimme* »Los! Mäntel anziehen! Vorwärts!«

VOIGT Na, der hat wenigstens 'n Spaß bei. Sein' Bürjermeister führt er nich alle Tage ab. *Er steckt das Geld in die Manteltasche, ruft* Gefreiter!

DER GEFREITE *kommt, steht stramm.*

VOIGT Die Aktion in Köpenick ist beendet. In einer halben Stunde ziehen Sie die Wachen ein, marschieren zum Bahnhof, fahren nach Berlin und melden sich auf der Neuen Wache, von Köpenick zurück.

DER GEFREITE Zu Befehl, Herr Hauptmann.

VOIGT Sagen Sie Ihren Leuten: es war recht so. Es hat alles ordentlich geklappt.

DER GEFREITE Jawohl, Herr Hauptmann.

VOIGT Hier haben Sie Geld für die Rückfahrt. Vom Rest kaufen Sie in der Bahnhofswirtschaft jedem Mann ein Bier und eine Bockwurst.

DER GEFREITE Danke, Herr Hauptmann.

VOIGT Tach. *Finger an die Mütze, ab. Gefreiter und Soldaten stehen stramm.*

Dunkel.

Zwanzigste Szene

Personen: Nachtkellner, Scheuerfrau, Bollefahrer, zwei Bollemädchen, Chauffeur, Zeitungsjunge, Wilhelm Voigt

Aschingers Bierquelle in der neuen Friedrichstraße. Früher Morgen. Die Gaslampe brennt noch, das Lokal ist aufgeräumt, Stühle auf den Tischen, ein Ofen in der Ecke. An der Wand überm Ausschank gedruckte Schilder, auf dem einen steht: »Gepumpt wird nicht« – auf den andern, in je zwei Zeilen geteilt, der Spruch: »Ein Bier allein im Magen, das kann kein Mensch vertragen! Drum, soll das Bier bekömmlich sein, stülp einen Schnabus hinterdrein!« – Leere Flaschen, ungespülte Gläser, kalter Rauch.

Der übernächtigte Kellner, ein verschwiemelter Mensch in einem schmierigen weißen Jäckchen, und die Scheuerfrau sind dabei, das Lokal flüchtig aufzuräumen. An der Seite, von Tischen verdeckt, auf

einer schmalen Wandbank, liegt Wilhelm Voigt in seiner alten Kleidung, wie ein Toter hingestreckt. Man sieht von ihm zunächst nur die Stiefel.

DER KELLNER *klettert auf einen Stuhl, zieht am Kettchen den Gashahn zu. Fades Tageslicht fällt herein.*

DIE SCHEUERFRAU *kehrt Schmutz und Zigarrenstummel zusammen.*

DER KELLNER *noch auf dem Stuhl* Seit wa hier Nachtbetrieb haben, jibt et überhaupt keen Schlaf mehr. Kaum sind de letzten Hocker wech, kommen schon die Frühkutscher. Zu erben is ooch nischt bei. Wer jibt denn heute noch 'n Trinkgeld.

SCHEUERFRAU *ist beim Kehren in Voigts Nähe gekommen* Was isn mit dem?

KELLNER Dem kannste in Müll schippen. Dem Penner.

SCHEUERFRAU Der hat sich det Kinn wohl mächtig mit Jift beschüttet.

KELLNER Hier nich. Der liecht schon seit jestern abend. Über ne kleene Molle und 'n halbes Sülzkotelett is er injepennt und nich wieder hochjekommen.

SCHEUERFRAU Denn hat er sich vorher beschmettert.

KELLNER So hat er nich ausjesehn. Is halt 'n Penner. Ick wer'm 'n Bierrest in de Fresse kippen.

SCHEUERFRAU Na, laß man. Vielleicht is er krank.

KELLNER Denn soll er in de Charité. Wenn Leite kommn, muß er raus. *Draußen rollen und klingeln die Milchwagen, läuft eine Trambahn an* Na, nu jeht's schon los. Man mechte kotzen, wenn de Sonne aufjeht.

EIN BOLLEFAHRER *mit dickem, rotem Gesicht kommt herein, hinter ihm zwei Bollemädchen in blauen Kittelschürzen, mit der gestickten Aufschrift: »Frische Milch!« in Brusthöhe.*

DER FAHRER Fritze, meine Morjenladung. Kommt, Kinder, ick spendier euch ne heiße Wurst. *Singt*

»Glücklich ist,
Wer verfrißt,
Was nicht zu versaufen ist!«

Det is nämlich mein Wahlspruch. Det Wichtigste im Leben is de jesunde Grundlage.

DIE MÄDCHEN *lachen, setzen sich.*

DER KELLNER *hat dem Fahrer ein großes Glas voll Kognak eingeschenkt* Hier haste deine Morjnladung. Kriegen de Damen ooch 'n Kognak?

DIE MÄDCHEN Nee, nee, um Jottes willen.

DER FAHRER Wat heißt hier, um Jottes willen, seid froh, daß der liebe Jott 'n Kognak wachsen läßt: denn die wärmsten Jäckchen sind die Konjäckchen, und wer sich beizeiten fier ne warme Jacke sorcht, den jehn im Alter de Brikette nich aus.

KELLNER *bei Voigt* Los! Aufstehn! Verzehrt haste nischt, bezahlt is ooch nich! Hier is keene Penne!

DER FAHRER Kiek man, det is ja mein ausjestorbener Onkel, den se vor fuffzig Jahren in Amerika aus ne Postkutsche valoren haben! Morjn, Oller!

VOIGT *hat sich noch nicht erhoben, bewegt sich kaum.*

DER FAHRER *geht hin, singt ihn an*

»Uffn Molkenmarcht
Is eener injeschnarcht,
Ach, der arme olle miede Mann,
Kommt 'n Schutzmann her,
Piekt 'n mitn Speer,
Det er nich mehr nich mehr schnarchen kann!«

DIE MÄDCHEN *lachen.*

VOIGT *richtet sich auf. Wie betäubt.*

DER FAHRER *hält ihm sein Glas hin* Hier, stärk dir man, Junge, du wächst ja zu rasch, det hält 'n bißken uff.

VOIGT *schüttelt den Kopf.*

DER KELLNER *schreit ihn an* Wat is denn nu? Nehmse wat, oder jehnse wech?!

VOIGT 'n Kaffee.

FAHRER Det is 'n Blaukreuzler, det hab ick dem gleich anjerochen, det kann mein Onkel nich sein, der hat sich totjesoffen.

Von draußen hört man die Stimme des Chauffeurs, der laut lachend mit einem andern spricht. Gleich darauf kommt er herein, hält eine Zeitung in der Hand.

CHAUFFEUR Kinder!! Kinder, det is ne Sache, wat? Sache wie 'n Boom, Sache wie ne Jaßanstalt! Ick lach mir dot, Kinder, ick hab schon keene Puste mehr. *Läßt sich lachend auf einen Stuhl fallen.*

FAHRER Wat denn, hat deine Olle 'n Kind jekriegt, oder hamse dir in Schlaf 'n neuen Piephahn anjeschraubt oder wat?

CHAUFFEUR Wat, det wißter noch nich, habter denn hier keene Morjnzeitung? Kommt man in de Stadt rin, Mensch, da is et schon an de Litfaßsäulen, und wo 'n Extrablatt rauskommt, da tretense sich de Zehn ab! Kinder, heut fangen die Jeschäfte mitn Viertelbumms Vaspätung an!

FAHRER Det kenn ick ja längst, zeig's mal her, wat is denn – Wat solln da sind, der Hauptmann von –

CHAUFFEUR Köpenick! Der Hauptmann von Köpenick, also ick bin 'n Berliner, aber det is noch nich dajewesen, da hebste 'n Gaul mitn Wagen uff, da platzt dich der Kragen mitsamt de Krawatte, da laust dir der Affe, Mensch, bis de Haare wech sind!! Nee, nee, ick hab in Leben nich mehr jelacht!

FAHRER *hat inzwischen gelesen, lacht auch, Kellner, Mädchen und Scheuerfrau umdrängen ihn von hinten, schauen in die Zeitung* Junge, da staun ja icke, und ick staune nie! Bravo! So is recht! Det is – jib ihm! Jib ihm Saures! Nen janzen Magistrat verhaftet, in 'n Keller jesperrt, 'n Bürgermeister in Handschellen durch de Gassen jetrieben, so muß et kommen, det is jut gegn steifen Hals – fuffzich Soldaten von Exerzierplatz wechkommandiert, ne janze Stadt umzingelt – und denn war's 'n falscher!!

SCHEUERFRAU Na, sone Jemeinheit!!

CHAUFFEUR Jemeinheit?! Det is 'n janz heller Junge, det is 'n Jelehrter is det oder mindestens 'n Politischer, da sollste man sehn, was da noch nachkommt, der stellt noch die janze Welt uffn Kopp! Hörste? Schon wieder 'n Extrablatt! *Ein Zeitungsjunge rennt draußen vorbei.*

ZEITUNGSJUNGE Extrablatt!! Das Neueste vom Hauptmann von Köpenick! Extrablatt! Der Hauptmann von Köpenick nicht verhaftet!! Extrablatt! Das Neueste vom Köpenicker Kriegsschauplatz! Der Hauptmann von Köpenick zum General befördert! Extrablatt! Die Frau Bürgermeister als Mitschuldige!!? Extrablatt!! Das Neueste vom Hauptmann von Köpenick –

CHAUFFEUR Adjeh! Det muß ick lesen! *Er stürzt hinaus.*

DER FAHRER Halt, ick komm nach, det muß ick ooch haben, halt 'n fest!!

DIE MÄDCHEN *sind auf die Straße gerannt, der Kellner und die Scheuerfrau hinterher. Alle rufen und laufen hinter dem Zeitungsjungen drein, verschwinden.*

DER FAHRER *klatscht die Zeitung, die er noch in der Hand hält, vor Voigt auf den Tisch* Hier, Penne, lies man, det is besser wie 'n heeßer Kaffe. Oller Doofkopp, lachen haste woll ooch nich jelernt, haste woll jefehlt bei in de Schule! *Ab, hinter den andern her.*

VOIGT *bleibt allein. Starrt erst unbeweglich auf die Zeitung, plötzlich reißt er sie an sich, liest. Seine Kiefer bewegen sich lautlos. Dann spricht er halblaut mit, immer stiller werdend* »– und so mag dieser tolle Spaßvogel, über den heute die ganze Welt lachen wird, nun schon in Sicherheit sein und die Beute seines fröhlichen Raubzugs lachend genießen...« Ham die ne Ahnung... *Läßt den Kopf auf die Arme sinken.*

Draußen kommen die Leute mit dem Extrablatt zurück. Durch die offene Tür hört man den Fahrer vorlesen.

FAHRER Steckbrief – Kinder, paßt uff, da kenn wa reich von werden – *Er liest, nach jeder seiner Aufzählungen schallendes Gelächter der andren* »Mager und knochig – jebeugte Kopfhaltung – schiefe Schulter – bleiches häßliches Jesichte – krankhaftes

Aussehen – einjefallene Wangen – vorstehende Backenknochen – tiefliegende Oogen – schiefe knollige Nase – etwas krumme, sojenannte O-Beene – die Hände schmal und weiß –« Kinder, det paßt auf mein vastorbenen Ziehhund – bis uff de Pfoten!

Tolles Gelächter draußen.

VOIGT *sitzt unbeweglich.*

Dunkel.

Einundzwanzigste Szene

Personen: Kommissar, Untersuchungsgefangener Stutz, Kriminal-Inspektor, Oberwachtmeister, Paß-Kommissar, Voigt, Kriminal-Direktor

Vernehmungszimmer im Berliner Polizeipräsidium. Nüchterner Raum mit Schreibtisch, Sessel, Stühlen. Der Kriminalinspektor sitzt im Sessel, der Kommissar seitlich am Tisch, der Untersuchungsgefangene Stutz, ein militärisch aussehender Hochstapler mit aufgezwirbeltem Schnurrbart, steht vor ihnen.

KOMMISSAR Also, Sie leugnen weiterhin jeden Zusammenhang mit der Tat in Köpenick?

STUTZ Ick leugne gar nichts. Ick war's nich.

KOMMISSAR Aber Sie geben doch zu, daß Sie am fraglichen Tag in Köpenick waren.

STUTZ Natürlich. Da hab ick doch meine Braut zu wohnen.

KOMMISSAR Na gut. *Mit gespielter Gleichgültigkeit, um ihn zu überrumpeln* Die Uniform hattense doch schon lange, was?!

STUTZ Herr Kommissar, ick will Ihnen mal wat sagen. Wenn ick's nu wirklich jewesen wäre – so kenntense mir nich fangen! So nich! Sie nich! Mir nich!

INSPEKTOR Lassen Sie den Mann abführen, das hat ja keinen Zweck.

KOMMISSAR *drückt auf eine Klingel, Polizist erscheint* Abführen.

POLIZIST *mit Stutz ab.*

INSPEKTOR Mit Überraschung kommense bei so gehauten Jungens nich weiter. Außerdem paßt er ja gar nich aufn Steckbrief.

KOMMISSAR Deshalb ist mir der Kerl ja grade verdächtig. Sie wissen, ich habe eine andre Theorie. Das war doch alles Maske. Ich bleibe dabei, wir müssen unter gedienten Soldaten oder sogar geschaßten Offizieren nachforschen. 'n anderer bringt das ja gar nicht fertig.

INSPEKTOR Wir sollten überhaupt die ganze Sache aufstecken. Dabei können wir uns höchstens blamieren.

KOMMISSAR Nee, Herr Inspektor, da kann ich nich mit. Für mich is das Prestigefrage. Wenn ich mit soner Sache betraut bin und kannse nich lösen – wozu bin ich dann kaiserlicher Polizeikommissar?

INSPEKTOR Der Kaiser is gar nich so scharf auf die Sache. Im Gegenteil! Habense den Geheimbericht nich gelesen? Gelacht hat er, wie man's ihm vorgetragen hat, und stolz war er noch drauf! Mein lieber Jago, hat er zum Präsidenten gesagt, da kann man sehen, was Disziplin heißt! Kein Volk der Erde macht uns das nach! – Da habense's.

KOMMISSAR Der hat gut lachen. Meine Karriere ist futsch, wenn ich nichts erreiche. *Es klopft* Herein!

EIN OBERWACHTMEISTER *atemlos* Wir haben ihn! Verzeihung, Herr Inspektor, ich bringe die Meldung, daß –

KOMMISSAR *ist aufgesprungen* Wen? Den Hauptmann?!

OBERWACHTMEISTER Jawohl, Herr Kommissar. Er ist soeben in der Paßabteilung verhaftet worden.

INSPEKTOR Ach was. Das ist nun die vierzigste Verhaftung.

OBERWACHTMEISTER Er hat aber schon gestanden.

INSPEKTOR Geständnisse hab ich dutzendweise liegen. *Haut auf einen Aktenstoß* Da können ruhig noch 'n paar zu.

OBERWACHTMEISTER Er hat doch das Versteck der Uniform angegeben.

KOMMISSAR Donnerwetter! Wo steckt er denn?

OBERWACHTMEISTER Drunten im Untersuchungsraum. Soll er vorgeführt werden?

KOMMISSAR Rasch, rasch!!

OBERWACHTMEISTER *ab.*

INSPEKTOR Machense sich nur keine Hoffnungen. Ausgerechnet in der Paßzentrale. Der Kerl wird doch nicht so dumm sein –

KOMMISSAR *ruhlos umherlaufend* Wie kommen die überhaupt dazu – das wär ja ein starkes Stück – is doch unser Ressort!

INSPEKTOR Das Ressort is ne Auster, in der noch kein Mensch ne Perle gefunden hat. Die dicken Würmer schnappen immer die Blinden – das is bei der Polizei nich anders wie aufm Hühnerhof. Aber es wird ja wieder nichts sein.

Es klopft.

KOMMISSAR *aufgeregt* Herrein!! *Herein tritt der Kommissar von der Paßzentrale, hinter ihm Wilhelm Voigt, ohne Fesseln, von zwei Schutzleuten flankiert. Er bleibt wie unbeteiligt, aber still und ernsthaft, in der Nähe der Tür stehen.*

DER PASSKOMMISSAR *höhnisch* Meine Herrn, ich bringe Ihnen den Hauptmann von Köpenick. Sie brauchen ihn nur zu verhaften.

KOMMISSAR Der?! – So sehn Sie aus! *Setzt sich.*

INSPEKTOR Wie kommense denn darauf, daß er das sein soll?

PASSKOMMISSAR Er hat's ja selbst erklärt.

INSPEKTOR *lacht.*

KOMMISSAR Nee, nee. Dann schon eher der von vorhin.

INSPEKTOR Na, berichtense mal.

PASSKOMMISSAR Also um elf Uhr dreißig meldet sich dieser Mann in der Paßzentrale, verlangt den diensthabenden Kommissar zu sprechen, er habe eine wichtige Anzeige zu machen. Ich laß 'n reinkommen, frag ihn, was er will, da macht der Mann eine höchst merkwürdige Erklärung. Ich habe sie genau protokolliert. *Liest vor* Er sei der vorbestrafte Wilhelm Voigt und brauche unbedingt einen Paß. Wenn ich ihm verspreche, daß er später einen Paß bekommt – er sagte ausdrücklich »später« –, dann könne er mir den Hauptmann von Köpenick zur Stelle schaffen. Na, ich hab mir gedacht, versprechen kann man alles, zunächst den Mann mal zum Reden bringen.

INSPEKTOR *unterbricht ihn* Das hätten Sie nicht tun dürfen! Einfach verhaften! Wenn er was Zweckdienliches weiß, dann is es ja seine Pflicht, es anzugeben! Dafür hat er nichts zu verlangen.

PASSKOMMISSAR Ja, und dann kriegense Ihr Lebtag nichts aus ihm heraus. Das kennt man doch!

KOMMISSAR Das ist überhaupt unser Ressort, was hat 'n das mit Paßgeschichten zu tun!

PASSKOMMISSAR Bitte, ich hab mich nicht in Ihr Ressort gedrängt, Sie hätten ihn ja längst verhaften können, der Mann läuft seit vierzehn Tagen frei in Berlin herum!

INSPEKTOR Zur Sache! Zur Sache!

PASSKOMMISSAR Na ja, ich hab ihm halt 'n Paß versprochen, ich dachte, wenn ihm keiner zusteht, dann war das eben ungültig. Da sagt er: »So, den Paß werd ick denn später erheben, nu nehmse mir mal fest, ick bin et selber.« Hat er wörtlich gesagt.

INSPEKTOR Blödsinn, Interessantmacherei. Der will 'n paar Tage unter Dach, bei dem kalten Wetter.

PASSKOMMISSAR Dacht ich auch. Sie wollen der Hauptmann von Köpenick sein? sag ich zu ihm. Und wo is denn die berühmte Uniform? – Die liegt im Schlesischen Bahnhof, Handjepäckaufbewahrung, sagt er und gibt mir 'n Schein mit der Nummer. In ne große Pappschachtel wär se. Na, ich hab mal gleich hingeschickt. *Setzt sich, lächelt ironisch* Nun, was halten die Herrn von der Sache?

INSPEKTOR *zu Voigt, der unbeachtet zwischen den Schutzleuten am Eingang steht, streng und barsch* Können Sie beweisen, daß Sie der Hauptmann von Köpenick sind?

VOIGT Nee, det kann ick nich. Det mißten ja Sie kennen. Ick bin ja keen jelernter Kriminal.

KOMMISSAR Haltense 'n Schnabel!

PASSKOMMISSAR *lacht.*

INSPEKTOR Frechheit so was. Der reine Bluff. Sie werden ja sehn, was da am Schlesischen Bahnhof – *Das Telephon schrillt. Er nimmt den Hörer ab* Hier Zimmer IB. Was?! Das ist ja –

sofort, sofort herbringen, per Auto!! *Legt den Hörer hin* Sie haben die Uniform – –!

ALLE DREI *sehen sich an, schweigen.*

PASSKOMMISSAR Na, das is wohl immer noch kein Beweis?

KOMMISSAR Also wir müssen ihn sofort –

INSPEKTOR Psst! Ich übernehme selbst das Verhör. *Zum Paßkommissar* Ich danke Ihnen, Herr Kollege. Würden Sie die Güte haben, den Chef zu benachrichtigen?

PASSKOMMISSAR Gerne, ich werd mal raufgehn und werd ihn schonend vorbereiten. *Geht.*

KOMMISSAR Aber tunse ja nich so, als ob das Ihr Verdienst wäre, is doch der reine Zufall.

PASSKOMMISSAR Selbstverständlich, Herr Kollege. Ich gratuliere Ihnen zu diesem ungewöhnlichen Zufall. *Ab.*

INSPEKTOR *ist inzwischen auf Voigt zugegangen, hat den Polizisten ein Zeichen zum Verschwinden gegeben* Nun, mein lieber Freund, kommense mal 'n bißchen näher, setzense sich mal, sprechense sich mal in Ruhe aus, Sie haben uns doch gewiß recht viel zu erzählen – rauchen Sie?

VOIGT *erstaunt* Nee, danke.

INSPEKTOR *ruft einem der Polizisten nach* Holense mal rasch ne halbe Flasche Portwein aus der ›Letzten Instanz‹. Lassense's für mich aufschreiben. *Schaut rasch in das Protokoll des Paßkommissars* Wilhelm Voigt. – Also Ihre Selbststellung, Herr Voigt, macht Ihnen alle Ehre, das will ich zunächst mal feststellen. Das Gewissen und die Reue haben Sie zu diesem Schritt getrieben, nicht?

VOIGT Det nu grade nich. Et is nur wegen 'm Paß. In Köpenick war ja keener. Und einmal muß ick zu kommen, det muß ick.

INSPEKTOR Und Sie glaubten wirklich, daß man Ihnen hier einen Paß gibt und Sie dann laufen läßt?

VOIGT Nee, nee, ick weiß schon Bescheid, mir werdense doch nich laufen lassen. Aber denn, wenn ick wieder raus bin, denn könnense mir den Paß nich mehr verweigern. Versprochen is er. Det is nu ne öffentliche Anjelegenheit.

INSPEKTOR *jovial* Da schau her. Sie sind ja ein ganz Schlauer. *Leise zum Kommissar* Mitstenographieren! *Zu Voigt* Also das müssen Sie mir nun mal erklären – mit dem Paß.

VOIGT Da is gar nichts zu erklären bei. Ick brauche 'n endlich, damit ick mal zun richtiges Leben komme. Ick hab det satt, wissense.

INSPEKTOR Wie alt sind Sie denn?

VOIGT Ick jeh ins Siebenundfuffzichste.

INSPEKTOR Aha! Und da sehen Sie einer – doch wohl unvermeidlichen Freiheitsstrafe so ruhig ins Auge?

VOIGT Warum nich? Det jeht vorüber, det bin ick jewohnt. Aber det rumlaufen ohne Paß, und det Versteckspielen, und de janze Schinderei, det kann ick nu nich mehr mitmachen. Det kann ick nich mehr.

INSPEKTOR Aber – Sie hatten doch das Geld, über viertausend Mark, das is doch ne ganze Menge.

VOIGT *greift in die Brusttasche, holt ein Paket heraus* Da isses. Allerdings nich mehr janz vollzählig. Ick mußte ja leben, und ick hab auch 'n paar neue Stiefel jebraucht. Im janzen hab ick dreiundachtzig Mark entnommen. De Abrechnung liegt bei.

INSPEKTOR Na, sagense mal, da hättense doch weit mit reisen können!

VOIGT Und wenn's dann alle is, da steh'ck wieder da. Über de Grenze wär ick mit Jeld schon jekommen, aber denn kann ick nich mehr zurück und muß mir in fremde Erde begraben lassen. Nee, nee. 'n Paß will ick, und denn will ick meine Ruhe.

Der Polizist mit der halben Flasche Portwein.

POLIZIST Soll ich gleich aufkorken, Herr Inspektor?

INSPEKTOR Natürlich, der Voigt muß sich mal 'n bißken stärken auf den Schreck.

VOIGT Ick bin jarnich verschrocken. Ick hatte mir dat jenau so vorjestellt. Nur, daß die Herrn so freundlich mit mir sind, det bin ick nich jewohnt.

INSPEKTOR *biedermännisch* Aber mein guter Voigt, das is doch selbstverständlich, hier wird doch keiner gebissen!

VOIGT Na na.

INSPEKTOR So, trinkense mal.

VOIGT Ich trinke eigentlich nichts uffn nichternen Magen.

INSPEKTOR Wachtmeister! Ne Schinkenstulle. Trinkense nur mal, das kann Ihnen nichts schaden.

VOIGT Na, ick will ja kein Spielverderber sein. Prost, Herr Inspektor! *Trinkt.*

INSPEKTOR So is recht. – Habense sich denn gar nicht mal 'n bißchen was geleistet von dem Geld?

VOIGT Doch, ick hab in 'n janz ordentlichen Gasthof jewohnt. Nur de erste Nacht hab ick bei Aschingern verpennt. Da war ick todmüde, da bin ick einfach umjefallen.

INSPEKTOR Nee, ich meine, mal 'n tüchtigen Rausch, oder son richtigen großstädtischen Betrieb oder so was?

VOIGT Da mach ick mir wenig draus. *Etwas vertraulicher* Ick mechte meine Ruhe haben, und meine Freiheit, verstehnse? Det schmeckt aber gut. *Trinkt.*

DER KRIMINALDIREKTOR *kommt eilig herein. Dicker älterer Herr* Wo isser? Ach – *Er starrt Voigt an.*

INSPEKTOR Jawohl, Herr Direktor, das is er! *Zwinkert ihm zu* Ein reizender Mensch, er sagt uns alles ganz offen. Ich habe ihm mal ne kleine Stärkung kommen lassen.

DIREKTOR Das is recht! *Zu Voigt, der höflich aufgestanden ist* Aber bleibense doch sitzen, mein Lieber! Setzense sich doch wieder!

VOIGT Jewiß, wenn Sie auch 'n bißchen Platz nehmen wollen –

DIREKTOR *lachend* Aber natürlich, wir wollen doch mal zusammen plaudern, nich? Trinkense doch mal!

VOIGT Ja, danke, det is ausjezeichnet. Ick trinke sonst nie, wissense, ick bin det eigentlich nich jewohnt –

DIREKTOR Na, wenn's Ihnen mal schmeckt, das is die Hauptsache.

VOIGT Prost, Herr Direktor! Det laß ick mir jefallen. *Er lacht aber nicht, bleibt immer still und gleichmäßig.*

INSPEKTOR *leise* Wir haben alles mitgeschrieben. Es handelt sich offenbar um einen Geisteskranken. *Laut zu Voigt* Na, nu erzählense mal dem Herrn Direktor, mein lieber Voigt, wie se überhaupt zu der ganzen Sache jekommen sind!

VOIGT Det is doch janz einfach. Da braucht ick nich erst zu kommen, det kam jewissermaßen zu mir.

DIREKTOR Aber wie kamense denn auf die Idee, als falscher Hauptmann son Ding zu drehn?

VOIGT Na, det weiß doch 'n Kind, daß man bei uns mitn Militär allens machen kann. Det hab ick immer jewußt.

DIREKTOR Und ausgerechnet in Köpenick! Wie kommense denn grade nach Köpenick?

VOIGT Det war das nächste uff der Bahnstrecke. Aber det war 'n Fehler von mir. Da jibt et nämlich keine Paßabteilung, in Köpenick. Wenn ick det bedacht hätte, denn wär ick nach Teltow, ins Kreisamt.

DIREKTOR Da haben die Teltower ja noch mal Dusel gehabt.

VOIGT Denn hätt ick nämlich 'n Paß, denn könntense mir nich hier bewirtschaften. *Trinkt.*

DIREKTOR *sieht Voigt an* Das muß ein schöner Trottel sein, der Herr Bürgermeister Obermüller!

VOIGT Sagense det nich, Herr Direktor! Der Mann is gar nich so uneben. Det wär Ihnen jenau so ergangen – det liecht in der Natur der Sache.

DIREKTOR Na ja, schon gut. Aber sagense mal, woher hatten Sie denn das alles, das ganze militärische Kommando, das hat doch alles bis ins kleinste geklappt!

VOIGT Wissense, Herr Direktor, det is weiter nischt, sone Uniform, die macht det meiste janz von alleene. Und in Zuchthaus Sonnenburg, da ham wa in den Freizeiten immer de Felddienstordnung zu lesen jekriegt, und det Exerzierreglement. Da hatt ick mir immer sehr für interessiert.

DIREKTOR Und da hatten Sie gar nichts weiter vorbereitet? Da sind Sie einfach hingegangen und haben auf der Straße die erste beste Wache angehalten und sind damit nach Köpenick gefahren?

VOIGT Ick hab mir de Uniform angezogen – und denn hab ick mir 'n Befehl jegeben – und denn bin ick losjezogen und hab 'n ausjeführt.

DIREKTOR Glück habense gehabt, das muß man sagen.

VOIGT Det jehört zur Kriegsführung, Herr Direktor. Glück is de erste Fordernis der Feldherrngabe, hat Napoljon jesagt.

DIREKTOR An Ihnen is ja nu wirklich 'n kleener Napoleon verlorengegangen. *Schenkt ihm ein* Trinkense nur!

VOIGT Danke, danke, ick spür's schon 'n bißken. Aber det schmeckt extragewöhnlich gut. *Riecht daran* Det könnt ick mir direkt anjewöhnen.

DIREKTOR *lachend* Wenn Herr Hauptmann nur mit uns zufrieden sind.

VOIGT Det bin ick. So gut is mir noch nich jegangen uffn Amt. Sonst hamse mir immer nur einjesperrt oder rausjeschmissen.

EIN POLIZIST *in der Tür* Die Uniform ist zur Stelle.

DIREKTOR Reinbringen! Die müssen wir sehn. *Während die Pappschachtel gebracht und ausgepackt wird* Wo hattense die eigentlich her?

VOIGT Aus de Grenadierstraße, vom Kleiderjuden. Die hab ick jekauft, det is mein rechtmäßiges Eigentum!

KOMMISSAR So, da hat sich aber keiner gemeldet, trotz unserer Anschläge. Die hamse wohl umsonst jekauft, was? *Macht die Bewegung des Klauens.*

VOIGT *mit ruhiger Würde* Mein lieber Herr, ick hab in mein Leben noch keinen Mitmenschen wat wechjenommen. Ick habe immer nur mit der Behörde jekämpft.

DIREKTOR *hat die Uniform herausgenommen, hält den Rock hoch* Tatsächlich! 'n echter Garderock, von ner Potsdamer Firma. 'n tüchtiges Alter hat se aufn Puckel.

VOIGT *hebt das Glas* Aber für ihre Jahre isse noch janz tauglich, was? *Trinkt der Uniform zu.*

DIREKTOR Hörnse mal, ziehnse se mal an, wollense? Nur 'n Rock, das genügt! Den Rock und die Mütze – das möcht ich doch mal sehn!

VOIGT Gerne, wenn's Ihnen Vajnügen macht. Ich kannse nochmal anziehn. Jebense man her. *Zieht seinen Rock aus.*

DIREKTOR *leise zum Polizisten* 'n Photograph, bitte. *Laut zu Voigt* Darf ich Ihnen helfen, Herr Hauptmann!

VOIGT Nee, danke, det jeht schon! *Er schlüpft in den Rock, knöpft zu, setzt die Mütze auf.*

DIREKTOR *kann sich das Lachen kaum verbeißen* Det is ja großartig. *Zu den anderen* Das fährt einen in de Knochen, da steht man von selber stramm, was?

VOIGT *legt lässig die Hand an den Mützenschirm* Danke. Lassense rühren.

DIREKTOR, INSPEKTOR UND KOMMISSAR *zusammenstehend, lachen einfach los. Auch die Polizisten grinsen.*

VOIGT *ganz ernst* Verzeihung, Herr Direktor, ick hätt ne Bitte.

DIREKTOR Natürlich, was denn, sagense's nur!

VOIGT Kann ick vielleicht mal 'n Spiegel haben? Ick habe mir nämlich noch nie in Uniform jesehen.

DIREKTOR Noch nie – is ja fabelhaft! Habense gar keene Probe gemacht vorher?

VOIGT Nee, da war keen Spiegel drin, wo ick mir umjezogen habe.

DIREKTOR Rasch, 'n Spiegel, den großen aus der Garderobe. Na, Sie werden staunen!

VOIGT Da muß ick mir nu man stärken vorher. Da drauf muß ick mir vorbereiten. *Nimmt sein Portweinglas, füllt es, trinkt.*

DIREKTOR *wischt sich die Augen* Meine Herren, das ist die schönste Stunde meiner dreißigjährigen Dienstzeit.

POLIZIST *mit dem Spiegel.*

DIREKTOR Da stellense'n hin! So, Herr Hauptmann, nun schaunse sich mal an, da kriegense Respekt vor sich!

VOIGT *tritt vor den Spiegel, das Portweinglas in der Hand. Er steht mit dem Rücken zum Publikum. Direktor tritt mit den anderen beiseite, beobachtet ihn. Voigt steht zuerst ganz ruhig – dann beginnen seine Schultern zu zucken, ohne daß man einen Laut hört – dann beginnt seine Gestalt zu schüttern und zu wanken, daß der Portwein aus dem Glas schwappt – dann dreht er sich langsam um – lacht – lacht immer mehr, lacht übers ganze Gesicht, mit dem ganzen Körper, aus dem ganzen Wesen – lacht, bis ihm der Atem wegbleibt und die Tränen herunterlaufen. Aus diesem Lachen formt sich ein Wort – erst leise,*

unverständlich fast – dann immer stärker, deutlicher, endgültiger – schließlich in neuem, großem, befreitem und mächtigem Gelächter alles zusammenfassend Unmöglich!!
Dunkel.

»Kommt mit«, sagte der Hahn,
»etwas Besseres als den Tod werden wir überall finden!«

BRÜDER GRIMM, DIE BREMER STADTMUSIKANTEN

Der Schelm von Bergen

Ein Schauspiel

Personen

DER KAISER
DER GRAF VON BERGEN
DIE KAISERIN
DIE GRÄFIN VON BERGEN, ihre Schwester

PETRUS SCHEITSPALTER, Erzbischof von Mainz BISCHOF HARTMANN VON HILDESHEIM AZZILO VON BAYERN ADELBERT VON KÄRNTEN EKBERT VON DER PFALZ HANNO VON PADERBORN GOTTFRIED DER HÖCKRIGE VON LOTHRINGEN BREZISLAV VON BÖHMEN GÉRARD VON FLANDERN	Kaiserliche Lehensherrn
BOCKSTEINER SCHREYVOGEL	Abgesandte der rheinischen Mautherrn

der prediger theokraz

der herr von lemosî, kurz ›Lemosier‹ genannt Kammerherr der Kaiserin DER TROBADOR MARCABRUN REGULA, eine junge Maurin	im Gefolge der Kaiserin

DER SCHARFRICHTER VON BERGEN
VINCENT, sein Sohn
HENSKEN BRANDEIS, ein Henkersknecht
RUPPERT, ein Bauernbursch
GRÜTZLIN, ein alter Mann
DIE KINDSMÖRDERIN
EIN ZISTERZIENSERMÖNCH
DER GERICHTSHERR

DIE WIRTIN DER TABERNA ›ZUM KRACHTIG VOEDSEL‹ AGELINTJE, ihre Tochter MAGISTER KAUFHERR SEEKAPITÄN DER SCHWARZE BOTE	in Amsterdam

Herolde, Diener, Bewaffnete, Narren, Spaßmacher, Gerichtspersonen, Knechte, Gaffer, Vermummte, Musikanten, Frauenzimmer

Die Handlung spielt in der Zeit und im Raum der Legende. Tracht und Bild etwa im Stil der ›primitiven Meister‹

Szenenfolge

Vorspiel

Auf Kaisers Werth

Erster Akt

1. Szene: Im Garten des Scharfrichters
2. Szene: Im Chor der Schloßkapelle
3. Szene: In der Heide
4. Szene: Im Schloßhof zu Bergen

Zweiter Akt

1. Szene: In der Taberne zu Amsterdam
2. Szene: Im Schloß zu Bergen
3. Szene: Im Haus des Scharfrichters
4. Szene: Im nächtlichen Moor

Dritter Akt

1. Szene: Auf dem Richtplatz
2. Szene: Im Garten des Scharfrichters
3. Szene: Beim großen Mummenschanz

Quellen:

›Deutsche Volkslegenden vom Niederrhein‹
Julius von der Traun: ›Novellen‹
Borchardt: ›Die großen Trobadors‹ (für das ›Tagelied‹)
Begonnen: August 1932, vollendet: November 1933

Vorspiel

Auf Kaisers Werth, einer Rheininsel unweit vom heutigen Düsseldorf. Freie Wiese, von Buschwerk und Weiden gesäumt, viel heller Himmel, im Hintergrund der offene Rheinstrom. Dort werden zu Beginn die kaiserlichen Schiffe festgemacht, verankert, vertäut. Während die Segel fallen, legen Diener Laufbrücken zum Land und rollen rote Gehteppiche nach vorn. Hier ist zur rechten Hand ein Prunkzelt errichtet, dessen Eingang, mit flämischen Bildwebereien verhängt, die Bühne abschließt. Links werden unter freiem Himmel lange Speisetische und Bänke aufgeschlagen – Sessel, Stühle, Decken, Polster geschleppt – Fässer gerollt, aufgestellt, angezapft, alles in lärmender Bewegung! Von Schiff zu Land hallende Singrufe der arbeitenden Mannschaft:

»Hau-eh! Hau-eh! Daß der Bug zu Lande steh!
Hoo-Ruck! Hoo-Ruck! Pflöck die Bruck! Pflöck die Bruck!« usw.

Im Vordergrund Graf und Gräfin von Bergen, Hartmann von Hildesheim, Hanno von Paderborn, Gérard von Flandern, andre Edelleute, Herolde, Gefolge. Sie beobachten aufgeregt das Anlegen der Schiffe und die Vorbereitungen an Land.

GRAF VON BERGEN *seine Leute antreibend* Huß huß hutzet sputzet schnicket euch! Gottverdamme die Handwerkerlüt, wo nie nit können zu recht Zeit fertig machen! Du Jäck vonne Zimmermann, will du wohl aufgehör mit Nägelbollern! Jetzt noch Nägelbollern, wo schon die herrschaftliche Ruh sollt herrschen, die hochmutige, hofmäßige! Wat is denn mit die Tisch, die Tisch donn wackele wie ne Mul voll alte Weiberzähn! Stracks festnageln die Tisch! Festnageln hänn ich gesagt! Daß nie nichts fertig gesing, wenn wat gesing, daß dat immer so gesing bei uns!

GRÄFIN Hast du nicht gesagt, daß der Kaiser erst zu Abend wird ankommen?

BERGEN Ich hann gesagt? Gar nichts hänn ich gesagt. Das weiß der Herrgott, hänn ich gesagt, wie flott sone Segelbööt von Kölle abwärts trecke! Denn dat sin keine gewöhnlichen Bööt, dat sin Schnellbööt, Fürstenbööt, Staatsbööt!

HANNO *spielt mit seinem Hund* Sknapp! Sknapp! Sknapp!

GÉRARD Habt schon ein flämisches Herrenboot gesehn? Zwängt sich die Schelde aufwärts bis in die schmalste Gracht, so flach und flankig gebaut, und stehet im Wind reglos wie der alte Beffroy von Gent. Das sind Fürstenboote, à la garde du Sieur!

BERGEN Braucht nit so schmalbrüstig sein, unser Kaiserschiff, weil kein andrer Strom so breit nit ist wie unser Rheinstrom. Kieken da! Kummen schon die Wappenträger, die ritterschaftlichen, die Hofleut, die ganze kaiserliche Wacht! Herold! Wo steckt de Käärl?! Los, hulla, bluset, bluset, putzet dem Kaiser die Ohrlöcher aus, mit Schnettern und Pengen, daß er unser Sprüch gnädig vernimmet!

HARTMANN *leise* Ihr könnt nicht zuerst blasen, Herr Graf, eh daß der kaiserlich Bannrufer sein Gnadhorn rühret.

BERGEN Halt, halt, halt ein, Herold! Es blast mir keiner, eh daß vom Kaiserschiff wird zuvor geblusen! Hennt Ihr Euer Sprüch gut in Kopp?

HANNO *läßt seinen Hund ein Stück Holz fassen* Sknapp! Sknapp! Sknapp!

BERGEN Schaffet Euren Hundsköter beiseit, Herr Hanno, damit ihm kein scharfer Sporn in die Weich nit fahret!

HANNO Dat künnt ich nie verzeihn, Graf, wann einer mein Hund fußtritten möcht! Ist mein bester Sknapperhund aus echt westfälinger Zucht!

BERGEN Gehört bein Hundmann, bein Meutführer, aber in kein ritterlich Versammeling nit! Oder wollt Ihr dem Kaiser zur Willkunft schenken, den Hund?

HANNO Schenken? Da muß ich lachen, daß ich mein Hund sollt herschenken, mein besten Sknapper! He, sknapp! Sknapp!

BERGEN *zu Gérard* Statt ein Heroldsspruch zu tun, lasset Herr Hanno sein Hund gauzen, wird ein sauber Vers machen, auf jede Silb ein Reim!

HANNO Euer Herold, Graf, schreit immer noch denselbigen Spruch, den ihm Euer Herr Großvater schon zuweisen tät, weil Ihr keinen neuen könnt hermachen.

BERGEN Und Euer Spruch hinket am Holzbein, Herr Hanno, hat ein zu kurz Fuß, hat schon drei heilige Kreuzzüg mitgemacht!

HARTMANN Gottes Frieden, ihr Herrn! Wir stehn auf Kaisers eignem Grund und Besitz hier, auf Reichsboden, und nit wie daheim in frei Hausrecht, wo Ihr jeden könnt maulschellen, dem seine Hutfeder Euch nit zupaß scheinet.

BERGEN Ist aber doch meintswegen und für mein Kinds Tauf, daß mein kaiserlicher Schwager herkommet, und nit für den sein liederlich Hundsviech, sein gottverdammtiges!

HANNO Faß Knochen! Packs Kätzgen! Sknapp! Sknapp! Sknapp!

GRÄFIN Was sind denn das für Herrn, die jetzt vom Schiff treten rechts und links?

BERGEN Kenn sie nicht von Gesicht, müssen aber ganz Hochedele sein – kieket nur, wie sie die Häls halten, so stabsteckensteif, und wie sie die Füß verdreht aufsetzen, dat sin mehrstens Kurfürsten oder Herzög!

HARTMANN Der mit dem weißen Haar und den roten Backen, der jetzt so laut lachen tät, das ist der Petrus Scheitspalter, Erzbischof von Mainz. Ich kenn ihn vom Aachener Fürstentag.

BERGEN Ein ganz groß Folgschaft hat unser Herr Schwager mitbracht, für mein Sohn zu Ehren in der Wiegen und überm Taufstein!

HARTMANN *lachend* Da, der Schwarze mit der vierfärbigen Bandhosen, das ist der Böhm, der Brezislav, der ein so närrische Zung redet!

GRÄFIN Ein Buckliger ist auch dabei, arg verzwergt, und den Kopf so tief unterm Schulterblatt, wie ein Gehenkter am Galgen! Ganz in gelb Seidenzeug steckt der drinnen, mit Pelz und lauter Goldstickerei!

HARTMANN Das ist der Lothringer, der Gottfried, ein kluger Mann, aber bös und scharf wie ein Stößer.

BERGEN Still! Merket auf! Die Herolde voraus!

Auf dem Kaiserschiff erscheint jetzt ein Hornbläser, der ein langgezogenes Signal gibt und dreimal wiederholt. Alle Bewegung erstirbt. An Land treten die Herolde vor. Trompetenstöße erwidern das kaiserliche Signal. Die Herolde springen dann beim ›Schrei‹ in Richtung auf das kaiserliche Schiff zu und drehen sich um sich selbst nach allen Seiten. Die Sprecher stehen steif und sagen fast leiernd auf. Vom Kaiser selbst ist noch nichts zu sehn.

ERSTER HEROLDS-SCHREI

Schreit zu dem Kaiser der da kommen
Den breiten Rheinstrom ab geschwommen
Mit Segel Wind und Wellen Eile
Daß uns sein Licht aufschein und lang verweile!

HEROLDS-SPRUCH

Hier beugen sich vor Kaisers Macht und Stern
Der Graf von Bergen mit viel edle Herrn
Aus bergisch, münsterisch und märker Land
Samt Ritterschaft aus Flandern und Brabant
Ganz voll Begehr von Angesicht zu schauen
Des Reiches Hut sowie sein lichte Frauen
Auf Bergen hin das noch ein Tagreis weit
Tun Euch die Herrn zu Ehren das Geleit.

ZWEITER HEROLDS-SCHREI

Mit Hornes Stoß und Mundes Schrei
Eur Ankunft gell gelobet sei!

Kurzer Aufschrei von allen!

HEROLDS-SPRUCH

Frei liegt in freien Stromes Band
Dies Werth als Kaisers Gut und Pfand

Steigt Ihr vom Schiff in selbiger Stund
So tritt Eur Fuß auf eignen Grund
Aus Erden Kraft und Himmels Strahl
Stehet Ihr für Gott durch Volkes Wahl
Und wo Ihr steht schattet allsogleich
Ob aller Haupt das groß Heilig Römisch Reich!

DRITTER HEROLDS-SCHREI

Drum schreit mein Mund und springt mein Fuß
Und jauchzt mein Horn den Willkunft-Gruß!

Trompetenstöße, lautes Aufjauchzen. Dann erscheinen, auf der Deckhöhe des mittleren Schiffes, der Kaiser, die Kaiserin und beider Leibgefolge. Es wird still – alle, auch die Bischöfe, beugen kurz das Knie. Der Kaiser nimmt aus den Händen seines Waffenträgers das Schwert, einen mächtigen Zweihänder, hebt es hoch und schwingt es einmal in einem kurzen Halbkreis über alle hin.

KAISERHEROLD *auf dem Schiff*

Hebt Euer Knie, stehet frei und frank
In Kaisers Huld und Kaisers Dank!

Das Horn ertönt, alle richten sich auf. Der Kaiser gibt das Schwert dem Waffenträger zurück, und dann kommt er mit der Kaiserin und dem ganzen Gefolge recht rasch und zwanglos nach vorne. Er ist ein alter, weißhaariger, doch aufrechter Mann, eher von bäurischer als von höfischer Art, die Kaiserin eine voll erblühte Frau von jugendlicher Schönheit.

KAISER *mit ausgestreckten Händen Graf und Gräfin von Bergen begrüßend* Gut Zeit, Herr Schwager, Frau Schwägerin! Seids gesund all beisammn, wie ich seh, und wieder wohlauf vom Kindbett!

GRÄFIN Freilich, mein gnädiger Herr, sind doch schon zwei Mondwechsel her, daß meine schwere Stund hat gesein!

BERGEN Und hätt schon am dritten Tag den Jung selber in

Waschzuber geschwungen und durchs ganze Schloß hin geschleppt, daß ihn jeder Rüstknecht kunnt anglubben!

KAISER Ist's ein kräftiger Bub?

BERGEN Herr Schwager – kein jungen Lammer nicht, kein jung Böcklin nicht –: ein jungen Bär, Herr Schwager, ein jungen Waldochs! Mit herbringen hättn ich wolln, hierher zur Willkunft, aber die Frau hat sich zu viel ängstet, daß er die Hitz künnt kriegen oder's Dünnmachen!

KAISER *lachend* Ist schon besser daheimblieben in der Betthutschen, mag uns zu Bergen die Willkunft ins Ohr krähen und den Geleitritt auf meim Knie strampeln, der Nestspatz, der nacktpatschige! Die wird ihre Freud haben, meine Frau Kaiserin, an dem Schwesterbub!

GRAF UND GRÄFIN *begrüßen die Kaiserin, die ihre Schwester kurz umarmt und dem Grafen die Hand gibt.*

BERGEN Dat künn wir Euch niemals abdanken, hochgnädigste Frau, daß Ihr seid herkommen und die weit Reis hätt jedonn für Kindstauf und Namensweih von son bettligen Grafensohn! *Gerührt* Dat is zu viel, Herrjottindiebrustjestochen, dat is zu viel!

KAISERIN Für mich ist es die größte Freud, daß ich mein erstes Schwesterkind in die Arm nehmen kann –

GRÄFIN Und daß der kaiserliche Herr selbst Gevatter steht, als Taufpate und Lichthalter!

BERGEN *beim Kaiser* Dat is zu viel, hänn ich jesagt, zu viel is dat!

KAISER Halt zruck, Herr Schwager, machet die Gäul nit scheu. Daß einer sein Wort wahrmacht, ist noch lang kein Weltwunder nit. Mir zwei hent's mitnander abgesprochen, sellermols zu Burgunde, da die Verlobigung statt hätt von meiner Frau Kaiserin mit mir, daß einer zum andern Gevatterschaft steht, wem der erste Bub wird geboren. Weil mir nun der Himmel kein Leiberben noch nit gesegnet hat, und drum, und nachher da bin ich halt hier. Sodann ist mir die Reis gut zupaß gekommen, hab doch schon längst die Reichsfahrt wollen antreten nach West und Nord hinunter, und eh daß Euer fröhlich Botschaft auf uns troffen ist, hätt schon der Erzbischof, der Petrus

Scheitspalter in Mainz, die Lehensherren all einberufen zum Niedersegeln, bald die schön Zeit war anbrochen und der Rhein kein Treibeis mehr führet. So sein mir nit bloß zu Kindstauf und festlich Gasterei hier einglanget, sondern für mancherlei Reichsgeschäft und rechtsamen Spruch zu tun. Habt's wohl schon erschmecket, auf was für Wildbret die Pirsche geht.

BERGEN Um Vergebung, Herr Schwager, ich hänn heut mein staatsmännisch Kopp nit aufjesotzen. Euer Herrschaft steht fest, da traut sich keins dran ruckele, und wenn eins da und dort leicht Faustrecht übet und nit für jed lütten Rauf- und Grenzhandel ins Reichsohr pustet, so wär das alt Ritters und Adels Brauch und stoßt Euch kein Zacken ab von Euer kaiserlichen Kron!

KAISER *zu Petrus Scheitspalter* Hab ich's Euch nit vorher gesagt, daß uns die Grafen und Fürsten werden widers Fell streichen?! Aber ich will's Euch weisen allesamt, was aus dem alt Pelz noch Funken spritzet! Das wär die unrecht Art, Reichshoheit zu üben, daß einer geruhsam im Fett von seiner Hausmacht hockt und sich die Ohren zudruckt, wann's knistert im Fachgebälk! Ich will nit haben, daß Ritterschaft Raufhändel ficht und Landvolk und Kaufleut schröpfet und Reichsstraßen unsicher macht und hauset als wie die Türken und Mohren so viechsmäßig herum, nur weil's alt Adels Brauch wär und weil's die Väter so trieben hent! Ich will's nit haben, sag ich, und ich werd's die Herren weisen, was Lehnsgehorsam und botmäßig Art gesei!

HANNO VON PADERBORN Seid Ihr herkommen, Herr, uns dessent zu belehren?

KAISER Dafür bin ich herkommen, um zu mein Schwagersohns Kindstauf stark Reichsmacht aufzurichten dahier – mit Euer aller Hilf, Graf – und die wo stutzköpfig und bockmäßig sind, auf die Knie zu schmeißen, Graf! – Mir ist nit viel Gutes noch kommen von meiner Blutsverwandtschaft. Meine beiden Söhne aus erstem Ehbund sind hin worden alle beid in unrechtem Kampf wider Kaisers und Vaters Macht. So ich aber selbst sollt fort müssen ohne Sohn und Erbfolger, so hab ich mir dies Reich mit all sein Volk an Sohnes Statt gelobt, und geb's nit anders aus den Händen, als wie ich's drein genommen hab: als ein groß einmütig göttlich Ding – *Er bricht kurz ab.*

PETRUS SCHEITSPALTER So die Herrn wollten zusammentreten jetzt, um miteinander bekannt zu werden, wer sich noch nit Gesichts kennen tut, und so der kaiserliche Herr jetzt verstattet –

BERGEN Verstatten, verstatten Herr Schwager, daß man in Prunkzelt jetzt eintreten für ein Bekanntschaft und ein ersten Zugetrink, indes hier draußen die Tisch wern aufgedeckt für großmächtig Gastmahl und Speiserei?!

KAISER *sieht ihn an, schlägt ihm auf die Schulter* Mit Rechten, Schwager! Mit Rechten! All Ding zu seiner Stund. Laßt uns gut Nachbarschaft machen allesamt, und die Freud schüren, daß wir uns troffen hent bei so helle Zeit, mit lustig Red und viel kräftig Getränk! Hab schon mein Durst von Kölle her an die Ketten gelegt, daß ers Maul aufreißt wie ein hitziger Schweißhund!

BERGEN *am Zelteingang* Weinschenk! Kellermeister! Wo steck de Käärl?! He füllet, füllet! – Wollen eintreten, wollen niederducken die Herrn, daß Eurige Köpp nit anbeulen, hänn doch die Zimmerlüt schon wieder die Stang so niedrig anjehongen – *Er geleitet die Gäste ins Zelt.*

KAISER *zu den Frauen* Soll Euch die Zeit nit lang werden – möget wohl gern der Mannsleut ledig sein für ein gute Weilen, und Euch viel Verzählens machen!

GRÄFIN Schön Dank, Herr Schwager, wir spannen schon lang auf die Stund! Seit Eurer Hochzeit ist's her, daß uns nimmer sehn und sprechen täten!

Sie hakt sich in den Arm der Kaiserin ein, während der Kaiser mit den andren ins Zelt geht. Im Verlauf der folgenden Szene werden von Dienern und Hofmeistern die Tische gedeckt, Geschirre, Weinkrüge und dergleichen von den Schiffen gebracht, alles festlich hergerichtet. Spielleute stimmen ihre Instrumente und beginnen später mit einer leisen Musik. Die beiden Frauen bleiben im Vordergrund allein.

GRÄFIN Wollt Ihr Euch niedersetzen, Schwester? Soll ich nach Sessel rufen oder Ruhebank?

KAISERIN Nein – lieber umhergehn so – das Blut regen nach der lang müßig Fahrt!

GRÄFIN Ach Schwester, daß Ihr herkommen seid, ist solch ein dick Stolz und Glück für mich! Und daß ich wieder mit Euch am Arm laufen kann, wie daheim in Burgunde! So lang ist's her – aber der Jahre sin's gar nit viel – nur die Zeit rinnet so zäh. Was ist mit Euch, Schwester, warum sagt Ihr nichts? Seid müde, kopfwirblig von der scharf Rheinluft? Soll ich mundhalten, nur so still gehen mit Euch?

KAISERIN *schüttelt den Kopf, lächelt* Ich freu mich, wenn du redst! Ich hab's gern!

GRÄFIN Gott, ich red nur so daher, weils Herz mir bis in die Lippen stuckert... Möcht lieber viel hören, von Euch, von Euer hellicht Leben bei Tag und Nacht! Unsereins hauset doch hier wie der Torfbauer, so in Tagtrott und Einerlei – da geschieht sich kein Leben hier, wenn's nit grad mal eine Hinrichtung gäb oder ein Sauhatz im hohen Eichkamp draußen. Viel stumpf ist alles und flach, gleichs platte Land rund herum. Auch die Leut kratzig und grob, als wie die harte Schafswoll auf der Haut!

KAISERIN So bist du gar nit recht heimselig worden, hier in deins Gattens Land?

GRÄFIN Ich bin hier zugeheuert – aber zu Haus bin ich hier nichtens! Das möcht ich keim andern Menschenohr nit eingestehn!

KAISERIN Mir kannst alles vertraun – auch das Vergrabene, wo sonst nit heraus darf!

GRÄFIN Lieb Schwester – Ich dank Euch sehr, daß Ihr noch so bekannt seid zu mir, und gar nit schroff oder frostig worden, in Euerm hohen Ehbund, bei aller Welts Lust und Freuden!

KAISERIN *lächelnd, leichthin* Für Lust und Freuden wird solch Bund nit geschlossen.

GRÄFIN Aber der Glanz und die Ehr, und das stolz höfisch Leben – da würd manch eine den Staub nit mehr sehen auf ihrm Schuh! Oder wärt Ihr nit gern die Frau Kaiserin?

KAISERIN Ich bin dem Kaiser vermählt worden, durch unsers Vaters und der Brüder Beschluß. Ob ich's gern wollt, hat mich keiner gefragt. Darüber klag ich nit – aber ich kann auch darob nit jauchzen.

GRÄFIN Und Euer Gemahl – der Herr Kaiser –?

KAISERIN Den Kaiser, den hab ich dann erkannt als ein Mann von groß Art und Wesen, steckt auch in mancherlei Zwist und Not. Deshalb – und weil er mich anschaut wie sein Kind und Gattin zugleich – bin ich ihm gern vermählt.

GRÄFIN Aber das Herz ist daheim blieben, im Land Burgunde, wie meins auch, und die jung Zeit kehrt nit zurück! Ja, bald der Mann in unser Leben dringet, kriegt alles ein ander Gesicht, und gehört uns nur noch zur Hälften –

KAISERIN *sehr eindringlich* Wenn aber das Kind kommt, Schwester – das Kind –, das gehöret dann dir ganz allein, das wächst aus dir und macht dich selbst wieder neu – ist es nit so?

GRÄFIN Freilich, ein Segen ist's schon, wenn dann die schlimme Not vorbei, und es regt sich und schreit und hungert und will gesäugt und gewartet sein –

KAISERIN Hast du viel Schmerz gelitten bei der Geburt?

GRÄFIN Es sind harte Wehn – aber nachher, da weiß man's gar nimmer recht.

KAISERIN *lächelt wie für sich.*

GRÄFIN *sieht sie von der Seite an* Sollt's nit bei Euch auch bald werden, Schwester? Oder hofft Ihr keins? Alt ist er schon, der kaiserliche Herr – aber doch noch ein Mann! Oft liegt's auch gar nit an dem, was im Mann ist, oder in der Frau, sondern an beider Blut zusammen, wenn sich's nit einigen will; oder auch am Gestirn, das überm Haupt steht, heimlich – *Lachend* – ach, davon weiß ich ein Lied! *Wendet sich ab.*

KAISERIN Was für ein Lied? Schau mich doch an, Schwester! Ich hab schon sehr dran gedacht, warum bist du wohl früher noch nit Mutter worden, und jetzt auf einmal, nach so viele Jahr?

GRÄFIN Warum – das weiß ich nit, Schwester, das weiß ich nit, ob ich Euch reden darf von derlei Geschichten – und weil Ihr könntet was Falsches denken von mir –

KAISERIN Sag's nur. Ich denk schon das Rechte.

GRÄFIN Denn wißt Ihr, ich war ihm immer eine gute Frau gewesen, und hab sonst nie kein Lüge nicht getan, und was könnt ich mir Besseres wünschen als den Mann, den ich hab –

KAISERIN Ja, ja – jetzt sag mir's!

GRÄFIN Fünf Jahr lang hat sich nie nichts geregt, und ich hab auf jeden Mondwechsel betet, daß ausbleiben möcht!

KAISERIN Und im sechsten Jahr?

GRÄFIN Im sechsten, da bin ich zur weisen Frau hingangen, heimlich – wie der Mann auf Jagden gewiest –, und tat um ein Mittel fragen. Da ist sie für mich nach Kölle gereist, bei die jüdischen Ärzt, wo man sait, daß sie Blutzauber wissen. Aber das war ein Windei, das sie mir gelegt han in ihrer dreckig Gassen, da wußt ich gleich, da kann kein Küchel nit ausschlüpfen! *Lacht* Ein Hitzpulver hats mir mitbracht, das sollt ich dem Mann einschütten vorm Bettgehn, als ob der nit von selbst schon ins Bett hüpfet wie der fleißig Hahn! Nein – darin hat's nie gefehlt: und was ich bei Tag oft für Verdruß ausseh von sein Schimpfens und Maulens – zur Nacht, da bitt ich's ihm ab!

KAISERIN *etwas ungeduldig* Glaub's schon. Und wie ist's zustand kommen dann?

GRÄFIN Lieb Schwester, wenn er das jemals spannen möchte, der Mann, dann könnt ich auf Landstraß betteln gehn, mitsamt mein Kind!

KAISERIN War so schlimm, so sündhaft, was du getan hast?

GRÄFIN Schlimm nit – auch Sünde nit! Ein Segen war's! Nur gar so schrecksam zu wagen, und so fremd, und leutgemein! Die Hausmägde han sich oft drüber verzählt, da hab ich gehört von, und die Waschweiber beim Linnebleichen auf der Schloßwies draußen. Ich hätt auch das Herz nit aufbracht, wenn's nit wahrhaftig Not wär gewesen!

KAISERIN Jetzt red aber frei aus, macht mich ganz krank, dein lang stockig Zaudern!

GRÄFIN *leise* Beim Angstmann bin ich gewesen, nachts, heimlich, allein – beim Vogelfreien, verstehst mich nit? Beim Blutmann, beim Scharfrichter von Bergen!

KAISERIN Nein – und der hat dir zum Kindbett verholfen?

GRÄFIN Der wohnt in der Heide draußen, weit weg, weil er in niemands Näh leben darf. Ist schon uralt, wie ein Teichkarpfen, und weiß alles Heimliche, von Vieh und Pflanz und Stern, und auch von Frauen, die kommen weither, ihn Rats zu fragen, wegen Krankheit und Kindsnot. Gar kein schlimm blutig Gesell ist der – und wenn man ihn sieht, zergehn gleich die Ängst wie Nebel. Die Bauern sagen, daß er die Küh kann heilen vom Brand und die Säu vom Rotlauf, und viele Kinder hat er schon frei gemacht von Bluthusten und von der fallend Sucht!

KAISERIN So ist er gar nit verfemt und verachtet hier, wie andre Schindmänner?

GRÄFIN Sein Stand ist unehrlich und bleibt ein schändlich Ding – die arme Sünder totmachen vor allem Volk –, deshalb steht er im Bann und dürft in kein ordentlich Haus eintreten, auch in die Kirche nit! Macht sich keiner was mit ihm zu schaffen, wenn er's nit muß. Er selbst ist aber der beste Mann, das sagen die Leut alle, und möcht keinem Wurm was zu Leids tun!

KAISERIN Weshalb ist er dann Henker worden?

GRÄFIN Weil er's erbt hat, von Vater und Großvater her. Das ist Landes Gesetz hier, da gibt's kein Ausbrechen und kein Gnade nicht: wer Henkers Sohn ist, muß wieder Henker sein, oder selbst Todes sterben. Und wenn mein Mann wüßt, daß ich des Henkers Haus betreten hab, da drauß in der Ödnis, wo kein andrer Hof mehr steht, und wo ein Dornhecken drum ist, mehr als Manns hoch, damit ihn keins zu Gesicht kriegt –

KAISERIN Und er hat wirklich geholfen?

GRÄFIN So wahr mein Kind lebt! Erst hat er mein Sternbild gestellt, und dann mußt ich wieder kommen in einer sicheren Nacht, da der Mond meiner Sach günstig war, und dann hat er mir Mittel geben, nit für den Mann, sondern für mich selber – und zum nächsten Mondwechsel hab ich den Segen verspürt –!

KAISERIN Ich weiß nicht –

GRÄFIN Glaubt mir's, Schwester, ich kann's auf mein heilig Eid nehmen, es wär nie nichts worden ohne dem!

KAISERIN Ich weiß nicht – ob so einer mir helfen könnt –!

GRÄFIN Euch? Aber Ihr könntet niemals dorthin gehn, eine Frau wie Ihr, so ganz hochgestellt! Und was geht's Euch groß ab, wenn Ihr kindsledig bleibt – tragt Ihr doch ein viel mächtiger Mutterschaft in Euerm kaiserlichen Stand, und braucht Euch nit wie ein fruchtlos Bäumelein nach der Hoffnung sehnen!

KAISERIN Sehnen – Sehnen geht durch alle Wände durch – nur durch die Sargwand nit mehr.

Aus dem Zelt, dessen Eingang etwas gelüpft wird, erschallt jetzt ein lautes brüllendes Gelächter von vielen Männerstimmen.

GRÄFIN Jetzt hab ich Euch so viel vorgeschwätzt von mir und mein Zeug, und Ihr habt mir gar nichts gesagt, und hätt so viel Fragen zu tun – da – kommen schon die Herren zurück, wollen zur Speistafel gehn, und ich hab kein Blick drauf worfen, ob alles recht ist!

DER HERR VON LEMOSÎ *kommt allein aus dem Zelt, tritt zu den Frauen* Der kaiserliche Herr läßt anfragen, ob's den Damen genehm sei, zur Tafel jetzt aufrufen zu lassen?

KAISERIN Schön Dank, Herr, sagt ihm, es sei alles bereit, und, ich denke, es wird gut sein, wenn die Herrn bald zu Tisch gehn, damit sie ihren Hunger nit vor der Zeit ertränken. Man ist, scheint's, schon mächtig in Festlaune drinnen, denn beim Staatsgespräch gibt's kein so herzhaft Gelächter!

LEMOSIER Leider, hochgnädigste Frau! Wenn beim Trinken weniger geschwatzt würde, und bei Staats- und Rechtshandel mehr gelacht, dann wär's um die irdische Wirrsal weit besser bestellt!

KAISERIN *lachend, zur Gräfin* Das ist ein weiser Herr, hochgelehrt in der fröhlich Wissenschaft. Ist er dir noch bekannt, von Burgunde?

GRÄFIN Von Burgunde – aber das ist doch der Lemosier, der schon bei unsrer Frau Mutter Hofknabe gewest!

LEMOSIER Und ist als Mann ein Höfling blieben, gnädige Frau

Gräfin – wenn er auch mittlerweil manchen Türken und Mohren gespießt!

GRÄFIN Ich freu mich, daß Ihr mit hier seid, Herr von Lemosî – und Ihr müßt mir recht viel erzählen von daheim, von Burgunde!

LEMOSIER Davon weiß ich nicht mehr als Ihr, Frau Gräfin, oder Eure Frau Schwester. Gleich nach ihrer Heirat ward ich zum Hofdienst berufen, als Kammerherr der Frau Kaiserin, und hab seither unser schön Land nicht wiedergesehn. *Er verneigt sich, geht zum Zelt zurück.*

GRÄFIN *sieht ihm nach* Was für ein schöner Mann! Und wie er spricht, und geht, und sich wendet! Daß da der Kaiser nit eifert, wenn Ihr den immer um Euch habt, so ein herrlich Mannsbild – und gescheit noch dazu!

KAISERIN Ist er so schön? Ich hab nie drauf geschaut.

GRÄFIN Wieso nit? Das ist doch keine Sünd, zu wissen, wie einer aussieht, und gern auf ihn schaun!

KAISERIN Mir kommt er nit anders vor wie einer von all denen, die man immer sieht – und ich weiß nit warum, aber mir scheint's oft gar nit des Hinschauns wert...

GRÄFIN *sieht sie von der Seite an* Sagt, Schwester – seid Ihr noch sehr fromm?

KAISERIN Fromm – warum sollt ich nit fromm sein?

GRÄFIN Und habt Ihr nie keine Anfechtung nicht?

KAISERIN Das sind Beichtfragen, darauf braucht man nit antworten.

GRÄFIN Und wenn Ihr fromm seid, liebt Ihr dann wirklich Gott mehr als die sichtbarliche, die unsrige Welt?

KAISERIN Das liegt so dicht beisammen, da kann ein Mensch nit leicht die Grenze ziehn.

GRÄFIN Aber warum sagt Ihr dann so was, daß Euch die Männer seien des Hinschauens nit wert? Das, das begreif ich nit!

KAISERIN Das, das brauchst auch nit zu begreifen! Das ist Weinsatz, der muß ganz tief unten bleiben, und wenn er aufsteigt und's Glas trüb macht, dann wird er rasch fortgegossen! Komm, jetzt gehn wir zu Tisch! *Sie winkt zur Dienerschaft.*

Die Kammerfrau Regula, ein junges Mädchen osmanischer Rasse, eilt zu ihr Rück die Stühle so, daß meine Schwester neben mir bleibt, ich sitze links vom Kaiser, zu seiner Rechten heut der Graf von Bergen. Und sag dem Herrn von Lemosî, sein Platz sei links neben meiner Schwester, der Frau Gräfin.

REGULA Jawohl, Herrin. *Geht rasch.*

GRÄFIN Ist die jung Mohrin Eure Kammerfrau?

KAISERIN Die einzige, die immer bei mir ist. Sie als klein Kind schon aus Morgenland kommen, vom Kreuzzug haben sie's mit heimbracht. Ihr Vater war ein edler Fürst drüben. Kalif oder Sultan, der im Kampf gegen den Kaiser umkommen ist. Sie ist christlich getauft, auf den Namen Regula, und im Hochstift groß worden, hat mehr Wissens gelernt als wir alle beid zusammen!

GRÄFIN Und möcht mich doch fürchten vor ihr, weils dunkel ist und von ander Blut, das könnt doch einmal aufgären und wild werden.

KAISERIN So stet und treu wie die könnt eine helle Haut gar nit sein.

Mittlerweile ist zwischen Schiffen, Tafel und Zelt immer mehr Leben und Bewegung entstanden, die Musikanten haben zu spielen begonnen, die Herolde mehrmals durch Trompetenstöße zu Tisch gerufen. Kaiserin und Gräfin sind während ihrer letzten Sätze zur Tafel gegangen.

DER TROBADOR MARCABRUN *ist der Kaiserin gefolgt, verneigt sich vor ihr* Was für ein Lied wünscht meine Herrin, daß ich ihr singen soll heute zu Tischfreuden?

KAISERIN Was für ein Lied? *Lächelnd* Ihr wißt's doch!

MARCABRUN Ich weiß. Aber ich sing's nit gern vor den Herren, weil's ein Dämmerschall ist, ein Tagelied, und kein hitzig Feuer- und Flammenweis.

KAISERIN Singt's uns dennoch, so wie Ihr's könnt, Herr Marcabrun, als ob Ihr allein für Euer Kunst Übung singet.

MARCABRUN Ich sing's für Euch, ma Dame, wenn Ihr's wünscht. *Er verneigt sich, tritt zurück.*

Inzwischen ist das Mahl fertig gerüstet worden, dampfende Schüs-

seln und große Aufbauten von Brot und Fleisch auf die Tische gestellt – die Vorschneider, Küchenmeister, Mundschenken halten sich hinter den Stühlen bereit, bei der Kaiserin die Kammerfrau Regula mit einigen Dienerinnen. Die Herolde haben vom Zelteingang zur Tafel Spalier gebildet, Spaßmacher und fahrende Leute treiben sich auf dem freien Platz umher, laufen auf den Händen, schießen Purzelbäume, lassen Schellenstöcke auf ihrer Nase tanzen, ohne von den zu Tisch gehenden Herrn sonderlich beachtet zu werden. Des Kaisers Narr, ein kleiner, krummbeiniger Krüppel, stolziert dem Aufzug voraus und setzt sich dann beim Sessel des Kaisers auf die Erde. Jetzt erscheint, laut lachend und redend, der Kaiser in aller Mitten. Die Herrn haben schon einen recht heftigen Umtrunk hinter sich, und man merkt es ihnen an.

KAISER *rückwärts aus dem Zelt tretend* Das sagt Ihr mir nit nochmals, Herr Hanno, daß Ihr jedweden Wein könnt wie Wasser saufen! Ich möcht Euch sonst beim Wort nehmen, mit meim roten Ingelheimer, der hat schon viel starke Faßstecher meuchlings auf die Nasen gelegt!

HANNO *trocken, westfälisch* Ein Stiefel Schnaps, Herr, hat mehr Kräften als zehn Stiefel Wein. Wat ein echten Paderborner ist, der künnt von Läpperwein kein Rausch nit kriegen.

KAISER Läpperwein! Habt Ihr gehört, Herr Petrus? Dem werd ich Läpperwein lehren, bis ihm der störrisch Geist aus dem Haarschopf raucht!

PETRUS SCHEITSPALTER *leicht warnend* Wenn der kaiserlich Herr jetzt schon mit Saufhändel anfanget, dann seh ich ein grausam Turnier werden, wo kein Sieger im Bügel bleibt.

KAISER Ich fang nit Händel an, möcht nur Herrn Hanno kein Läpperwein nit vorsetzen!

EKBERT VON DER PFALZ Herr Hanno – warum hat denn unser Heiland Wein genomme, un kein westfälisch Kornschnaps, für sei heilig Abendmahl?

BERGEN Dat kann ich Euch sagen, Graf: weil sonst in Paderborn der Kelch schon vor der Wandlung ausjetrinket wär! *Gelächter.*

HANNO Hundsfotzen! *Stampft auf.*

KAISER Gehts weiter, Ihr Herrn, unsre Frauen erwarten uns zu Tisch. Und dort seh ich bergische Küchenleut anstehn, mit mächtige Dampfhäfen, lüstet mich sehr, was da wohl mag drinnen sein!

BERGEN Dat sein Fischwannen, Herr Schwager, wie man hierzuland für die großen Salmen absieden hätt, und wats drinnen dampft, dats der Maifisch, ein besonder Lachsenart, wo nur im Frühling rheinauf springet!

KAISER Den wolln mir zuerst kosten, eh daß uns Mastkälber und Fettsäu die Schmecklust müd machen. Setzt Euch nieder, ihr Herrn, ohne lang Hin und Her, so wie's ein jeden bequemt. Hunger und Durst brechen Rangs und Alters Zwang.

Man setzt sich, und sofort werden die Fische aufgetragen.

Mundschenk! Den roten Ingelheimer zuvor! Der paßt zu Eurem Lenzfisch, Herr Schwager, ist munter, glatt, eilsam. Kennt Ihr den? Ich hab ihn schiffsweis von meiner Pfalz mitbracht.

BERGEN Hänn ni nich jewußt, daß dorten ein Rotwein gedeiht.

SCHEITSPALTER Und was fürn Rotwein! Es heißt, der Erzkaiser, der Charlemagne selbst, hätt die Rebe dorthin verpflanzt, aus dem Feuerland Burgunde.

BERGEN *kostet respektvoll* Der Charlemagne! Dats verdammt lange her. Der Charlemagne, sagt Ihr?

SCHEITSPALTER *lachend* Ob's wahr ist, weiß ich nit, aber ein weiser Mann tat's gewiß, der willens war, daß der Erde Blut sich vermenget und über Landsgrenzen schäumt! *Er trinkt.*

HARTMANN VON HILDESHEIM *hofmännisch, zum Kaiserpaar gewandt* Burgundische Hochrebe, auf deutsche Bergkuppe gepflanzt, und von des Römischen Reichs Gnadensonne bestrahlt – das nenn ich ein Herzstärker, ein wahrhaft Kaisertrunk! *Trinkt zu.*

KAISER *leert seinen Krug* Bal ein jeder Herr so feine Sprüch hier macht, wie Ihr, Herr Fürstbischof, daß ich ihm Dank tun muß für mich und meine Dame, dann werd ich bis auf heunt nacht kein Heimleuchte mehr brauchen! *Lacht* Hee, Mundschenken, fackelt nit! Und daß mir Herr Hanno reichlich bedient wird, der hat die Halsdürren vom vielen Schnapstrinken! Euer Wohl, Herr Hanno! Oder tut Ihr nit anstutzen, mit Läpperwein?!

HANNO *hebt seinen Krug* Wenn's ein Reichsbrand zu löschen gilt, dann wird kein ehrlich Lehnsmann ein Felonie nit machen. *Trinkt aus.*

KAISER Auf das, da tu ich Euch von Herzen Bescheid, Herr! *Trinkt.*

BREZISLAV Härrich Pane Chaiser, härrich Spriechl, sogich, härrich, Pane Chaiser, sogich Spriechl, daitsches, bämmisches. *Steht auf*

»Homsmir Chleb, homsmir Wein,
Homsmir, kommsmir lustik sain!«

Prossim Pane Chaiser, nazdar Brezislav! *Trinkt.*

AZZILO VON BAYERN Heißt auf gut Deutsch Sprach: Austrinken und Maulhalten!
Gelächter.

BREZISLAV *dazwischen schreiend* Nazdar Pane Chaiser, prossim Brezislav!

AZZILO VON BAYERN Halt Lufften, Vetter Böhm, verkutzt Euch nit!

KAISER Und wann einem der Herrn ein Fischgräten im Hals steckenbleibt, dann müßt's flugs Böhmisch lernen, dann fliegt's von selbst wieder heraußen! *Gelächter.*

AZZILO Grüeß Gott, Herr Kaiser, i woaß koan Spruch net!

KAISER Grüeß Gott allesamt, Grüeß Gott beinander!

ADELBERT VON KÄRNTEN Grüeß Gott auf Nagelproben!

VIELE Grüeß Gott auf Nagelproben! *Alle trinken.*

DER KAISERHEROLD *der sich schon vorher dem Kaiser genähert und versucht hat, bemerkt zu werden, nutzt rasch eine Trinkstille aus* Verstatten der kaiserliche Herr, daß jetzo die Trobadors für Tischfreuden aufsingen, zu Gnaden der hohen Frau Kaiserin?

KAISER *sichtlich gestört* Meintswegen. *Macht dem Herold ein Zeichen, der stößt ins Horn* Wann die Herren möchten ein kurz

Gehör schenken für Kunstgesang von rühmlichen Trobadors, als ein Tischfreuden meiner Frau Kaiserin und ihrer Schwester Gräfin!
Es wird still.

MARCABRUN *tritt der Kaiserin gegenüber, singt leise, mehr die Worte aus der Melodie sprechend, zur Begleitung von Saiteninstrumenten, Laute, Gambe, Viola*

Tage-Lied

In eim Baumgart tief unterm Rosenzweih
Hält die Frau ihren Freund sich nahebei
Bis daß der Hahn aufschrei daß Frühe sei –
O Gott! die Frühe kalt und gar so bald!

Wär es doch so daß die Nacht nie vollend
Noch mein Freund sich nit scheidend von mir wend
Noch der Tagstern bleichend im Oste ständ
O Gott! die Frühe kalt und gar so bald!

Schön liebster Freund küßt mich und küß ich Euch
Linnet uns der Mond auf Kraut und in Gesträuch
Daß uns vom süßen Spiel kein Tagelicht scheuch –
O Gott! die Frühe kalt und gar so bald!

Schön liebster Freund fangst wieder an von vorn
Da der Vogel uns schallt im Schlehendorn
Bis die Tagwacht eifernd rühret ihr Morgenhorn –
O Gott! die Frühe kalt und gar so bald!

KAISERIN *die sich vorher wohl am Mahl beteiligt und mit ihrer Schwester leise unterhalten hat, hört mit gesenktem Kopf zu und verharrt nun, ohne aufzuschauen.*

BERGEN *noch bevor das Nachspiel verklungen ist, recht laut* Dat nenn ich brav jesinget, und nit so langstreckig wie sonst bei Fahrenslüt! Verstatten, Herr Schwager, dat ich dem Schallhansen die Müh verlohn! *Wirft Marcabrun ein Goldstück zu* Fanget auf, Zugvogel, schnicket Euch!

MARCABRUN *ohne das Geldstück zu beachten* Ich dank Euch Herr, daß Euch mein Lied wohlgefallen hat. *Wendet sich, geht.*

KAISER Der Herr ist kein Almosenschnapper, der Herr ist ein freier Singfahrer.

BERGEN Dat warn auch kein Almosen jesing, dat war ein flandrisch Goldlöwen war dat jesing! Dat läßt er platt liegen! *Zu einem Diener* Heb's auf, geb's her, damit's nicht unter ein Bord oder Faßboden rollet! Ein flandrisch Goldgulden!

KAISER Steckt's ein, Herr Schwager, verbost Euch nit, laßt lieber den Fisch abtragen und ein ander Wein auffahren. Jetzet, zum Bratfleisch, da lieb ich ein Würzburger Spital, wie man in Bocksleder mitschleppet, ein hart kräftig Frankenwein.

BERGEN *etwas verärgert* Wenn Ihr den möget, Herr Schwager, dann müßt Ihr wieder aus Euer eigen Schiffsfracht auftischen lassen, den tät unser Keller nit halten, Euer Bocksledenwein. Möcht auch manchem der Herrn zu sauer schmecken, die ein fein Zung sind jewöhnt.

KAISER Sauer? Sauer ist der Steig zur Seligkeit. Wär nit übel, wenn selbige Herrn auf ein gröber Zung lernen möchten, und auf ein feiner Geschmack!

BERGEN Hänn vor Tisch in Zelten ein teuer Faß Malvasier aufschlagen lassen, hänn jedenkt, trinken ein Malvasier.

EKBERT Stink Malvasier, den kocht der Judd aus Braunzucker un trockne Korinthe!

GÉRARD VON FLANDERN Bei uns an flämisch Herrenhöf ist Malvasier noch immer aus edelster Weintraubenles.

BERGEN *gleichzeitig sprechend* In mein Malvasier hätt kein Jüd sein unchristlich Finger nit jetunkt!

AZZILO *gleichzeitig* Was trinkst, is schluckt wie gurgelt, wannst nur gnua trinkst! Balst rauschig bist, nocha woaßt eh nimmer, von wos daßd bsoffen bist!

BREZISLAV *dazwischen schreiend* Drsch Hubu, Drsch Hubu! Halts Maul! Nazdar!

GÉRARD *gleichzeitig* C'est à dire des mœurs barbares.

EKBERT *gleichzeitig* Steckts doch den Pälzer Meßwein an, für was hent mir die siwwe Fässer denn mit gnomme?!

SCHEITSPALTER *gleichzeitig* Potz Rotwein! Blutwein! Feuerwein! *Trinkt.*

KAISER *mit der Faust auf den Tisch hauend, die andren niederschreiend* Mundschenken! Den Würzburger Spital! Für jeden der Herrn ein Bocksledеrflaschen! Wem's nit mundet, der mag's auf die Tischplatt aufschütten!

GOTTFRIED DER HÖCKRIGE *setzt sich plötzlich mit einer sehr dünnen, scharfen Stimme durch, die des Geschreis leicht Herr wird* Es hat ein König gesessen, ein groß Roy de France, auf seinem Schloß in Aix. Dem hat der Leibarzt anempfohlen, daß er sich möchte das Haupt kahl scheren lassen, gegens Ohrensausen und Blutrinnen, und weil er war von der schwärig Kopfgrind befallen. Alsobald der hohe Herr diesen Ratschlag befolgen tät, da hat er Order geben, daß all seine Tischherrn und Lehnsfürsten möchten gleich ihm ihr Haar abschaben und kahlköpfig gehn. Dies, Herr Kaiser, ist kein Exempel, sondern nur ein klein wahrhaft Histoire.

KAISER *sieht ihn lauernd an, während alle gespannt zuhören* Und die Tischherrn? Was hänn die gemacht auf solch töricht Geheiß?

GOTTFRIED Erst, sagt man, wär ein lang Streitens angangen, und dann sein viele Herrn fortgeritten; dafür aber all solche zu Hof geeilt, die an Haarschwund litten im Land, oder die von Ordens wegen ein Volltonsur mußten tragen. Ob das nun ein besser Tafelrund ist worden, davon weiß kein Chronist zu vermelden.

KAISER *schaut einen Augenblick in der Runde umher, dann lächelnd* Gut is, Herr Gottfried. Dank Euch für die Mär. Ihr habt mich ehrlich vom Gaul gestochen, mit Euer spitzfindig Zungen. *Er fährt sich unwillkürlich übers Haar, muß lachen. Einige lachen mit* Trink ein jeder, wonach ihm der Gaumen jückt. Mir gebts ein Bocksledеrflaschen!

HANNO Mir auch! Soll mir keiner nachsagen, daß ich ein Wein hätt auslassen! *Gelächter.*

EKBERT Mir auch ein Bocksleder! Kann nit mehr geschehn als Löcher in Mage, die wern mit Bratwürscht wieder zugestoppt!

AZZILO Mir auch oan! Is alls schluckt wie gurgelt, bal's rauschig macht.

SCHEITSPALTER In Gottsnamen, ein Judas wer nit mithält! Mir auch ein Würzburger!

ALLE *auch Gérard und Bergen* Mir auch! Mir auch!

GOTTFRIED *scharf und deutlich* Und mir ein Malvasier.

KAISER *hebt seinen Krug* Euer Wohl, Herr Gottfried! Wollet anstutzen, sauer gegen süß, hart gegen spitz!

GOTTFRIED Und Witz wider Faust, Herr!

KAISER Meintswegen! *Trinkt aus.*

HARTMANN VON HILDESHEIM Das ist ein schön heiter Sach, zu Tisch und Umtrunk sitzen Mann bei Mann, in Worts und Herzens Einmut! Ich wüßt nichts Besseres auf Erden.

SCHEITSPALTER Und eh daß ein heftig Red aufkommt, sollt man immer erst sein Teller und Napf leer schlecken, dann hats schon ihr Gall verloren. Fleischmeister! Die Rindskeulen!

KAISER Und mir langts die Haselhühner auf Rebstöcken her, hent Brüstlein so hoch und fest wie junge Fraunzimmer!

BERGEN Sein in Speck jewickelt und in eigen Saft jeschmort!

KAISER *zur Kaiserin* Wollet nit zulangen, mein Dame? Ist ein zart würzig Gericht.

KAISERIN *wehrt wortlos, höflich ab.*

KAISER Das kommt von Trobadors Getöne, daß den Frauen Lust und Sinnen verschlägt. Aber Ihr, Frau Schwägerin, schaut mir gar nit nach Schmachtfasten aus!

GRÄFIN Das möcht mir auch übel anschlagen, Herr, ich hab schon Hunger, wenn ich nächtens im Bett aufwach!

KAISER Recht so, jung Weib soll sein Schönheit füttern! Nehmet Haselhühner, ist ein leicht locker Zwischenspeis!

GRÄFIN Dank Euch, Herr Schwager, bin schon reichlich bedienet vom Herrn von Lemosî.

KAISER Euer Wohl, Herr Lemosier! Laßt Euch des Frauendienstes nit schlimm verdrießen, Herr!

LEMOSIER Das ist ein stolz Knechtschaft, mein Herr, und ein kostbar Lehenskronen. *Hebt den Krug* Ich trink der Damen Lob und Wohlgefalln!

KAISER Darauf wollet anstutzen, das gibt ein freundlich Klang! Der Frauen Lob, Herren!

Alle stoßen an, trinken.

GÉRARD Müßten mit Glas anstutzen anstatt mit schwer Humpen, das hell und zierlich klinget wie Saitezupfen.

KAISER Glas ist ein teuer Zeug und scherbet zu rasch bei hitzig Gelag.

GÉRARD In Brüssel und Gent trinkt man den lichten Wein immer aus venezianisch oder römisch Glaspokalen, nur den dickroten Spanier oder Cider, Met, Gerstensaft aus Becher, Krug, Humpen.

KAISER Ich sag Euch, wie soll ich teuer Glas mitführen, wo beim ersten Fatz dahinscherbet! Zinnkrug und goldgetrieben Becher, das langet für Tafels Pracht und Trunks Pflegen.

GOTTFRIED Möcht sonst dem Reichssäckel zu bitterlich ankommen, wenn ihm für jeden Stoß ein Taler ausrinnet.

KAISER Reichstaler sein Fürstentaler, Herr – und Krongut heißt Volkes Gut.

GOTTFRIED Darum, je reicher ein Herr, desto ärmer sein Knecht, sagt man – und wo der Bauer fett wird, magerts Grafenschloß.

KAISER Ich merk's wohl, wo drauf daß Ihr hinzielt, Herr! Schluckt's unter, rat ich Euch, was für bös Speichel auf Euer Zung schäumet. Kommt mir nit mit dem Roy de France, mit dem Duc d'Armagnac! Die hocken in glückhaft Landen, dort brauchst nur in die Ähren zu beißen und hast den Mund voll Brot!

GOTTFRIED *lacht.*

PETRUS SCHEITSPALTER Die Hauptsach ist, daß der Taler rollet im Land, das hat besser Klang, als wenn er im Staatskasten klimpert.

HARTMANN VON HILDESHEIM Wie Euer Herr Großvater auf Reichsfahrten gwest, davon erzählens heut noch in alle Stadtfesten, hat ein Schatztruhen voll Silber- und Goldstücken aufstellet auf unser Marktplatz, die war so schwer, daß zehn Mann nit mochten von Ort rucken. All Volk kunnst anglubben und sich an Golds Glanz freun.

KAISER Das ist ein schäbig Freuden, Herr, da könnt einer hingehn und dem Volk sein dicken Bauch weisen. Wenn einer Reichsfahrt tut, dann soll er Reichsmacht aufstellen, und nit sein Hausgeld, sein protzmäßiges.

GOTTFRIED Reichsmacht ist Reichsgeld, mein ich, oder wär das falsch Meinung, mein Herr?

KAISER Erzfalsch! Das ist ein Meinung von Krämern und Filzraben, aber kein ritterlich Meinung, Herr! *Wendet sich wütend ab.*

SCHEITSPALTER Lehnspflicht, Herr Gottfried, ist ein höher Ordnung als Zinspflicht. Ein Ritter ist, wer dem Kaiser für Ehr dienet.

AZZILO I moan, balst guete Vorteilen hast und dir koaner nix dreinredt, nocha da brauchst sonst nixen vom Kaiser und kannst schon amol füristehn, wanns di nix kosten tuet.

HANNO *haut auf den Tisch* Schnack hin und schnack her, seind wir hier für Klugschnacken oder für Mahlzeiten?!

KAISER *steht auf, schon recht schwankend* Gut is! Gar is! Mir wollen's nit austragen heut. Mir wern ein Reichsrat abhalten, mit kalt Aug und klar Haupten. Heut ist Willkunft und Schwägerschaft, und wenn uns anders nichts einet, dann sei's die Trinkfreuden! *Er zuckt plötzlich zusammen, verschüttet etwas Wein* Au! Was denn?! *Schaut hinunter, lacht* Der Narr, der Schellhorn, der frech Krotzen hat mich ins Bein zwickt und sperrts Maul auf wie der hungrig Kukutzer, weil noch kein Wein hätt krieget!! Wart ab, Wutzling, dir geb ich Beinzwicken!! *Setzt sich, beginnt, dem Narren von oben herunter aus der Lederflasche Wein in den offenen Mund zu schütten.*

BERGEN Hänn schon jedacht, Herrn Hannos Hundsköter wär's, hänn schon mein Waffen zuckt für ihm Fangstoß geben, hätt beinah des Kaisers Narren abfanget!! *Lacht.*

HANNO Euer Glück, Herr, daß nit mein Sknapper gesein!

BERGEN *mehr lachend* Hätten ein fett Hundfleisch auftischt zum Nachspeisen!

KAISER Noch ein Flaschen her! Sollst genug haben! Dir geb ich Beinzwicken!! *Schüttet immer mehr Wein auf den Narren herunter, der krampfhaft schluckt und gurgelt.*

SCHEITSPALTER *lachend* Halt ein, Herr, Ihr laßt ihn absaufen!

KAISER Der tut so rasch nit absaufen, hat in seim Blähhals Raum und Luftn genug! Hee, noch ein Flaschen!! Halts Maul auf!

SCHEITSPALTER *zu den andren* Einmal, da geh ich durchs Kaiserschloß zur Frühmeßzeit, liegt alles wie pestgestorben, totenstill, selbst die Schloßwachen im dicken Weinschlaf – nur in der Trinkdielen aufm nackten Lehm, da krümmt sich der Narr auf alle viere herum, und kotzt, und kotzt sich die Seel ausm Leib!

Gelächter.

KAISER Dafür ist er halt bucklicht zur Welt kommen und krummhaxet, daß mir ein Spaß treiben mit ihm. Für was wärn sonst Zwergen erschafft – bals nit in Schloßwiegn gelegen hent und in seiden Windel genäßt.

GOTTFRIED Seid bedankt, Herr, für die gnädig Ausnehmung.

KAISER Auf Euch war's nit abzielet, Herr Gottfried! *Gelächter, das sich am andren Tischende in Gebrüll und Gejohle steigert.* Was gibt's denn, was hat's denn dorten?

BREZISLAV *hat nach einem tiefen Zug aus seinem Weinkrug furchtbar zu husten und zu prusten begonnen, wird blau im Gesicht, der Wein läuft ihm übers Gewand.*

ADELBERT VON KÄRNTEN *steht auf, springt zum Kaiser, laut lachend* I hob dem Böhmerlatschi hinterrücks ein ganz Gemäß Pfeffer und Salz ins Krügl einischütt un stracks mit ihm anstutzet auf Nagelproben.

BREZISLAV *keuchend, hustend* Strtsch prrst grrst grk! Steck mir Finger in Hals! Saracena podvora, Mistviech verfluchte! Schännes Wein, fett Slon Maso, Schwainsflaisch, alles firr nix!

Muß erbrechen, wird von zwei Dienern hochgestützt und abseits der Tafel mit dem Kopf nach unten gehalten.

KAISER *Tränen lachend* Ich lach nit oft von Herzen, aber jetzt lächert's mich so duckmäusig und heidenmäßig dahier, daß mir fast geschieht wie dem Pane Böhm!! Kehrt zruck zur Tafel, Herr Brezislav, spült's Euch ab mit ein frisch Humpen Rotwein, kommt zruck, sag ich, hier ist ein offen Feldschlacht, hier gibt's kein Marodierens nit, da geht's her zu mir, Euer Wohl, Herr! *Er schwingt einen frisch gefüllten Rotweinkrug, sich halb vom Sessel erhebend, so schwankend und ungeschickt, daß der Wein sich nach rückwärts über die Kaiserin, ihr Haar und ihr weißes Seidenkleid ergießt.*

KAISERIN *springt so heftig auf, daß ihr Stuhl umfliegt.*

KAISER *hat nicht bemerkt, was geschehen ist, dreht sich langsam zu ihr um, starrt sie an, die Arme schwer auf den Tisch gestützt.*

KAISERIN *steht einen Augenblick unbewegt vor ihm, bleich, mit einem Blick voll kaltflammender Wut. Es ist, als wollte sie ihm ins Gesicht schlagen. Beklemmende Stille. Dann reißt sie sich herum, geht rasch zu den Schiffen.*

Nach einer kurzen Erstarrung folgen ihr hastig die Mägde und die Kammerfrau Regula, dann, hilflos, verstört, die Gräfin.

BERGEN *räuspert sich, will etwas sagen.*

KAISER *winkt ihm mit dem Kopf, zu schweigen, sitzt stumm.*

LEMOSIER *hat sich erhoben, steht neben dem Sitz des Kaisers, als erwarte er einen Befehl.*

KAISER *schweigt noch eine Weile, dann schaut er auf, mit schweren müden Lidern, sich erst allmählich zurückfindend. Zum Lemosier* Ist nit vonnöten, Herr. Bleibt hier, setzt Euch nieder, und – *Zu allen gewandt* – vergebt, wenn ihr möget, wo nichts zu vergeben ist.

Was spürt grün Blatt vom Gilben – was ahnt jung hitzig Blut –
Wie Reif auf Halm und Frost in Wurzeln tut.
Uns wärmt und ammet noch – gleich Brustkindlein –
Die Milch des Alters, der geklärte Wein.
Drum laßt den Quell nit sanden! Trinkt, Ihr Herrn,
Bis rot im Weindunst sinkt der Tagesstern!

Erster Akt

Erste Szene

Im Garten des alten Scharfrichters. Obstbäume in voller Blüte, knospende Fliedersträucher, Beete mit Frühlingsblumen aller Art. Den Hintergrund bildet eine mächtige Dornenhecke, in deren Mitte ein schweres Eichentor eingelassen ist. Grützlin, ein recht verhutzelter alter Mann, gräbt Erde um. Ruppert, ein junger schlaksiger Bauernbursch, bedient den kreischenden Schwengel einer aus Holz und Eisen gemachten Gartenpumpe, die das Wasser stoßweise in ein offenes Faß schleudert. Der alte Scharfrichter, barhäuptig und hemdsärmelig, ist damit beschäftigt, ein junges, noch kahles Obstbäumchen zu okulieren.

SCHARFRICHTER *zu Ruppert, der mit Pumpen aufhört und sich den Schweiß wischt* Pump fleißig fort, Ruppert! Wir brauchen viel Wasser heut. Die Luft steht nit nach Regen, und dic Satzpflänzlein dürsten sich zu Tod, wenn der Frühling so zehrig ist.

RUPPERT Ja, Vatter. Sagt, Vatter: warum wollt Ihr nit auf Regen warten mit Umsetzen und Einwurzeln, wo's doch in Euer Pflanzkasten noch lang gut stecken täten?

SCHARFRICHTER Das will ich dir sagen, Jung. Zum ersten, weil ich nit weiß, wann der Himmel wieder regnen möcht. *Lachend* Ja, da sperrt er's Maul auf und staunet! Aber's letzliche weiß auch der Quellschmecker nit. Da gibt's kein Regel für, was dem Himmel einfällt zu Gnad oder Ungnaden, und solang daß du lebst, wirst immer wieder neu Wetter und Wandel merken. Zum zweiten, weil wir eben vorm Vollmond stehn, und weil ich sonst wieder abwarten müßt, bis Neumond vorüber. Das behalt in Kopp, Jung, für alles, was pflanzen und setzen willst als Gärtner oder Landmann: tu's nie bei Mondfluchten! Immer nur von Aufsichel bis Rundscheiben.

RUPPERT Warum, Vatter?

SCHARFRICHTER Warum? Weil der Mond das Erdfeuer spiegelt, ansaugend und rückstrahlend. Jed irdische Keimkraft steigt und fällt mit sein Lichtwechsel – gleich Meeres oder Bluts Gezeiten. Hast begriffen, Jung?

RUPPERT Nein, Vatter.

SCHARFRICHTER Dann pump tüchtig.

RUPPERT Ja, Vatter. Aber sagt, Vatter, warum –

SCHARFRICHTER Hörst auf jetzt mit Fragen! Geh bei, guck zu, wann dir's Pumpen zu sauer wird. Was ich dir Redens einblas, raucht doch beim andern Ohrgang wieder naus. Was mit Augen anschaust, mit Händen greifst, mag sich leicht durch die Haut stehlen, einfleischen. Kennst das, was ich da tu?

RUPPERT Nit genau, Vatter. Aber ich denk, Ihr klebt ein dünn Stecken auf ein dicker Stecken.

SCHARFRICHTER Da hast du schon recht gut hinmerket. Komm nah bei, faß an, halt mir den Baststreifen da, leg den Finger ganz fest auf den frischen Einschnitt in der Rinden. Spürst, wie da Saft austropfet? Das lebt alles, wie Fleisch und Bein. Ist ein Edelwuchs, das Stämmlein hier – Setzling aus alter Hochzuchten. Will aber kein Frucht mehr tragen, ist keimschwach, wurzelmüd. Was ich jetzt einstech in sein wunde Seiten, das ist ein Wildreis, ein unzahmes, ganz wald- und heidgemeines. Das schenkt ihm Hunger und Durst, nach Licht, Feuchte, Bodensalz, und Treibgier, und heftig Knospen. So, zieh den Finger weg!

RUPPERT Au!

SCHARFRICHTER Hättst ihn müssen rascher wegziehn, jetzt hab ich dich mit der Bastschlingen einzwickt. So wird's gemacht, schau her!

RUPPERT *Finger im Mund* Wächst das jetzt fest zusammen, da?

SCHARFRICHTER Das wächst zusammen zu ein Schaft und Kronen, als wär's aus eim einzigen Kern ausbrochen, und leben doch beide drinnen fort, das wild und das edel Reis, ein jedes nach seines Stamms Artung, geht kein Maser verloren. *Ruft laut* Grützlin!

GRÜTZLIN *legt die Hand ans Ohr* Ja, Vatter?

SCHARFRICHTER Hör auf jetzt mit Graben, tu ausrasten!

GRÜTZLIN Ja, Vatter, ich mach's zu End. *Gräbt weiter.*

SCHARFRICHTER Er hat wieders Ohrdumpfen. Lauf hin, sag's ihm.

RUPPERT *will's tun, in diesem Augenblick wird von außen das Tor rasch aufgerissen. Vincent eilt herein, hinter ihm Hensken Brandeis, der das Tor wieder schließt. Sie sind gekleidet wie ein junger Edelmann und sein Reitknecht.*

VINCENT *atemlos, aber fast leise* Wer sind die beiden Fraun, die den Hof umreiten, jetzt schon im dritten Rund?

SCHARFRICHTER Vincent! Am hellen Tag hier einsprengen, in dem Gewand, und ganz ohne Vorsicht!

VINCENT Weiß keiner, wer die sind? Und was die hier suchen? Verzeiht, Vater, ich komm ohne Gruß und brech herein hier wie der Hagel ins Kraut – *Umarmt rasch den Alten* – schweigt, Vater, ich weiß, ich dürft's nit, ich wollt's auch nit! Letzt Nacht sind wir über die holländisch Grenz kommen, mein Gaul ging lahm, hat sich ein Dorn eingetreten, das Taglicht kommt über uns, wir rasten im Eichkamp, wollen aufs Dämmer warten, im Busch versteckt – mit einmal, da seh ich – Halt!! Jetzt hat's gepocht!

SCHARFRICHTER Was hat's?

VINCENT Gepocht!! Hört's keiner? Ich hab's gehört, am Holz, ganz leis und hastig, dringlich – *Reißt das Tor auf* Wer da?

STIMME REGULAS *draußen* Ist dorten einer, der die Pferd kann halten?

VINCENT Hensken! Hinaus! Sie kommt, Vater. Sie kommt – *Er tritt zurück, starrt zum Tor.*

KAISERIN *tritt ein, von Regula gefolgt* Bin ich hier recht, wohnt hier – *Sie zögert.*

SCHARFRICHTER Ja, meine Dame, ich glaube, daß Ihr am Ort seid, den Ihr sucht. – Lauf, Ruppert, hol mir mein Wams und Kappen, ich kann nit so schlecht und barhaupt vor den Frauen stehn. Verzeiht, Ihr trefft uns mitten in der Arbeit, und nit auf Besuch passend.

KAISERIN Ihr müßt verzeihn, daß wir bei Euch hereinkommen

ohne Anfrag und Vormelder. Aber wir sind ganz allein hier und haben kein Folgschaft mit.

SCHARFRICHTER Das ist nit vonnöten, hier steht's Haus jederzeit offen, für den, der's betreten mag.

KAISERIN Wir sahn den Herrn Ritter hier anreiten und eingehn – da wagten wir's auch.

SCHARFRICHTER Wen? Gewiß, den Herrn Ritter hier – *Hat sich nun angezogen, zu Ruppert, der steht und glotzt* Lauf hinaus auf die Weiden, Jung, und trag den Gäulen ein Wasser zu!

RUPPERT Ja, Vatter. *Geht.*

KAISERIN Ist der Euer Sohn, der Bursch?

SCHARFRICHTER *lächelnd* Nein, meine Dame, der ist mein Sohn nit – ist ein Waisenbub, der hier bei Pflanzen und Jäten hilft.

KAISERIN Nur weil er Euch Vatter nennet!

SCHARFRICHTER *ruft laut* Grützlin!

GRÜTZLIN Ja, Vatter! *Legt die Hand ans Ohr.*

SCHARFRICHTER Hör auf jetzt mit Graben, geh ins Haus, tu ausrasten!

GRÜTZLIN Ja, ja, Vatter, ich mach's zu End! *Gräbt weiter.*

SCHARFRICHTER Ihr hört, gnädigste Frau, der heißt mich auch Vatter, und ist doch gewiß nit mein Sohn!

KAISERIN *lachend* Jetzt begreif ich's wohl, Herr, daß Euch jeder so nennt.

SCHARFRICHTER Darf ich Euch dann bitten, in mein Haus zu treten, denn ich geh wohl nit fehl mit der Meinung, daß Ihr zum Arzt kommet und nicht zum Gärtner.

KAISERIN Wenn Ihr erlaubt, Herr, möcht ich Euch erst meine Frau mitsenden, meine Freundin vielmehr – sie kann Euch besser sagen, wodrum's mir geht, weil sie's nit selber anlanget, und weil sie im Hochstift mancherlei gelernt hat von Heilkunst und Himmelskunde, was mir fremd blieben ist.

SCHARFRICHTER Wir Ihr befehlt, meine Dame. Wenn sie alles weiß, was ich für Rat und Hilfe kennen muß –

KAISERIN Oh, sie weiß alles, und Ihr könnt ihr alles kundmachen, sie versteht's wohl, ist nit in Maurenland groß geworden.

SCHARFRICHTER *zu Regula* Ich möcht gern so vieles wissen von Sternwesen und Weltläuften, wie Euere großen Kalifen. War immer mein heimlich Sehnen: einmal das Morgenland zu sehn.

REGULA Meines auch, Herr. Als man mich fortnahm, war ich noch augenblind, wie's Kätzlein vorm siebten Tag. Aber öfter, da träum ich davon, und dann seh ich's, als wär ich allzeit dorten gesein!

SCHARFRICHTER Dann habt Ihr wohl ein heimlich Erinnern in Euch, wie wir all an unser früher Leben, und an das von unser Väter und Vorväter. Unser best Ahnen und Wissen brunnet von da. *Zur Kaiserin* Wollt Ihr solang hier verweilen, gnädige Frau – oder in Hausschatten treten, auf ein Ruhelager?

KAISERIN Dank, Vatter! Möcht am liebsten dableiben und mich an Euer blustig Baumgart freun!

SCHARFRICHTER Das ist herzlieb und gnadvoll von Euch, daß Ihr mich Vatter nennet! Ich will Euer Sach dienen nach all mein Kräften. *Zu Regula* Geht voraus, mein Fräulein! *Geht mit Regula nach der Seite ab.*

KAISERIN *geht ein paar Schritte unter den Bäumen, schaut sich um.*

VINCENT *steht noch wie vorher, blickt sie an.*

KAISERIN *nach einer Weile* Das ist ein schön heimelich Ort hier – vor dem sich keiner scheuen und ängsten braucht.

VINCENT Für mich ist's der heimischste Ort, den ich kenne in der Welt.

KAISERIN Ihr kommt öfter hierher?

VINCENT Zu jeder Tag- und Nachtzeit.

KAISERIN So habt Ihr auch ein Brest oder Leiden, das Euch hierher treibt?

VINCENT Ein Leiden, das mich hierher treibt – *Lächelnd* Ja, so ähnlich wär's schon zu nennen.

KAISERIN Ihr schaut aber aus wie einer, der von Mark auf gesund ist.

VINCENT Ihr auch, meine Dame.

KAISERIN *lacht leise* Es gibt ja Leiden, die nit von Krankheit kommen.

VINCENT Derart ist meines.

KAISERIN Und Ihr seid ganz voll Vertrauen zu dem alten Mann?

VINCENT Ich vertrau keinem wie dem.

KAISERIN Man möcht nit glauben, wenn man ihn anschaut und reden hört, daß er solch grausam Handwerk üben kann.

VINCENT Er übt's nicht grausam. Er ist ein Helfer, kein Henker. Er macht dem arm Sünder das Sterben leicht.

KAISERIN Gibt's das – ein leichtes Sterben?

VINCENT Ich weiß nicht, wie's tut – und ich möcht's bei Gott nicht wissen, eh's zu mir selber kommt. Aber ich weiß, daß kein ander Tod so mild und barmherzig trifft wie der alt Schnitter hier.

KAISERIN Das muß ein schlimm elend Los sein – das zu tun.

VINCENT Das schlimmste, bitterste, das einer tragen kann.

KAISERIN Ihr seid jung, und ein Edelmann – Ihr wißt nit, was tragen heißt.

VINCENT Ich wollt, es wär so – wie Ihr meint.

KAISERIN Weshalb sollt's anders sein?

VINCENT Vielleicht ist's auch nit anders.

KAISERIN *mit einem langen Blick auf ihn* Ich hab Euch nie gesehn bei all den festlich Aufzügen, Umritten, Turnieren, seit ich im Land hier bin.

VINCENT Ihr werdet mich niemals dort sehn. Und ich werde Euch nicht wiedersehn.

KAISERIN Wer weiß –

VINCENT *schüttelt den Kopf.*

KAISERIN Oder möchtet Ihr nit?

VINCENT Darf ich Euch sagen, was ich möchte, meine Dame?

KAISERIN Nein – das dürft Ihr nit!!

VINCENT So wißt Ihr – weil Ihr's mir verbietet –, was ich sagen möcht?!

KAISERIN Schweigt jetzt! Ich bitt Euch.

VINCENT Gern! Denn schweigend – sagt sich's leichter. *Blickt sie an.*

KAISERIN *lächelnd* Geht – Ihr seid ein Schelm. *Weicht seinem Blick aus – dann erwidert sie ihn. Schweigen. Man hört die Stimmen des alten Scharfrichters und Regulas, die zurückkehren.*

VINCENT Lebt wohl. Ich dank Euch.

KAISERIN *leise* Ich dank Euch auch.

VINCENT Für das Schweigen?

KAISERIN Lebt wohl.

VINCENT *verneigt sich vor ihr, geht.*

SCHARFRICHTER *tritt allein zur Kaiserin, während Regula etwas abseits wartet* Eure Freundin hat mir berichtet, was Euch herführt. Sie hat mir auch die Stunde Eurer Geburt angezeigt. Nun muß ich erst Euer Sternbild stellen, Euer Aufgangs- und Mondzeichen sehn. Viel mehr kann ich Euch heute noch nit sagen –

KAISERIN *fast unterbrechend* So muß ich wiederkommen?!

SCHARFRICHTER Ich bitt Euch darum – falls Ihr wirklich hofft, daß ich Euch helfen kann.

KAISERIN Hofft Ihr's denn selber nicht?

SCHARFRICHTER Ich weiß nicht, meine Dame. Ich möcht's schon von Herzen gern.

KAISERIN Aber Ihr zweifelt?

SCHARFRICHTER Ich zweifle – ja, das spürt Ihr recht – ich zweifle – ob Eure Not in einer Wurzel steckt, die Menschenkunst, Begreifen und Wissen, ergraben vermag.

KAISERIN Wie meint Ihr das?

SCHARFRICHTER Ich meine – es gibt Pflanzen, deren Fruchtschoß nit aufnehmen will – aus einer Schwäche im Keimen – aus irgend Mangel im Nährboden – aus einer Trübung im Innern. Solchen kann man helfen, durch Beimischung anderer Salze ins Erdreich, durch Asche, Dung, Aufbinden, Zuschneiden und mancherlei Mittel sonst. Versteht Ihr mich?

KAISERIN Ja, ich versteh Euch ...

SCHARFRICHTER Dann gibt's andere, in deren Keimfasern alles stark, reif und zeitig quillt, und die doch lange leer bleiben, bis der rechte Strahl sie beschattet, der rechte Wind sie umrüttelt, der rechte Flug sie beschwärmt. Bei solchen, da kann der Gärtner nichts als zuwarten und auf die Stunde schaun.

KAISERIN Und Ihr glaubet –

SCHARFRICHTER Ich hab Eure Sterne noch nicht gesehn, meine Dame – aber sie stehn nicht nur am Himmel, man trägt sie auch im Gesicht, in Haar, Auge, Stimme, Hand – und so ich Euch anschau, kann ich nicht glauben, daß Ihr an der Wurzel krankt, daß Eurem Wesen ein Fehler innewohnt. Ihr könnt des Segens gewiß sein, in der rechten Stund. Euch fehlet nichts als die Begegnung.

KAISERIN Die Begegnung?

SCHARFRICHTER *lächelnd* Es ist ein Wort aus der Sterndeutersprache. Jed Gestirn hat seine Begegnung mit einer andren, wegkreuzenden Welt, und von dem Punkt aus kann man seine Bahn bestimmen. Solch Begegnung aber kann keiner nit machen, keiner erzwingen, und läßt sich keinem dazu verhelfen. Sie kommt von selbst, oder gar nit.

KAISERIN Und wem sie gar nit kommt?

SCHARFRICHTER Verzeiht, liebe Dame, daß ich so rede mit Euch. Ich will Euch die Hoffnung nit schwächen. Aber ich bin kein Quacksalber, der für Lohn gut Wetter verspricht. Ich acht Euch zu hoch, um Euch mein Sinn zu verschweigen. Wenn Ihr wollt, werd ich Euer Sternbild stellen, und ich kann Euch auch den Trank bereiten, der das Blut fruchtwillig macht, und Euch Euer gut Stund und Zeit sagen. Es liegt bei Euch, zu entscheiden. Wollt Ihr wiederkommen?

KAISERIN *nach kurzem Schweigen* Ja. Ich will wiederkommen.

SCHARFRICHTER So schickt mir Eure Freundin her in wenigen Tagen, damit ich ihr ansage, zu welcher Stern- oder Mondzeit Euer Kommen günstig ist.

KAISERIN Ich dank Euch sehr herzlich, Herr. Lebt wohl!

SCHARFRICHTER Lebt wohl, meine Dame, und habt Dank für Euer Vertraun.

KAISERIN *gibt ihm die Hand, winkt Regula herbei. Sie gehen durchs Tor, das der Scharfrichter ihnen öffnet.*

SCHARFRICHTER *bleibt beim Tor stehen, sieht ihnen nach.*

VINCENT *kommt zurück, in einem Arbeitsgewand.*

HENSKEN BRANDEIS *kommt nach kurzer Weile durchs Tor herein, grinsend, ein Geldstück hochwerfend* Ein Goldgulden, fürs Gäul- und Bügelhalten! Wenn den fein Damen der Schoß jückt, kriegen sie mild Herz und offen Hand.

VINCENT Halt's Maul!!

HENSKEN *grinst ihn an* Für ein Goldgulden – kann ich auch's Maul halten.

Geht

SCHARFRICHTER Der weiß nit besser. Ist ein Grobstiefel, aber ein guter Pferdsknecht. – War's schön in Holland, hast viele Welt gesehn, Freude gehabt?

VINCENT Erst haben wir die jungen Zuchtpferde verkauft, für reichlich bar Geld – dann war ich in Rotterdam, hab große Seeschiffe ausfahren sehn, Kaufschiffe – und mit Reedern und Händlern gezecht, und im Grafenhaag und in Leyden mit Scholaren, Malern, Komödianten, Kirchenherrn –

SCHARFRICHTER *lächelnd* Und neu Tuch und Wämser gekauft und dich viel anstaunen lassen als der reich nobel Junker aus Deutschland –

VINCENT *lacht ein wenig* Ach, Vater. Was für schäbig Freuden.

SCHARFRICHTER Ich vergönn dir jed Freude, vergönn's dir, Gott weiß wie sehr!

VINCENT Weil am Ende der Jammer steht – der kommen muß.

SCHARFRICHTER Es ist das Recht und die Kraft der Jugend, des nit zu denken, was kommen muß.

VINCENT Ich reit nit mehr hin, Vater.

SCHARFRICHTER Schlaf dich aus. Du bist müd jetzt.

VINCENT Ich bin nicht müd. Aber ich reit nicht mehr. Ich will's nicht mehr. Die Leut nasführen, auf so spielmäßig scherzhaft Art, ist ein Spaß, der oft heiter macht. Sich selbst belügen, auch nur für Stunden Dauer, macht krank im Innern – bringt zu viel Wahrheit hinterher. Ich will hierbleiben, mitschaffen in Garten, Feld, Haus – und an das denken, wodran ich denken muß.

SCHARFRICHTER Mir war's niemals bang um dich – wenn du leichtmutig bist, frech, tollkühn, und deine Fahrten machst im verbotnen Gewand – ich fürcht für dich keine Gefahr. – Dein Ernst, Vincent, schafft mir Wolken.

VINCENT Scheucht's weg, Vater! Lang wird er nicht haften, der Ernst. – Hat Euch die Dame ihr Namen und Stand gesagt?

SCHARFRICHTER Das ist nit üblich bei solchem Besuch, und ich hab nit gefragt. Ich denk, sie wird eine der adligen Frauen sein, die mit dem Kaisertroß ins Land kommen sind, zur Kindstauf in Bergen. Vielleicht eine Gefolgsdame der Kaiserin.

VINCENT Die ziehn wohl bald wieder fort.

SCHARFRICHTER Wird eine gute Zeit dauern, bis all die Festwochen vorüber. Der Sommer wird hingehn.

VINCENT Ja – der Sommer wird hingehn – *Wendet sich, geht langsam.*

SCHARFRICHTER *allein* Ja – der Sommer wird hingehn – *Er setzt sich auf einen Holzklotz, stützt den Kopf.*

RUPPERT *kommt wieder, geht zur Pumpe, beginnt, den kreischenden Schwengel zu bewegen.*

SCHARFRICHTER *blickt auf, sieht Grützlin, der immer noch abseits gräbt* Grützlin!!

GRÜTZLIN Ja, Vatter?!

SCHARFRICHTER Hör auf jetzt mit Graben, die Sonn sticht schon! Tu ausrasten!

GRÜTZLIN Ja, ja, Vatter, ich mach's zu End. *Gräbt weiter.*

Zweite Szene

Im erhöhten Chor der Schloßkapelle zu Bergen. Geschnitzte Holzstühle, mächtige Wachsstöcke rechts und links. Von dem tiefer liegenden dämmervollen Kirchenschiff sieht man nichts als ein schmales gotisches Fenster, in dessen leuchtenden Glasmalereien die Sonne spielt.
In den Chorstühlen, sitzend, Kaiser und Kaiserin, Graf und Gräfin von Bergen, hinter ihnen der Herr von Lemosî sowie die Bischöfe Petrus Scheitspalter und Hartmann von Hildesheim in großem Ornat. Sie lauschen der Predigt des Wandermönchs Theokraz, dessen flammend erregte Stimme aus dem Dunkel der Kirche schallt.

THEOKRAZ
»– – So Weh dir Welt! Und Wehe deinem Schein! Weh denen, die dir folgen! Und Weh und aber Wehe dem, der die Begegnung seines Herrn will meiden! Denn der irret bitter, der da glaubt, daß er des Herrn Auge könnet entschlüpfen, als wie ein windiger Quapp beim Fischzug durch Netzmaschen schlüpft! ER ist der unsichtbare Angler, in der Zeiten Röhricht versteckt, ER locket den Gründling herauf und den Schlammpeitzker aus der getrübten Flut, und noch den Aalwurm aus dem Leichnam des Ertrunkenen; Ihr müßt und müßt Seinen Hamen verschlucken! Und Seinen Zaum treibt er durch Euren Mund. Wer bist denn du, Mann aus Erde gemacht und Weib aus des Mannes Beinern – Wer bist denn du, daß du wähnest, Seine Wucht könnest du aufheben, Seine Last erschleppen, Sein Gesicht anstieren und Seinem Odem widerstehn?! Ob du der Menschen Fronherr bist und des Kaisers glänzender Sohn – ob du der kretzig Bettler bist und des Bettels Erbe – Wer immer dem Leben anhanget, der wird vom Tode gemetzget – Wer aber Jesum anhanget, der soll seines Leidens Blutzeuge sein! Erfahre des Herzens jämmerliche Not, und sein Geschrei aus der Tiefe! Erfahre des Herzens wunderbarlichen Trost – und seiner Krankheit Labung von dem Tautropfen der Gnade! Denn der Welt Lust verweht wie ein Phloxdüften im Nachtwind – Und der Welt Macht verfault wie ein sturmgebrochen Früchtlein an der Erde – Dies aber bleibet allein: – daß deiner Seele gesetzt ist, ihrem Herrn zu begegnen im vollkommenen Kleide der Reinheit – und daß sie des Herrn Odem erschmecket in unstillbarer Begehr – und daß sie von Ihm verzehrt werde und mit Ihm vereinigt in reinster brennender Nüchternheit! Erhebet Euer Herz zu Gott, durch die Fürbitte unserer himmlischen Mutter! Ave Maria gratia plena benedicta tu inter mulieribus et benedictus fructus ventris tui Jesus –«

STIMMEN »Sancta Maria mater Dei ora pro nobis peccatoribus nunc et in hora mortis nostrae. Amen.«

UNSICHTBARER MÖNCHSCHOR *singend aus der Tiefe des Kirchenschiffs*

»Salve Regina
Reinste aus allen
An der der Sünde
Makel nie war...«

KAISER *hat sich, während der Choral abklingt, erhoben – zu den Bischöfen gewandt* Das war ein heftig Frühschluck, was der Herr Prediger uns einjagen tät auf ein leer hungrig Magen.

SCHEITSPALTER Die jungen Wandermönch führen die scharfe Kling – und je hitziger ihnen selbst noch das Erdfeuer brennet, je mehr schüttens Buß-Öl in die Flammen.

BERGEN Dat möcht ich nie nit verstatten an Eurer Stell, daß einer den Kaiser gleich setzet mit Bettelvolk vor aller Leuts Ohren. Hänn schon jenung Lästerzüngens onner die Lüt.

KAISER Mich ficht's nit an. Wer seines Standes trächtig ist, der braucht vorm Herrgott kein Rühmens. Die Macht wohnt ihm inne – und ob er in Lumpen geht.

HARTMANN *zu Scheitspalter* Der Lothringer steckt mit dem Böhm beisammen, und mit dem Gérard von Gent. Hocken im Seitschiff und halten die Köpf über ein Responsenbüchlein, als wolltens die Litanei verbeten. Wispern jedoch recht weltlich miteinand.

SCHEITSPALTER Könnt uns nur zupaß kommen – wenn sie sich vorzeitig zuwider stemmten. Itzt steht der Reichsbund noch fest, und möcht ihrer leicht Herr werden. Man sollt ihren Zunder blasen, solang unser Wind wehet.

GRÄFIN *zu den Bischöfen* Wird jetzt nit bald das Meßopfer beginnen?

SCHEITSPALTER Seid Ihr so hostienhungrig, gnädige Frau Gräfin?

GRÄFIN Nur weil mein Bub wartet aufs Stillen.

SCHEITSPALTER Sowie die Litanei von den Namen Mariä zu End ist gesprochen.

HARTMANN Ihr nährt ihn mit Eurer Brust allein, Frau Gräfin? Nehmt keine Ammen zu Hilfe?

GRÄFIN Ich möcht fürchten, daß ihm von gemeiner Ammen Milch irgend Makel könnt werden.

SCHEITSPALTER So noch drei Tag vorüber, dann wird er die Heilige Tauf empfahn, ist der sicherste Schirm wider aller Welts Makel. *Zum Kaiser* Darf ich zur Meß jetzt lassen einläuten, Herr?

KAISER Ich bitt Euch darum. *Zur Kaiserin* Der Herr Erzbischof Petrus wird heute selbst celebrieren, für unser Willkunfts Amt, und uns das Abendmahl reichen. Wollet mir Eueren Arm geben, daß wir hinunter gengen zum Altar.

KAISERIN *hat sich erhoben, bleibt im Chorstuhl stehen* Ich kann heute nicht mit Euch gehn zur Kommunion.

KAISER Weshalb nit? Ist ein feierlich Amt heute, wo keins fehlet, was unser Hof und Haus zugehört.

KAISERIN Ich kann's nit. Ich bin nicht nüchtern.

KAISER *blickt sie an.*

KAISERIN Ich hab ein Schluck Wassers getrunken – halb noch im Traum – schlaftaumelig – vom nächtlich Dürsten gehitzt – und ohne recht Beimirsein. Wie mir dann hell ist worden, und schreckenswach – war's schon zu spät.

KAISER *schaut halb fragend auf Scheitspalter* Davon kann Euch der hochwürdig Freund jetzt nimmer absolvieren –

SCHEITSPALTER So lieb ich's tun möcht – dieses steht außer Bindens und Lösens Gewalt. Es steht geschrieben: wer das Sakrament des Altares will genießen, der muß nüchtern bleiben und ohne Speise wie Trank von der Mitternacht Stunde an. *Lächelnd* Des Herrn Leib mag nit eingehn als in ein unberührt Kämmerlein. *Zu den Meßbuben, die mittlerweile in Chorhemden erschienen sind* Hebt mir die Schleppen höher, und laßt nit schleifen, damit ich nit über die fremden Fließbuckel tu stolpern.

HARTMANN Ich geh Euch zur Linken, Herr.

SCHEITSPALTER Dank. Dank. Doch geht mir lieber voraus, und zählt mir, nit allzulaut, die Stufen vor. Ich hab den Kurzblick im Schummern.

Glockenläuten. Die Bischöfe gehen mit den Chorknaben treppab ins unsichtbare Kirchenschiff. Graf, Gräfin und der Herr von Lemosî schließen sich an.

KAISERIN *steht noch im Chorstuhl.*

KAISER *tritt nah zu ihr* Wollt Ihr nit mitkommen, hinab?

KAISERIN Laßt mich hierbleiben – allein – da ich das Sakrament nicht nehmen kann an Eurer Seite. Und seid mir nit gram drüber.

KAISER Ihr mögt Euch nit grämen darob. Ist ja nit Euer Verschulden – was die Natur Euch zufügt zwischen Tag und Nacht. *Streicht ihr kurz übers Haar* Ich denk an Euch – wenn ich zum Altar trete. *Will gehn.*

KAISERIN *hält ihn zurück* Ich möcht Euch gern sagen – wofür doch kein Wort recht geschaffen ist –, wie sehr mein Herz Euch immer dankt – und Ihr sollt wissen, ich möcht Euch beistehn und Eurer Sach helfen, so ich könnt – *Sie beugt sich rasch über seine Hand.*

KAISER *entzieht ihr die Hand, lachend* Gott behüt! Macht mich nit ganz zum Vater! *Er geht.*

KAISERIN *allein, setzt sich im Chorstuhl nieder.*

UNSICHTBARER MÖNCHSCHOR *leise singend*

»Wunderbar Prächtige
Schöne und Mächtige
Liebreich Holdselige
Himmlische Frau –
Sonnen umglänzen Dich
Sterne umkränzen Dich
Selig beweget im
Himmlischen Blau –
Freudig mein Leben
Möcht ich Dir geben
Alles ja alles
Was allzeit ich bin
Geb ich mit Freuden
Marien, Marien hin.«

KAISERIN

So hilf mir, Gott! Verhilf mir zum Gebet!
Laß Deine Hand auf meinen Scheitel fallen!
Schick mir von Deinem Wind ein kleines Wallen,
Das mich in Deines Ackers Furchen weht.
    Dein Segen fruchtet Baum und Korn.
    Laß mich nit ungeblüht verdorrn!
Du hast Dein Wesen leibhaft kundgetan,
Mit Deinem Hauch des Blutes Brand entfachet –
Tritt nit zu Asche, was uns leuchten machet!
Blick Dein Geschöpf mit Schöpfers Augen an!
    Wenn Sünde Herzens Jubel ist –
    Stürz mich in Sünde, Jesu Christ!

Dritte Szene

Offene Heide zwischen Wald und Moor. Abendlicht. Sonne und fliegende Wolken. – Kaiserin, Vincent

KAISERIN

Sagt mir noch einmal das: Ihr habt auf mich gewartet –

VINCENT

Ich hab auf Euch gewartet
Seit jenem Tag, da uns der Blust umgartet
Und Ihr gesagt: ich soll Euch wiedersehn –

KAISERIN

Das sagt ich nicht –

VINCENT

Doch ist es nun geschehn.

KAISERIN

Als ich fern Euch sah im roten Heidgesträuch,
Wußt ich: Ihr seid's!

VINCENT

Als ich zum ersten Mal erblickte Euch,
Wußt ich: Ihr seid's!!

KAISERIN

Noch hälftet kaum der Mond, seit ich Euch traf –
Doch scheint's mir lange her.

VINCENT

Mir scheint's ein Herzschlag nur, ein Lid voll Schlaf –
Und keinen Windhauch schwer!

KAISERIN

Wo wart Ihr unterdem?

VINCENT

Ich war zu Haus –
Warf meiner Hoffnung kühnsten Falken aus!

KAISERIN

Und kehrt er Euch zurück?

VINCENT

Er stieß empor
In solches Licht – daß ihn mein Blick verlor. *Wolkenschatten.*

KAISERIN

Ich muß nun fort –

VINCENT

Ich bitt Euch – bleibt!!

KAISERIN

Im Walde dort
Treff ich die Freundin – Hab sie ausgesandt
Zu jenem Garten – der Euch wohl bekannt –

VINCENT

Dann laßt sie warten! Bleibt!!
Die läuft Euch nicht davon!

KAISERIN

Doch sucht sie mich – Die Sonne schwindet schon –!

VINCENT

Und sucht sie dich – so wird sie dich nit finden!
Ich bring dich fort
Durchs wilde Schilficht – ins Wacholdermoos –
Und ich verberg dich dort – Das Moor ist groß –
Da folgt uns keiner nach! Wenn wir verschwinden
In seinem Nebelschoß,
Bist du mit mir auf diesem Stern allein!

KAISERIN

– mit dir allein – und von den Winden
Umsaust – schließt uns die Heide ein –

VINCENT

Ich bin dir nah – und werd's dir immer sein.
Ich laß dich nicht – und mag die Zeit uns trennen,
Bleib ich dir so vermischt wie Blut mit Wein –
In jedem Ding, das deine Nähe fühlt,
Wirst du das Streicheln meiner Hand erkennen –
Im Schaum des Bades, das dein Knie bespült –
Im Abendhauch, der deine Schultern kühlt.

KAISERIN

Wo warst du – eh mir dein Gesicht erschien?
Warst du nicht alle Zeit mit mir verbunden?
Hab ich als Kind schon dich im Traum erfunden –
Und wacht ich auf – wo schwändest du mir hin?

VINCENT

Du bist mir nah – und wirst mir nie entschwinden!
Sich finden heißt: sich ewig wiederfinden!

KAISERIN *streckt die Hände aus, mit geschlossenen Augen sein Antlitz betastend*

Den ich im Traum erfand – ich kenn dich nicht –
Doch blind im Dunkeln fühlt ich dein Gesicht –

VINCENT *mit geschlossenen Augen*

Ich kenn dich nicht – die mich im Traum erfand –
Doch blind im Finstern wüßt ich: deine Hand!

Er preßt sein Gesicht in ihre Hände. Wolkenschatten hüllen sie ein.

Vierte Szene

Im Schloßhof zu Bergen. Später Nachmittag, der Himmel schon brennend vom Sonnenuntergang. Im Hintergrund Wachtposten schattenhaft auf der Mauer. Seitlich rechts steile Freitreppe zum Schloß. Seitlich links, tiefer gelegen, durch die Umrisse des vorspringenden Belfried verdeckt, ist der Reithof mit Auslauf und Zugbrücke zu denken.

Gottfried der Höckrige, Brezislav von Böhmen und Gérard von Gent stehen im Gespräch. In ihrer Nähe eine Gruppe von Bewaffneten.

GOTTFRIED Der Bayernherzog, meint Ihr – der Bayernherzog sollt uns verquer kommen? Dem Pflugochsen, und wann er noch so schnaubet, dem setz ich's Joch auf mit der linken Hand. *Über die Schulter, zu einem baumlangen Reisigen* Die Pferd bereit halten, unter Gewaff bleiben bis auf die halbe Nacht.

DIE BEWAFFNETEN *treten ab.*

BREZISLAV Härrich, Pane Chärrzog, härrich Azzilo, sogich, Azzilo dummes Schwain, sauft sich Gärstenbier stinkert schaißliches – mecht ich mich nix machen Kumpanei mit Azzilo!

GOTTFRIED Ihr habt recht, Pane, wie immer, aber laßt's Euch nit anmerken, Pane, wie sonst. Wir dreie sein in Accord – daß des Kaisers grobe Zwingmacht muß geschleifet werden – so wir der edlen Herrn Stand und Gerechtsam wollen zu Wehr stellen wider sein schlecht päurisch Gehabnus. – Rom wird einem Gegenkaiser die Segnung nit absagen, des bin ich gewiß – wann wir nur Mut haben, ihn auszurufen, und Kräften genug, den alt bröcklig Trutzturm zu stürzen!

BREZISLAV Prossim, prossim, Pane, verstäh, Pane, verstäh –

GOTTFRIED *unterbrechend* Hut ab vor Euer hurtig Witz und Verstand, Pane! *Schwenkt seinen Federhut* Habt Ihr Euer Volk all in Alarm stehen?

BREZISLAV Wärd ich gähn in Reithof, Pane, wärd ich hingähn, Kontroll machen! *Geht.*

GOTTFRIED *ruft ihm nach* Seht aber zu, Pane, daß die andern nit vor der Zeit Wind kriegen! *Grinsend, zu Gérard* Pane Kakerlakak! *Macht die Bewegung des Zertretens.*

GÉRARD Glaubt Ihr wirklich, Sieur, daß unser Partie diese Nacht schon auf Gewinst roulieret?

GOTTFRIED Diese Nacht – oder gar nit. Geht der Reichsrat vorüber ohne Verwürfnis, dann wär unser Stündlein verpaßt. Der Kaiser weist den Mautrittern die harte Stirn – verbost die

Herrn und Fürsten, so doch all mitsammen verschwippt und verschwagert sein. Dem Bocksteiner hab ich hell aufgeheizt – daß er sein Kreuz nit bücket! Wenn aber Streit aufbrennt um ein dürren Ast, mag leichtlich der ganze Wald verzundern!

GÉRARD Der Pfälzer?

GOTTFRIED Fällt auf die Wurstseiten, wie ein Batzenweck.

GÉRARD Der Kärntener Adelbert?

GOTTFRIED Lauft hinterm Bayernherzog drein gleichs Kalb hinterm Euter.

GÉRARD Der von Paderborn? Die Münsterschen? Und der Bergen selber?

GOTTFRIED Könnens Spiel nit mattsetzen mit ihrer Handvoll Pauren.

GÉRARD Aber die Bischöflichen! Der Scheitspalter, scheint's, hat schon Reibsalz geschmecket.

GOTTFRIED So mag er sich vorsehn. Sein schon mehr Mainzer Kurfürsten im Mäusturm verhungert. Wer widern Sturm speuzet, beschmutzt sein eigen Visage.

GÉRARD Prenez garde.

AZZILO VON BAYERN *erscheint auf der Freitreppe, tief atemholend.*

GOTTFRIED Kommt näher, Herr Azzilo, könnt auch bei uns frische Luft schnappen. Wie steht's drinnen im Reichsrat?

AZZILO Trucken. Trucken.

GÉRARD Wie meinet der Herr?

AZZILO Trucken. Altbackenbrotkrustentrucken. Hat sein kalten Tag, der Herr Kaiser, loßt nix auftischen von Mittagläuten bis Vesperglockenschlag. Da hockens umanand, seit Fruh halberachti bis auf d'Nocht, saufens nix, raufens nix, leer Stroh dreschens allaweil. 's is a Kreiz.

GOTTFRIED Wann der Quell am Versickern ist, tröpfelt's trüb in die Tränkrinnen – und ein leer Faß läßt sich nit ausspunden.

AZZILO Wos? – Gelt, vergeßts Euer Red net – *Ruft* He! Zinnhut! Blosengel! Kimm oba! Laufst bei mein Reitvolk, holst mi an Humpen Troßbier, wann's auch der Faßhansl is. Host verstanden?

WACHE Gewiß Herr! Kenn's schon. *Ab.*

AZZILO Der kennt's scho. Gut is, Herr Kenntsscho. Wos war die Red?

GOTTFRIED Habt Ihr schon einmal gesehn, Herr, wie ein verdorrter Baumstrunken reife Äpfel trägt?

AZZILO Geh weiter. Dös gibt's jo gornet.

GOTTFRIED Wenn's das nit geben soll – ist Euch schon unterkommen, daß ein alter, rostiger Turmhahn junge Hennen tritt?

AZZILO Wann's dahier oan für dumm verkaufen wollts, mi net, Herr! Host gehört? Mi net!

GOTTFRIED Recte magister! Ihr verstellet Euch – aber Ihr habt mich wohl verstanden! Ein Baum ohne Frucht – ein Blechgockel im Hühnerhof – und ein Stammkaiser ohne Stämmling. Was meint Ihr dazu, Herr?

AZZILO *hämisch* Hobt's denn Ihr selber schon an Stämmling trieben, Herr?

GOTTFRIED Von mir war die Red nicht, Herzog. Doch wenn Ihr's wissen wollt – bin zwar kein Ehbund noch nit eingangen – aber auf meinen Lehens- und Krongütern, die Dirnen und leibeigen Weiberleut – da sucht mir eine, die kein Andenkens trug von ihrer Nacht im Schloß – und lauter Buben sind's, und kein einziger hat einen Puckel!

AZZILO Ihr seid an gueter Hirsch! *Lacht, haut ihm auf die Schulter.*

GOTTFRIED *gezwungen mitlachend* Und Ihr, Herzog, Ihr seid ein Mann!

Schlägt ihm vor die Brust.

AZZILO Freili. Freili.

GOTTFRIED Und mehr als ein Mann: ein Fürst. Wenn aber einer kein Mann mehr ist – wie soll er dann über Fürsten Herre sein, und die Lehenspflicht fordern, für sein ausgedroschen Spreu?!

AZZILO Halt amol! *Zu dem Wachtposten, der zurückkommt* Flugs, eh daß der Schaum verblaset! *Hält Gottfried den Krug hin* Möchts kosten, Herr?

GOTTFRIED Merci, non. *Während Azzilo trinkt, zu Gérard, der abseits steht* Als ob man ein Rindvieh ins Horn zwicket.

PETRUS SCHEITSPALTER *kommt aus dem Schloß* Die Herrn tun sich vom Rat erfrischen in der kühlen Luft.

GOTTFRIED Vermißt man uns drinnen, Herr Petrus?

SCHEITSPALTER Euch allerdings, Herr Gottfried, da kluger Spruch anhebet rar zu werden.

GOTTFRIED Warum entzieht Ihr dann den Eurigen der späten Stund?

SCHEITSPALTER Weil die Stund schon zu spät ist, Herr. Was da noch hülfet, wär nit gute Meinung – wie sie uns Geistlichen wohl zu Gesicht steht –, sondern scharf Scheidewasser, das Treu von Falschsinn trennet.

GOTTFRIED Oder ein schroffer Schnitt mitten durch.

SCHEITSPALTER Dafür ist die Kling schon geschliffen. Merket auf!

Laute Stimmen aus dem Schloß, näherkommend.

AZZILO *wischt sich den Schaum vom Mund, angeregt lauschend* Jötzet!!

GOTTFRIED Ich acht es nit Herren-, sondern Schalksmanier, sich beim Rat zu verzanken, gröblich, ohne List und Witz. *Er zieht sich möglichst weit vom Schloßeingang zurück, gibt Gérard einen Wink. Sie stehen während des Folgenden linkerhand schon fast am Ausgang des Hofes.*

DES KAISERS STIMME Naus, sag ich! Naus! Für Euch ist kein Bleibens nimmer unter mein Gastfreunds Dach! Wann Ihr meim rechten Spruch wollet obstahn, dann tut's, aber nit mit Worten! Ich leid kein unbötig Gemaulens dahier!!

Der Schloßeingang wurde während der letzten Sätze von innen heftig aufgestoßen. Auf der Freitreppe erscheinen, von Schildknappen unsanft hinausgedrängt, die Sendlinge der rheinischen Mautritter: Bocksteiner und Schreyvogel. Dicht hinter ihnen, von seinen Lehensfürsten gefolgt, der Kaiser.

SCHREYVOGEL Ich laß mich nit anstumpen von Knechts Pfot!! *Zieht sein Schwert gegen einen der Schildknappen.*

KAISER Zruck mit dem Schwert, Herr! Sonst laß ich Euch niederhaun alle beid auf eim Fleck!

SCHREYVOGEL Ihr habt uns frei Geleit zugesprochen!

KAISER Ich hab's gesprochen und halt's, aber nit, wann Ihr Waffen zucket ohne Not!

BOCKSTEINER Ihr brechet Gastfrieden!

KAISER Und Ihr brechet Reichsfrieden, Herr! Bietet mir Trutzfehden aus Eigensucht und garstig Boswillen! Möchtet Euch fett mästen an Strom- und Straßenmaut – das Reich um sein Lehen und Schutzzins prellen!

BOCKSTEINER Ihr macht uns die Maut strittig, die unser Erbrecht ist von alters her!

KAISER Ich mach Euch kein Roßapfel nit strittig, der Euch von rechtens zufällt! Aber des Reichs erste Gewährnis heischt: Stromfreiheit – Wegfreiheit!! Ihr zwo stehet hier für hundert und mehre, wo rheinauf rheinab hocket, da will jeder einer für sich allein aufschlucken, was für alle gut hinlanget! Wollet einer dem andern noch sein Leib und Seel nit vergunnen! Ein gleichsatzig Reichsmaut für freie Straßen, das ist mein Wort, dazu Burgfrieden auf dreißig Jahr – und wer's verletzet – in Reichs Acht und Kaisers Bann!! Wer stellt sein Wort hier dawider?!

GOTTFRIED *aus der äußersten Hofecke* Niemand, Herr! Denn wann Ihr Ritterschaft in Bann stürzet und Pfeffersäck in Reichsadel hebt, dann gilt keines freien Mannes Wort mehr in diesem Rat.

SCHREYVOGEL Mir hann's nie nit anders kennt, als daß Kaufleut freie Leimvögel sein für unser Schling und Ruten! Hann auch kein Kaiser nit kennt, der hält gemeine Eselskrämer gleich Hätschelkatzen!

BOCKSTEINER So ich hab ehrlich Kund vernommen, nach Gottes und Fürsten Gesetz, dann ist der ein Freiherr, dem Grund und Boden zu Recht eignet. Uns Ritterschaft, für die mir stehn und handeln wider Euch, höret meh Landes zu, und meh Stromlandes, als Ihr, Herr, mit Euer Bannfaust umspannet! Mir kennen kein Spruch nit an, der unsers Standes Macht und Willen beugt!

SCHREYVOGEL Mir nehmen's nit an, Herr! Mir wollen frei Adels Recht und kein Kaufleuts Vorzug! Mir widerstehn, Herr!!

KAISER *ruhig* Merket auf, Ihr Herrn. Die Laus auf ein Kaufmanns Schädel acht ich nit teurer und nit billiger als die in ein Ritters Kinnbart. Euch aber sag ich – und ob Euer Köpf zu klotzicht sein, daß Ihr kein rechten Handel nit begreift – Ihr sollt mir des Reiches Durchzug nit mehr krumm und schimpflich machen, noch Land und Bürgervolk sein Zufahrt rauben, daß blühend Städtewesen bracht und ödet! Land ist Lehen. Geburt ist himmlische Saat. Kannst zur Erde nit sprechen: steh auf und folg mir! Land bleibet allzeit frei, und nur dem Höchsten hörig! Uns aber bindet alle Zeit das Land. Drum steht mein Spruch für mehr als Standes Willkür – und ich zwing's Euch ein, ob ich auch jede sondre Mautburg müßt berennen und zsammenbrennen. Ich hab Euch Sendlings Recht und frei Geleit zugesprochen – nutzet bald es, denn es lischt aus mit Sonnsinken. Doch seids Euch des gewiß: eh daß die ander Sonn zu Tage steigt, reit ich Euch hinterdrein mit all mein Lehensvolk, und kehr nit um, bis Ihr vor meim Schwertknauf Gnaden bettelt. Fort jetzt!!

BOCKSTEINER *nach kurzer Stille, stößt seine Waffe auf die Erde auf* Trutzfehden!!

SCHREYVOGEL Trutzfehden!! *Stößt die Waffe auf. Beide gehen.*

GOTTFRIED *macht Gérard ein Zeichen, sie folgen unauffällig den Rittern.*

SCHEITSPALTER *hat's bemerkt, tritt zum Kaiser* Der Lothringer, Herr –

KAISER *verächtlich, abwinkend* Der schürt und stochert, und blast ins Feuerloch, bis er sich noch die eigenen Braunzen ansenget! Denkt einer, daß adelig Wesen heißt: sich selbsten jed Freiheit nehmen, und alle andern, wo schwächer gewappnet sind, vor die Zähn stoßen – dann wird er sich heftig ritzen an mein besser Willen und an mein Schwerts Schärffen! Adelig Wesen heißt: dem Reichshaupt frei dienen – fürs Ganze stehn – dem Volk zu Hilfe und nit zu Schade sein! Das merkts!!

Vom Reithof hört man das Rauschen und Knistern vieler Hufe. Jetzt stößt die Wacht auf der Mauer ins Horn, laute Rufe erschallen. Einige der Ritter springen auf die Zinnen, schauen hinab.

HARTMANN *auf der Mauer* Der Lothringer, der Flandrer und der Böhm reiten mit, samt all ihr Volkschaft, auch die Brabanten schließen auf, und ein Teil vom Reichshaufen! Sein all in Waffen und zum Abzug vorgerüstet!

SCHEITSPALTER Das ist Lehensbruch! Felonie!!

RUFE Die Brucken auf! Ziehet die Brucken hoch!

KAISER Weg von der Bruckenwind! Lassets herunten! Abzug für jeden, der nit freimutig da bleibet! Klar Schild und offen Losung: hie Reichsbund – hie Widerpart!! *Er tritt vor, blickt rundum* Bin ich noch Reiches Herr – oder habt ihr den Gegenkaiser schon küret? Wer stellt sich für mich – wer saget mir ab? Redet gradzu, Ihr Herrn! Jetzt ist die rechte Wahrstund!

SCHEITSPALTER Jetzt, Kaiser, nehm ich mein alt Kreuzritters Handschar, will kein Hochamt versehn und kein Sakrament noch geistlich Segen spenden, eh daß Euer rechte Sach nit siegreich ausgestritten.

HARTMANN Laßt sein Spruch für mein Sinn mitgelten, Herr.

KAISER Dank, Ihr Herrn. An Euch war ich nit irre.

HANNO VON PADERBORN Seid Ihr an sonst wem irre, Herr? Nennet ihn! – Dann will ich ihn dahier vor Euer Angesicht auf ein scharf Schwertgang fodern! Ein Schuft, wer Lehenstreuen bricht!!

EKBERT VON DER PFALZ Wer red hie von Treubrechens?! Sein mir ein Rauberhaufe oder ein christlich Fürschtebund?!

SCHEITSPALTER Nun, Herr Azzilo, Ihr schweigt, habt aber just mit dem Lothringer recht herzhaft gewitzet! Wollt Ihr sein Sach hier führen in unserm Rat?

AZZILO Mi wurzet koana, Herr, un obs an buckleter Schuester ist. Der Lothringer hot mi wolln übers Ohr balbieren, wie den Böhmerlackl. I hob mi dumm stellt, woaßt? Is eh am besten, wann sich koana net auskennt.

KAISER *lachend* Gut is, Herr Azzilo! Ihr tut Euch auskennen, mein ich. Wer Luchsaugen hat, luget erst über Kreuz, eh daß er gradaus trappet!

AZZILO Der grantsam Kaiser hot mi oft bitter bosnickelt, i

sog's wie's is. Zwegen dem aber, wann's auf Haun und Stichen kummt, do kenn i koan Stierns un Stinkens nimma. Frei Bayernland an Frankens Schildflanken, Herr!

ADELBERT VON KÄRNTEN Uns Kärntener Bueben stellets dohi, Kaiser, wo's Stoana hagelt!! Mir fürchtens koa Wetter net!

KAISER So schlagt den Lärmen, und rufet jed Volk unter Gewaff! Jetzt hab ich all Euer Treuwort, Herrn – dem Schwager Bergen brauch ich die Wahl nit stellen! Vors tagt, seid zum Ausrucken bereit, im geschlossenen Bann. Es gilt aufn Feind zu treffen, eh daß er über Reichs Grenzen tritt!

SCHEITSPALTER Lerman! Lerman!

Der Ruf wird von den Wachen aufgenommen – hinter der Szene beginnen dumpf die Lärmen zu schlagen.

HANNO *schreit* Dat Belleken! Dat Belleken ricket!!

Vom Belfried wird Sturm geläutet, hastig und abgerissen. Läuten und Trommeln hört nicht auf bis zum Ende des Aktes.

BERGEN *beim Kaiser, sehr ungehalten* Dats kein jeliebsam Einläut für ne Kindstaufsfest!

KAISER Wurmt's Euch, Herr Schwager? Tauscht Euer Festgewand mit Schien und Kettenpanzer, dann mag Euch der Verschub nit lange weilen!

BERGEN Et muß eins die Burg hüten, mein ich, unser Fraun sicher Leibschutz jewähren.

KAISER Dazu langet als noch der Lemosier, mit sein burgundisch Dienstvolk! Ihr, Schwager, sollet in Kampf mitten inne stahn, an mein rechte Seiten!

BERGEN Wat wird nu mit et Fleisch?! Sein schon unmäßig Mastochsen jeschlacht!

KAISER Die lasset in Salz schneiden, beim Troß mitführen als hurtig Mundsal!

BERGEN Besickt un betrisse.

KAISER Greint nit, Herr Schwager, Euer Sohn mag's ruhsam derwarten! Wird ihm der Kaiser auch zu Gevatter stehn, so braucht er noch lang nit Kaisers Erbling werden! Schaut Euch den Scheitspalter an, wie dem sein alt Herz vor Kampflüsten hüpfet!

SCHEITSPALTER *strahlend* Daß uns ein solch blutleuchtig Abendrot noch um die weißen Schöpf brennet, Herr!

KAISER Hebt's Ritterlied!

SCHEITSPALTER *stimmt an*

Frisch auf in Gottes Namen!
Der Lerman ruft zur Schlacht!
Gar viel der Feind uns kamen
Doch fürchten wir kein Zahl noch Übermacht.

Einige der Ritter fallen ein, wiederholen die Weise.

KAISER Unser Land ist zerfetzt von Erbstreiten und Bruderzwist, gleich ein alt Kriegshaut voll Narben. Wills aber nit gütlich werden, so muß es gahn mit Gewalt, daß wirs zum Reich zwingen, darob Himmels Kraft und Friedens Morgen scheinet.

SCHEITSPALTER UND DIE ANDREN *singen*

Ist unser Krieg ein gute Sach
Dann schaff dem Feind viel Ungemach!
Ist unser Sach ein schlechte
Dann schlag uns Herr zu rechte!

Frisch auf in Gottes Namen
Frei Volk und Ritterschaft!
Soll unser Mut nit lahmen
So sprech uns Herr Dein Amen
Und leihe uns ein göttliche göttliche Kraft.

Zweiter Akt

Erste Szene

Die Taberna ›Zum Krachtig Voedsel‹ in Amsterdam. Vornehm behagliche Gaststube, gekachelte Wände, weiß gescheuerte Tische, Butzenscheiben, Blumen, Zinngeschirr. In der Ecke die holzgeschnitzte Schänke, hinter der, mächtig hingelagert, breitbehaubt, die Wirtin thront. Agelintje, ihre Tochter, am Klöppelrahmen, in der Nähe des Bürgertisches. In der Ecke, nah bei der Küchentür, sitzt Hensken Brandeis in der Kleidung eines ritterlichen Reitknechtes, vor einer deftigen Fleischplatte, auf beiden Backen kauend. Am Bürgertisch Kaufherr, Magister, Seekapitän, mitten im Gespräch.

MAGISTER Ergo: so heiß ich's einen Nonsens, von der Liebe zu reden, sintemalen die Liebe in verschiedenster Artung auftritt. Die hohe Scholastik unterscheidet siebenzehn genera: amor Dei – amor patriae – amor parentum, infantium, breve dictu: familias – amor sexus generalis – amor sexus specialis – amor –

SEEKAPITÄN Gottverdomm. Manch einer kömmt vor Räuspern mit zum Spucken.

KAUFHERR Ihr habt zu viel gelesen, Magister, das schleißt den Verstand ab. Bei uns in Holland gibt's zweierlei Arten von Liebe – die eine kauft man sich am Zeedijk oder in der Ulrikesgracht, sooft man will und kann – die andre kauft man nur einmal beim Hochwürdigen Herrn und die kost das Leben – so man nicht Glück hat mit vorzeitigem Witwerstand. Und was die Weiber anlanget –

WIRTIN *mit Blick auf Agelintje* Mijnheer! Mijnheer! Denkt auf das junge Blut! Denkt auf die fromme Unschuld!

KAUFHERR *lachend* Wenn da nur nit der noblicht Junker aus Deutschland hat schon ehnder drauf gedenkt!

AGELINTJE *seufzt, verbirgt das Gesicht.*

WIRTIN Seid artig, Mijnheer, tut kein Salz in ein blutig Wündlein reiben. Die Lieb ist ein Platzregen, wer drunter weg muß, den macht sie naß bis aufs Hemde.

KAUFHERR Oder sie wird zum Landregen, der zwo arme Seelen lebelang untern gleichen Schirm zwänget!

WIRTIN Solch ein Schirm ist die wahre Seligkeit für ein jung Frauenzimmer. Aber mein Gott, wenn einer so hohen Standes ist wie der Prunkturm auf einer Gravensburg – und ein anders stehet ebenerdig – gleich einer Gaststuben, sei's auch auf goldenen Sohlen –, da gäb's nur ein windschief Dach drüber, das kein Pfeiler zu tragen vermöcht.

MAGISTER Die Welt ist ein Hochgebäude voll Maß und Ordnung – kein Paradeisgärtlein, drein alles miteinander hauset.

SEEKAPITÄN *in leichtem Tran* Im Pfefferland!! Kennt Ihr das Pfefferland? Ihr kennt's nit – sonst möcht Ihr anders reden. Laßt Euch von mir vertellen, Kinnings, von eim alten Trekkersmann, wo die ganze Welt hat befahren: in denen Pfefferländern, da ist das glückselig Leben zu Haus, und wann eins in Liebeskümmern stickt, dann sollt's dorthin schiffen, mit der nächsten Passage.

WIRTIN *bekreuzt sich* Davor bewahr uns Gott und der Heidenapostel Nikodemus!

SEEKAPITÄN *in singendem Ton* »Hoher Stand – niedrer Stand – Bürger-Gewand – Ritters-Tand – kennt keiner nicht – im Pfefferland!«, und wer einmal drüben gewest, der muß über all so Zeugs bloß lachen! Wenn da son schmükke Deern son schmükken Kärl gärn ankiekt, im Pfefferland – denn seggt sie: min soeten Jung, seggt sie – und denn seggt er: min soete Deern – seggt er – und denn hat da keen Aas mehr wat to seggen tau! Im Pfefferland!!

AGELINTJE *fängt an zu weinen.*

KAUFHERR Laßt Euch des Elends nit ankommen, Meisje! Muß doch nit immer gleich gehochziget sein!

AGELINTJE *schluchzt heftiger.*

KAUFHERR Ihr solltet lachen, daß er wieder im Land ist, Euer Edelmann, und sollet ihn nit mit geschwollenen Augen empfahn. Ich sah ihn einreiten heut mittag durchs Brabanter Tor, so schnick und nobel wie nur!

WIRTIN Dritthalbe Mond ist's her, daß sich der Junker nimmer hat blicken lassen, sonst kam er alle zwei Sonntäg lang! Und sein erster Gang war alleweil zu uns daher, wo sein Quartier bereit ist, aber heut schickt er nur seinen Reitknecht und läßt bestellen, er ist in Eile, er hat keine Zeit!

KAUFHERR *zu Hensken* Wo steckt er denn, sein Herr?

HENSKEN *kauend, zuckt die Achseln.*

KAUFHERR Kann er nicht antworten, Er Lümmel, Er?!

HENSKEN *spuckt eine Wursthaut aus* Für ihn bin ich noch lang kein Lümmel nit, Er Knallkopp, Er!

KAUFHERR Verboste Muff! Vergröbelichte Gesell! Will Er sich gleich aufrappen und um Pardon verbücken?!

HENSKEN Wann Er mein Hintern will besehen, so kann ich mich wohl verbücken.

KAUFHERR *krebsrot, keuchend* Södöm ünd Gemörre!! Jetzt hol ich die Stadtwacht und laß Ihm hundert Ruten aufzählen!!

WIRTIN Obacht, Mijnheer, Vorsicht, Mijnheer!! Eines Ritters Reitknecht ist immer noch ein Stüksken Rittersmann!

KAUFHERR Das schert mich ein Dreck, er ist ein Dienstleut und hat mir Respekt zu weisen!

HENSKEN Respekt, so schaut Er aus! Respekt! Vor jedem Schelmen mehr als vor Euch Sattbauch, Habsäckel, Sengespeck!!

KAUFHERR Sengespeck! Er schimpft mich Sengespeck!! Ich bring ihn vor die Pein! Aufs Hochgericht!!

HENSKEN Pein! Hochgericht!! *Brüllt vor Lachen* Wenn der wüßt, was für Standes mir sein, ich und mein Herr – und was für schreckvoll Geschäft mir üben in unserm Land – dann möcht er sein Maul nit voll nehmen mit Pein und Hochgericht!

VINCENT *ist während Henskens letzter Worte rasch hereingekommen* Hensken!! *Alle stehen auf, Agelintje trocknet schnell ihre Tränen* Verzeihn die Herrn, wann ihm der Haber sticht – schuld ist die Wirtin, die ihn zu kräftig letzet mit Speis und Trank. *Er fährt Hensken barsch an* Wart in der Küch draußen, bis ich hier fertig bin!

HENSKEN *achselzuckend, mit Teller und Krug ab.*

KAUFHERR *sehr respektvoll* War weiter nichts, Herr – nur ein geringer spaßhafter Disput von ohngefähr.

VINCENT Desto mehr freut's mich, daß ich zurecht kam, eh er für Euch wär unbequemlich worden. Ich dank den Herrn für den Gruß, und mach mein Haupt frei vor Hollands freien Bürgern! *Nimmt seinen Federhut ab, verneigt sich.*

KAUFHERR Wollt Ihr die Ehr uns geben, mein Herr, und uns Bescheid tun auf ein roten Hippokratierwein?

VINCENT Gern Herr, doch bitt ich, rücket nit zusammen, laßt mich frei stehn, umhergehn, mir ist in Leib und Seele heut kein Rastruh nit gelassen. *Bei Agelintje, der er flüchtig die Hand küßt* Gut Zeit, mein Fräulein, Ihr sehet wohl aus wie stets, und seid Eurer Mutter Freude. *Am Tisch, beim Seekapitän* Ihr seid es, den ich suchte, in der Stadt, am Hafen, überall.

SEEKAPITÄN Mich sucht Ihr? Dat's drollig.

VINCENT Euer Wohl, Kapitän! *Trinkt mit ihm* Das Schiff steht schon unter Segel? Wann fahrt Ihr aus, wo geht die Reis hin?

SEEKAPITÄN Ins Pfefferland, Herr. *Spöttisch* Wollt Ihr mitkommen?

VINCENT Vielleicht –

SEEKAPITÄN Denn man tau. Ins Pfefferland. In die glückseligen Inseln, min Jonkheer, wo die Spatzen aus Golde sein und flöten als wie die Schloßpfeifer vant Hertogenbosch – wo die Fische Flügel hebben und frisch zum Backen un Bunken an Bord flatschern – und ans Kap Immergrün, min Jong, wo die Meisjes splitternacklicht herumspringen im hellerlichten Sonnschein.

WIRTIN Mijnheer! Mijnheer!

SEEKAPITÄN Dat glövt Ji nit? Dat's wahrhaftig ungelogen wahr, bei min Seel und bei min Leibs Gesündheit! Splitternacklicht im hellerlichten Sonnschein! Da gibt's kein Vörschrift vör un kein Katechismus – in Pfefferland – und da gibt's auch kein Schand und Anstand, und all son äffisch Gedöns, und wann eins dat Blut hitzet, in Pfefferland, denn treckt hei sin Büxen us und strampelt int klare Water, Männlein und Weiblein, alltosamm, gleich wie in Herrgotts Paradies!

VINCENT *lächelnd* Genug vom Paradies. Das such ich nicht – was auf der Erde nirgendwo besteht. Macht uns den Mund nit wässern auf ein Zauberland, das vor der Hände Griff in Dunst zergeht. Ich will dorthin, wo Freiheit Kämpfen heißt – und wo das Leben dem gehorcht, der sich's erzwingt! Glaubt nit, daß ich für Spaß und Kurzweil mit Euch rede. Wann geht Euer Schiff? Habt Ihr noch Platz an Bord? Wie lang zählt Ihr die Fahrzeit, wieviel Kostgeld rechnet Ihr auf eine Reis?

SEEKAPITÄN *sieht ihn mißtrauisch an* Wollt Ihr das wirklich wissen, Herr? Wir fahren aus, wann der Passat im Westen wieder weht – das wär beim nächsten Vollmond, morgens mit der Flut. Und dreizehn Tage braucht man bis Hispanien, dann wieder siebzehn bis ins Kongoland. Das Kostgeld – na, so fünfzig goldne Löwen denk ich, für eine Seel.

VINCENT Für zwei! Für zwei muß Raum sein – und der eine Raum derart, daß eine Dame, eine Frau drin leben kann, die nit gewohnt ist, auf der Streu zu schlafen. Ist Euer Schiffsvolk streng gesiebt und gut in Zucht?

SEEKAPITÄN Dat laßt min Sorg sein, Herr – davör läßt unser Herrgott stramme Tau-End wachsen, un die Schiffskatz mit neun Schwänzen, Jung! Doch hört, was ich jetzt sag, Herr. Unsereins vertellt un snackt ein rauhe Meng tosamm, wenn's abends kühl ist und der Grog recht steif – und wat hei snackt, is ganz gewißlich Wahrheit. Nämlich – der Wahrheit vordere Hälfte – Ji verstaht mi got! – und von dem achteren Teil – da hält man's Maul. Die See ist grob, un Pfefferland ist weit. Ick hebb wohl manch ein hingeführt – noch keinen wieder heim, Herr. Wißt Ihr – was Ihr wagt?

VINCENT *mehr zu sich* Ich weiß – und wage. Denn was gäb es noch zu fürchten auf der Welt – wenn man des Herzens ungeheures Wagnis, das verzehrende, beging? Wenn man dies tiefe Grauen maß, das Liebe heißt – dies bodenlose Stürzen, und im Sturz dies Steigen – in Feuern Frieren, und im Sternenfrost Verglühn? Die Liebe kennet keine Furcht als die vor ihrem Ende, sie weiß kein ander Wort als Ewigkeit – und bricht sie auf, so denkt sie nicht an Heimkehr! Hier habt Ihr Geld, kauft alles ein für unsre Reise, und erwartet mich zum Vollmond! Hensken! Zu Pferd! *Er geht rasch.*

HENSKEN *kommt hastig kauend aus der Küche*

Halbsatt zu Pferd, und nicht zu End gespeist –
das nenn ich, hol's der Teufel, schlecht gereist!!

AGELINTJE Was ist? Jetzt rennt er fort – Sprach er von Liebe nicht? Er sprach von Liebe!

HENSKEN Er sprach von Liebe – aber nicht von Euch!! *Eilt Vincent nach.*

Zweite Szene

Kemenate der Kaiserin. Helles Gemach mit Erker und schmalen Fenstern, Kaiserin, Regula

KAISERIN *nimmt ihren Schmuck ab, legt ihn in ein geheimes Wandfach.*

REGULA *kniet vor einer offenen Kleidertruhe, packt Linnenzeug in ein am Boden ausgebreitetes Tuch* So wollt Ihr nichts mitführen, Herrin – als das wenige – kein Gold, kein Wertgeding, das Euch zur Lebfrist helfen möcht – wann uns die Not ankommt im fremden Land?

KAISERIN Glaubst du, daß ich fortschleppen will, was mir nit selber eignet?

REGULA Bewahrt nur den Ring, den Ihr am Finger tragt – oder laßt ihn mir für ein sicher Bewahrnis! Er ward Euch zu eigen durch Geschenk – am Hochzeitstag.

KAISERIN *streift den Ring ab* Ich ward mit ihm beliehen, als ich die Kaiserin wurde. So ich sie nicht mehr bin – geb ich das Lehen zurück. *Legt ihn ins Wandfach, verschließt es.*

REGULA Und wollt Euch der Welt vertrauen – wehrlos, gleich

ein windverschlagen Zügling – die Ihr behütet ward und gehegt seit Euerm ersten Schrei?

KAISERIN Ich vertrau mich der Welt. Warum sollt ich sie fürchten? Sie birgt und nährt alle Wesen. Weshalb nit uns?

REGULA Ihr kennet das Furchtbare nicht, das heißt – allein und elend – ohne Heimat leben.

KAISERIN *leise* Das Furchtbare – das uns aus allen Wurzeln rauft –, ist mir wohl widerfahren. Hat mich zerstört – und hat mich neu gemacht. Ich war allein. Nun bin ich's nimmermehr. Und so ich das verspür – kenn ich kein Zaudern, keine Furcht und kein Zurück! Gibt's ein Geschick, dann weiß ich: dies ist meines –! *Es pocht* Rasch, tu das Zeug weg! – Wer ist da?

LEMOSIER *tritt ein, hinter ihm, im Türrahmen, zwei gewappnete Ritter* Komm ich zur Unzeit, meine gnädige Frau?

KAISERIN Ich hab Euch nicht gerufen. Aber bleibt. Wer sind die beiden Herrn?

LEMOSIER Der Arlesier, zweiter Sohn eines Grafen aus Burgunde – und der Baron von Lordon. Sind beide erst jung bei unser Folgschaft zugeteilt, und voll Begehr, Euch zu dienen. Sie stehn von Stund an bereit, auf mein besonder Geheiß, zu Pferd und zu Fuß all Euere Wege zu begleiten – da Ihr es liebt, weit umherzustreifen im Land, und da das Land, wie man erzählt, nicht recht geheuer ist, zumal in Kriegszeiten, und in des Kaiserlichen Herrn Abwesenheit.

KAISERIN Wenn ich Gefolge will, so werd ich selbst darnach verlangen, und wenn die Herrn kein ander Geschäft hier haben, so mögen sie Pürsch reiten, oder auch wieder heim in ihr Landschaft. Ich brauch ihr Geleitens nicht, und dank für ihren Eifer. *Wendet sich ab.*

LEMOSIER Ihr tut den Herren Unrecht, meine Dame. Ihr Eifer ist ihr Gehorsam.

KAISERIN Ich tue ihnen kein Recht, kein Unrecht – denn ich hab nichts mit ihnen zu tun. Entlaßt sie.

LEMOSIER *macht den beiden ein Zeichen. Sie gehn* Diese Herrn – oder wann Euch ihr Name nicht wohl gefällt, zwei andre aus dem Gefolg – bleiben im Reithof bereit, und werden wachen über Eurer Schritte Sicherheit. Ich bitt um Urlaub.

KAISERIN *zu Regula* Laß uns allein. *Regula ab* Bleibt hier. Ich hab mit Euch zu reden.

LEMOSIER *verneigt sich, wartet stumm.*

KAISERIN *nach einer Pause* Ihr kränkt mich, Herr – und wißt, daß Ihr mich kränkt. Warum tut Ihr das? Glaubt Ihr, daß dies die rechte Art sei, Eures Amtes Wert und Schwere zu beweisen – wenn Ihr mir nachspürt, wo's mir paßt, mich zu ergehn und zu verweilen – und mir ungebeten Schutz aufdrängt?

LEMOSIER Ich glaube, gnädigste Frau, daß das, was ich tu, meines Amtes ist.

KAISERIN So lauscht Ihr auch nachts an meiner Tür – ob ich fest schlafe, oder sprech im Schlaf? Schmeckt Ihr auch meine Speisen ab, ob ich zu hitzig Brüh trinke? Seid ihr der Zuchtwart in einem Bettelkloster – oder seid Ihr ein Herr, dem dieser Burg Schutz vertraut ist und der Befehl über ihre wehrhaften Männer?

LEMOSIER Euer Schutz ist mir vertraut, Frau Kaiserin. Die Burg schütz ich, weil sie Euch herberget.

KAISERIN So laßt es gut sein mit dem, wie Ihr's bisher getan. Mir hat nichts gemangelt unter Eurer Hut, und ich hab keinen Grund, beim Kaiser über Euch zu klagen. Verschafft mir keinen! – durch unbötig Wesensmachens und allzu peinvoll Besorgnis. Ich will allein reiten oder gehn, wann's mich gelüstet. Die Kammerfrau genügt mir als Geleit. Schafft die Begleitung ab! Ich mag keine Mannen sehn, wenn ich den Abend sehn will in der Heide. Ich mag das Klappen und Knacken ihres Gewaffs nicht hören, in der Stille – Schafft sie ab, sag ich!!

LEMOSIER Ich darf Euch nicht gehorchen. Ihr seid in Gefahr.

KAISERIN Ihr dürft nicht? Ich wär in Gefahr? Ihr habt zu tun, was ich Euch anbefehle!! Ich bin Eure Gefangene nicht –! Glaubt Ihr, ich sei nicht mündig – wüßt nicht selbst, ob ich in Fährnis lebe. Ich war immer frei – seit ich dem Kaiser vermählt ward. – – Er hat mich nie gekettet, nie bewacht – und Ihr werdet mich nicht halten!!

LEMOSIER So hätt ich Not und Ursach – Euch zu halten?

KAISERIN *starrt ihn tief erschrocken an – dann in verändertem Ton* Was denkt Ihr jetzt, Herr? Redet doch frei zu mir. Seht – Ihr kennt mich lange, fast von der Kindzeit her – ich bin gewohnt, Euch hier zu wissen – und bin es gern gewohnt – schon durch die Heimat, durch die gleiche Sprechweis, durch viele kleine Sonderheit in allem Lebensbrauch, wart Ihr mir stets um einen Hauch mehr nah als alle andren – vielleicht hab ich's nicht mehr gezeigt – aber Ihr wißt es wohl –

LEMOSIER Ich dank Euch für das Wort. Mein Dienst bei Euch war mir stets Lohn genug.

KAISERIN Ich seh Euch täglich – und doch weiß ich nichts von Euch – Ihr, glaubt ich, nichts von mir –. Nun steht Ihr da, als hättet Ihr ein heimlich Anklag wider mich.

LEMOSIER Kein Klag, kein Anklag.

KAISERIN Was denn sonst?

LEMOSIER Nur eine Bitte.

KAISERIN Und – die wär?

LEMOSIER Verlaßt das Schloß nicht mehr – bis unser Kaiserlicher Herr zurück ist.

KAISERIN Weshalb stellt Ihr die Bitte?

LEMOSIER Weil ich um Euer Not weiß – und Euch bewahren muß.

KAISERIN Was – wollt Ihr von mir wissen –

LEMOSIER Daß Ihr einen liebt. Daß Ihr geschlagen seid mit Liebe. Und Ihr schlagt zurück – gleichgültig, wen Ihr trefft – und wie Ihr trefft. Ich bitt Euch, hört mich jetzt zu End!! Ich hab Euch nie bespäht, nie nachgespürt – ich kenne nicht Euer Geheimnis – und ich will's nicht kennen!! Doch ich weiß, daß Euch die Mahre, die Dämonen aus der Luft befielen – weiß, was in Euch treibt und wuchert, gleich ein herzfressend Gewächs – weiß es – weil ich Euch sehe – und Euch beschützen muß!!

KAISERIN Glaubt Ihr – Ihr könnt mich schützen – vor mir selbst?

LEMOSIER Vor der Vernichtung, ja! Vorm Untergang!

KAISERIN *fast im Aufschrei* Es ist nicht wahr!! – Ihr macht mich untergehn – wenn Ihr mich jetzt verfolgt!

LEMOSIER So wollt Ihr fliehn?

KAISERIN Schweigt!! Fragt mich nicht –

LEMOSIER *ruhig, fest* Ihr werdet bleiben.

KAISERIN – Warum quält Ihr mich – wenn Ihr die Not begreift. Woher nehmt Ihr das Herz, Richter zu sein – und Henker. Ja – denn Ihr legt mir das Würgeisen um den Hals.

LEMOSIER *schweigt.*

KAISERIN Ihr sagt, Ihr wisset um die Not – um die Gefahr, in der ich bin – wißt Ihr auch um das andre – um das, was leben muß? Glaubt Ihr, daß ein Leben gut ist, wenn sich's fruchtlos verzehrt? – Denkt Euch – da Ihr doch jung seid und ein Mann – denkt Euch, Ihr wäret selbst geliebt – so sehr, daß es kein ander Atemluft mehr gäbe auf der Welt – denkt Euch, Ihr wäret so von mir geliebt – und wartet nun auf mich –

LEMOSIER Ich denk mir das – ich wär von Euch geliebt. –

KAISERIN Was wär dann Euer Letztes – Euer Los?!

LEMOSIER Der Tod.

KAISERIN Oh – – warum sagt Ihr das –

LEMOSIER Weil es kein ander Mündung gäb – kein lösend Ende – als den Tod. Mag er das Höchste sein, das Menschen krönet. Doch es bleibt der Tod.

KAISERIN *in größter Herzensnot* Nein –! Er soll nicht sterben–!

LEMOSIER Doch er muß es – wenn Ihr zu ihm geht. Wißt Ihr das nicht? – Ihr seid die Kaiserin.

KAISERIN Ich bin's nicht mehr! Ich hab es aufgehört zu sein!

LEMOSIER Das könnt Ihr nicht. Darf Eure Haut aufhören, licht zu sein? die Eurer Sklavin dunkel? Und wär's der größte Edelmann im Land! Selbst wenn Ihr flieht, bleibt Ihr die Kaiserin.

KAISERIN Für den, der mich erwartet, bin ich nichts – nichts als die Frau. – Er weiß sonst nichts von mir – ich nichts von ihm.

LEMOSIER Ihr werdet wissen. Denn die Gezeiten der Liebe sind wie die des Jahres – unveränderlich, im Wachstum und im Wandel. Erst schatten dunkle Monde – das Sich-blind-Erkennen – dann klart's zum Wissen auf – und nur aus beidem steigt der Tag – die Reife!

KAISERIN Und Ihr glaubt – daß dieses Wissen tödlich ist?

LEMOSIER Ich weiß, daß es so ist. Ein Mann muß sterben, dem dies widerfährt. Sonst möcht er nicht mehr lieben.

KAISERIN Gott – – warum ist nicht gut, was einfach wächst und blüht!!

LEMOSIER Es ist nur gut, was wächst. Doch muß es zwiefach wachsen. Aus der Erd auf zum Himmel – und vom Licht herab zur Erden. Denn in solcher Zwieheit ist der Mensch gedacht! Und was ihn hält, daß er sich nicht verliert nach oben oder unten, daß ihn die Erde nicht verschlingt, das Himmelsfeuer nicht verbrennt – ist sein geheiligt unkündbar Bündnis mit dem Höchsten: ist sein Stand!

KAISERIN Der Stand ist heilig? Heiliger als das Herz?

LEMOSIER Der Stand ist alles. Denn er ist das Ganze, und das Herz ein Teil. Nicht wie die Arten der Bäume sich verstreuen im Wald – blindlings nach Wind und Flug –, wohin die Eichel fällt, wohin die Tannfrucht fällt, wohin der Ahornflügel schwebt – sondern wie Wald und Wasser, Gebirg und Steppe auf der Erde ausgebreitet sind, nach einem immer wesenden Gesetz; es darf der Berg nicht zum Tal kommen, der Wipfel nicht zur Quelle. Und doch könnt eins nicht atmen ohne des andern Gegenhauch. So wie die Sternbilder unveränderlich am Himmel stehn, nie sich berührend, doch einander tragend –: so stehet jeder Mensch in seinem Stand. Und wer hinaustritt, stürzt ins Bodenlose.

KAISERIN *nach einer Pause* Ihr seid zu jung – um schon so wissend und so hart zu sein. Woher nehmt Ihr die Kraft?

LEMOSIER Aus dem, was mir versagt ist. Aus der Liebe.

KAISERIN Ihr seid in Liebe?

LEMOSIER Wißt Ihr nicht, zu wem?

KAISERIN Geht jetzt. Und laßt mich unbewacht. Laßt mich den Weg selbst finden – sei's zum Leben – sei's zum Tod.

LEMOSIER Ich geh – und wache. Denn wer liebt – muß wachen.

Laute Stimmen und Lärm von draußen.

PETRUS SCHEITSPALTER *in verstaubtem Reitgewand, blutbespritztem Kettenpanzer, den Helm in der Hand, tritt hastig ein* Verzeiht den Einbruch! Doch ich kann nit warten! Liebste Frau!! Der Kaiser kehrt zurück!!

KAISERIN – In Frieden?

SCHEITSPALTER In Sieg – und Frieden! Den Mautherrn-Haufen traf er an der Lahn, und hat ihn aufgespellt wie eine alte Pappel! Der Lothringer wollt uns mit seinem Heerbann in den Rücken – doch mir warn auf der Paß, und han ihn die sumpfig Rheinau hingeschmissen, daß er drin steckenblieb bis an die Pferdebäuch! Heut früh mit Ave-Läuten war die Schlacht schon gar – dann ging ein Handeln los und Parlawieren, doch der Kaiser weicht um keinen Fingerbreit zurück, und stellt sein Richtmal auf, und sichert diesen Frieden, daß er währt wie Fels! Mich hat er vorgeschickt, die Nachricht bringen – ich hab drei Rösser lahmgehetzt, damit Ihr's rascher wißt. Und morgen, wenn die Sonn steigt, ist er selber da! Ihr werdet wunders staunen, wenn Ihr ihn erblickt: als ob er nicht durch Täg und Nächt im Dreck, im Sattel, in der Waff gestanden, wie der letzte Knapp! Er war noch nie so jung!!

KAISERIN *ist plötzlich an seiner Brust, birgt ihr Gesicht an seiner Schulter.*

SCHEITSPALTER Liebste, beste Frau –! In Tränen! – Habt Ihr so gebangt, um unser Sach, und um des Kaisers Leben! *Streift seine Eisenhandschuh ab, streichelt sie ungeschickt* Strömt's Euch aus. Das löset. Und was abwärts rinnt – ist übern Berg! Es war recht hart für Euch und Eure Schwester, daß das Fest so finster stocken hat gemüßt. Jetzt aber flammt's viel heller wieder auf! Zu morgen abend soll ein Mummenschanz gerüstet werden – als Vorfest für die Kindstauf, und als heiter Gegenspiel zum blutigen Tanz der Waffen.

KAISERIN *hat sich losgemacht, mit ruhigem Antlitz* Ein Fest, sagt Ihr?

SCHEITSPALTER Ein Lust- und Scherznacht für all edel Volk. Wer ritterlich Gewand trägt und ein Mask oder Lappen vorm Gesicht, soll Zutritt haben, mag jeder mit jedem Leibs und Geistes fröhlich sein! Die lebend heimkehren, haben's gute Recht – und die Toten schaun uns zu von ihrem hohen Sitz, und lächeln ob unser närrisch Freuden.

KAISERIN Die Toten haben's gut.

SCHEITSPALTER Glaubt Ihr, gnädigste Frau? – Wir müssen's hoffen, müssen für sie beten. Ich geh jetzt ins Stift hinab, die Seelenmeß bestellen. Hat mancher muntre Bursch müssen den letzten Schnaufer tun.

KAISERIN Die haben ihren Gipfel, ihren Sieg – und brauchen nicht zurück ins platte Leben.

SCHEITSPALTER Aber die Lebenden – glaubt's mir –, die sind Gott gefällig! Wenn Er den Gipfel wollte, und nur Sieg und Ehre – hätt Er die Welt nicht so talauf talab gemacht – nicht so erfüllt mit unvollkommener Schönheit! Er liebt nicht Tugend, Größe, die sich selbst genügt. – Er kennt den Sturz, den Aufstieg – und die vielen, vielen Sünden! Gäb's keine Sünd – Er könnt ja nicht verzeihn – und Er verzeiht so gerne! Auch der Kaiser wird verzeihn.

KAISERIN Der Kaiser wird verzeihn –?

SCHEITSPALTER Gewiß. Wenn auch der Abfall bös und tückisch war, den ihm der Lothringer antun gewollt – so ist's halt nit geglückt – und liegt im Mißgeschick schon Straf und Recht genug! Wer bucklig ist, der kann schwer gerade gehn – doch wem der Rücken stark ist, der mag auch krumm für grade gelten lassen! Macht ohne Gnade ist vor Gott gering – Kraft ohne Güte wird sich bald verschwächen! Wer im Sieg ist, soll die Demut üben. Das ist ein stolz Geschäft!

KAISERIN Demut und Stolz – wie reimt Ihr das zusammen?

SCHEITSPALTER Sehr leicht. Denn Demut heißt: zu wissen, wo man stehet in der Welt – wie tief, doch auch wie hoch – und freudig dort verharren!

KAISERIN Ich dank Euch sehr, Herr Petrus, für die Nachricht – und Euch, Herr Lemosier, für alle Hilf und Wachheit. Jetzt will ich gehn – allein – und ohne Euer Folgschaft. Sorgt Euch nicht mehr um mich. Mir wird kein Leid geschehn. Ich kehr zurück –! *Sie geht rasch.*

LEMOSIER Verzeiht – mein Dienst verlangt, daß ich ihr folgen muß!

SCHEITSPALTER Bangt nicht um sie. Sie hat das gute Zeichen auf der Stirn!

Dritte Szene

Im Haus des alten Scharfrichters. Sein Gemach: wie das eines Heilkundigen und Astrologen. Pergamente, Tiegel, Mörser, Erd- und Himmelskarten. Im Hintergrund die Tür eines sehr schmalen und hohen, in die Wand eingelassenen Schrankes. Das blutende dornengekrönte Haupt Christi ist in grellen Farben auf die Schranktür aufgemalt.

Die Abendsonne fällt schräg durchs Fenster. Der alte Scharfrichter sitzt wie zusammengesunken in einem tiefen hölzernen Sessel. Sein rechter Arm hängt schlaff herab. Die Hand ist wächsern und unbeweglich. Ihm zur Seite, stehend, der schwarze Bote.

DER SCHWARZE BOTE *legt eine versiegelte Rolle vor ihn auf den Tisch* Ihr habt's vernommen. Morgen früh um fünf.

SCHARFRICHTER *nickt.*

DER BOTE Und Ihr wißt: Er – oder Ihr! Könnt Ihr die Nachfolg nit beschaffen – haftet Ihr mit Eurem eignen Blut.

SCHARFRICHTER Er wird kommen –

DER BOTE Das ist Eure Sorg. *Er wendet sich zur Tür – die in diesem Augenblick von draußen geöffnet wird.*

HENSKEN BRANDEIS *lugt herein, tritt dann in den Raum* Gut Zeit, Herr Vatter! Mir henn Euch gesucht schon im Garten!

SCHARFRICHTER Wo ist mein Sohn?!

HENSKEN Noch drunten bei die Gäul. Hat mich vorhergeschickt, die Ankunft sagen. Hei Schwarzer! Gibt's ein schön Stück Arbeit!?

DER BOTE *zuckt die Achseln, geht.*

HENSKEN Sagt, was ist Euch, Vatter? – Euer Hand sieht so gespaßhaft aus – als ob sie nit mehr lebet!

SCHARFRICHTER Ruf meinen Sohn –

HENSKEN Bei Gott – ich glaub, Euch ist ein Leid geschehn!! *Am*

Fenster, schreiend Hee! Vincent!! Kommt herauf!! Er kömmt schon, Vatter.

SCHARFRICHTER Bring mir den Mantel dort. Leg ihn mir um – so – deck den Arm zu.

HENSKEN *tut's* Ja – daß er's nit so gleich bemerkt. Hört, Vatter – seid nit bös, wann ich ein Unding sammen red – ich weiß, es ist ein Unding –, doch es muß heraus. – Wann Ihr den Schwertstreich nit mehr führen könnt, mit der gelahmigen Schulter – und wann Euer Sohn, wann der das nit vermag – und er wird's nit vermögen! – gäb's nit ein Ausweg – vielleicht ein Schlich, ein Haken oder Hintenum – daß ich's für ihn könnt machen? Seht – das war von je und eh mein liebster Wunsch: – nit nur des Angstmanns Knecht und Büttel – einmal selbst der Meister sein! Ich möcht den Streich so führen, so flink und glatt – fast wie Ihr selbst, Herr Vatter – daß kein Pfiff mehr auskommt! Seht – es wär mein liebster Wunsch!

VINCENT *kommt rasch herein, noch in der junkerlichen Kleidung* Vater – gut Zeit! Seid Ihr wohlauf? Wir suchten Euch im Garten.

SCHARFRICHTER Es wird schon kühl auf Nacht. *Zu Hensken* Geh – du bist ein Narr.

HENSKEN *läßt den Kopf hängen, geht.*

VINCENT *schließt die Tür hinter ihm* Ja, es wird kühl auf Nacht. Bald ist der Sommer hin. Soll ich auch's Fenster schließen?

SCHARFRICHTER Komm und hör mich. Deine Stund ist reif.

VINCENT Hört mich zuerst an, Vater. Ich bitt Euch drum! Ja – Ihr wißt es, spürt es – meine Stund ist reif. Ich sag's Euch hart, und rasch – denn anders möcht's mir in der Brust gerinnen – ich muß fort von hier! Für ganz – für alle Zeit! – Ich liebe eine Frau, und bin geliebt. Mehr – gibt es nicht zu sagen. Wir fahren über See, in ferne Länder – wohl ins Ungewisse – doch in unser Leben. Noch in dieser Nacht werd ich zur Flucht erwartet. Alles ist bereit. – Schon immer, seit ich denke, nein, seit sich Bilder spinnen hinter meiner Stirn, hört ich in jedem Traum das Horn des Aufbruchs. Nun muß ich folgen. Meine Stund ist reif. – Ich seh heut Euch, Ihr mich, zum letzten Mal. Was mich hier hielt – was mich mit Euch verknüpfte – das nehm ich mit mir fort, und werd es nie verlieren. Wär ich ein andrer Sohn, und Ihr ein andrer Vater – hätt ich verzogen wie ein Falk entfliegt, dem sich der Fußring lockert. Ohne Frag und Rede. Doch ich weiß – Ihr werdet mich nit halten und mir auf meine Fahrt kein Last auftun.

SCHARFRICHTER Ich – nimmermehr. Doch ist sie dir schon aufgejocht – die Last – die dich bezwingt, und hält.

VINCENT Welche Last? Was könnt mich jetzt noch zwingen?

SCHARFRICHTER Das hier. *Er weist mit dem Kopf auf die versiegelte Rolle* Ein Todesspruch, vom Peinlichen Gericht. Du wirst ihn, morgen in der Früh, erfüllen.

VINCENT Ich kann's nicht!! Nie!!

SCHARFRICHTER Du mußt. Es ist ein harter Anfang – doch er mag dich härten. Kein schlimmer Mordgesell, dem rechte Gelt geschieht: – ein junges Weib, das in unehrlich Bärens Angst und Not sein Kind erwürgt hat. Selbst fast noch ein Kind.

VINCENT Weshalb – soll ich das tun – weshalb nit Ihr – wie immer?

SCHARFRICHTER Du warst lange fort –

VINCENT Paar Tag – nit länger.

SCHARFRICHTER Eine Stund kann lang sein. Und ein Augenblick langt hin – uns zu erschlagen. *Läßt den Mantel sinken* Schau mich an.

VINCENT Vater!!

SCHARFRICHTER Ich sah die Sense blitzen über meinem Hals. Sie hat mich nur gestreift. Der nächste Hieb wird treffen.

VINCENT *leise zögernd, dann immer stärker, mächtiger ergriffen* Vater – Eure Hand! Erstarrt – und welk – vom Todesreif befahlt – fühllos – ausgebleicht – Die doch so breit und sonnenbraun, so fest und heiter war – tief gefurcht und rätselhaft durchästet – so leicht im Sehnenspiel, so frei bewegt in ausgesparter Kraft – gleich ein lebendig Wesen! Keine Henkersfaust – kein stumpfes blutbeflecktes Werkzeug – eine Manneshand - die schuf und hielt und lenkte! Die viele Saat ausschwang, von ihrem guten Pulsschlag schon im Keim gesegnet – die den frosterstarrten Vogel wärmend barg, bis sich sein zages Herz zu neuem Zirpen regte – die pflegte, half und band! Die Vaterhand – die meinen frühen Schritt geführt, auf meinem Flaum geruht, geheimnisvoll zum ersten Sakrament geleitet – und manchen Schmerz gestillt, und große Finsternis mit Öl und Feuerspan durchhellt – Die Hand, die auch den Tod gab, unerbittlich ernst und milde, wie Gott selber trifft – Nun ist sie so geschlagen, so versehrt, und keiner kann ihr helfen, die einst allen half! Die jedem offen war, und weltbereit – doch stets allein, und nie mit einer andern ganz verschwistert – wie die meine jetzt! Denn meine Hand gehört sich selbst nicht mehr. Sie ist verschränkt, unlöslich, mit der Frauen Hand, die ihr vertraut, und der sie sich verschworen.

Ja, sie ist ganz umsponnen wie mit Raupenseide von eines andern Lebens Zuversicht – und kann das nie und nimmer beginnen – das Blutige –, das ich längst von mir abgetan.

SCHARFRICHTER *still, einfach* Wenn du's nit kannst – dann muß ich gehn und sterben.

VINCENT Du – für mich?

SCHARFRICHTER Es ist Gesetz. Der Henker, der die erblich Nachfolg nit beschaffen kann, und selbst nit mehr vermag, den Tod zu geben – muß ihn erleiden. Aber nicht vom Schwert. Das Volk schmeißt ihn mit Steinen tot.

VINCENT Das Volk? Dem du ein Freund – ein Helfer warst? Auf dich wird keiner werfen!

SCHARFRICHTER *ohne Bitterkeit, fast heiter* Glaub mir – die werfen! Ein Büttel fängt schon an – dann tut ein jeder mit. Das Volk hat keinen Willen – keine Schuld. Ein Mensch allein mag gut sein, stark und weise. Sind mehr als drei besammen – wird's ein Haufe, der kein Gesicht mehr hat, und dorthin läuft, wo's hohl ist. *Sieht ihn lächelnd an* Ich weiß, mein Sohn, was du jetzt denkst. Du selber weißt es nicht, drum sag ich's dir. Der steht doch bis zur Brust schon in der Grube – denkt es – vielleicht ganz tief in dir versteckt –, doch sicher denkt es derart, weil dein junges Blut so denken muß. Warum soll der nit sterben, den der Hippling schon am Haarschopf hält – für eines Lebens Rettung, das grad erst beginnt? Was nutzt ihm noch der halbe Mund voll Atem? Bald wird er Gras und Erde schlucken. Weshalb soll der nit einen Herzschlag weniger tun – wenn er den Sohn damit vom Los befreit, ein Leben lang zu sterben? Denkst du so?

VINCENT Schweigt, Vater. Fragt mich das nicht!!

SCHARFRICHTER *ernst* Du tust es. Doch du mußt es sagen. Wenn du die Kraft hast, das von mir zu fordern – dann muß es sein. Sonst nicht. – Versteh mich recht. Wenn du es willst – dann geh ich hin und sterbe.

VINCENT Fürchtet denn Ihr den Tod? Hat er für Euch noch Schrecken?

SCHARFRICHTER Ich liebe meinen Tod. Doch diesen fürchte ich. Denn er wär nur mein Ende – nicht mein Tod. So wie ein jeder Mensch, ein jedes Wesen auf der Welt, nur einmal ist, und niemals wiederkehrt – so hat auch jeder seinen eignen, ihm bemeßnen Tod. Den braucht er nit zu fürchten. Aber falsches, blindes – ungeschicktes Sterben – ist so schlimm und sinnlos wie verfehltes Leben. Vor solchem Tod graut es dem Alten – wie dem Kind. *Sein Gesicht ist plötzlich ganz hohl und verfallen* Ich weiß, daß dieser Tod mir nicht gehört. Ich habe Angst vor ihm. Ich will ihn nicht erleiden. Denn vorm Leiden schützt kein Wissen. Und kein Wollen.

VINCENT Selbst wenn ich's dächte, Vater – würd ich's nie verlangen.

SCHARFRICHTER Und wenn ich's tät, so könnt ich dir nicht helfen. Weißt du das nicht? Das Mal des Standes ist uns eingebrannt – und keiner ätzt es weg. Auch wenn du fliehst – bleibst du der Henkersohn.

VINCENT Ich bin es nicht! Ihr habt mich nicht zum Henkersohn gemacht!! Weshalb habt Ihr – und Gott – in mir geweckt – was jetzt in Eurer Würgefaust verröchelt!! *Schreiend* Gibt's denn kein Wunder, das mich retten kann?!

SCHARFRICHTER Es gibt das Wunder! Wie's die Gnade gibt! Doch Gnad und Wunder sind das ewig Ungewisse! Das ewig Morgende, dem Menschenaug verhüllt. Drauf hoffen kannst du – aber nie drauf baun.

VINCENT So bleibt mir nur der Fluch – und nichts als Fluch!! Verflucht sei diese Stund!!

SCHARFRICHTER Einmal wirst du sie segnen. Denn in jedem Fluch steckt heimlicher Segen. Denk daran. Auch der das Opfer tötet, kann sein Heiland sein. Und einer muß es tun.

VINCENT Doch wär ihm besser, wenn er nie geboren. *Er starrt den Christuskopf an, der auf die Schranktür gemalt ist* Scheußlicher Heiland! Graues, blutiges Gesicht! Willst du mit deinem Jammer uns erlösen?! *Er geht wie im Bann auf den Wandschrank zu* Und was du birgst in deinem finsteren Sarg, in dem der Wurm pickt und der Moder rieselt – soll Segenspender sein? Vom Rost der Todesqual befleckt, von Schmerz zerschrunden und von letzter Bitternis bespien?! *Er reißt die Schranktür auf, das Richtschwert fällt mit dem Knauf auf seine Schulter* Ach – könnt ich dich zerbrechen!! *Umklammert es mit beiden Armen.*

SCHARFRICHTER Leg's zu Boden. Lies, was auf seiner blanken Schneide steht. Ich selbst hab's eingeritzt, in jener Nacht, eh ich's zum ersten Mal gebrauchte.

VINCENT *vor dem Schwert auf die Erde kniend, liest* Mach – den du triffst – von Leiden frei!

SCHARFRICHTER *mit geschlossenen Augen, stark* Mach – den du triffst – von Leiden frei!

Vierte Szene

Im nächtlichen Moor. Erdnebel, niedrige Wolken, wechselndes Mondlicht. Später ein Streifen Tag

VINCENT *allein, im Nebel wartend.*

STIMME DER KAISERIN *aus dem Dunkel* Du –! Bist du da –?

VINCENT Hier – hier –! Ich komme –! *Eilt ihr entgegen.*

KAISERIN *erscheint mit ihm.*

VINCENT Hast den Weg verfehlt?

KAISERIN Nur dich gesucht – im Dunkel.

VINCENT Der Mond im Untergehn gibt kaum ein Licht.

KAISERIN Gibt Licht genug, um dein Gesicht zu sehn.

VINCENT Licht genug, um deine Hand zu finden.

KAISERIN Um dein Herz zu spüren.

VINCENT Deinen Mund zu suchen.

KAISERIN Da – *In seinen Armen, reicht ihm den Mund. Löst sich nach einer Weile* Du – du weißt es?

VINCENT Sag's nicht! Laß uns im Dunkel – bis es tagt. Zerreiß es nicht!

KAISERIN Sag du's. Ich bitt dich. Denn es muß gesagt sein.

VINCENT – Du weißt es?

KAISERIN Meine Lipp wird schwer davon.

VINCENT Daß es nit sein darf –?

KAISERIN Daß es uns verwehrt ist –

VINCENT Daß unser Wind erstarb – und unser Segel sank.

KAISERIN Daß unser Schiff die Ausfahrt nie beginnt.

VINCENT Daß dies das Ende ist.

KAISERIN Der Abschied! Nicht das Ende –!

VINCENT Abschied und Ende – willst du das noch trennen?

KAISERIN Was in mir lebt – kann nicht zu Ende gehn.

VINCENT Ist's nicht zu End – wenn ich dich nie mehr halte?! Ist's nicht zu End – wenn du mich nie mehr siehst?!

KAISERIN Der Traum ist aus, den wir mit Sehnsucht nährten. Die Sehnsucht bleibt, und wandelt sich – in Traum.

VINCENT War es ein Traum – so wird's wie Träume bleichen. Und war es Leben – stirbt's – wie alles stirbt!

KAISERIN Ach – Leben ist ein Wort – ein dunkler Spiegel. Weiß nicht, was er uns birgt. – Doch Liebe ist Gewißheit! Ist ein Stück, aus Gottes Herz gerissen, und brennt wie Gottes Herz, das nie verascht! Nimm es aus meiner Hand – und halt es fest! *Streckt wie zum Abschied die Hand aus.*

VINCENT *reißt sie an sich* Ja!! Noch halt ich dich!!

KAISERIN *in Angst* Nein – nicht mehr so –!

VINCENT Doch – einmal noch!

KAISERIN Man kommt – man folgt mir nach – ich muß zurück – eh sie mich finden –

VINCENT Keiner folgt uns – wo kein Weg mehr ist – im Nebel! Komm!!

KAISERIN Rühr es nicht mehr an!!

VINCENT Ich laß dich nicht! Nie mehr!! *Reißt sie mit sich fort.*

KAISERIN *aufschreiend* Oh – nie mehr! Nie mehr!!

Sie verschwinden. Nach einer Weile hört man Stimmen, dumpfes Pferdestampfen.

ERSTE STIMME Schrie da nicht wer?

ZWEITE STIMME Steig ab. Der Boden schwankt. Nimm deinen Gaul am Zügel.

Zwei Bewaffnete tauchen auf.

ERSTER Hast nit gehört? Den Schrei?

ZWEITER Was da so schreit – im Sumpf – und quarrt – und aus dem Röhricht pfeift – Viehzeug – Otternbrut – oder – gar das Ärgste.

ERSTER Still!

ZWEITER Nix. Ich hör nix. Und ich mag nix hören. Da gibt's – die Nebelweiber, kennst die? Wer die zwitschern hört, muß nach – ins Moor – und wann er nit versinkt und lebend wieder raus kommt, hat er weiße Haar, und ist verrückt, im Kopp.

ERSTER Geh. Vorwärts. *Macht ein paar Schritte weiter.*

ZWEITER Da führt kein Weg mehr. Komm. Die Spur war falsch. Das ist ein Hirngespinst vom Lemosier. Die Kaiserin schläft im Bett, wie alle Nächt.

ERSTER Wer weiß.

ZWEITER Hier kann sie nit sein! Wer nit verhext ist, oder mondbesoffen, der find kein Schritt hier weiter – Bleib nit so lang da stehn! – Das gluckst und gurgelt – und schwappt um unsern Schuh –

ERSTER Und ich hab's doch gehört – zuerst – da hat ein Weib geschrien –

ZWEITER Rasch, fort. Halt dir die Ohren zu, eh's dich wieder packt. *Geht – der andre folgt ihm.*

Der Nebel steigt, lichtet sich. Vincent und Kaiserin kehren zurück.

KAISERIN Von dir geführt, ist wie im Schlaf zu gehn.

VINCENT In diesem Schreiten – deinem Schritt vermählt – fühl ich das Maß, das tief geheime Wort, das alle Weltgestalt erweckt – und das wir meinen, wenn wir Schönheit sagen – du bist schön.

KAISERIN Die Nebel wallen auf – die Sterne wandern dem Morgen zu. Du sollst nicht traurig sein.

VINCENT Ich bin es nicht.

KAISERIN Sag mir, was dich beschwert! Ich will es lösen. Vertrau mir, was dich umtreibt in der Ödnis – was dich verfolgt, daß du die Menschen fliehst, und deine Jugend birgst, als wär sie Brest und Aussatz! Sag mir's! Ich kann dir helfen!

VINCENT Selbst wenn du's könntest – möcht ich dir's nit sagen.

KAISERIN Hab doch Vertraun zu mir!!

VINCENT Gibt es noch mehr Vertraun – als dieses Namenlose, zwischen dir und mir? Laß es von Frag und Antwort unbegrenzt.

KAISERIN Du – den ich du genannt – du wirst mich nie verlieren! Muß ich nun von dir gehn, und bleibt es mir versagt, des Herzens Drang zu folgen – trifft mich doch ein Strahl von Gnade, der auch dich erreicht. Mein Los ist festgeschmiedet an den höchsten Pol, der jedes Haupt beschattet – auch das deine!

VINCENT Wenn du so nah der Macht bist, welche löst und bindet – und wenn du retten kannst – so hilf der armen Seel statt meiner – der es bittrer not ist!

KAISERIN Welcher armen Seel?

VINCENT Wie mag ihr grauen vor dem ersten Grau des Tages – der ihr Henker wird! Wie mag sie ihn verfluchen! Durchs Gitterloch des Kerkers stößt die frühe Sonne den Hakenpfeil des Leidens ihr ins Fleisch – dann schleppt man sie hinauf – zum Hochgericht – – und dort steht einer – der die Klinge schärft – am kreischenden Wetzstein – *Er verstummt in tiefstem Entsetzen.*

KAISERIN Du sprichst von einer Frau – die sterben soll?

VINCENT Ich rede – von einer Frau – ich rede von einer Frau, die sterben soll. Sie hat ihr Kind erdrosselt. Selbst fast noch ein Kind. Weiß Gott, warum sie's tat – es konnt nicht leben – war zum Untergang gezeugt – auch war sie toll vor Schmerz, vor

Angst und Wirrsal – hätt sie doch selbst ein End mit sich gemacht!! – Doch sie ist jung – so bitter jung – zum Sterben!

KAISERIN Wann soll das geschehn?

VINCENT Heut in der Früh – sobald der Tag anbricht.

KAISERIN Kennst du diese Frau – für die du sprichst?

VINCENT Ich hab sie nie gesehn. Doch sah ich, wie man's aufschlug auf dem Hügel – das Blutgerüst.

KAISERIN Wenn ich ihr helfen kann – wär das für dich ein Zeichen?

VINCENT Ein Zeichen – und ein Wunder. Doch das Wunder schläft in jenen Wolken, die ewig ungewiß und grausam sind – und uns nit regnen wollen, wann uns dürstet.

KAISERIN Es wird geschehn.

VINCENT Das Wunder wird geschehn? Ach – könnt ich's glauben.

KAISERIN Du mußt es glauben! Denn das Wunder lebt – und wartet nur auf Glauben. Und wenn's geschieht – dann glaub auch an dein Wunder, und komm zu mir.

VINCENT Zu dir? Die ich doch meiden muß für immer?

KAISERIN Einmal noch sollst du mir nah sein – und in meinen Armen – frei – vor aller Welt! Hör zu. Der Kaiser kehrt in dieser Früh vom Kampf zurück – am Abend wird im Schloß der Sieg gefeiert, und die Kindstauf seines Schwagersohnes durch ein großes Fest, durch einen Mummenschanz, wo jeder sich verkleidet, keiner den andern kennt. Wer ritterlich Gewand trägt, vorm Gesicht die Maske, kann frei dort ein- und ausgehn. Komm dorthin! Und führ mich dort zum Tanz.

VINCENT Ich darf's nicht!! Keiner bricht die Grenze, die von Gott gesetzt und unverletzlich ist! *Hornruf aus der Ferne.*

KAISERIN Horch!

Vom Turm die Hute rührt das Morgenhorn. Bald ist die Nacht zu End. Und in des Dämmers Runde, weithin von Burg zu Burg, schwingt nun des Wachthorns Ruf, und bindet sich zum Kranz. Dahinter türmt sich, Kranz um Kranz, die stumme Wacht aus Wäldern, Bergen, Wolken – Dann die Himmelswacht der Sterne – Dann die heilige Wacht der Gottesscharen – vielfach geschichtet – bis zum höchsten Licht. Doch dieses eine Licht – des Wunders Licht – wenn es erscheint, durchträuft es jede Wehr, und lichtet alle Grenzen!

VINCENT Wie soll es uns erscheinen, die wir schuldhaft sind – verstrickt ins dunkle Erbgeschick des Blutes?!

KAISERIN Glaub mir – was wir getan, ist außer Schuld – und ist gesegnet. Auch unser Opfer soll zum Segen werden – soll nicht in Scham und Heimlichkeit vergehn. Komm dorthin, zum schöneren Abschied! Komm zum großen Fest! Du wirst mich dort erkennen. *Hornruf, näher, drängender. Der Himmel rötet sich* Sieh –! Der Tag bricht an! *Enteilt.*

VINCENT *leise* Der Tag bricht an –.

Dritter Akt

Erste Szene

Richtplatz auf der Kuppe eines Hügels. In der Mitte, erhöht gegen den Himmel ragend, das Blutgerüst aus rohen Brettern, mit Block und Korb. Eine steile Holztreppe führt hinauf. Seitlich unterhalb des Gerüsts der mächtige Wetzstein, der von Hensken Brandeis mit Wasser begossen und mit einem Handrad gedreht wird. Vincent hält mit beiden Fäusten das Schwert über den Stein. Er trägt das rote Gewand des Scharfrichters. Hensken ist nackt bis zum Gürtel. Auf der andren Seite des Gerüsts, schwarz gekleidet, der Gerichtsherr mit zwei Schöffen. Vor ihnen die Kindsmörderin, die reglos am Boden kauert, und ein Zisterziensermönch, der ihr beisteht. Rechts und links vorne, mit dem Rücken zum Beschauer, vielleicht auch ganz im Vordergrund oder auf Ästen tiefer stehender Bäume hockend, die äußersten Vordringlinge der nicht mehr sichtbaren Volksmasse, die von Bewaffneten immer wieder zurückgestoßen und in Abstand gehalten werden. – Zu Beginn, während der Urteilsverkündung, herrscht atemlose Stille, man hört nur das Kreischen des Wetzsteins und das leise Gemurmel des Priesters, der lateinische Sterbegebete spricht.

GERICHTSHERR Schuldig des Mordes, schuldig des Mords am eignen Fleisch und Blut, schuldig des Mords am ungetauften Leben. Dreimal schuldig.

SCHÖFFEN Dreimal schuldig.

GERICHTSHERR Hieher bestellt in ständiger Vertretung des höchsten irdischen Gerichtsherrn, unsers Fürsten, sprech ich dein Urteil: Aus besonder Gnad und Barmnis deiner Jugend sei dir geschenkt: Das Strecken, Brennen, Schinden, Gliederbrechen, das auf gemeiner Mordtat steht. Dein Tod gescheh durch Hauptes Schnitt vom Rumpf, mit raschem Schwertstreich. Hast du noch einen Wunsch?

KINDSMÖRDERIN *unbewegt.*

PATER Sie hat gebeichtet und des Herrn Leib empfahn.

GERICHTSHERR So brech ich deines Lebens Stäblein – *Tut's* – und übergeb, was sterblich ist von dir, dem Henker. Waltet Eures Amtes!

ZWEI BEWAFFNETE *treten herzu, wollen die Verurteilte anpacken.*

PATER *wehrt ihnen* Laßt sie unberührt. *Zur Kindsmörderin* Komm, Kind. Geh selbst hinauf. Ich helf dir. Sieh, es ist ein kurzer Weg des Leidens. Doch auf unsichtbarer Leiter steigst du dann empor, dem Staub enthoben, bis zum Ewigen Licht. *Er stützt sie die Treppe aufwärts.*

GERICHTSHERR Scharfrichter! Waltet Eures Amtes!

SCHRILLER ZURUF Los, Roter! Nit gefackelt! Zeig uns, was du kannst!

EIN WEIB Hast dir ein sauber Bräutlein beigewunken für dein Jungfernstreich!

ANDERES WEIB Dem sein Braut ist die Schwertkling – drum wetzt er sie!
Gelächter.

EIN KRÜPPEL Der fanget gut an! Gleich ein Weiberhälsken! An unsereins mag er sich nit beschmutzen!

ERSTES WEIB Drecksack, bist auch zu garstig für, dich möchtens ungeköppt im Schindanger verscharrn!

KRÜPPEL Oho! Mich haben's offenmarkts gefoltert, sieben Stund lang, vor der ganzen Stadt! Das war ein ander Spaß!

ZURUFE Los, Roter! Schöner! Nobler! Tanz mit deiner Braut, hast sie schon blinklich aufputzt!

HENSKEN Das Schwert ist scharf jetzt. *Wischt sich den Schweiß.*

VINCENT Noch nit scharf genug. Dreh weiter.

HENSKEN *dreht.*

WEIB Der laßt sich Zeit, dat mir mehr Freud von han!

KRÜPPEL Is auch ein Unrecht, daß man dem fürs erste Mal kein saftig Folter zuweist. An so eim Schwertstreich is nit viel dabei. Doch Strecken, rechtsam Strecken, daß man's knacken hört – das is ein künstlich Handwerk sag ich euch! Mich haben's gestreckt, schaut her, mein Bein!

WEIB Pfui, laß dein Schandfuß unten! Alter Sündknochen!

KRÜPPEL Den hents mir nit gestreckt!!

Gelächter.

GERICHTSHERR Ruhig da! *Zu Vincent* Was soll das Zaudern? Euer Schwert ist scharf.

VINCENT Noch nit scharf genug.

PATER *zur Kindsmörderin, die droben neben dem Block kniet* Verschließ dein Ohr der Welt! Verschließ dein Auge ihrem trüben, jämmerlichen Schein. Dein harret große Helle! Zittre nicht! Bald hast du überstanden. Heb dein Herz zu Gott!

KINDSMÖRDERIN *leise* Verfluchter Gott –

PATER Still – still! Du trägst das Sakrament! Du bist in Gnade!

KINDSMÖDERIN Verfluchter – gnadenloser – böser Gott! Du läßt's geschehn!

PATER Apage Satanas! Fahr aus, unreiner Geist! Fahr aus! Fahr aus!

WEIBER Die lästert noch!! Das Mensch, der Unflat!

KRÜPPEL Foltert sie! Streckt ihr die Knochen!

ANDERE Brennt ihr den Teufel aus mit siedend Öl! Die is der Gnad nit wert!

KRÜPPEL Kein siedend Öl! Ihr wißt nix von der Folter, ihr versteht's nit. Siedend Öl is schlecht und viel zu teuer! Stänkert auch zu arg, hält keine Nas nit aus. Ein glührot Eisen, einmal rasch ins Wasser, und dann – Zisch!! aufs nackte Fleisch! Das zieht! Schaut her – mein linke Brustwarz habens abgebrennt!

WEIB Pfui, laß dein Hemd zu, alte Sündenhaut!

KRÜPPEL Die hents mir nit verbrennt!

Gelächter.

GERICHTSHERR *geht zu Vincent* Wollt Ihr jetzt schlagen oder nit? Das Schwert ist scharf genug!

VINCENT Ich kenn mein zugebrieftes Recht, und will es fordern! Das Schwert muß, eh ich's brauch, genugsam scharf sein, um eine hochgeworfne Feder in der Luft zu teilen. Seht: ich nehm ein Hahnenflaum vom Schmachhut, den ich trage. *Er wirft eine Feder hoch, schwingt das Schwert darnach aus* Sie ist ungeteilt!

GERICHTSHERR Ihr habt zu flach geschlagen!

VINCENT *hält ihm das Schwert hin* Probet selbst – wann Ihr mein Prob nit gut heißt.

Gelächter beim Volk.

GERICHTSHERR *wendet sich wütend* Macht jetzt rasch! Ich rat's Euch!!

VINCENT *zu Hensken* Dreh!! *Hält das Schwert über den Stein.*

KINDSMÖRDERIN *aufschreiend* Ich kann es nimmer hören!! Macht ein End!! Was hab ich Euch getan – daß Ihr mich quält!! *Windet sich am Boden.*

EIN GREIS *zu Vincent* Dein Vater war des Opfers letzter Freund. Du bist sein erster Teufel!

WEIB Das arme Ding! Der laßt sie zappeln wie den Wurm am Haken.

KRÜPPEL Was der treibt, ist mehr als Folter! Schlimmer als die Folter!

RUFE Blutschinder! Schweißpresser! Folterknecht!

PATER Um des Erlösers Wunden! Macht ein Ende jetzt! *Beginnt laut zu beten.*

VINCENT *zu Hensken* Halt ein. Es muß geschehn. *Er tritt, von Hensken gefolgt, zum Blutgerüst, bekreuzt sich, steigt hinauf.*

EIN WEIB *in der plötzlichen Stille, keuchend* Jetzt – jetzt –

VINCENT *steht oben, starrt über die Kindsmörderin weg ins Weite.*

HENSKEN *steht hinter der Verurteilten* Macht rasch, Herr. Sagt den Spruch.

VINCENT *steht unbewegt. Stille.*

ZURUFE *anschwellend, drohend* Er traut sich nit! Er is zu feig! Zu schlapp! Zu elend! Schaut, wie blaß er ist! Der wird sich noch erbrechen! Pfui! Angstmann! Jammerkerl! Leg dich doch selbst aufs Brett!

GERICHTSHERR Still! Scharfrichter! Ich befehl Euch jetzt – bei Leibs und Lebens Straf!! Tut Eure Pflicht!!

VINCENT *beugt sich tief vor der Verurteilten. Es wird wieder still* Verzeih. Vergib, was ich dir antun muß. Ich tu's im höchsten Zwang. Und wie's dich trifft, so treff's mich selbst. Dein Blut komm über mich und über mein Geschlecht. Vergib mein Zaudern. Denn ich tat's dir nicht zu leid. Ich tat's, weil ich gebaut aufs ewig Ungewisse – auf die Gnade. Doch Gnade – – *Er macht plötzlich einen Schritt an ihr vorbei – streckt den Arm aus – starrt ins Land* Da – –!

GERICHTSHERR Was gibt's? Was deutet er?

PATER Im Westen – eine Staubwolk!

GERICHTSHERR Eine Staubwolk?

VINCENT *wirft das Schwert zu Boden, schreit* Gnade!!

GERICHTSHERR *zu den Bewaffneten* Los, packt ihn, er ist toll! *Schreit Hensken zu* Büttel! Henkersknecht! Nimm du das Schwert!

Trompetenstoß fern.

VINCENT *springt mit beiden Füßen auf das Schwert* Keiner rührt es an!!

Trompetenstoß näher.

LEMOSIER *erscheint hinter zwei Knappen, die ihm den Weg frei machen* Kaisers Befehl! Halt ein!! *Er tritt zum Gerichtsherrn* Reichsfrieden! Ob des Kaisers Sieg und Rückkehr ist ein Gnadenbrief gelobt, fürs ganze Land. Das Urteil ward zunichte. Sie ist frei.

GERICHTSHERR Entlaßt sie.

PATER *beugt sich über die bewußtlos Zusammengesunkene* Komm, Kind. *Er hebt sie auf, stützt sie mit Hilfe eines Bewaffneten vom Blutgerüst hinab und weiter, durch das lautlos zurückweichende Volk.*

EIN WEIB *herandrängend* Laßt sie uns anrührn – Sie hat den Gnadenschein im Haar –

ANDERES WEIB Nur ihre Hand berühren – ihren Kleidersaum!

PATER Laßt sie unberührt. *Trägt sie fort. Alle folgen.*

KRÜPPEL Solch ein lecker Köppken. – Hätt der sich mehr geschnickt, wär's noch geglückt! Der is kein guter Freimann. Solch ein lecker Köppken! *Folgt den andern.*

VINCENT *steht noch wie vorher auf dem Gerüst, dann steigt er langsam herab, während Hensken droben bleibt und aufräumt.*

LEMOSIER *beim Gerichtsherrn, der allein zurückblieb* Ist fast ein Wunder, daß ich noch zurechtkam. Mit Sonnenaufgang zog der Kaiserliche Herr erst ein. Es muß ihm wer gesteckt han –

kaum daß er's Schloß betrat – wer, weiß ich nit, vielleicht die Gräfin, Eure Landsfrau – daß heut ein Blutrecht ist. Reitet, sagt er, was der Gaul hergibt. Zerbrecht das Urteil. Heut ist mein Frohtag, heut soll keiner sterben!

GERICHTSHERR *mürrisch* Es war ein Zufall, daß Ihr's noch erreicht.

LEMOSIER Ein Glücksfall – wie er selten trifft. *Zu Vincent* Für Euch – ein Trauerfall! *Lachend* Das Kopfgeld seid Ihr los – für dies Mal!

VINCENT Und für alle Zeiten. Meine Hand ist leicht – und frei von Blut.

Hebt grüßend die Hand, geht.

LEMOSIER *sieht ihm nach* Habt ihr die Hand gesehn?

GERICHTSHERR Welche Hand?

LEMOSIER Von Eurem Henker! Eures Freimanns Hand.

GERICHTSHERR Wozu soll ich des Henkers Hand besehn?

LEMOSIER Weil sie sehr fremdlich ist – für einen Mann von solch geringer Herkunft. Ganz von andrem Zeug –. Glaubt mir – man kennt an Händen mehr als an Gesicht und Auge. Hände lügen nicht.

GERICHTSHERR *zuckt die Achseln* Das mag wohl sein.

LEMOSIER Oft ist mir einer fremd, den ich von Angesicht schon viele Mal gesehn. Doch eine Hand, die ich ein Mal mit wachem Sinn erblickt – die kenn ich wieder, unter tausend andern. *Gibt ihm die Hand* Lebt wohl.

Zweite Szene

Unter einem breiten, mit spätsommerlichen Früchten beladenen Baum sitzt der alte Scharfrichter, in einem leichten Gartenstuhl. Dicht bei ihm stehend der greise Grützlin.

SCHARFRICHTER Rück mir den Stuhl herum, so daß mich die Sonn trifft.

GRÜTZLIN Sie wird nit lang mehr scheinen.

SCHARFRICHTER Lang genug für mich.

GRÜTZLIN Vatter – weshalb müßt Ihr denn schon fort? Seht

mich an – hab mehre Winter auf dem Schädel als Ihr – und möcht's noch nit so bald!

SCHARFRICHTER *weist auf den Baum über sich* Wann's reif ist – fällt's herab.

RUPPERT *der Bauernbursch kommt gelaufen. Hält etwas zwischen den Fingern* Was ist das, Vatter?

SCHARFRICHTER Zeig näher. Eine Wolfsmilchraup. Setz die nur wieder hin, wo du sie her hast. Das gibt ein schönen Schwärmer.

RUPPERT Das wird ein Flatscherling?

SCHARFRICHTER Ein schöner, der zur Nacht an Blüten schwirrt. Mit langem Sauger, und ganz dickem Leib. Trag's fort, und bring's nit um! Die frißt ein giftig Kraut, und schad uns nix, im Garten.

RUPPERT Aber die Maulwürf? Die Wuhler – un die Regenwürm?

SCHARFRICHTER Die laß in Ruh, die sind uns nützlich. Denn der Maulwurf frißt das böse Larvenzeug, das an der Wurzel nagt, die Werrn und Engerling. Und Regenwürm zerlockern's Erdreich, schaffen Luft, und sparen dir viel Grabens. Laß die nur in Ruh, und bring's nit um. *Müde* Laß leben –

RUPPERT Ja, Vatter. Doch die Feldmäus, Vatter, un die Schärgrill, der grimmig Beißkopp? Un die grüne Würm im Kohl?

SCHARFRICHTER *lächelnd* Die magst umbringen. Die sin schlecht für uns.

RUPPERT Die sitzen schon im Kohl. *Rennt weg.*

SCHARFRICHTER Geh ihm nach, Grützlin. Seh zu, daß er nix Falsches umbringt, wann er schon dabei is.

GRÜTZLIN Vatter – ich laß Euch nit alleinig. Wo Euer Sohn – wo der nit heim is kommen – und Euch nit beistehn kann in derer Stund –

SCHARFRICHTER Den Sohn – den brauch ich nit zu dem. Was ich ihm weisen konnt, und er mir Beistand leisten – dafür war Lebens Zeit genug. Jetzt wär's zu spät. Das Letzte tut ein jeder Mensch allein.

GRÜTZLIN *schluckend* Un daß mir, wenn's vorbei is, Euch am

Kreuzweg müssen einscharrn, gleich ein schlechten Mann – und Euch nit betten dürfen in geweihte Erd!

SCHARFRICHTER Jetzt geh. Guck, was der Bub macht, in der Krautheck.

GRÜTZLIN *geht*

SCHARFRICHTER *allein*

Dies ist der Tod, der mir beschieden ist.
Ein leises Wehn – ein Rieseln in den Blättern –
Ein glimmend Licht – ein stumm geheimes Wettern –
Ein Abend, der voll Trost und Frieden ist.

Wer segnet meinen Leib? Die Sonne, die drauf scheinet.
Wer weiht mein Grab? Der Regen, der drauf weinet.
Wer weckt mich zum Gericht? Des Schöpfers Hand.
Denn jeder Krumen Erde ist geweihtes Land.
Er schließt die Augen und stirbt.

Dritte Szene

Im Schloß zu Bergen: der zwiegeteilte Festraum. Im Hintergrund ein großer, hell erleuchteter Saal, der eigentliche Tanzboden, in den eine breit geschwungene Flügeltür Durchblick gewährt. Die vordere Bühne stellt den Vorraum des großen Saales dar, in dem der Kaiser mit seinen Herrn dem Feste beiwohnt. Jedoch ist auch hier freier Platz genug zum Tanzen. Des Kaisers Tafel befindet sich auf einem durch Stufen erhöhten Innenbalkon, von wo aus er das Getriebe der Tanzenden, möglichst in beiden Räumen, überblicken kann. Ihm zur Seite sitzen, wie im Vorspiel, an langem Tisch, der mit Trinkgeräten bestellt ist, die Kaiserin, Graf und Gräfin von Bergen, dann der Lemosier, Hartmann von Hildesheim, Azzilo von Bayern, Adelbert von Kärnten, Hanno von Paderborn und Ekbert von der Pfalz. Zu Beginn der Szene wird nicht getanzt, die Paare ergehen sich im rückwärtigen Saal. Die Herren, außer dem Kaiser und seinen Tischgenossen, tragen eine Halbmaske vorm Gesicht, die Damen sind ohne Maske, festlich gekleidet und ge-

schmückt. Zwischen den Tänzen, zu denen in strenger Form, aber laut und kräftig aufgespielt wird, leises Interludieren der Musik.

DER TANZRUFER *von zwei Herolden gefolgt, tritt durch die Flügeltür nach vorne, verneigt sich auf den Stufen vor dem Kaisertisch* Wär es der hochgnädigsten Frau Kaiserin jetzt genehm, zur nächsten Ronde einen Tänzer zu erwählen?

KAISERIN Noch nicht. Ich dank Euch.

TANZRUFER Dürft ich dann die Frau Gräfin bitten, um Führung dieser Ronde?

GRÄFIN *eifrig* Wann Ihr's erlaubt, Frau Schwester? Aber möcht Ihr nit selbst erst führen? Es wär ein Ehr für alle, und auch für Euch nit so langstengelig als wie dahier am Herrentisch.

BERGEN *gereizt* Dat künnt ich nie nit annehmen, dat sich die Kaiserin langstengele möcht, bei unser lustig Reden. Mir hänn schon so'ne Spaß jehatt! *Er lacht ohne Echo.*

KAISERIN Nein – ich möcht noch nit.

GRÄFIN Fällt Euch die Wahl schwer? Mir nit gar zu arg.

AZZILO Wann's nur net mi wählets, Frau Gräfin! Wär schad um Euer seiden Schuhzeug.

GRÄFIN *zur Kaiserin* Wann Ihr verlaubt – ich nehm den Lemosier!

KAISERIN *lächelnd* Das braucht nit mein Verlaubnis. Er ist ein freier Herr!

LEMOSIER Ich dank Euch sehr, Frau Gräfin, für die Ehre – und hoff, daß ich Euch Ehre mach beim Tanzen.

GRÄFIN Darum is mir nit bang – wer aus Burgunde is, kann tanzen – und überhaupt – *Sie wird rot* – Ihr seid halt aus Burgunde.

BERGEN *wütend, zum Tanzrufer* Nu macht schon! Macht schnell!! Schnicket Euch!!

TANZRUFER *gibt ein Zeichen, die Herolde stoßen ins Horn, Stille. Er sagt auf*

»Den Ronde Spring- und Bücketanz der itzt beginnet
Führt eine hohe Frau von aller Welt geminnet
Die bergisch Gräfin tut es uns zu Gnaden

Und alles Edelvolk is auf den Tanz geladen
In sechs Figüren wird sein Band gesponnen
Und endet an dem Ort, wo es begonnen.«

Musik setzt ein, die Paare ordnen sich im rückwärtigen Saal.

LEMOSIER Darf ich Euch bitten, gnädige Frau Gräfin?

GRÄFIN Ihr müßt ein Mask aufsetzen, habt Ihr keine?

LEMOSIER *im Gehen mit ihr* Ich war nit auf mein Glück bereitet. Der Tanzrufer wird mir die seine leihn. *Sie gehn in den Saal, wo sie als erstes Paar den Tanz anführen. Der vordere Raum bleibt leer.*

BERGEN Jäckerei, so 'ne Tanzjehuppe. Ich hänn da kein Verstand nit für. Dat is mir zu jäck.

AZZILO Woahr is. Dös is nix Gwisses für Männerleit – die Füeß verdreht aufsetzen un mitm Steiß scharwenzen als wi der balzi Hoahn. Bei ens derhoam, do damma Kortn spüln oder würfeln. Verstehst? Do kannst leicht oan ausschmiern.

HANNO *der verwundet ist, den Arm in der Schlinge trägt* Schnick Schnack. Hier is ein Tanzspringen, und kein Würfelschlenkern. Wozu wer nit geschickt is, da drauf mag er gerne schimpfen. Wohl?

AZZILO Ihr hobt's guet reden, mit Euer zerschmissen Ellenbein. Euch wählet koani!

HANNO Hättet Euch sollen ein härter Kemp anrampeln, bei der Lahn. Könntet auch ein zerschmissen Bein weisen, oder zwo.

AZZILO Dös is zvui. Dös sogt mir koana, daß i mi net bitter hätt gschlogn bei der Lahn. Bitter, bitter!!

ADELBERT *grinsend* Scho bitter gnua.

AZZILO Hobt's ebba net gsehn, wiari dem Lothringer nochgsetzt bin, inmitten die Straßburger Spießling, die welschlichen? Mein Roß hobens anspießt! Mei Roß! Hob's mißn bein Roßschinder geben! Die Lueder! Hot mi an Batzn Göld kost, selles Roß!

EKBERT VON DER PFALZ Daderfür habt Ihr Euch auch die drei beste aus der kaiserliche Reubuß ausbedunge, gell?

AZZILO Kreizteifisakra –

SCHEITSPALTER *einfallend, singt laut ein paar Takte der Tanzmusik mit* Daa – dara – da da da Daa. Ich weiß nit, weshalb die Herren den Tanz nit mögen. *Zum Kaiser gewandt* Gäb's leicht ein schöner Frohbild als junge Leut in ihr springlebig Lüsten? Mich mahnt's an gute Zeit und Seligkeit.

KAISER *der wenig auf das Gespräch achtet, mehr der Kaiserin zugewandt ist* Gewiß – bal's noch nit kreuzstockig un steifstelzert sein! Bal's noch recht hüftwendig drehn, und aus der Sprungkehl schnälzen! Für uns wär's vorbei, Petrus. Doch möcht's mich herzlich erfreun, wann meine Frau Kaiserin den fränkisch Ländler wollt führen, mit ein geliebsam Tänzer nach ihrer Wahl!

KAISERIN Ich will es gern – wenn's Euch lieb ist – doch später erst. Jetzt möcht ich noch zuschauen.

KAISER Schauet nur aus, und wählet gradzu, wann Euch der rechte Gesell aufscheinet. Heut is Freimasken, Mummenschanz, da braucht Ihr nit auf Stand und Herkunft sehn. Kommet eh nur Adelsvolk hier beisammen.

HARTMANN *lachend* Der Lothringer möcht sich gar pfaumäßig spreizen, in sein gelb Seidenzeug, wann er hier bei uns wär, un der Böhm möcht ein sputzig Figur machen, in der Tanzdielen!

SCHEITSPALTER Han sich's ungut gerichtet, selbige Herrn, daß sie müssen in Buß und Hausbann hocken, statt wie davor in Kaisers Gnad un Glanz zu stehn!

AZZILO Is denen viel zu guet ausgangen, sog i! Die Buß machets nit arm, der Hausbann schwächet ihr Leib nit. Den Böhm, den hätts nimmer brauchet, sog i. I möcht an bessern Böhmerherzog abgeben, glaubt's, wann I aa denen ihr maulverreckig Zung nit kann sprechen.

HANNO Ob Ihr wäret Böhmerherzog worden, und ich hätt Brabant aufschnappet un Flandern, darob steht uns kein Meinung an, Herr. Doch daß den Lehensbrechern die Köpp noch gesünd auf Schultern sitzen, dat künnt ich nie und nimmer gut heißen, wohl?

SCHEITSPALTER Sehet Euch vor, Herr! Ihr habt kein Tadels Recht an Kaisers Spruch und Willen!

HANNO Es ist mein Meinung, und ich hab's gesagt.

KAISER Ihr seid sehr jung, Herr Hanno, und traget Kampfes Wunden – das halt ich Euch zugut. Doch wann Ihr meint, ich hätt für Schwäch und Jammer den Handel so beschlossen, wie ichs' tat – dann seid Ihr schwach im Denken! Glaubt nit, daß mir ein Blutspruch Herzstocken machet, wann's mir rechtens scheint! Vor dritthalb Jahr noch, wie der Thüringer sich aufhob widers Reich, da ließ ich den und zwanzig Edelherrn enthaupten, vor mein Angesicht. Heut aber weiß ich – und ich sag's, auch wann Ihr's nit begreift –, daß Blut, so in lebendig Adern rollet, ein größer Kraft ist und ein stärker Zwang und Kitt, als wann's auf Richtmals Stein vertropfet. Dieses merkts. Jetzt denket, was Ihr mögt. Ich geb Euch zu: es braucht mehr Schläg als Jahre – bis man den Wahrsinn über Zorn und Haß mag stellen.

Während der ersten Sätze des Kaisers war im rückwärtigen Saal der Tanz zu Ende gegangen, die Musik schwieg, nun beginnt sie wieder mit leisem Zwischenspiel. Die Ordnung der Paare hat sich aufgelöst, Gräfin und Lemosier kehren zum Herrentisch zurück.

GRÄFIN *bei der Kaiserin* Habt Ihr zugeschaut? Es war ein Freud mit ihm, so führt kein andrer Herr!

BERGEN Jewiß, er is ja aus Burgunde, aus Burgunde, aus Burgunde!!

LEMOSIER Verzeiht, Herr Graf. Nit jedem ist's vergunnen, bergisch zu sein.

BERGEN Dat is ne hinterzüngisch Antwort. Wat meint er damit?

VINCENT *festlich gewandet, schwarze Halbmaske vorm Gesicht, erscheint im Saal unterm Getrieb der aufgelösten Paare, geht suchend umher, nähert sich allmählich der Mitteltür.*

GRÄFIN Jetzt aber müßt Ihr wählen, Frau Schwester – wartet schon alles darauf.

SCHEITSPALTER Ja, gnädige Frau, jetzt könnt Ihr's nimmer versagen! Schaut nur den Tanzrufer, der sonst Leucht- und Ofenmeister is im Schloß – und nit gewohnt, mit herrschaftliche Leut zu reden. Schaut nur, wie dem vor Pein darob, daß er Euch wieder muß aufbitten, der Schweiß schon auf der Nasen perlet!

KAISERIN *lacht.*

VINCENT *der jetzt in den vorderen Raum tritt, hört ihr Lachen – sieht zu ihr auf.*

KAISERIN *erblickt ihn – verstummt.*

SCHEITSPALTER Nein, jetzt dürft Ihr ihm kein Korb mehr aufhangen, liebste Frau! Seht – er kömmt schon wieder!

KAISERIN Ja – jetzt will ich tanzen.

TANZRUFER *auf den Stufen* Darf ich die hochgnädigste Frau Kaiserin aufbitten, einen Tänzer jetzt zu küren, und unser nächsten Reigengang zu führen?

SCHEITSPALTER *leise* Da hat er viele Stund dran memorieret. Aber 's lauft am Schnürlein.

KAISERIN *steht auf* Ich dank Euch – und ich nehm das Aufbot an. Ruft mir den Herrn, der an der Säul dort lehnt, zum Tanz.

TANZRUFER *tritt zu Vincent.*

LEMOSIER Darf ich Euch hinleiten, gnädige Frau, zu Eurem Herrn?

HARTMANN Wann die Frau Kaiserin vortanzet, so machen wir die Trepp, die Bruck, den Durchgang, den Spalier, und dann den Händeplatsch am Ende! Kommt, Ihr Herrn!

ALLE, *auch die Gräfin, erheben sich vom Tisch, bilden für die Kaiserin Spalier.*
Nur der Kaiser und Scheitspalter bleiben sitzen.

DIE HEROLDE *stoßen ins Horn.*

DER TANZRUFER *sagt auf*

»Den Reigen Schreit- und Schwingetanz der itzt beginnet
Führt unser höchste Frau von aller Welt geminnet
Des Reiches Kaiserin erweist uns solche Gnaden
Und nur die Edelsten sein auf den Tanz geladen
Mit neun Figüren wird sein Band gesponnen
Und endet an dem Ort wo es begonnen.«

LEMOSIER *führt die Kaiserin zu Vincent, der sich vor ihr verneigt. Die Paare, weniger als vorher, ordnen sich diesmal im vorderen Raum, unterm Angesicht des Kaisers. Die Kaiserin und Vincent nehmen als vorderstes Paar nebeneinander Aufstellung. Mit dem starken Ein-*

satz der Musik schwingen alle Paare mir rascher Bewegung die einander berührenden Arme mit ausgestreckten Händen hoch, derart, daß die Handfläche des Mannes auf dem Handrücken der Frau liegt. So schreiten sie, mit hocherhobenen Armen, den Beginn des Reigens, in kurzem Bogen durch den vorderen Raum, dann durch die Flügeltür nach hinten in den Saal, wo sie nur noch im Ausschnitt und Vorübergleiten zu sehen sind. Die Lehensfürsten und alle andern, die sich am Tanz nicht beteiligen, stehen nun in gedrängten Gruppen unter der Flügeltür oder an den Wänden und beobachten den Tanz.

LEMOSIER, *der zu Beginn des Tanzes dicht bei Vincent und der Kaiserin stand, tritt zu Hartmann* Verzeiht – kennt Ihr den Herrn, mit dem die Kaiserin tanzt?

HARTMANN *achselzuckend* Heut ist ein Mummenschanz. Is nit für Kennens.

SCHEITSPALTER *allein beim Kaiser droben* Schaut, Herr, jetzt schwingens schon!

KAISER Sagt, Petrus – glaubt Ihr, daß nur einer von den Herrn, die mit mir widern Feind gezogen sind, mehr für mein Sach aufbringt als nackte Lehnstreu oder Eigensucht – und mein Sinn erkennt?

SCHEITSPALTER Herr, Ihr habt Kraft, zu schauen und zu handeln. Wer dies trägt – steht allein.

KAISER Als mir die Söhn noch lebten, war ich nit allein.

SCHEITSPALTER Und wart auch weniger weise!

KAISER Kommt, Petrus, stutzt mit mir. *Schenkt ein* Ich göß die Weisheit gern in Euern Krug – und mir die Freud herein.

SCHEITSPALTER Mag sich's verteilen. Auf gemischte Weisheit, Herr!

KAISER Und auf gemischte Freuden!

Sie trinken.

LEMOSIER *in der Tür, zum Tanzrufer* Wer ist der Herr, mit dem die Kaiserin tanzt?

TANZRUFER Verzeiht – ich kenn ihn nicht!

Er winkt einer Gruppe von Masken zu, die bereit standen und nun in den vorderen Raum einspringen. Wüst vermummte Gestalten, vier Männer, vier Frauen, mit ungeheuer langen Nasen, vorgetriebenen Spitzbäuchen, die Weiber zum Teil mit übertrieben ausgestopften Brüsten und Hintern. Sie tanzen vor dem Kaiser einen derben und wilden Springtanz mit oft recht anstößigen Gebärden, die Männer fahren ihren Tänzerinnen mit dem Degen unter die Röcke, die Frauen packen sie an ihrer langen Nase und reißen sie am Bart. Die Musik des Haupttanzes, der sich im rückwärtigen Saal bewegt, ist entsprechend der vorderen Darbietung auch in eine raschere und wildere Figur übergegangen.

TANZRUFER *aufsagend zu dem Maskentanz, mit Verbeugung vorm Kaiser*

»Ich bitt um Betracht
Auf die närrischen Acht
Ihr Beiner tuns wetzen
Die Herrn zu ergetzen
Sie schlingen und schwingen
Den Rucktanz und springen
Zu Lüsten und Hatz
Wie der Rüd auf die Matz!!«

SCHEITSPALTER *lachend* Nun Herr – is das die reine Freud?

KAISER Nein – die gemischte Weisheit! *Beide lachen.*

DIE MASKENTÄNZER *enden ihren Tanz mit einem lauten Juchzer, stieben auseinander, verschwinden.*

Gleichzeitig – unter zunehmender Heftigkeit der musikalischen Figur – erscheinen die Paare aus dem rückwärtigen Saal tanzend durch die Flügeltür im vorderen Raum. Die Reihenfolge der Paare ist nun umgekehrt wie am Anfang, so daß Kaiserin und Vincent als letztes Paar erscheinen. Sie bewegen sich durch den schon mit Tanzenden erfüllten Raum bis ganz nach vorn an die Rampe, wo sie, von den andren, sich Drehenden und Stampfenden, etwas abgetrennt und nach rückwärts gedeckt, weiter tanzen. Die Paare halten jetzt einander an den Händen, lassen sich wechselnd los und umschlingen sich wieder.

KAISERIN *flüsternd im Tanz* Abschied – kein Ende!

VINCENT Abschied – kein Ende –!

KAISERIN Du liebst mich –

VINCENT Ich lieb dich –

KAISERIN Alle Zeit –

VINCENT Alle Zeit –

LEMOSIER, *der beim Hereintanzen der Paare auf den Stufen stand und sie an sich vorbeiließ, ist nun rasch zum Kaiser hinaufgestiegen und hat ihm etwas zugeflüstert.*

KAISER *springt plötzlich auf, winkt zur Musik, schreiend* Halt!! *Mit dem letzten Wort Vincents reißt die Musik hart ab.*

KAISERIN *reglos, noch in Vincents Arm.*

LEMOSIER *ist heruntergekommen, eilt auf Vincent zu, reißt ihm mit einem Ruck die Maske vom Gesicht. Laut* Er ist's! Der Scharfrichter von Bergen!!

Stille.

KAISERIN *die Vincent losließ – stürzt wie tot zu Boden.*

FRAUEN *knien bei ihr nieder. Stille.*

KAISER *ist herabgestiegen, kommt langsam nach vorn* Bringt ihn weg! *Er streift Vincent kaum mit dem Blick* Tut ihm nach seinem Stand.

DIE HERRN *packen Vincent an, der sich nicht wehrt.*

LEMOSIER Hinaus – und an den nächsten Baum mit dem.

KAISER *hat sich tief über die am Boden ausgestreckte Kaiserin gebeugt.*

KAISERIN *richtet sich auf* Halt! Wartet ab! *Sie erhebt sich, auf die Damen gestützt, dann steht sie frei. Zum Kaiser* Ich bitt Euch – bleibt mit mir allein, und hört mich an. Laßt diesem nichts geschehn, bevor Ihr mich gehört. *Leise* Ich hab Euch viel zu sagen.

KAISER *nach kurzem Zögern* Führt ihn hinaus – und haltet Euch bereit, mein Spruch zu hören.

ALLE *gehen möglichst lautlos hinweg.*

Vincent wird von den Rittern hinausgeführt. Er ist still und aufrecht. Kaiser und Kaiserin bleiben allein.

KAISERIN Hört mich nun an, mein Herr. Ich hab Euch viel zu sagen. Nit viel der Worte nach, nit viel Bericht – doch schwer des Inhalts, schwer von Sinn und Segen. Ich bin in Hoffnung.

Bald nach Eurem Auszug ward ich des gewahr – spürt ich den Griff am Herzen, der das Leben teilt – und oft ist auch ein leises Regen schon in mir – nicht mehr, wie sich im Schlaf ein Vogel regt, wenn ihn der Mondstrahl trifft. Doch bis in meines Wesens letzte Faser weiß ich's jetzt – in dieser Stund –, daß es in mir heranwächst – daß ich's nähr mit meinem Blute – daß es leben wird. Drum sollt Ihr's jetzt erfahren. Und in der Stund, da solche Nachricht geht von mir zu Euch, wie nie zuvor – und wie sie einmal nur geschieht in unserm Leben – in dieser Stund dürft Ihr kein Urteil tun, das eines Menschen Blut vergießt, um meinetwillen. Denkt – daß meine Zeit nun anhebt – der Monde großes Reifen – und lastet mir kein Todesschatten auf ihr glimmend Licht. Denkt – an die Hoffnung! Denkt an das, was noch nicht zu Euch redet – doch schon in meinem Atem lebt, mit meinem Herzschlag zittert – denkt an dieses Kind – und laßt sein ungeboren Haupt vom Blute unbefleckt. Schenkt ihm, als ersten Lebensgruß, ein Leben! Mag's Euch zum Dank der Sohn einst wiedergeben!

KAISER *hat ihre Rede mit gesenktem Kopf und unbewegtem Antlitz gehört. Nun hebt er, nach einigem Schweigen, die Augen zu ihr, und schaut sie, die seinem Blick voll standhält, lange an. Dann ruft er nach rückwärts, laut* Herold!!

EIN HEROLD *eilt herbei.*

KAISER Den Schwertjunker ruft.

HEROLD *ab.*

Gleich darauf erscheint des Kaisers Schwertjunker, der den mächtigen Zweihänder bringt. Auf einen Wink des Kaisers entblößt er die Klinge, reicht sie dem Kaiser hin. Der setzt sie mit der Spitze zu Boden, stützt sich mit beiden Händen auf den Knauf.

KAISER *zum Schwertjunker* Führt den Gesell herein, dem ich Recht sprechen will – und alle Welt soll hören!

SCHWERTJUNKER *öffnet die große Flügeltür nach rückwärts, die vorher geschlossen wurde, ruft* Der Kaiser hält Gericht – und alle Welt soll hören! *Die Herren, Fürsten und Festgäste, ohne die Masken, erscheinen im Saal und im vorderen Raum, bilden einen weiten Halbkreis um Kaiser und Kaiserin, in dessen Mitte nun Vincent von zwei Bewaffneten geführt wird.*

KAISER *zu Vincent* Tritt frei zu mir. Und steh mir Rede.

VINCENT *tritt allein vor ihn hin, verneigt sich, blickt ihm dann ins Gesicht.*

KAISER Wer bist du – und was ist deine Schuld?

VINCENT Ich bin Vincent, des Scharfrichters von Bergen einziger Sohn. Selbst vorbestimmt zum väterlichen Amt. Mein Ahn war Leibarzt einer Fürstin, die im Kindbett starb. Dafür sollt er den Tod durchs Schwert erleiden. Doch auf dem Richtplatz stellt man ihm die Frage – da dieser Grafschaft Henker ohne Sohn verschieden war: In Ehre sterben – oder schimpflich leben, als der erblich Freimann. Er wählte Schimpf und Leben. Brannte dem Geschlecht, das seinen Namen trägt, das Mal der Schande ein. So ward ich, was ich bin.

KAISER Nun deine Schuld?

VINCENT Daß ich aus meines Standes Grenzen trat, die mehr als erblich, die von Gott gesetzt, und unverletzbar sind. Daß ich die Schranken brach, und Gott versuchte. Daß ich die Hand auswarf nach einem Kampf, zu dem ich nicht geweiht bin.

KAISER Und womit magst du dich entschuldigen?

VINCENT *mit gesenktem Blick, einfach* Ich tat's aus Liebe. Aus vermeßner Liebe, und aus Herzens unzähmbarem Drang nach dem, was mir versagt ist: nach dem Edlen. Hab ich den Tod verdient, so bitt ich, gebt ihn mir! Ich nehm ihn freudig hin. Er macht mich frei von jenem Fluch des Tötens – löst mein Geschlecht, daß es in Stolz erlischt.

KAISER *nach langem Blick auf Vincent, den dieser frei erwidert* Merket auf! Der Frauen Ehre und der Frauen reines Bild ist unser größt Gelöbnis alle Zeit, nach Gottes Bild und Ehre. Doch diese Frau, an der ein leichte, unbedachte Tat geschehn, hab ich erkannt, in selber Stunde mehr denn je zuvor – als von solch höchstem Sinn und reinster Wesenheit – und solchen Segens trächtig – daß kein Hauch ihn trübet. Niemals kann sie an Seel und Leib erniedrigt werden, durch die Berührung einer niedren Hand. Doch wer von ihr berührt wird – ist geadelt! Drum soll er echten Adels teilhaft sein und bleiben. *Zu Vincent* Knie nieder! Schelm!

In deinem Aug ist mehr als Schelmensinn,
Sei dieser Stund und ihrer Segnung wert.
Ich rühr dich an mit meiner Väter Schwert
Und füg dir zu, des ich der Mittler bin:
Den Schlag der Freiheit! Dreifach sei befreit!
Dem Dienst der Freiheit sei dein Kampf geweiht.
Sei frei von dem, was schlecht und niedrig macht!
Sei frei zu großem Sinn, wie du von Gott gedacht!
Sei frei zur Wehr und Mehrung höchsten Rechts!
Sei Vater eines wahrhaft adligen Geschlechts!

Lang hallende Posaunen. – Der Vorhang fällt.

Melusine

Das ist das Spiel von der Magie und vom Daimonion der mannweiblichen Liebe, von der Vergänglichkeit und vom Geheimnis und von der ewigen Heimkehr des Mannes, des Schweifenden, Umgetriebenen, zum Quell, zum Ursprung, zur Mündung im Schoß und im Wesen der Frau.

Die Personen sind: Graf Emmerich von Poitiers, sein Sohn Bertram und seine Tochter Blaniferte – und sein Halbneffe *Raimund*, den er an Sohnes Statt angenommen hat. (Raimund war der Sohn eines entfernten Verwandten des Grafen Emmerich, der viele Kinder hatte und verarmt war.) Emmerich hatte den Knaben Raimund als Adoptivsohn angenommen und wie einen eignen Sohn erzogen. Im Grund hat er ihm, der ihm wesensverwandt ist, die wirkliche Vaterliebe geschenkt, mehr als seinem leiblichen Sohn Bertram, der ein »Mensch ohne Glück und Gnade«, ein hämischer, ein bitterer, ein an Körper und Seele verkrüppelter Mann ist. Blaniferte, die Tochter des Emmerich, ist mit Raimund durch eine Kinderliebe verbunden, und es ist vorgesehen und gilt als feststehend, daß Raimund sie heiraten wird und so zu vollen Sohnesrechten kommen. Bertram liebt seine Schwester und haßt den Raimund, der ihr und des Vaters Herz besitzt. Für Blaniferte ist Raimund die einmalige und einzige Liebe – aber eine solche, die sich mit »Besitzwillen«, mit Anspruch auf »Recht«, mit Unlebendigem also vermengt und daher starr und falsch werden wird. Für Raimund ist es die Liebe zur Kindheit, zum Heim, die Vorstellung des Jünglings vom Reinen, Sanften, Himmlischen, was ihn mit ihr verbindet – nicht die erwachte, die leidenschaftliche Liebe des Mannes. Aber beim Beginn des Stückes weiß er nichts anderes, als daß er Blaniferte liebt und daß sie seine Frau sein wird – womit sich auch die Treue, die männliche »fides« zu seinem väterlichen Herrn verbindet. – Die anderen Personen sind: die Grafen von Guyot, Mallières und Touraine, das sind die Nachbarn und Erbteiler – der Königsrufer Aragon – der Bischof St. Nicolas von Poitiers – die Amme, »La Berçeuse« genannt. Dann »Der Brunnenputzer«, ein alter Mann, der die Brunnen reinigt und viel vom unterirdischen Wesen und Treiben weiß – und später noch Sylvester, der Sohn Raimunds und der Melusine – dann ein Maurenmädchen und ein paar Feldhauptleute in Hispanien.

Außerdem aber treten *sprechende Sternenbilder* auf und greifen lebendig in die Handlung ein: Der himmlische Jäger Orion, Der himmlische Wasserspender, Der Irrstern und Die Plejaden. Die erste Szene spielt auf einer Lichtung im tiefen Wald, in einer Herbstnacht, unter blitzenden Sternen. Man hört erst ein fern erklingendes Jagdhorn – dann Brüllen der Brunfthirsche im Wald. Einsamkeit, Schrecken und Größe der panischen Natur.

Graf Emmerich und Raimund haben sich auf einer großen Jagd von den anderen verloren, verirrt, finden den Ausweg aus dem Wald nicht mehr, aber auf der Lichtung findet Raimund die Reste eines noch glimmenden Feuers; sie beschließen, den Morgen hier abzuwarten. Während Raimund das Feuer anzuschüren versucht, betrachtet Emmerich den Sternenhimmel: er ist ein Sternkundiger – und er sieht jenen blutigen Irrstern, Unstern, der schlimmes Schicksal kündet. Die Sternstellung sagt ihm, daß noch in der gleichen Stunde ein Mann seinen Herrn und besten Freund töten wird, und doch sei der Mörder ohne Schuld und werde seine Tat nicht büßen. Raimund, der Junge, der Unbekümmerte, der Jäger – widerspricht ihm, in lachendem Ernst: nie könne einer ohne Schuld sein für seine Tat – jede Tat auf der Welt müsse nach ihrem Ergebnis, nach ihrem Erfolg betrachtet werden, so wie ein guter oder schlechter Schuß oder Speerwurf, und jeder habe für das Ergebnis, für die Folgen seiner Tat einzustehen, Lohn oder Strafe dafür anzunehmen, ganz gleich, ob er sie gewollt habe oder nicht. Emmerich, der nicht ahnt, daß er selbst schon im Zeichen seines Todes steht, den aber das Wissen der Sterbenden überkommt, sagt ihm, daß Schuld und Tat, wie Jäger und Wild, in einem steten und unzertrennlichen Lebenszusammenhang stehen, der Lohn und Strafe, Sühne und Vergeltung schon in sich selbst trage und in sich selbst auflöse. Was im Kreislauf des Lebens, im Fluß und Einfluß der Sterne geschehe, sei gut und notwendig. Böse sei nur die Schuld im Geiste, die Widerstrebung, der schlechte Wille. Dem Lebendigen aber sind alle Sterne gut, so wie den Meerfahrer alle Himmelslichter, die steigenden und die sinkenden, die Zeichen der Hilfe wie die der Gefahr, leiten und lenken. Raimund aber bekennt sich zum Jäger, der den Bogen spannt und *zielt*, er will nicht fliegender Pfeil sein, sondern treffender Schütze, er will sein Ziel sehen und seinem Leben die klare Stirne bieten – so hat Emmerichs Beispiel und Handeln ihn gelehrt, so fühlt er Treue und männliche Bindung, so fühlt er auch Liebe, so wird er immer dem Hause Emmerichs zugehörig sein, so wird er immer dem Herzen Blanifertes verbunden sein, so sicher wie sein selbstgewählter Stern, der Jäger Orion, am Herbsthimmel steht, so schwört er Treue zu seinem Lebensziel. Emmerich wird still und traurig, er verweist ihm den Schwur, er hört in diesen Worten die Vergänglichkeit, spürt in diesem harten Bekenntnis zum Nichts-als-Männlichen den Frevel, den Tod. Raimund versteht ihn nicht, hält ihn für ermüdet, vielleicht am Waldfieber erkrankt, – vielleicht von den Nacht-Dämonen des Waldes, den blutsaugenden, angefallen. Eine Sekunde lang geistert und wittert die Angst vor dem Unheimlichen, dem Panischen, dem Grauenvoll-Ungreifbaren, um beide – da knackt es im Gebüsch, und der wilde Eber, den sie so weit verfolgt haben, wird im Dickicht hörbar. Beide wandeln sich zurück in Männer, die der Jagdgeist packt – alle Dämmerung fällt von ihnen ab, sie hetzen einander auf: wer wird ihn treffen – wer wird Jagdsieger sein – sie trennen sich, gehen nach zwei Seiten ins Dickicht, mit ihren Waffen, das Jagdglück noch einmal zu versuchen.

Nun aber leuchtet, wenn die beiden verschwunden sind, am Hintergrund des Himmels das Sternbild des Orion gewaltig auf, und in seinen Umriß tritt der himmlische Jäger, der Schütze, der

Große Bogenspanner, den Raimund vorher als den Stern seines Schicksals und seines Willens und Lebenswunsches genannt hat, und spricht: (den klagenden Irrstern vor sich her jagend und vertreibend). Ich bin der Jäger – nicht Du, der Du zu jagen glaubst und nur dem Wilde gleichst, nicht einmal dem Hetzhund – Ich bin der Täter, nicht Du, dessen Hand ich führe – Ich bin der zielende Wille des Mannes, der treffende, der tödliche – und jetzt ist es meine Zeit, der Herbst heult über den Meeren, die Wälder brennen auf, die Tiere brüllen, weil das Blut in ihre Augen tritt – Ich bin der, der das Horn des Hirsches in die Flanke seines Gegners bohrt, den Sporn des Hahnes ins Auge des Schwächeren treibt, den Pfeil des Mannes ins Herz seines Feindes wirft und seinem eigenen Herzen die ewige Wunde zufügt, damit er nicht aufhöre zu jagen, zu treiben, zu hetzen und die nackte Erde mit seinem rasenden Mannestum zu geißeln – Mich hast Du gerufen – auf meinen Bogen hast Du den Pfeil Deines Schicksals gelegt – wenn ich ihn abschieße, treff ich Dich unheilbar – und Dein Leben gehört mir und dem Gefolge meiner wilden Jagd – Er spannt weit den Bogen – und schießt lautlos ab – Gleichzeitig ertönt im Walde ein Schrei –

und während das Sternbild erlischt und der Himmel sich mit Wolken verdüstert – trägt Raimund den Grafen Emmerich, seinen Herrn, den er im plötzlichen Dunkel mit dem Wild verwechselt und getroffen hat, sterbend auf die Lichtung.

Emmerich fühlt, daß er verblutet – sein Blut fleckt die Hände des Raimund, der sich seinen Mörder nennt und sich anklagt – Emmerich verweist es ihm sterbend – und warnt ihn mit letzter Kraft vor dem Fluch und der Mißgunst der Sterne – und sein Sterbewort lautet: Such den Quell Deiner Seele –

Raimund aber, von Todesgrauen und Verzweiflung gepackt, stürzt sich wie ein Rasender in den Wald, schreiend: Straft mich! Zerreißt mich! Ich habe meinen Herrn erschlagen!

Die zweite Szene: gegen Morgendämmerung – am »Durstbrunnen«, mitten im tiefsten Wald.

Melusine spricht mit ihren Himmelsschwestern, den sieben Plejaden. Es ist ein Abschied.

Melusine hat Erdgestalt, menschliches Schicksal auf sich genommen, um die Liebe fühlen zu können, die den Himmlischen fremd ist.

Die Schwestern trauern um sie: in den Gewässern der Tiefe, den Strömen der Gestirne, ist die Kühle und das Gleichmaß, der Wohllaut der Ewigkeit.

Wer sie verliert, verfällt der Entzweiung, der Sehnsucht, dem Leiden der Menschenseele. Doch Melusine weiß: Liebe versöhnt – Liebe erlöst. – Ihr Vater, der himmlische Wasserträger, der den Tag kündet (vor dem die Plejaden vernebeln), stellt ihr die letzte Frage: willst Du die irdische Liebe, die irdische Lust, die irdischen Leiden? – »Leg sie in meine Brust!« Er gießt seinen Krug über sie aus – das volle Tageslicht trifft sie – und während der Wasserträger entschwindet – tönt aus dem Walde ein wilder furchtbarer Schrei – Melusine fragt noch zum Himmel – Wer schreit –?

Die Stimme, verklingend, antwortet: *Der Mann* –! Was macht ihn so schreien? warum leidet er –? (Es wird ihr keine Antwort mehr –)

aber Raimund kommt – von Schmerz und Verzweiflung zerrissen – nur von seinem Selbst, von seinem eignen Ich gejagt, an dem er leidet.

Melusine tränkt den Niedergebrochenen, wäscht mit dem Wasser ihres Brunnens das Blut von seinen Händen – und dann erkennen sie sich, finden einander, alles löst und wandelt sich in ihm – und sie, die vor seiner Glut erschrickt, die das Feuer des Schmerzes noch nicht kennt, nimmt es durch ihn in sich auf, und erst jetzt wird sie Mensch, es erfüllt sie mit ungeahnter Seligkeit – aber er spürt keine Schuld mehr, keinen Zweifel und keinen Zwiespalt – nur um dieses Findens willen war alles Irren, Suchen – nur um dieses Trostes willen war alles Leid – die Vereinigung geschieht, die Verschmelzung in *ein* Wesen, das stärker ist als Himmel und Erde, solange es eins bleibt. Sie schwören einander das Vertrauen, die volle Vereinigung des Herzens, er schwört: ihr Geheimnis nie zu berühren, sie verspricht ihm dafür die Verewigung des Lebens, den unerschöpflichen Quell.

Liebe ist Jugend ohne Alter – Leben ohne Tod.

Er möchte nicht zurück zu den Menschen – er möchte sich auflösen, ertrinken in ihrer Flut – sie ist aber mit dem in sie eingedrungenen Leben *Frau*, das ist ›lebens-klug‹, lebensfähig, geworden, er sagt ihr, was ihm widerfahren ist, und sie rät ihm, was er tun und wie er sich verhalten soll. Sie sagt ihm auch, daß er wiederkommen soll, wenn der Jäger vom Nachthimmel weicht und die Frühlingssterne steigen – und sie wird ihn erwarten und seine Frau sein.

Die dritte Szene:

Bertram und Blaniferte segnen die Leiche des Vaters ein.

Die Nachbargrafen sind versammelt, um Emmerichs Erbe zu teilen. Es soll in zwei Hälften geteilt werden: für Bertram die eine – für Raimund und Blaniferte die andere.

Raimund aber ist seit der Unglücksjagd nicht zurückgekehrt, Bertram hofft auf seinen Tod, Blaniferte bangt um ihn.

Da erscheint Raimund, völlig verwandelt.

Er erklärt, daß er auf die Hälfte des Erbes verzichte.

Blaniferte spürt, daß er *sie* damit meint, und ehe er ihr absagen kann, gibt sie ihn selbst frei.

Er verlangt vom Erbe nichts als so viel Land, wie eine Hirschhaut umspannen kann, und zwar Land im tiefsten, ungerodeten Urwald. Beim Durstbrunnen. (Er tut dies auf Melusines Rat.) Man gewährt es ihm, Bertram ist voll Hohn, hält ihn für geistesgestört. Gleichzeitig wächst sein Haß gegen ihn noch mehr, weil er sieht, wie seine Schwester leidet. Blaniferte bleibt allein mit Raimund:

sie hat ihn zwar freigegeben, aber sie wird nicht lassen von ihm. Seinem künftigen Schicksal will sie die Last des ihren, durch ihn zerstörten auftun. Sie will keinem andren Mann gehören, auch nicht Gott, auch nicht der Jungfrau. Sie will auf ihn warten, ihr Herz wird hängen an ihm wie ein böses schlafscheuchendes Licht in den Lidern.

Er schüttelt sie ab – stößt sie zurück. Sie hält ihn für verzaubert, vergiftet, besessen. Er selbst ist verwirrt.

Auf den Hofstufen sitzt ein alter Mann, den er vorher nicht

gesehen hat: der Brunnenputzer. Bietet eine Hirschhaut feil. Raimund, von Zweifel gepackt, lacht auf, wirft die Haut auf die Erde, sagt: das reicht für ein Grab, wenn man sich krumm legt. Der Brunnenputzer nimmt ihm die Haut wieder ab, beginnt sie zu zerschneiden. Er hat eine kleine scharfe Raspel, damit läßt sich der dünnste Faden aus ihr machen, man kann sieben Stäbe damit umwickeln. Raimund begreift, was er mit der Hirschhaut soll – er fühlt Melusine, von der er nichts als den Namen weiß, er fragt den Brunnenputzer: wer bist Du? Der sagt: Du kennst mich doch, seit Du hier lebst. Der die Brunnen putzt. – Was weißt Du von dem Brunnen? – Nichts, was Du selbst nicht weißt. Manche sind klar, und manche sind voll Schlamm. Die Klaren schweigen. Und die Trüben? Schweigen auch. – Drum frag sie nicht! Vertrau dem ewigen Quell! –

Die vierte Szene:

Raimund hat inzwischen mit der Hirschhaut viele Tagwerk Urwald um den Durstbrunnen umspannt, das ist nun sein Reich, und er lädt seine Verwandtschaft, auch Bertram und Blaniferte, zur Hochzeit. Die ist die große Vertrauensprobe, denn er selbst weiß nichts anderes, als daß Melusine ihn beim Durstbrunnen zur Hochzeit erwarten wird.

Nun kommen sie an, und sein Vertrauen ist Wirklichkeit geworden:

Melusine empfängt sie fürstlich – mit fremdartigem, schweigendem Gefolge – ein Schloß ist erstanden, ein Fest gerüstet.

Der Bischof St. Nicolas traut sie – (Melusine hört dabei zum ersten Mal den Namen »Gott«, der sie erheitert) –

Blaniferte leidet alle Qual der Eifersucht, alle Bitterkeit der Verlassenen, weigert sich aber, das Fest zu verlassen.

Raimund und Melusine sehen und hören nur einander –

unterm steigenden Mond eröffnen sie den großen Tanz, der die Hochzeit einleitet – ihrem Brautgemach zuschreitend, während die Gäste tanzend und singend in der Nacht verbleiben. Der Tanz reißt ab in einem Aufschrei der Blaniferte, der ohne Wunde ein Tropfen Blut aus dem Herzen tritt. Man bringt sie weg, die Gäste fühlen Grauen und verschwinden.

Raimund und Melusine treten auf den Balkon ihres Schlosses – allein – in tiefster seligster Vereinigung.

Die fünfte Szene:

Nach einiger Zeit, und zwar am Tage der Jahreswende, hat Melusine ihm ein Zwillingspaar geboren, einen Knaben und ein Mädchen, man hat sie Sylvester und Sylvaine genannt.

Nun wird wieder Frühling, und der Königsrufer Aragon zieht durchs Land, die Grafen und Herrn zum Streit für den König Karl nach Hispanien zu bestellen.

An einem Freitag kommen die Herrn mit dem Königsrufer auf Raimunds Schloß. Raimund empfängt sie allein, seine Gattin entschuldigt er. Bertram aber weiß schon, daß sie jeden Freitag verschwunden ist und daß Raimund über ihren Verbleib an diesem Tag selbst keine Auskunft geben kann. Sie hat, bei ihrem ersten Zusammentreffen, ihn um die Einhaltung dieses Freitags gebeten, und er weiß nur, daß sie ihn in einem kleinen Tempel, an der Stelle des früheren Durstbrunnens gebaut, allein verbringt und er sie nicht stören und nicht fragen darf.

Nun wird er in der Szene mit dem Königsrufer, in der er den Herrn Wein bietet und selber trinkt, von Bertram verspottet und aufs äußerste aufgehetzt. Er sagt dem Königsrufer die Gefolgschaft ab, er will nicht Kriegsdienst tun, er habe ein Gelöbnis getan, er ist einem höheren, edleren Dienst verschworen. Nun verspotten ihn auch die andren, er stehe im Bann einer Frau, die er selbst nicht kenne... Er bleibt fest, obwohl Zweifel und Wut und Haß in ihm zu toben beginnen – er jagt die betrunkenen Gäste aus seinem Haus – aber wenn sie fort sind und er ist allein, läßt es ihm keine Ruhe, er hält es nicht mehr aus, er geht, um Melusine zu belauschen –

Die sechste Szene:

er hat es getan – und ihr verschwiegen. Sie weiß, daß er es getan hat – und verschweigt ihm dieses Wissen. Immer noch hofft sie, auch jetzt noch sei seine Liebe und sein Vertrauen groß genug, um alles zu überwinden und die Einheit mit ihr, die Größe der Liebesvereinung, über alles zu stellen.

Aber in ihm frißt der verletzte Stolz, die Mannheit, er ist verachtet, weil er den Krieg verweigert hat, er bricht einen Streit mit ihr vom Zaune über Schicksal und Zukunft seines Sohnes. Mißverstehen bricht ein. Noch versucht sie ihm zu helfen, spürt aber schon die Machtlosigkeit – sie beschwört noch einmal die Kraft ihrer Liebe – aber er will nicht mehr lieben. Er will besitzen, herrschen, entscheiden – er verletzt sie, er stößt sie zurück, – es ist nicht Abscheu, sondern Achtlosigkeit, Gleichgültigkeit, was er empfindet, seit er ihr Geheimnis, die ewige Rückkehr ins Element des Wassers (aus dem allein sie die ewige Kraft der Liebe nimmt), kennt. Er schreit es ihr ins Gesicht: er braucht sie nicht – er verlacht sie, ihr nymphisches Wesen, ihre Abhängigkeit vom niedren, unterirdischen Quell, er verlacht sich selbst, daß er so lang in diesem Bann war, sich von ihr blenden ließ: nun wird er herrschen, und sie wird sich formen, halftern lassen von ihm –

Sie aber entschwindet. All seine Wut, sein Zorn, sein Befehlen, ist umsonst. Noch nicht einmal ihren Körper vermag er mehr mit seinem Schlag zu treffen – er kann ihn nicht mehr fassen – er hört ihre Stimme nicht mehr, er hat sie auf ewig verloren.

Die siebente Szene:

Erst hat er noch geglaubt, ihr Verschwinden bedeute ihm nichts – dann, sie käme wieder – dann, im steigenden Gefühl des unwiederbringlichen Verlustes, ist er zusammengebrochen, erkrankt.

Blaniferte ist zu ihm zurückgekehrt und nimmt ihre Rechte in Anspruch – sie, die gewartet hat, will ihn nun pflegen und ihm helfen, den Gebrochenen in Besitz nehmen. Er läßt alles geschehen, seine Fieberträume sind erfüllt von Sehnsucht und Qual um Melusine, oder von der süßen Erinnerung an sie; er fleht sie an um ein Zeichen, das nicht geschieht; er bangt um ein Wort, das sie ihm nicht gelassen hat – die Vorstellung, daß sie einem andren nun das geben wird, was er verschmäht, vertan, zurückgestoßen hat, bringt ihm den Wahnsinn nah – im Fieber sucht er sie wieder und wieder, schreit nach ihr, will fort, sie zurückholen, aber dann wirft ihn die Schwäche und das Bewußtsein der Hoffnungslosigkeit wieder zurück. Blaniferte hält als harte unerbittliche Dulderin bei ihm aus.

Da erfährt er durch die Berçeuse, die Amme, daß Melusine nachts am Fenster der Kinderkammer erscheint, die Zwillinge zu nähren, die sonst keine Nahrung nehmen. Es ist wieder die Stunde – die Kammer ist nebenan, der rückliegende Balkon (auf dem er in der Hochzeitsnacht mit Melusine gestanden) verbindet die Fenster der beiden Schlafgemächer, des seinen, in dem er krank lag, und der Kinderkammer. Hinterm Vorhang lauert er, bis im Mondglanz Melusine draußen erscheint – und die Amme ihr die Kindlein ans Fenster bringt. Blaniferte will ihn zurückhalten, aber er stößt sie weg, dringt auf Melusine ein, will sie festhalten, zwingen – sie aber entweht wie ein Wind – und auch jetzt ohne das Wort des Trostes, um das er fleht – Er weiß: nun wird sie nie mehr wiederkommen – auch zu den Kindern nicht mehr – und in furchtbarer Raserei verflucht er sie, verflucht er die Frau, die Liebe, die Stunde ihrer Begegnung und ihres Glücks. Die Schwäche fällt von ihm ab – das Manntum wird wie ein vulkanisches Feuer in ihm wach – er ruft sein Volk zusammen, befiehlt: Zerstörung! Zwietracht! Krieg! Tod! Er selbst wird in des Königs Krieg ziehn, und ist der zu Ende, in einen andren Krieg, denn Krieg ist immer, solang es Männer gibt, und nur Männer sollen leben auf der Erde, bis sie an ihrem eignen Feuer verbrennt! Sein Sohn soll dem König gehören und aufwachsen als des Königs künftiger Kriegsmann, unter den Söhnen getöteter Krieger, keine Weiberbrust sollen seine Lippen berühren, und wenn er keine Nahrung nehmen will als die von seiner Mutter, dann soll man ihm das Blut von Stieren einflößen, von Wölfen und Adlern, von verkämpften Hirschen oder erschlagenen Feinden. Das Mädchen Sylvaine soll man im Walde aussetzen oder in einen Brunnen werfen. Mag sie's ernähren oder mag's verfaulen in der Tiefe, oder mögen seine Knöchlein im Moose bleichen. Was Frau heißt, was Weib ist, soll ins Grab! Blaniferte soll ins Grab der Klostermauern. Soll sie den kalten Heiland heilen. Hier aber, wo der Mann regiert, soll das Feuer brennen, das blutige fressende Feuer: das Schloß brennt nieder – stampft in die Erde, was übrig bleibt, dem Boden soll gleich werden, was hier sich zu trügerischem Leben hob – der Wald soll drüber wachsen, die wilden Tiere sollen da nächtigen, die Algen sollen es überwuchern – kein Auge soll mehr die Stelle erkennen – kein Fuß sie mehr betreten – kein Sterblicher sie wiederfinden – die Nacht soll dieses Land verschlingen, der Sturm es wüst machen, der böse, unbarmherzige Himmel es begraben.

Die achte Szene:

spielt zwanzig Jahre später, und dies ist nun der Sage gegenüber ganz neu.

Raimund ist Feldherr der Landsknechte geworden, von Krieg zu Krieg gezogen, ist des Kaisers oberster Feldherr, kennt nichts als Tod und Krieg. Die Szene spielt in seinem Zelt, gegen Nacht. Sein Heer liegt vor einer fremdländischen (maurischen) Stadt, die es belagert.

Mit seinen Hauptleuten würfelt er, auf einer Trommel, um ein Mädchen, eine kleine maurische Dirne, die neben ihm kauert. Er würfelt so, daß er sie verspielen *muß* – und man sagt von ihm, daß er jede Frau, die eine Nacht bei ihm war, am nächsten Tag an einen seiner Freunde verspielt. Das Mädchen, eine stumme Rolle, klammert sich an ihn, will nicht von ihm weg. Er lacht – und sagt ihr, in einer fast gütigen, nicht rohen Art: da sie ein Weib sei, sei sie wie das Wasser, sie wisse es nur nicht – es gebe für sie kein Bleiben, kein Beharren, und wer sie halten oder behalten wolle, sei ein Narr. Wasser, fließe! Welle, eil dahin! Alles andre ist Trug und Blendung. Kein Mann soll bei einem Weibe länger bleiben als eine Nacht, denn länger als eine Stunde bleibt ja ihr Herz nicht bei ihm. Das Wasser weiß es nicht – denn es kann nicht sich selber sehen. Wir aber spiegeln uns in ihm und sehen, daß wir allein sind und in uns selbst verschlossen wie Stein.

Wasser fließe! Welle, eil dahin!

In diese Szene hinein aber dringt Lärm und man bringt einen Deserteur, den man beim Fluchtversuch gefangen hat: es ist Raimunds eigner Sohn Sylvester, der in seinem Heerbann als Fähnrich dient.

Die Offiziere, die ihn bringen, verlangen seinen Tod – er hat die Fahne verlassen, er wollte zum Feind fliehen.

Der Sohn gesteht, daß er eine Frau, die Tochter des feindlichen Feldherrn getroffen hat und so in Liebe zu ihr entbrannt sei und sie zu ihm, daß er nicht mehr kämpfen kann gegen ihr Blut, und daß ihm aller Kampf sinnlos erscheint, den die Söhne von Müttern gegeneinander führen – er wollte fliehen, er wollte nichts mehr als die Liebe – und da nichts andres für ihn mehr lebenswert sei, wolle er nun, lieber als ein sinnloses Leben, den Tod. Er sehe ein, er habe ihn verdient, und er sehne sich ihm entgegen.

Die Offiziere erwarten von Raimunds soldatischer Strenge das Todesurteil, ganz gleich, ob sich's um den eignen Sohn handle.

Raimund aber ist plötzlich verwandelt, der ungeheure Schmerz, das Glück, das Wesen der Liebe steigt vor ihm auf – stärker als Tod und Trennung – er schweigt zuerst – dann sagt er: er kann das Urteil nicht sprechen. Dann, sagt man ihm, könne er nicht mehr Feldherr sein. Er verlangt Bedenkzeit, läßt den Sohn wegführen, man soll ihn allein lassen. Im Wegführen gibt ein Kamerad dem todentschlossenen Sylvester seine Reiterpistole.

Raimund bleibt allein – schlägt den Zeltvorhang zurück – der Winterhimmel blitzt von Sternen. Im Sang der Plejaden hört er die Stimme von Melusine. In Schmerz und Sehnsucht bricht er zusammen – ein Wachschlaf umfängt ihn. Droben aber springt der himmlische Jäger auf, sein Stern, verjagt die Plejaden, noch ist er da, noch ist seine grausame Stunde, noch hat er die Macht: er spannt weit den Bogen, wie damals in der ersten Nacht, schießt lautlos ab: gleichzeitig fällt draußen ein Schuß, Raimund schreckt empor.

Man bringt den toten Sohn.

Da zerbricht er den Feldherrnstab, tut seine Waffe ab, und geht mit verhülltem Haupt – ein Geschlagener, ein Suchender, in die Nacht. –

Die neunte (letzte) Szene:

Am Durstbrunnen, wie einst.

Melusine verjagt den Orion, den Himmelsjäger, dessen Zeit um ist: die Frühlingssterne steigen.

Der himmlische Wasserträger gießt seinen großen Segen aus.

Die neue, die keimende Zeit dämmert herauf.

Raimund, des Jägers letztes Opfer, der gejagte Jäger selbst, irrt wie einst klagend durch den Wald, findet sie, die er suchend nie erreichte. Sie nimmt ihn auf – sein Haar ist gebleicht, aber wie sie ihn mit dem Wasser ihres Brunnens wäscht, geschieht ihm wieder die ewige Verwandlung: Liebe ist Jugend ohne Alter – Leben ohne Tod.

Sie sagt ihm, während sie ihn wäscht und labt, den *Inhalt* des großen Geheimnisses: ausgehend von der Zeit, dem Frühling – das Wesen des Wassers, der Fluten, der unendlich steigenden und fallenden Gewässer, die Erde und Welt in der Waage halten. Wasser *enteilt* nicht – Wasser kehrt immer zurück!

Beide wissen nicht mehr, was Zeit und Trennung ist: Bist Du Raimund? Bist Du Sylvester? Bist Du Melusine? Bist Du Sylvaine? –

Aber es klingt aus, wie es ehemals aufklang: Du bist mein Raimund – Du bist meine Melusine – und indem er sterbend in ihren Armen, an ihrer Brust atmet, haben sie beide, und für alle Welt, das ewige Leben gewonnen.

Editorische Notiz

Die Texte dieses Bandes sind chronologisch nach ihrer Entstehung geordnet.

Der Hauptmann von Köpenick. Ein deutsches Märchen in drei Akten erschien 1930 im Propyläen-Verlag, Berlin. Diese Ausgabe ist unsere Textvorlage. Am 5. März 1931 wurde das Stück am Deutschen Theater in Berlin in der Regie von Heinz Hilpert zum ersten Mal aufgeführt. Aus diesem Anlaß schrieb Carl Zuckmayer für das Programmheft den folgenden Text:

Ein deutsches Märchen. (Der Hauptmann von Köpenick)

»Nein«, sagte der Zwerg – »laßt uns vom Menschen reden! Etwas Lebendiges ist mir lieber als alle Schätze der Welt!« (Brüder Grimm, Rumpelstilzchen.)

Wilhelm Voigt, ein Schustergeselle in der großen Stadt Berlin, in die er mit siebzehn Jahren geraten war, bekam von seiner Mutter drei Taler geschickt. Er brauchte aber mehr als drei Taler, denn er war sehr jung, und bei seinem Meister hatte er nur schmale Kost und Schlafstatt. Damals wurden die Postanweisungen nur in Ziffern ausgeschrieben. Eine 3 war mit Tinte aufs Formular gemalt, dann kam ein weißer Zwischenraum, dann das vorgedruckte Wort »Thaler«.

Da nahm er Feder und Tinte und malte hinter die 3 eine 0.

Als ein Schutzmann nach ihm gefragt hatte, während er mit Stiefeln unterwegs war, riß er aus und ging über Land. Bald war sein Geld zu Ende. Da schickte er seinen letzten Taler per Post an sich selbst, Adresse »Herberge zur Heimat« in der nächstgelegenen Stadt. Dort malte er wieder eine Null und holte zehn Taler ab. Schließlich erwischten sie ihn und machten ihm den Prozeß. Er hatte die Reichspost alles in allem um dreihundert Mark geschädigt. Dafür sperrte man ihn, wegen wiederholten schweren Betrugs, fünfzehn Jahre ins Zuchthaus.

Als er herauskam, war er zweiunddreißig Jahre alt. Seine Mutter war tot, und es gab niemanden, der etwas von ihm wissen wollte. Da ging er ins Ausland, zu Fuß, ohne Paß über die Grenze, erst nach Böhmen, dann weiter, arbeitete fleißig und verdiente stets, was er zum Leben brauchte. Aber die Leute sprachen dort eine fremde Sprache, und nur wenn er allein war, konnte er so reden wie er es von der Mutter gelernt hatte. So trieb's ihn, ob er wollte oder nicht, wieder nach Deutschland zurück. Dort aber erging es ihm schlecht. Man konnte es ihm nicht vergessen, daß er die fünfzehn besten Jahre seines Lebens im Zuchthaus gesessen hatte. Zwar fanden sich Leute, die ihm Arbeit gaben, aber die Behörde, ohne deren Einverständnis nichts erlaubt ist, auch die Arbeit nicht – wollte einem vorbestraften Manne kein Vertrauen schenken.

Immer wieder, wenn er an einem Ort seßhaft werden wollte, versagte man ihm den Aufenthalt und wies ihn aus. Weil er nun ohne ordentliche Anmeldung nirgends Arbeit fand und ohne Arbeitsnachweis nirgends zur Anmeldung zugelassen wurde, mußte er immer weiter wie der ewige Jude und hatte, wie der, keine Hoffnung auf einen Ruhepunkt. Da versuchte er es mit falschem Namen. Das war aber wieder gegen's Gesetz, er wurde erwischt und bestraft. Als er dann wieder herauskam, wollte er ins Ausland zurück. Nun aber gaben sie ihm keinen Paß, und es gelang ihm nicht mehr, über die Grenze zu kommen. Er mußte im Land bleiben, wo man ihm jedoch nirgends den Aufenthalt bewilligte. Schließlich versuchte er, was man ihm nicht geben wollte, mit Gewalt zu nehmen. Bei einem Einbruch in ein Polizeibüro, in dem man Pässe, Papiere, Geld aufbewahrte, wurde er erwischt und mußte wieder auf lange Zeit ins Zuchthaus. Als er sechsundfünfzig Jahre alt war, hatte er mehr als dreißig Jahre seines Lebens im Zuchthaus oder im Gefängnis verbracht, den Rest, der, zieht man die Kindheit

ab, nicht mehr groß ist, teils im Ausland, teils in ewig aussichtslosem Kampf um eine Erlaubnis zum Leben.
Und als er wieder einmal in einem Ort, in dem es ihm fast gelungen wäre, Heimat zu finden, seine Ausweisung bekam, verschwand er ganz und war, da man ihn nirgends haben wollte, nicht mehr da.
Es lebte aber in der Stadt Berlin eine Uniform, gemacht vom besten Schneider zu Potsdam für einen Hauptmann vom Ersten Garderegiment zu Fuß. Die wollte auch keiner mehr haben, denn sie hatte ein gutes Alter auf dem Buckel und hatte bis zum Nähteplatzen ihre Pflicht getan. In einem Trödlerladen, der letzten Zuflucht alles Ausrangierten, trafen die beiden zusammen, und, da jeder allein zu nichts mehr nütze war, heirateten sie. So wurde der Hauptmann von Köpenick geboren.
Warum nun dieser vorbestrafte Schuster Wilhelm Voigt, der Mann ohne Paß und ohne Aufenthalt, nicht ins Wasser ging oder im Säuferheim verfaulte – sondern, mit einer alten Montur vermählt, ein ganz anderer, Neuer ward:
Wieso man ihn, das Stiefkind aller Amtsstuben, gleich nach dieser Hochzeit als ihren unumschränkten Herrn und Herrscher anschaute:
Weshalb gerade er, der Wilhelm Voigt, etwas gemerkt hatte, was sechzig Millionen guter Deutscher auch wußten, ohne etwas zu merken:
all das versucht das Schauspiel ›Der Hauptmann von Köpenick‹ im Ablauf weniger Abendstunden zu zeigen.
Es hält und hängt sich nicht an die Einzelheiten tatsächlicher Geschehnisse, es zeichnet nicht die dürftigen Buchstaben der Dokumente nach, denn aus ihnen ist nur der äußere Ablauf, niemals das Wesen und die Quersumme eines Menschenlebens oder der irdischen Geschichte zu erkennen.
Es will auch nicht mit den Leuten rechten, die die Verhältnisse gemacht haben, noch mit den Verhältnissen, aus denen die Leute wurden.
Denn es ist ja nichts Neues, was es erzählt, sondern es ist ein

deutsches Märchen und, wie alle Märchen, längst vorbei – vielleicht überhaupt nicht wahr? – und nur ein Gleichnis für das, was nicht vorbei ist! An dem Schluß und zu allem neuen Beginnen steht der Spruch aus den ›Bremer Stadtmusikanten‹ der Brüder Grimm:
– »Kommt mit«, sagte der Hahn, »etwas Besseres als den Tod werden wir überall finden!«

Der Schelm von Bergen. Ein Schauspiel erschien 1934 im Propyläen-Verlag, Berlin. Diese Ausgabe ist unsere Textvorlage. Am 6. November 1934 wurde das Stück mit der Musik von Carl Zuckmayers Bruder Eduard am Burgtheater in Wien in der Regie von Hermann Röbbeling zum ersten Mal aufgeführt. Für das Offizielle Programm des Burgtheaters Wien zur Uraufführung hat Carl Zuckmayer einen eigenen kleinen Beitrag geschrieben:

Der Kaiser im ›Schelm von Bergen‹

In einer Zeit, der die Idee wirklicher und wirksamer erschien als die materielle Wirklichkeit, wurzelt die Gestalt des Kaisers im ›Schelm von Bergen‹, ihre Anschauung und ihr Urteilsspruch. Sie steht in der Zeit und im Raum der Legende. Sie hat keinen Kaiser zum Vorbild, der gelebt hat und historisch zu fixieren ist – sondern das Kaisertum, wie es von denen geschaut wurde, die an das Heilige Reich der Deutschen glaubten. Ist er von einem König-Marke-Schicksal umwittert, so trägt er doch stets als leuchtenden Kern und heimliche Krone den Reichsgedanken, der ihn über einzelmenschliches Leid und Glück hinaus hebt. Er hat sich »dies Reich mit all sein Volk an Sohnes Statt gelobt«, und die Kraft seines Gedankens und seines Glaubens an eine höhere Ordnung und einen höchsten Sinn der menschlichen Existenz wird es zusammenhalten, auch wenn es immer wieder an der nur stammgebundenen Eigensucht seiner Lehensfürsten zu zerbrechen droht. Aber die Kaiserin, durch das Geheimnis einer köstlichen und entsagungsvollen »Begegnung« zu fraulicher Reife geweckt, begreift seinen hohen Sinn und ist ihm nah. So ist sie für ihn des wahren Segens trächtig, den kein Hauch zu trüben vermag, und ihre Mutterschaft wird den Erben seines Kaisertums und seines Reiches tragen, dessen Ursprung und Vollendung im Transzendentalen ruht und im wahrsten Sinne »von Gottes Gnaden« ist. Mag die Gestalt dieses Kaisers einer Zeit anschaulich werden, die ihre Bindung und höhere Ordnung aus der Kraft des Transzendentalen wieder gewinnen will.

Melusine. Der Stoff der Melusinen-Sage hatte Carl Zuckmayer bereits 1920 beschäftigt. Damals begann er ihn als Versdrama zu gestalten; davon sind im Nachlaß (Deutsches Literaturarchiv, Marbach/N.) einige wenige Szenen erhalten, u. a. das erstmals 1956 als ›Melusinenlied‹ in dem zu Zuckmayers 60. Geburtstag zusammengestellten Band ›Fülle der Zeit. Carl Zuckmayer und sein Werk‹ (Frankfurt a. M.: S. Fischer Verlag) veröffentlichte Bruchstück aus der Dritten Szene.

Erster Akt

Erste Szene.
(Nacht. Raimund und Norbert.)
RAIMUND: Irre Nacht –!
NORBERT: Die Sterne – flüstern –
RAIMUND: Kannst Du sie hören –?
NORBERT: Oft –.
RAIMUND: So frag sie nach dem Weg!
Mein Spürsinn ist am Ende.
Immer im Kreis laufen – – –
Wie die Bäume schwanken
und höhnisch kichert der Wind im welken Gebüsch –!
NORBERT: Leg Dich ins Moos.
Wir wollen den Tag erwarten.

Die Sterne blinzeln verkniffen und schlau, –
siehst Du den Krebs? – so kalt und grausam, grün, –
die sagen nicht immer, was Du wissen willst – –
(Beide haben sich gelagert, Norbert starrt in den Himmel.)

RAIMUND: (nach einer Weile)
Da!!
Sternschnupp!
Wünsch Dir was – –

NORBERT: Mein Gott –
Mein Gott – –

RAIMUND: Was hast Du –?!

NORBERT: Sieh doch – –
die ist aus dem Tierkreis gestürzt –
und rote Nebel atmen die Planeten –

RAIMUND: Aber die Jungfrau strahlt – –
Weißt Du, was ich mir wünsche – –?
Ein Weib – –
unmenschlich schön – –
ein Sternweib – ohne Schatten – ohne Wandelblut –
so jung, so unergründlich klar
wie der sprudelnde Bergquell – –

NORBERT: Du –
wünsch Dir nichts von den Sternen –
Wünsch Dir in dieser Nacht nichts von den Sternen – – !!
Schreckliche Schicksalbahnen graben sie tief ins schwarze Gewölb – –
Wen sie beschenken, den saugen sie auf – –

RAIMUND: Ich wünsch mir, was ich muß –
Schweig ich, wünscht es mein Traum, mein hüpfendes Herz –:
ich wünsch mir ein Weib – –
(singend) ein Sternweib – –
waldwasserklar –
Quellblume, – rieselnder Tau – –

NORBERT: Da!
Da – !! *(springt auf)*

RAIMUND: Was --

NORBERT: Auch jetzt geschiehts -

RAIMUND: Wieder ein Sternschnupp!

NORBERT: Ja --

RAIMUND: Du schauerst -

NORBERT: Das ist der Tod...
Einer muß sterben
von Freundes Hand --
Mörder und Erben
blutsverwandt --

RAIMUND: Du bist übermüd, Dein Puls geht zu schnell, -
da, nimm meinen Mantel, so -
ich bin jung und heiß -- der Fröstelwind küßt mir die nackte Brust -- Komm, setz Dich, dicht an meine Seit,
ich will Dich wärmen -

NORBERT: Ach Raimund, -
Du sitzest neben mir,
aber Du kennst mich nicht --

RAIMUND: Magst Du nicht schlafen? Du fieberst -

NORBERT: Ich dürste zu sehr --

Dritte Szene

(Dämmerung. Melusine singt in den Wassern)

MELUSINE: Über den schwarzen Spiegel der Durstflut ranken die Stunden
Seerosen weiß.
Knospen tief an die Wurzel im Grund gebunden.
Heiligen Kreis
wölben der Blätter gefächerte Schalen darauf die Libellen
im rosigen Strahl
zitternde Pfeile schnellen -
Singendes singendes Tal -
Doch wenn der Tag aufsteht über den ewigen Kronen
der lichtgegürtete Tag

macht er die Knospen springen in denen die Wunder
wohnen.
Jahrlang lag
träumende Frau wie Schilf ins Feuchte gebunden –
Durstflut steigt und dämmernd ranken die Stunden.
Komm Tag – blüh Tag – lichtgestürzter Tag – –

1937 griff Carl Zuckmayer das Thema wieder auf; unter der zunächst als ›Die schöne Melusine‹ bezeichneten, dann zu ›Melusine‹ verkürzten Überschrift skizzierte er den Handlungsverlauf und die Szeneneinteilung; eine typographische Abschrift mit handschriftlichen Ergänzungen, z. B. mit der Datierung »1937«, befindet sich in seinem Nachlaß (Carl-Zuckmayer-Archiv, Saas-Fee); sie bildet die Grundlage der Wiedergabe des Textes in diesem Band; sie enthält die folgenden Zusätze:

»Zu Szene 2 der Melusine:

(All diese Dinge, wie Quell, Brunnen, Wasser, *Geheimnis*, auch der Freitag, an dem sie verschwinden muß, werden ganz konkret, nicht symbolisch behandelt.)

Zwischen Szene 3 und 4 war eine ›magische Pantomime‹ skizziert, – der ›Sumpfbaumeister‹ mit seinen Gehilfen Algenfaden, Unkenfummel, Krottenmolch usw. usw. läßt durch Zauberei aus dem Moorgrund im Wald das feste Schloß der Melusine erstehen. Den ›Sumpfbaumeister‹ sollte und wollte Werner Krauss spielen, und er spielte ihn einmal spät nachts in der Henndorfer Wiesmühl, – das war besser, als das ganze Stück hätte werden können.«

Vermutlich 1951 faßte Carl Zuckmayer bislang nicht ausgeführte Pläne in einem Arbeitspapier zusammen; das Typoskript ist in seinem Nachlaß zum Teil erhalten (Deutsches Literaturarchiv, Marbach/N.) – es beginnt mit Seite 3: »Melusine«; handschriftlich hat er hinzugefügt: »Wird vollendet Ostermontag 1951«. Der Text enthält außer dem gegenüber der Fassung von 1937 unveränderten Handlungsverlauf und der Szeneneinteilung von ›Melusine‹ Hinweise auf die Handlung zweier Stücke: ›Der Halleysche Komet‹ und ›Der trunkene Herkules‹. Zu dem Konvolut gehört ein Blatt mit Zuckmayers handschriftlicher Notiz: »Ganz wichtig [doppelt unterstrichen] Einziger noch existierender Entwurf zu ›Melusine‹.«

K. B.

Inhalt